KB096773

후나토미가의 참극

| 일러두기 |

1. 이 책에서 번역한 작품은 『日本探偵小説全集 12』 名作集 2 (創元社, 1989)를 저본으로 했다.
2. 인명과 지명 등의 고유 명사는 초출 시 괄호 안에 원문을 표기하였다.
3. 고유 명사의 우리말 발음은 〈일본어 외래어 표기법〉을 따랐다.
4. 각주는 기본적으로 역자주이다.

일본 추리소설 시리즈 **10**

후나토미가의 참극

아오이유

이현진 옮김

이상

차례

제1장

시라나미소에서 살인

1

제1신 ―10월 28일 밤 9시.

오늘 오후 5시경 간신히 시라나미소(白浪莊)에 도착, 예정대로 최근 오랫동안 비워 놓은 별실을 빌려 여장을 풀었네. 날씨는 더할 나위 없이 좋았고 가을도 중추를 지났다고 하나, 난류의 영향을 받는 난키(南紀)*는 상춘(常春)인 고장이네. 산들은 제법 가을다운 경관을 드러내고 있었지만, 산기슭 일대 탐스럽게 여물은 귤밭을 바라보니 가을도 지나가는 느낌이었네.

날씨는 그렇고, 빌린 별실은 세 평 크기의 다다미 방과 네 평 크기 방으로 혼자서 쓰기에는 좀 넓었네. 그렇지만 주인에게는 당분간 이곳에 머물면서 원고를 쓰려고 하니 되도록 방해받지 않았으면 좋겠다고 부탁해 두었네. 주인도 이번 사건으로 소문이 퍼진 후

---

* 긴키(近畿) 지방 중 기이노쿠니(紀伊国)에 해당하는 지역으로 와카야마(和歌山県)현과 미에(三重)현을 포함한다.

로 아무도 이 별실을 빌리려는 사람이 없어 처치 곤란해하고 있던 참이라 좋아하면서 숙박료를 대폭 깎아 주었네. 이런 걸 일종의 행운이라고 하는 거겠지.

자, 그럼 방 모양은 대충 알고 있겠지만 말이 나온 김에 조금 더 쓰겠네.

네 평짜리 방은 바다 쪽으로 있는 서남형이라 장지문을 여니 눈이 부실 만큼 석양이 방 안 가득 흘러들었네. 복도를 하나 사이에 둔 세 평짜리 방은 북쪽을 향해 있네. 잠시 안을 들여다보았는데, 그 방은 네 평짜리 방과는 전혀 느낌이 달랐고 묘하게 음침한 기분이 드는 싸늘한 방이었어. 그것은 햇볕이 들지 않는 탓도 있고 또한 수목이 울창한 정원 쪽이라서 그렇겠지만, 그 방 한가운데 혼자 앉아 있으려니 이상하리만치 기분이 우울해지고 까닭 모를 기묘한 고독감을 느꼈다네. 아마도 부인이 살해된 곳이 이 방이라는 생각이 내 신경을 자극한 거겠지만, 그렇다고 해도 이상하리만치 사무친 한기를 느꼈네.

하지만 네 평짜리 방은 푸른 바다가 눈앞에 아득히 펼쳐지고, 난키 해안 특유의 기복, 굴곡이 많은 암석과 모래 해변, 기암과 짙은 녹색에 둘러싸인 섬들도 한눈에 들어오는 멋진 방이네. 내가 장지문을 열자, 해 질 녘 가을 태양이 거의 서쪽 수평선으로 넘어가려 했고, 그 장관은 나 같이 문장이 서툰 자로선 도저히 표현할 수 없이 아름다웠네. 휴양이나 여행으로 왔더라면 얼마나 기뻤을까 싶네.

맨 처음에는 엔게쓰토(円月島)* 섬이 볼거리였어. 변덕스러운 파도란 놈이 섬 가운데를 깎아 동굴을 만들었는지, 석양이 비스듬히 그 동굴에서 보이고 잔물결 이는 해면 위로 둥근 빛의 그림자를 떨어트리니 참으로 한 폭의 그림이더군.

아, 이야기가 다른 데로 갔군. 다시 방으로 돌아와서, 네 평짜리 방의 출구는 복도뿐이고 바다가 보이는 쪽은 폭이 2척(尺)** 남짓 되는 툇마루와 높이 3척 정도 되는 난간이 튀어나와 있었네. 그리고 10척이나 넘는 아래로는 이 별실을 떠받치는 암반이 있다는 것을 알았네. 즉, 이 방은 서남으로 나 있는 절벽에 가까운 바위 위에 지어졌어. 세 평짜리 방은 직접 바위와 지면에 닿아 있지만, 네 평짜리 방은 수십 척의 받침 기둥에 의지하고 있어 몸이 제법 가뿐한 자 아니고선 이쪽 출입은 거의 불가능하지.

반면에 세 평짜리 방은 쉽게 드나들 수가 있어. 별실로 복도가 길게 이어진 데다 정원이 매우 울창한 수목으로 둘러싸여 있어. 천연 암석에 인공을 가미하고 적당히 초목을 배치한 모습은 바다를 조망하는 웅장한 천연의 풍광과는 달리 일본 고유의 얌전한 정원미가 담기고, 좀 전에 말했듯이 매우 조용하고 한적했네.

한 번은 정원의 게다를 신고 징검돌을 밟으면서 내려가 보니깐 울창한 수목들 사이로 자유롭게 출입할 수 있다는 걸 알았네. 이 시라나미소 여관은 바다로 튀어나온 마치 곶과 같은 미후네야마(御船山) 중턱에 지어진 데다 그 주변이 상당히 험준한 암석과 울창한 수목에 둘러싸여서 특별히 울타리를 만들 필요가 없다고 여

---

* 와카야마현 니시무로(西牟婁)군 시라하마초(白浜町) 임해에 떠 있는 섬.
** 길이의 단위. 1척이 30.3센티미터다.

겼네. 그러나 그건 저녁 안개가 깊게 깔리지 않을 때 그러했고, 반쯤 어둠이 짙게 깔리고 숲 사이를 가르며 이끼와 양치류가 무성한 바위를 이리저리 피해 가면서 산 정상에 있는 산쇼신사(三所神社)로 나왔을 때 무척이나 힘이 들었기에 울타리가 있으면 좋겠다 싶었네. 이렇게까지 나를 힘들게 한 것은 생각보다 비탈이 심했고, 암석이 지나치게 커서였네. 그런데 어쩌면 암벽 등반에 능한 등산가들에겐 사람 하나 정도 되는 짐을 등에 지고 거뜬히 오를 수 있을 정도의 비탈일지도 모르겠어. 그렇지만 나로선 도저히 손쉽다고 하는 말이 절대로 나오지 않을 만했고, 이것이 아직 희미한 빛 속이었기에 괜찮은 거였지, 만일 한 치 앞도 보이지 않는 어둠 속이었다면 하찮은 회중전등 하나만으로는 거의 불가능에 가깝다고 해야 할 걸세.

자, 이렇게 해서 나는 간신히 숨을 헐떡이며 산쇼신사 경내에 다다랐는데, 시라나미소 별실은 대충 얘기했으니 이제부턴 미후네야마 절벽에 관해서 조금 써 보지.

이 절벽은 신사 경내를 남쪽으로 벗어난 곳에 있고 바다 쪽이야. 높이는 위에서 내려다보는 것만으로도 현기증이 날 만큼 감이 오지 않지만 4, 5백 척(尺)은 충분히 될 거야. 거대한 암반 하나가 마치 대패질을 해 놓은 것처럼 똑바로 바다를 향해 벽처럼 우뚝 서 있네. 대체로 이 연안에는 이런 거대한 바위가 많고, 산단베키(三段壁)와 센조지키(千疊敷) 등도 그 하나라고 들었는데, 그 절벽 끝에 우뚝 서서 수백 척이나 되는 아래의 검푸른 해면을 내려다보니깐 어찌나 무서운지 다리가 저절로 후들거렸네.

마침 그때 망막한 넓은 바다에서 소리도 없이 저녁 안개가 피어올랐고, 수평선은 정말 모호하게 보이더군. 오른쪽으로 보이는 엔게쓰토섬도, 그 배후에 있는 반쇼가사키(番所ガ崎)도 단지 검은 그림자만이 보였고, 가만히 발밑을 내려다보니 물 색깔도 파도도 보이지 않는, 그저 시커먼 깊이가 정체를 알 수 없는 공포를 가져올 뿐이었어. 이런 곳에서 사람을 밀어 떨어뜨리면 하찮은 수고로 완전한 살인이 가능할 거란 생각이 들었네. 이번 사건도 이곳을 무대로 골랐지만, 나는 범인의 교활하고도 영리함에 정말이지 탄복했네. 잠시 뒤 잘 만들어진 큰 길을 따라 시라나미소에 당도하자, 여종업원들이 이상한 표정으로 도테라(褞袍)* 차림인 나를 맞아주었네. 저녁 식사 후 여종업원들은 묻지도 않았는데, 그 절벽에서 뛰어내리는 사람은 다시는 떠오를 수 없다고 했네. 그것은 조수 탓으로 앞바다 부근 멀리 떠내려가는 건데, 산단베키에서 뛰어내린 동반 자살자들 시체도 거의 발견되지 않는 걸 보면 이곳 난키의 특색인 쿠로시오(黑潮) 해류가 그 중요한 역할을 한다고 하는 사람들 말이 충분히 이해할 것 같군.

여하튼 이렇게 대략 오늘 숙소에 도착해 쓰는 보고는 이걸로 마치겠네만, 이 편지를 읽고 자넨 아마도 내일부터 시작하게 될 나의 수사 방침에 관해 여러 상상을 하겠지. 실은 나도 지금 그것을 고민하고 있네.

사건에 관한 대강의 기초 지식은 자네한테 의뢰를 받고서 충분히

---

* 기모노보다 좀 길고 큼직하게 만든 솜옷.

가슴에 새겨 두었네만. 이곳에 도착할 때까지 기차 안에서도 여러 가지로 생각해 보았네. 이곳 시라나미소에 도착해 여장을 풀고 느긋하게 탄산천의 욕조에 몸을 담글 때도, 바다의 장대한 석양의 풍경을 바라보면서도, 반쯤 누렇게 물든 나뭇잎과 살짝 손을 대기만 해도 떨어질 듯 시든 나뭇잎들이 깔린 흙을 밟으며 뒷산을 올랐을 때도 생각해 보았다네. 하지만 그 생각의 끝은 이 사건을 모두 백지로 돌려 처음부터 그 자초지종을 조사해야 한다는 결론을 얻었을 뿐이야.

백지로 시작해야 한다고 생각한 이유는, 내가 자네에게서 들은 사건의 경위가 모두 지금까지 이 사건의 수사를 맡았던 자가 수집한 기초 위에 쌓아 올린 추리의 전당(殿堂)에 지나지 않는다는 것일세. 지금 나는 단 하나의 선입견도 우려스럽네. 자네가 말해 준 사건의 상세한 내용은 어쩌면 진상에 닿아 있을지도 모르지만, 한편으론 전혀 가공의 이야기일지도 모르지.

그렇지만 후나토미(船富)가(家)의 주인이 실종되고, 그 아내가 살해되었네. 그것은 틀림없는 엄연한 사실이지. 그런데 주인의 실종이 왜 바로 죽음을 의미하는 것일까?

그는 협박당하고 있었어. 그러나 그날 밤 그의 침실에 떨어진 피는 절벽까지 이어져 있었네. 게다가 그는 지금까지 모습을 드러내고 있지 않네. 그는 이미 살해되었을 것이네. 이 세상 사람이 아니라고. 그 결론에 대한 비약을 지금의 나는 일보 더 앞으로 가서 다시 생각할 필요가 있다고 느끼기 시작한 것일세.

다키자와 쓰네오(滝沢恒雄)를 기소한 히로세(広瀬) 검사는 자네가 말한 여러 가지 정확한 증거에 입각해서 그의 범죄라고 인정한 걸 거야. 그 상세한 조서를 읽으면 자네조차도 의심할 필요 없이 꼼짝달싹 못 할 증거가 다키자와의 주위를 에워싸고 있네. 정말이지 그만큼인 범죄의 흔적 앞에 아주 확실하고도 유효한 반증을 내놓지 않으면, 예심판사는 다키자와 쓰네오의 죄를 인정하고 예심종결을 서두를 거야.

나는 지금 그 많은 증거를 전부 백지로 돌릴 필요를 인정하고 또한 역설하는 것이네. 인간의 판단력에 갑과 을이 있지 않을까. 어떻게 내가 지금까지 발견된 증거 모두를 부정하고 별개의 판단을 내릴 수 있을까? 오히려 나는 그것을 걱정하네. 수사관과 검사, 예심판사가 생각하고 자네마저도 생각하고 있는 이 범죄의 진상을, 어떻게 하면 내가 갈피를 잘 잡아서 그 진상에 다다를 수 있을까? 그것은 한 가지로, 단연코 백지상태에서 시각을 바꾸고 다시 이 사건을 정면에서 부딪쳐 보는 것이네.

시간이 벌써 12시를 넘겼군. 바람이 일기 시작했는지 파도치는 소리가 미미하게 들려오네. 뒷산의 수목도 조금 수런거리는 듯하네. 조금은 피곤하지만, 편지를 쓰기 시작하고 나서 차츰 타오르는 정열이 이상하게 뇌리에 소용돌이치고, 오사카에서 출발할 때 느꼈던 탐구욕이 더욱 한층 박차를 가하며 온몸에 솟구치는 걸 느끼네.

그럼 오늘 밤은 이만 쓰겠네.

— KI

편지를 다 쓴 난바 기이치로(南波喜市郎)는 곧바로 봉투의 앞면에 오사카(大阪)시 스미요시(住吉)구 마쓰가자키초(松ガ崎町) 사쿠라이 히데토시(桜井英俊)라고 이름을 적고 머리맡에 놓았다. 내일 아침부터 개시할 수사를 생각하면서 먼저 의뢰인 사쿠라이 변호사에게 제1신을 적은 것이다.

나이는 벌써 마흔 고개를 넘겼다. 짧게 깎은 머리에는 눈에 잘 띄지는 않지만 흰머리가 섞여 있다. 볼은 건강하게 반질반질 윤기가 돌았고 턱은 정성 들여 면도를 해서 그런지 수염 한 올 보이지 않는다. 도테라 차림의 모습은 참으로 방 분위기에 잘 어울리고 수년 전부터 이 방에 기거했던 것처럼 안정되었다. 눈썹도 눈도 평범하고 코도 그다지 높지 않다. 그런데 왠지 모르게 기품이 있고 반듯하게 자세를 가다듬고 펜을 굴리는 것을 보고 있으니, 이 남자의 과거가 얼마나 근엄하고도 규율적인 생활을 해왔는지를 알 수 있다.

잠시 묵상에 잠겼지만, 실은 편지의 내용에도 드러난 것처럼 내일부터 시작해야 할 일에 관한 그 순서와 방법을 고심하고 있었다. 그러나 시계가 1시를 알리자 일어나 불을 껐다.

2

다음 날 아침, 잠에서 깬 난바는 곧바로 바다 쪽 장지문을 열어젖혔다. 바다도 지금 막 잠에서 깬 듯 아직 젖빛 짙은 안개가 일면에 자욱이 끼었고 방안으로도 희끄무레하면서 차갑게 흘러 들었다.

엔게쓰토섬도 아직 자는 것일까, 그림자도 보이지 않는다. 따뜻한 곳이라 해도 10월도 이제는 끝자락이라 새벽 공기는 여지없이 차갑다. 난바는 가볍게 재채기를 두세 번 하고는 갑자기 무슨 생각이 났는지 이부자리를 박차고 나와 도테라를 걸치고선 간밤의 책상 앞에 앉았다. 오른쪽의 도코노마(床の間)*에 검정 가방이 놓여 있다. 그는 그 안에서 노트 한 권을 꺼냈다. 비망록이라 적힌 대학 노트, 그것을 그는 열심히 읽기 시작했다. 내용은 말할 것도 없이 시라나미소에서 일어난 살인 사건 기록이다. 그는 신선한 아침 공기 속에서 다시금 사건의 외관을 되짚어 보고 싶었다.

쇼와(昭和)** ×년 10월 10일 오전 10시경 와카야마현 니시무로(西牟婁)군 세토카나야마(瀬戸鉛山)촌 미후네산 중턱에 있는 시라나미소 여관 별실에서 숙박인 오사카시(市) 미나미구(區) 고즈하치반초(高津八番丁) 후나토미 류타로(船富隆太郎)와 그의 아내 유미코(弓子)가 살해된 것을 그 여관 여종업원 시노자키 하루(篠崎ハル)가 발견하였다. 현장에는 유미코의 시체만 있고 류타로의 시체는 보이지 않았다. 살해된 후 옮겨진 것으로 보이고 그 침상에는 다

* 다다미 바닥을 한층 높여 만든 곳으로 정면 벽에 족자를 걸거나 꽃병 등을 장식해 놓는 곳.
** 1926년 12월 25일에서 1989년 1월 7일까지의 일본 연호.

량의 혈흔이 여기저기 흩어져 있어 처참했던 당시의 상황을 보여주었다. 흉기는 현장에 유기했다. 직경 약 21센티미터 남짓 되는 단도로 피해자 후나토미 류타로의 소지품인 것을 딸 유키코(由貴子)(당시 오사카의 집에 있었음)가 진술해 주었다. 유미코는 잠자던 중 좌경 동맥을 단번에 찔려서 다량의 피를 흘린 탓에 주변은 온통 핏빛으로 물들었다. 류타로는 범인에게 살해된 후에 옮겨진 것 같고, 여기저기 흩어진 혈흔은 징검돌을 따라 배후의 밀림을 지나서 산쇼신사(미후네산 정상에 있음)의 경내에 이르러 남쪽 전망대에서 멎어 있었다. 피해자의 소지품은 분실된 것이 없었고, 딸 유키코는 여비도 그대로 있다고 증언했다. 그러나 여관 물품인 굵은 세로줄 무늬의 단젠(丹前)*이 분실된 것을 확인했는데, 그것은 전망대 부근의 수목들 속에 피투성이인 채로 버려져 있었다. 류타로가 입은 것으로 추정되는 것은 굵은 세로줄 무늬 유카타(浴衣)** 천 잠옷과 낙타 셔츠에 메리야스 팬티, 그 외 갖고 있던 갈아입을 옷은 모두 그대로 있었다. 피해자 유미코는 세 평짜리 방에서 잤고, 류타로는 네 평짜리 방에서 잔 것 같았다. 모두 도코노마 쪽으로 베개를 놓고 잔 것으로, 범인은 먼저 세 평짜리 방에 침입해 유미코를 살해한 후 류타로에게도 칼을 휘두른 것 같다.

여기까지 읽고 나자, 그는 다시 시선을 처음으로 돌려 가볍게

---

* 일본 남성용 겨울 실내복.
** 아래위에 걸쳐서 입는 두루마기 모양의 긴 무명 홑옷.

소리 내어 읽기 시작했다. 이것은 와카야마현 경찰부 형사과에서 작성된 현장검증 조서 등에서 사쿠라이 변호사가 베낀 것이다. 요점만을 발췌한 것이어서 그는 거의 기억하고 있었다. 그렇지만 그는 이것을 소리 내어 읽음으로써 그것들의 사실 속에서 진상과 위장의 구분을 가려내 보려 한 것이다.

이러는 사이 해상에 자욱이 낀 안개는 차츰 엷어지기 시작했다. 노란색을 띤 빛이 안개를 통과해 주위를 밝게 비추었다. 엔게쓰토 섬도 그 배후의 곶도 마치 현상액(現像液) 중에서 우유색 막 속에 나타나는 음화(陰畵)와 같이 희미하게 개는 아침 안개 속에서 도드라져 보였다.

"잘 주무셨습니까? 손님. 벌써 일어나셨어요? 춥지 않으셨습니까?"

간밤에 잠자리를 펴 준 여종업원이 화로를 들고 들어왔다. 비망록을 다시 소리 내어 읽던 난바는 여종업원 말을 듣고서야 비로소 눈앞에 아득히 전개된 조망에 눈이 휘둥그레졌다.

"간밤에는 잘 주무셨습니까?"

"아, 잘 잤네. 오래간만에 잘 잤어. 그런데 어째서 이런 좋은 방이 비어 있었는지 이상하군."

"네, 맞습니다. 좀처럼 이 별실은 3일이나 빈 적이 없습니다. 그런데……."

말을 꺼내다가 주근깨 많은 이 여종업원은 갑자기 놀란 듯 입을 다물었다. 명확한 간토(関東) 사투리다. 난바는 그 여종업원의 얼굴을 아무 일 아닌 듯이 쳐다보면서 마음속으로 빙긋이 웃었다. 의외로 쉽게 모든 걸 알아낼 수 있다고 생각한 것이다.

"그런데 자네의 이름이 뭐라고 했지?"

"저요?"

여종업원은 둥근 얼굴을 돌려 난바를 보고선 갑자기 쾌활하게 웃는다.

"어머나 손님, 저는 스즈요(鈴代)라고 합니다. 간밤에 말씀드렸는데요."

"하하, 그랬었나. 미안, 미안. 나는 계절과 관계된 이름이었던 거 같아서 말이지."

난바가 가볍게 웃으며 말했다.

"아, 그건 하루(はる)*예요. 이 객실에는 웬만해선 들어오지 않습니다."

"어째서?"

계속해서 난바가 묻자, 갑자기 스즈요는 시선을 돌리며 대답하지 않고 방을 나갔다. 그 모습을 보고 난바는 문득 생각했다. 시노자키 하루는 이 별실에 오지 않는다고. 왜일까?

재빨리 샤워를 하고 돌아오니 방은 말끔히 정돈되어 있었다. 태양 빛이 비스듬히 도코노마를 비추었다. 다시 이끌리듯 난간에 다가서자, 어제는 일몰이었기 때문에 알지 못했던 반쇼가사키의 푸른빛이 지금은 검푸른 바다에 비치어 이루 말할 수 없는 아름다움을 그려냈다.

* 일본어로 봄을 가리킨다.

난바는 다시 한번 목을 쑥 내밀고 이 별실을 받치고 있는 암반을 내려다보았다. 정말 거대한 바위다. 화성암으로 오랫동안 바다에 씻기어 군데군데 조개껍데기의 흔적이 보였는데, 그의 눈길을 끈 건 이 암벽의 높이가 수십 척이나 되고 그 아래가 모래 해변으로 되어 있다는 거였다. 오른쪽으로 차츰 낮아지고 그쪽에 시라나미소 본관이 지어졌다. 왼쪽은 거대한 암석이 당장이라도 무너져 내릴 듯이 우뚝 솟아 있었다. 그 바위를 바라보며 아래를 내려다보니 그들 바위가 모두 중간이 움푹 들어간 동굴 모양으로 되었다는 것을 알았다. 이쪽에서 출입하기란 절대로 불가능할 것 같았다.

"어머, 위험합니다."

스즈요가 밥상을 가지고 들어오면서 말했다.

"하루 씨는 꽤 미인인가? 그런데 어째서 이 방에는 오지 않는지 알고 싶군."

난바는 아까 한 질문을 되물었다.

"저도 잘 모릅니다……."

주근깨가 드러난 얼굴을 들며 스즈요는 난바의 윤기 나는 볼을 쳐다보았다.

"손님도 잘 아시지 않습니까."

그녀는 다시 볼멘소리로 말한다.

"아니, 전혀 알지 못하네. 방금도 욕탕에서 하루 씨를 만났는데, 내가 별실 손님인 걸 알자 황급히 달아났는걸. 이상하더군. 그래서 그 이유가 알고 싶네."

스즈요는 난처한 듯 표정이 굳어지다가 입을 뗐다.

"사실은 저, 함구령이 내려져서……."

스즈요는 난바의 식사 시중을 들면서 말하기 시작했다.

여종업원들은 평소 이 사건에 대해서 자주 수군거린 모양이다. 그래서 시라나미소 주인은 온천 숙소로 타격을 받을까 걱정스러워 여종업원들에게 일제히 입단속을 시켰다. 그녀들은 다른 사람에겐 누설되지 않도록 서로 주의하면서도 자기들끼리는 이것저것 얘기하며 억측을 했던 모양이다. 그래서 스즈요가 한번 입을 떼자 그 수다스러움은 그칠 줄 모르고 사건이 발견된 당시의 놀란 상황부터 삼엄한 검증과 두려운 심문, 끝내는 잔혹한 범인의 풍채에 이르기까지 자세한 이야기를 이어나갔다.

하나하나 수긍하면서 매우 흥미롭게 듣던 난바는 그녀의 말이 끝나자 넌지시 물었다.

"그럼 후나토미 부부는 이 별실의 단골손님이었나?"

"아니요, 그것이 손님, 그날 처음 오신 거예요."

"오! 그러면 상당히 운 좋게 이 방이 비어 있었던 게로군."

"아니, 그렇지 않습니다. 그날은 다른 손님이 이 방에 묵고 계셨습니다. 귀여운 따님과 품위 있는 아버님이 묵고 계셨지요. 그런데 이 방을 달라고 한 겁니다. 좀 비싸도 좋으니 이 별실이 아니면 안 된다면서요. 그렇게 무리한 부탁을 했기에 그런 변을 당한 거라고 저희는 얘기합니다. 정말로……. 그런데 이 방 손님이 선뜻 그러시겠다고 해서 무리하게 부탁을 해 본 주인님도

당황하셨고, 여하튼 부담 없이 앞 손님이 비워 주셔서 다행이었습니다.……생각해 보십시오. 예약도 하지 않고 갑자기 찾아와서는 어떻게든 이 방을 써야 한다고 하니, 정말이지 어처구니없지 않습니까?……이 방에 묵었던 손님은 그다음 날 아침, 유노미네(湯の峰) 쪽으로 가셨는데 저희는 내쫓긴 거라고 했습니다."

말을 다하고서 여종업원이 나간 후, 난바는 잠시 생각에 잠겼다. 지금 여종업원이 말한 것을 여러 가지로 음미해 보았다.

그녀의 말속에서 다시 음미해 볼 필요가 있는 몇 가지가 있었다. 그것은 피해자 부부가 특별히 이 방을 골라 숙박한 것과 먼저 묵었던 손님인 부녀가 선뜻 방을 내준 것, 그리고서 다음 날 아침에 서둘러 떠난 일이다.

후나토미 부부가 특별히 이 방을 고른 이유, 그것이 밝혀지면 사건의 진상은 의외로 간단해질지도 모른다. 그런데 피해자들은 그렇게까지 해서 묵고 싶은 방을 왜 예약하지 않은 걸까? 게다가 처음 온 그들 부부가 어떻게 시라나미소의 별실을 알고 있었을까?

이것저것을 생각하다가 홀연히 다시 징검돌을 밟고 내려온 난바는 새삼스레 처음 본 듯 정원의 평온한 모습을 가만히 둘러보았다. 소나무가 있다. 단풍나무도 있다. 그리고 벚나무도 있다. 그런데 그것들 사이로 드러나 있는 바위와 마치 그것들을 이어 주듯이 심어 놓은 철쭉, 진달래가 보기 좋게 다듬어져 있다. 또한 만발한 국화가 화사한 색채와 향기를 흩뿌리고, 애기동백도 하얀 꽃봉오리를 터트리고 있었다.

"산책하시는 겁니까?"

쉰이 다 되어 보이는 시라나미소 주인이 나오면서 말한다.

"식후 소화도 할 겸 잠시 신사 쪽으로 올라가 볼까 해서요⋯⋯."

그러자 주인은 바로 손뼉을 쳤다.

"어제도 올라가셨다면서요. 힘드셨을 텐데. 미리 말씀해 주셨으면 안내해 드리도록 했지요."

그렇게 말하며 주인도 정원으로 내려온다.

"처음 오신 분은 알기 어려우시겠지만 아주 편한 샛길이 있습니다."

주인은 오른쪽의 거의 벽 같이 똑바로 서 있는 바위 쪽으로 걸어갔다.

"부르셨습니까?"

그때 나타난 여종업원에게 주인은 남자 종업원을 불러오라 하고, 괴이쩍은 듯 바라보는 난바를 손짓하며 불렀다.

바위에는 일면에 담쟁이 같은 덩굴이 휘감겼고, 아랫부분은 두꺼운 이끼로 덮여 있었다. 덩굴과 이끼로 덮인 그런 바위가 있는 곳에서 대체 어쩌려는 것일까 하고 이상히 여기면서 가까이 다가간 난바는, 바위를 돌아서자 한 갈래의 샛길이 나 있는 것을 알았다. 그가 지금까지 알아차리지 못한 건 그 옆에 심어 놓은 작약과 다른 풀꽃이 멀리서 보면 마치 거대한 바위의 뿌리를 묻어 놓은 것처럼 보여서다. 곧이어 나타난 남자 종업원이 자꾸만 두 손을 비비면서 그 길을 헤치며 난바를 안내했다.

"음, 힘이 들지 않는군. 정말 좋은 길을 냈네."

난바가 그냥 하는 소리가 아니라 어제 등반한 고통을 떠올리며 말하자, 한텐(半纏)* 차림에 조리(草履)**를 신은 남자 종업원은 비위를 맞추듯 웃음을 띠며 말한다.

"하지만 손님, 이런 길이 있는 게 좋은 것도 있지만 나쁜 것도 있습니다……."

남자 종업원도 얘기하고 싶은 걸 억지로 참는 듯 말꼬리를 흐렸다.

어제는 20분 남짓 걸렸는데 오늘은 겨우 7, 8분밖에 걸리지 않자, 난바는 새삼 놀랐다. 그리고 이 신상(信さん)이라는 남자 종업원을 잘 부추겨서 사건 당일의 상황을 들을 수 있었다.

"이곳이 그 전망대이고……."

종업원이 가리킨 곳을 보니 그곳은 어제 난바가 황혼 빛 속에서 내려다보고 그만 무서워서 기분이 오싹했던 절벽 끝이었다.

"저기가 사키노유(崎の湯)가 있는 곳, 그 왼쪽으로 센조지키와 산단베키 등 명소가 이어져 있습니다."

신상은 발돋움하며 왼쪽에 보이는 해안선의 기복을 손가락으로 가리켰다.

"상당히 깊은 것 같군."

난바가 다시 한번 아래를 내려다보자, 남자 종업원이 소리쳤다.

"위험합니다."

그는 난바의 허리를 감싸듯이 잡으면서 말했다.

---

* 짧은 겉옷으로 입는 작업복.
** 일본 짚신.

"그렇지만 산단베키가 있는 곳보다는 얕을 겁니다. 그쪽을 한 번 배로 가 보십시오. 거기는 투명한 바닷물이 마치 거무죽죽한 가루 물감을 풀어 흘린 것처럼 검푸른 게 정말로 무섭습니다."

이렇게 대충 경내를 둘러본 난바는 해상의 조망이 가장 멋진 곳이 이 전망대인 것을 알았다. 왼쪽이나 오른쪽으로 전망 좋은 장소는 있지만, 그 어느 곳이나 커다란 바위가 솟아 있고, 상당히 무성한 수목들이 시야를 좁히고 있었다.

숙소 물품인 단젠이 피 묻은 채로 버려진 곳은 오른쪽 떡갈나무가 무성한 뿌리 부분이었다. 난바는 그 장소를 알고 바로 절벽에서 바다를 내려다보았다. 같은 높이로 똑같은 벽처럼 우뚝 솟아 있다. 그런데 왜 단젠이 시체와 함께 바다에 버려지지 않았을까 하는 의문이 남았다. 단지 범인의 의지가 맨 처음 투기 장소로 이곳을 선택한 게 아닐까 하고 상상한 수사관들 생각에는 수긍할 수가 있었다. 만일 그 장소에서 시체를 바다로 던졌다고 하면 반드시 한 번은 부딪치리라 상상되는 바윗덩어리가 그 절벽의 중간에 마치 혹처럼 솟아 있었기 때문이다.

신상은 난바가 그러한 생각에 빠져 있는 줄도 모르고 계속해서 부근의 명소에 관해 최근 알게 된 건지, 명소 안내의 버스 여차장이 사용하는 7·5조의 명문구(名文句)를 인용하며 설명을 늘어놓았다.

3

숙소로 돌아오자 뜻밖의 손님이 그를 기다리고 있었다.

"비행기로 와서 일찍 도착했습니다. 기상에서 내려다보이는 난키의 풍경이 기막히게 좋았고, 시라하마(白浜) 해안에 닿아서도 꿈같은 기분이어서 내리는 것이 아쉬웠습니다……"

손님은 난바의 얼굴을 보자마자 다정스러운 미소를 띠우며 이런 어조로 이야기를 꺼냈다.

자세히 보니 스물일곱, 여덟의 청년으로 볼에는 선명한 홍조를 띠고 입술도 붉어 혈색이 좋아 보였다. 이마는 넓고 검은 머리카락에 빗질도 예쁘게 해 중앙으로 가르마를 잘 탔다. 특히 이 청년을 특징짓는 것은 높이 빼어난 콧날에다가 여자였으면 할 만큼이나 윤기 어린 검은 눈동자였다. 씩 하고 가볍게 웃으면 반짝하고 빛나는 금으로 씌운 앞니도 그 하나일지 모르겠다.

사쿠라이 변호사의 소개장을 읽고 난 난바는 다시 이 청년을 관찰했다.

"자네가 스사 히데하루(須佐英春) 군인가?"

"네, 그렇습니다."

스사는 밝은 목소리로 대답한다. 표정도 태도도, 음성도 정말 환하고 명랑한 젊음이 넘쳐났다.

"소개장에 의하면, 자네는 후나토미가의 상속인이 될 사람이라는데……"

"네, 그렇습니다만…… 안 되는 겁니까?"

갑자기 청년의 표정이 어두워졌다.

"아니, 안 되는 것은 아니네만."

난바는 잠시 생각하고서 물었다.

"……그럼, 다키자와 쓰네오 군과의 관계는?"

"친한 친구입니다……. 제가, 그래서 더욱이 이번 사건과는 관계가 깊습니다."

"그럼 사건의 요지는 알고 있겠군?"

"네."

청년은 고개를 끄덕였다.

"그래서 내 조수를 지원한다는 건가?"

"안 되겠습니까?"

스사는 불안한 듯 다시 눈동자를 움직였다.

난바는 다시 사쿠라이 변호사의 편지로 눈길을 돌렸다. 이 사건의 의뢰자는 적극 이 청년의 재능을 칭찬했고, 가해자 피해자 양가에 가장 깊은 관계를 가진 인물이 이번과 같은 수사의 조수를 맡으려고 하는 것도 뭔가 숙명인 것 같다, 어쩌면 대단히 효과적일지도 모르니 잘 지도해서 써 보라고 거듭 추천했다.

잠시 침묵 끝에 난바가 다시 입을 열었다.

"내가 주저하는 것은 다름이 아닌 이번과 같은 언뜻 보기에는 간단해도 복잡한 사건인데, 내 신조가 선입관을 적극 배척하는 것이네. 그런데 자넨, 지금 자네가 말한 대로 사건의 주요 인물과 실로 밀접한 관계를 지녔어. 그 점을 나는 우려하는 거라네. 자네가 내 조수로 일한다면 자네의 관찰과 의견이 내 귀에 들어

오겠지. 그때 만일 왜곡된 자네의 인식을 내가 채용한다면 아니 절대로 없다고는 말할 수 없겠지. ……그 결과는 어찌 될까?"

"……하지만."

"묵묵히 듣게! 그런데 이번 내 사명인데, 나는 사쿠라이 변호사의 의뢰로 가해자로 지목된 다키자와 쓰네오 군의 무죄를 입증하려고 일부러 이곳까지 찾아온 걸세. 즉 경찰에서는 이미 종결한 것으로 그 건의 서류를 검사국으로 보내고, 검사도 또한 유죄로 인정하고 예심 청구를 한 사건을, 다시 한번 문제 삼고 그 진상을 탐구하려 하는 곤란한 일이지. 그래서 수사는 비밀을 필요로 하면서 치밀하고 상세하게 탐사를 반복하지 않으면 안 되네. 그 점에 관해서도 나는 자네에게 일말의 불안을 느낀다네."

잠시 침묵이 흘렀다. 그러나 난바는 그러는 사이 너무나도 참담하고 초연히 목덜미를 숙인 스사의 모습에 놀랐다. 조금 전 그 명랑했던 모습은 어디로 갔는지, 몹시도 의기소침하고 눈가에는 어두운 그림자가 드리워졌다.

"그러십니까? 안 되는 겁니까? 저는. 애써 친구의 누명을 씻고, 곧 부모님이 될 뻔했던 후나토미가 사람들의 진짜 원수를 찾으려고, 그것만을 기대하고 왔습니다만……."

스사는 힘없이 말했다. 그리고 벌써 단념했는지 여종업원이 가지고 온 점심을 난바와 함께 가벼이 들었다.

점심을 먹으면서도 난바는 끊임없이 관찰의 시선을 이 청년에게 주고 있었다. 난바는 지금까지 다수의 난해한 사건에서 한 번도 조수를 쓴 일이 없었다. 언제나 그는 혼자의 힘으로 사건을 해결해 왔다. 그래서 오늘도 사쿠라이 변호사가 애써 추천한 것조차 무시하고 스사에게 거절의 뜻을 내보인 것이다. 그런데 점심을 먹으면서 이야기를 나누는 동안 갑자기 난바의 생각이 바뀌었다. 그 생각의 변화가 무엇 때문인지, 그는 몰랐다. 단지 이 명랑한 청년을 이대로 실망하게 해서 돌려보내는 것이 왠지 불쌍하다고 여겼는지도 모른다. 어쩌면 스사의 구애됨 없는 성격이 이상하게 난바의 고집을 꺾었는지도 모른다. 단지 이유 없이 그를 돌려보내는 것이 서운하게 생각되었다.

1시가 되자, 스사는 서둘러 돌아갈 준비를 했다. 그때 갑자기 난바는 스사 앞에 한 권의 노트를 꺼내 놓았다. 비망록이었다.

"그럼, 어쨌든 사건 설명을 해 보겠네. 듣게."

스사는 잠시 말없이 난바의 얼굴을 바라보다가 곧 그의 의지를 이해했는지 갑자기 표정이 생기 있게 되살아났다.

"네! 그럼 써 주신다는 건가요?"

그러나 난바는 태연하게 똑같은 어조로 말을 이었다.

"대충은 알고 있겠지만, 한번 이 비망록을 읽어 보게. 그리고 의문스러운 점이 있으면 기탄없이 질문해 주고."

스사는 매우 흥분해서 예리하게 크게 뜬 검은 눈동자로 그 비망록을 읽어갔다.

난바는 오늘 아침 반복해서 읽은 사건의 발견 당시 기록부터 읽기 시작해 이어서 피의자 다키자와 쓰네오에 관한 항목으로 넘어갔다.

10월 9일 오후 1시경, 피의자 다키자와 쓰네오는 피해자 후나토미 류타로한테서 전화를 받았다. 그 내용은 딸 유키코와 혼담 건에 관해 시급히 할 얘기가 있다는 것이었다. 피의자는 너무 좋아서 서둘러 근무지를 조퇴하고 피해자의 행적을 따라 시라하마로 향했다.

그리하여 오후 6시경, 산쇼신사 경내에서 만난 두 사람은 함께 샛길을 따라 피해자가 숙박한 시라나미소 별실로 돌아와 전화 내용에 관해 얘기했다.

그런데 뜻밖에도 류타로는 그와 같은 전화를 한 기억이 없었다. 만일 전화한 일이 사실이면 누군가 고의로 장난을 친 거다. 그렇지 않으면 피의자의 날조라고, 그뿐 아니라 이러한 트집을 잡아 시라하마까지 쫓아온 것은 우리를 협박하는 음모라면서, 혼담은 이미 결정되었으니 절대로 변경할 수 없다, 만일 네가 우리를 죽이려 해도 우리는 놀랍지 않다면서 피의자의 일상 행동까지 언급하며 욕과 비방을 해댔다. 그래서 피의자 다키자와 쓰네오는 결국 화를 참지 못하고, 이 치욕은 반드시 갚겠다면서 다다미를 걷어차고 돌아왔다.

여기까지 난바가 읽었을 때, 갑자기 스사가 손을 올리고 난바의 주의를 끌었다.

"저, 잠시 항목 중에서 이해할 수 없는 두세 가지가 있는데…… 질문해도 되겠습니까?"

난바가 고개를 끄덕이자, 그는 안면에 홍조를 띠면서 말한다.

"먼저 제가 의심스러운 것은 다키자와 군이 왜 시라하마까지 후나토미 부부를 만나러 왔는가 하는 점입니다. 지금 기록으로는 다키자와 군이 후나토미 씨한테서 전화를 받고 서둘러 왔다고 하는데, 그럼 상당히 중대한 전화였겠지요. 물론 다키자와 군은 그 전화가 유키코 씨와 혼담 건에 관해 상의하고 싶은 일이 있으니 즉시 와 달라는 내용이었다고 합니다만, 제겐 그것이 우선 이상합니다."

스사는 숨을 한번 돌리고 나서 말을 이어갔다.

"……이 일을 자세히 말씀드리면 이해하실지 모르겠습니다만, 사실을 말씀드리면 이번 사건은 저로 인해서 야기된 겁니다. 제가 후나토미가에 출입하게 된 데는 그 당시 유키코 씨의 약혼자 다키자와 군이 소개해서였고, 다키자와 군이 무서운 혐의를 받게 된 것은 다키자와 군과의 혼담이 깨지고 제가 그 자리를 대신하게 되었기 때문입니다. 만일 제가 후나토미가에 나타나지 않았으면 어쩜 이번 사건은 일어나지 않았을지도 모르고, 다키자와 군은 지금쯤 경사스럽게도 후나토미가 식구가 되었을지도 모릅니다. 정말 세상일은 얄궂고, 운명 또한 변덕스러운 장난을 칩니다.

그리고 저는 다키자와 군의 성격을 누구보다도 세세히 알고 있습니다. 정말 그는 천성이 침착하지 못하고 난폭하기조차 합니다. 그런데 한편으론 영롱한 구슬처럼 때가 묻지 않은 어린애와도 같이 사랑스럽기도 합니다. 말다툼은 일상다반사였고 술을 마시면 더욱 심해지지만, 그 순간이 지나 버리면 정말 거짓말처럼 언제 그랬냐는 듯이 태연스럽지요. 이번 사건처럼 순간의 분노로 앙심을 품고, 복수를 계획해 정성 들여 준비한다는 것은 그의 성격과는 너무도 맞지 않습니다. 전화가 걸려 와서 갔다, 혼담 얘기가 다시 나와 좋아서 일이고 뭐고 다 팽개치고 갔다고 하는, 잔꾀를 부릴 만한 사람은 결코 아니기에 저는 뭔가 뒤죽박죽인 물과 기름이 섞인 듯한 기분입니다."

난바는 조용히 팔짱을 낀 채 듣고 있다가 그때 처음으로 가볍게 고개를 끄덕였다. 스사의 말을 차츰 이해한 것이다. 그러나 왜 스사는 전화의 내용이 있을 수 없는 일이라고 하는 걸까? 왜 류타로가 그러한 전화를 다키자와에게 한 것이 불합리하다는 건가? 그 전화 때문에 다키자와는 시라하마까지 류타로의 행적을 따라갔고, 게다가 살해의 동기로 간주한 비방마저 후나토미에게 들었던 게 아닌가?

그 설명을 구하듯 스사의 얼굴을 바라보자, 스사는 다시 말을 이어갔다.

"한 번 더 자세하게 말씀드리면 이해하실지 모르겠습니다. ……지금 말씀드린 것으로 저와 다키자와 군, 후나토미 일가와의 관계는 대강 이해하셨겠지요. 그리하여 다키자와 군이 후나토미가에서 쫓겨나게 되고, 제가 더 가까이 왕래하게 된 것은 이미 알고 계시겠지만 9월 중순의 일이었습니다. 그러기까지는 상당히 얽힌 내막도 있지만, 결국 다키자와 군의 행실이 후나토미가에 들어갈 수 없게 된 제일 큰 원인이었고, 이어서 혼담이 파기되고 출입이 금지된 겁니다. 저에 대한 이야기는 훨씬 뒷일이고, 맨 처음엔 다키자와 군에 대한 우정을 생각해 단호히 거절했습니다만, 우연히 다키자와 군이 저를 비난하고 만일 만나면 장소를 불문하고 가만두지 않겠다는 소문이 들려 온 겁니다. 후나토미 씨도 유키코 씨도 그 소문을 들었고, 그런 난폭한 놈은 무슨 짓을 할지 모르니 잠시 어딘가에 몸을 숨기는 게 어떻겠냐고, 혼담도 서두르지 않을 테니 약속만 해 준다면 여비 정도는 주시겠다고 하셨습니다. 설마 다키자와 군이 지금까지의 우정을 버리고 저에게 폭력을 쓰리라고는 생각지 않았기에 두렵지는 않았습니다. 하지만 군이 그 호의를 마다하며 위험한 상황에 부닥칠 필요도 없었습니다. 사실 다키자와 군이 그런 생각을 했다면 저도 무리하게 우정을 고수하는 게 바보스러운 것 같았습니다. 그래서 마침내 그분의 호의를 승낙하고서 이번 사건이 일어나기 전까지 계속 주오선(中央線) 방면의 온천지를 돌아다녔던 겁니다. 그래서 제가 보기에는 후나토미 씨가 전화를 했다고 쳐도 그것이 다키자와 군을 다시 사위로 삼기 위해서라고 왈가왈부할 사항이라고는 절대로 믿어지지 않는다는 겁니다."

"그럼, 결국 어떻게 되는 건가?"

난바는 갑자기 이해하기 어려운 표정으로 혈색 좋은 볼을 쓰다듬는다. 스사는 모순된 두 가지 사항을 말하면서 계속 뭔가를 내비치려 했다. 류타로가 혼담 얘기로 전화할 리는 절대로 없다는 것과 그 말 뒤에 다키자와는 이러한 거짓말을 할 남자가 아니라고 잘라 말했다. 그리고 이 모순을 왜 신중히 생각하지 않는지 비판하였다.

스사는 잠시 생각에 잠긴 듯 손에 쥔 담배를 화로 위에 가볍게 문질렀다. 어느새 남서쪽으로 움직인 태양이 방 안 가득 들어와 스사의 넓은 이마를 정면에서 비추었다. 그래선지 아니면 이야기에 열중하여 달아올라서인지 볼은 주홍을 칠한 듯이 붉다.

"한 가지 의문이 더 있습니다."

스사는 지금 난바가 한 질문도 잊은 듯 다시 말을 이었다. 그 붉은 입술이 움직일 때마다 보랏빛 연기가 눈부실 정도의 광선 속을 흔들흔들 헤쳐나간다.

"……이것도 지금의 기록을 살피다가 생각난 것입니다만, 다키자와 군은 어째서 곧바로 산쇼신사의 경내로 간 것일까요? 다키자와 군의 진술에 의하면 후나토미 씨의 명령이었다는 점인데, 만약 그것을 사실로 친다면 후나토미 씨는 왜 그곳에서 이야기하지 않았을까요? 왜 일부러 좁은 길을 따라 숙소로 안내했을까요? 어차피 숙소에서 이야기할 거였으면 처음부터 시라나미소에서 만나면 되었을 것을 말이죠. 그랬으면 됐을 걸 일부러 인적이 적은 장소를 골라 놓고서 어두운 산길을 헤치고 숙소로 데리고 돌아와서는 그런 이야기를 한 기억이 없다고 매도한다는 것은 너무나도 지나친 모순이지 않습니까?"

"자네의 의문은 모두 다키자와의 진술을 그대로 받아들인 결과네."

난바는 조용한 어조로 대답한다. 그 어조에는 미약하지만 긍정하기 어렵다는 빛이 역력했다. 그러나 스사의 눈동자는 이상한 열의를 지니고, 태양 탓인지 더욱 반짝반짝 빛났다.

"그렇습니다. 조금 전에도 말씀드렸듯이 저는 절대적으로 그의 말을 믿고 있습니다. 경찰관도 검사도 예심판사도 그의 진술은 거짓이라고 선고하여도 저는 그의 말을 믿습니다. 아니 저만이 아니라 당신도 꼭 믿어 주셨으면 합니다. 제가 후나토미가와 깊은 관계에 있음에도, 그 가해자로 지목된 다키자와 군의 누명을 벗기기 위해 노력해 주시는 사쿠라이 씨에게 부탁해 조금이나마 다키자와 군을 위해 힘을 다하고자 결심한 것도, 실은 단하나 이런 믿음이 있어서입니다. 난바 씨! 제발 믿어주십시오. 그는 그런 거짓말을 하고 한밤중에 남의 주택을 덮쳐 복수를 계획하는 악한 성격은 못됩니다. 그런 이야기를 하고 저는 사쿠라이 씨에게 당신의 조수로서 일할 것을 허락받았습니다. 저와 그는 아주 오랜 친구입니다. 그런 제가 그의 결백을 보증합니다. 난바 씨."

스사의 상당히 격한 어조였다.

그러나 난바는 여전히 평정을 취했다. 단정히 앉은 무릎은 조금의 흔들림도 보이지 않고 묵묵히 스사의 말에 귀를 기울이고 있었다. 그리고 갑자기 어조가 높아진 스사의 목소리가 끊기자, 난바는 조금도 변함없는 침착한 어조로 짧게 말했다.

"그렇지만 스사 군. 나는 그러한 자네의 선입관을 우려하는 걸세."

4

잠시 침묵이 이어졌다. 유람선이 산단베키 쪽으로 손님을 태우고 가는 것일까? 엔진 소리가 희미하게 들려왔다.

"다시 여쭙겠습니다만……."

간신히 목소리를 낮춘 스사는 이번에는 말끄러미 난바의 얼굴을 쳐다보면서 다시 입을 열었다.

"그날, 다키자와 군은 몇 시경에 전화를 받았다고 했습니까?"

"오후 1시 전후라더군."

"그럼, 오사카를 출발한 것은……."

조용히 비망록의 페이지를 넘기고서 난바는 당일 다키자와의 행동에 관해 기록한 부분을 내보였다.

피의자 다키자와 쓰네오는 당일의 행동을 다음과 같이 진술했다.

(1) 오후 1시경 피해자 후나토미 류타로한테서 전화를 받았다. 그리고 곧바로 소속장의 승인을 얻고 조퇴 절차를 완료, 허둥지둥 자동차를 몰아 난카이 전철(南海電鐵) 난바(難波)역으로 서둘러 향했다.

(2) 역에 도착한 시각은 1시 12분을 지났다. 그래서 역원에게 시라하마행 열차를 물으니 시라하마행 직통 급행열차는 이미 1시 10분에 떠났다고 한다. 그러나 보통 급행열차가 20분에 출발할 예정이라고 알려줘서 그 열차에 올라탔다.

(3) 시라하마구치(白浜口)역에 도착한 것은 그날 오후 5시 37분이었고, 그곳에서 곧바로 자동차로 미후네산의 산쇼신사로 갔다.

(4) 산기슭에서 차를 내려 도보로 산쇼신사에 다다르다. 주위는 이미 어둡고 시계를 보자 6시 5분이 지나고 있었다. 경내에서 후나토미 류타로와 만나다.

(5) 해 질 무렵이라 주위는 이미 어두웠다. 그래서 후나토미 류타로의 권유에 따라 샛길로 내려와 시라나미소 별실로 왔다. 그의 아내 후나토미 유미코를 만나다. 저녁 시간이라 후나토미 유미코가 여종업원에게 식사 준비를 부탁하려 하자, 류타로가 그것을 제지하고, 찾아온 이유를 물었다.

(6) 몹시 화가 나서 그 이후의 행동은 상세히 기억나질 않는다. 여러 곳을 방황한 끝에 밤 8시가 지나서 시라하마 홀(白浜ホール)에 들어갔고, 저녁을 먹고 강한 양주를 마신 후 그대로 그곳에서 잤다.

(7) 다음 날 10일 새벽, 술에서 깨어 일어난 후에 시라하마구치역 첫 열차가 새벽 5시 58분인 것을 알고 바로 숙소를 나왔다. 그날 아침 10시 10분 난바역 도착, 근무처에 전화로 결근하겠다고 알리고 곧장 집으로 돌아왔다.

다 읽은 스사에게 난바는 설명하기 시작했다.

"물론 이것은 다키자와의 진술만을 기재해 놓은 것이네. 그렇지만 당국에서는 빠뜨림 없이 이 진술이 옳은 건지 아닌지를 모든 방법으로 확인했는데, 그것이 이걸세."

다시 비망록의 다른 페이지를 넘기며 난바가 말한다.

"제1항에 대해선 다키자와의 근무지 MI 상사 주식회사 오사카 지점에서 우선 교환수들에게 다키자와에게 걸려온 전화가 있었는지 물었고, 스기사카 야스코(杉坂やす子)라는 교환수한테 오후 1시경 분명히 공중전화가 걸려 왔다는 증언을 확보했네. 정확한 시각에 관해선 다키자와의 동료 다카하시(高橋) 아무개가 1시 5분 전이었다고 증언했다. 또한 소속장인 서무계장 나카야 게이지(仲谷敬二) 씨도 분명히 조퇴 허가를 내준 것을 증언했고, 그를 난카이전철 난바역까지 태워준 오사카 택시회사의 운전사도 1시 넘어 연락을 받고 난바역까지 태워줬다고 진술했네. 제2항, 제3항에 대해서도 마찬가지로 모두 다키자와의 진술은 완전히 입증되었지만, 중요한 그 이후의 행동이 공정성을 잃었다. 그것은 자네도 헤아리듯이 그 이후의 진술은 피해자들과 보낸 시간과, 그 자신도 '화가 난 나머지 거의 상세한 것을 기억하지 못한다'라고 진술하는 애매한 상태이고, 제4항, 제5항에 관해서는 증명할 방법도 없네. 단지 그곳 여종업원이 저녁 준비를 물으러 와서 그때 손님이 있는 걸 알았다는 것과, 그 손님이 몹시 화가 난 것 같아서 방에 들어가지도 못하고 그대로 되돌아왔다고 진술했지만, 그 여종업원이 손님 얼굴을 본 게 아니라서 다키자와라고 확신하긴 어렵다는 것이지. 하지만 시간상으로는 다키자와가 말한 것과 거의 일치하네. 그 말다툼을 듣고 카운터로 돌아왔을 때 분명히 6시 반이었다고 하고, 주인도 똑같이 증언했네. 다키자와가 나간 시각은 정확히 모르는 것 같고, 단지

벨이 울려서 서둘러 별실로 가 보니 손님은 이미 없고 피해자 부부는 그 손님이 가지고 온 듯한 과자 상자에 들어 있는 과자를 먹고 있었다고 하네. 그 시각이 7시 5분 전이었다고 하니, 그 전에 다키자와가 나간 것으로 추정되긴 하지만 그것도 물론 단순한 추정에 불과하네."

거기서 잠깐 멈추고서 난바는 고개를 들어 스사의 상기된 얼굴을 바라봤다. 그의 이마에는 약간 땀이 나 있었다. 높고 수려한 콧잔등에도 땀방울이 맺혔다. 하지만 스사는 열심히 책상 위의 노트에만 시선을 집중했다. 난바는 설명을 계속했다.

"그런데 제6항에 관해선, 그중에서도 '밤 8시가 지나서 시라하마 홀에서'의 진술은 바로 증명되었네. 그런데 그 후 '그대로 그곳에서 잤다'고 하는 진술은 사실과 부합하지 않았너네. 그의 말은 '강한 양주를 마셨다'고 했네. 이것은 경찰 조사에서도 분명히 강한 양주인 진(gin), 압생트(absinthe), 위스키 등 닥치는 대로 마셨다고 했네. 그러나 이 이후 약 2시간을 시라하마 홀에서 여급들과 놀다가 곧바로 비틀거리며 나갔다고 하네. 즉 그대로 시라하마 홀에서 자지 않은 거지. 시라하마 홀은 아래층이 댄스홀과 카페이고 위층이 여관인데, 당국의 조사로 그날 밤 다키자와는 결코 묵지 않았네. 오히려 만취한 다키자와와 비슷한 차림의 남자를 11시경 시라하마의 노상에서 보았다고 하는 증인조차 나났다고 조서에 기재했지. 더욱이 다키자와를 불리하게 한 것은 그가 '시라하마 홀'이라 생각하고 숙박한 여관이 시라나미소로 오는 도중에 있는 '시라하마 호텔'이었다고 하는 사실이야. 시라하마 호텔과 시라하마 홀이네. 만취한 다키자와가 착각을 일으킨 것도 무리는 아니겠지만, 그것만으로도 판사의 심증이 나빠지는 것은 당연하지. 누가 생각해도 만취해서 정신을 잃은 다키자와가 왜 11시경까지 시라하마 해안으로 길을 헤맸는지 의심스럽고, 또한 시라하마 호텔 지배인이 '12시 조금 전에 무서울 정도로 창백한 얼굴을 하고 들어와 방을 달라기에 2층 3호실로 안내했다'고 진술한 것을 듣고, 점점 그를 의심하게 되었네. 제7항의 '숙소를 나와서'의 숙소도 물론 시라하마 호텔이지 그가 말한 시라하마 홀이 아니야. 그 이후 첫 열차를 탄 것과 난바역에서 전화한 것 등은 처음과 마찬가지로 한 점의 착오도 없네. 따라서 애매한 것은 오후 6시경부터 시라하마 홀에 나타난 8시까지의 사이와, 시라하마 홀을 나온 10시경부터 시라하마 호텔에 나타나기까지 2시간 정도의 행적일세. 게다가 후자는 당사자가 전혀 기억을 못 하는 것 같아. 몇 번이나 물었지만, 그는 '모른다'라고만 했네. 이러하면 자네라도 의심이 들지 않겠나……."

난바는 가까스로 긴 설명을 마쳤다.

5

"그러나 아직 제겐 의문이 남습니다."
스사가 다시 고개를 들었다.

"……지금 말씀으론, 오후 5시 37분에 시라하마구치에 내린 다키자와 군이 곧장 산쇼신사로 차를 달리게 했다는 사실에 관해선 전혀 음미되고 있지 않습니다. 왜 두 사람이 오후 6시경 어두운 시각에 인적 드문 미후네산 정상에서 해후했는가, 하는 그 이유입니다. 두 사람이 만난 것이 우연이었던 걸까요? 아니면 두 사람 간에 미리 상의라도 있었던 걸까요? 두 사람의 해후는 결코 우연이 아니고 필연적으로 예정되고 계획된 것이 틀림없는……. 근거는 한 가지로 다키자와 군의 시라하마구치역 도착 시각에 있습니다. 곧장 차를 미후네산으로 달렸다는 점입니다. 미리 약속하지 않고서야 그렇게 할 수 없습니다. 누가 봐도 그렇지 않겠습니까?"

그러나 난바는 이 말에도 반대의 안색을 분명하게 내보였다.

"누구든 일단은 그렇게 생각하겠지. 그러나 스사 군. 자네는 지금 그 훌륭한 논리적 두뇌를 한결같은 우정으로 혼탁하게 만드는데, 자네의 지금 말한 사항이 마찬가지로 완전히 계획된 범죄의 일부에 지나지 않는다는 걸 안다면 어찌하겠는가?"

너무나도 역설적인 어조였다. 스사는 놀라서 긴장한 표정을 지어 보였다. 그렇지만 난바는 태연하게 가벼운 미소조차 띠었다.

"와카야마현 경찰부는 민첩하게도 지금 자네가 말한 의문에 대해서 실로 뛰어난 해결을 내 놓았네. 물론 그 해결을 얻기까지는 상당히 힘들었을 거야. 사쿠라이 변호사도 그 해결이 있었기에 다키자와의 항변을 모두 무위로 돌리고, 그의 범죄로 확인되어 당국으로 송치하기에 이르렀다고 하네. 나 자신도 그 설명을 듣고 잠시 이 사건을 맡는 걸 그만둘까 했을 정도였으니까. 그런데 역시 상세하게 듣다 보니 문득 이처럼 정교하게 짜 맞춰진 범죄치곤 너무도 지나치게 허술한 여러 가지 점을 알아차렸지. 예를 들면 회화나 시, 음악에서도 그 예술이 훌륭하면 훌륭한 만큼 그 안에 일관되게 흐르는 리듬이 있지. 문장도 그렇네. 유려함을 지닌 문호의 문장에는 똑같은 형용사, 똑같은 문자를 사용하면서 보통 사람으로선 흉내 낼 수 없는 아름다움이 있네. 막힘이 없네. 그렇지만 만일 여기에 표절자가 있고, 그 문장의 일부를 그대로 사용했다고 하면 어떠할까? 독자는 역시 문호의 명문을 읽을 때와 똑같은 감흥으로 그 문장을 대할까. 또한 똑같은 유려함을 느낄까……?"

난바는 약간 목소리의 어조를 떨어뜨리고 설명한다.

"요컨대 걸출하면 걸출한 만큼 거기에 일관된 개성이 드러나는 법이지. 그래서 뛰어난 예술만큼 다른 사람의 손이 더해지면 금방 알게 돼. 이 점은 범죄도 마찬가지라 할 수 있어. 범죄가 교묘함을 더하면 더한 만큼, 거기에 그 범죄인의 일관된 개성이 나타나지. 그것을 당국자들은 수법이라 칭하는데, 그 수법이라는 것은 일개의 범죄인에 관해서 말하자면 역시 일종의 예술과 똑같고, 결코 그 일개의 범죄 수행 중에는 변경하는 법이 없지. 그래서 이번 사건과 같은 교묘한 범죄에는 절대로 뒤죽박죽 허술한 실책이 있어서는 안 되네…… 그런데 어떠한가? 다시 말할 필요도 없이 이 사건에는 지극히 정교하고 치밀한 부분, 그것과는 반대로 지극히 허술하기 그지없는 부분이 어지럽게 뒤섞여 있어. 이것을 다키자와 일개의 범죄라 하면 방금 말한 것과 같이 거기에 대단한 모순을 느끼는 건 당연하지. 내가 일부러 시라하마 벽지까지 온 중대한 이유가 거기에 있는 거다."

그러나 지금 난바가 말한 '지극히 정교하고 치밀함'이란 어느 부분을 가리키고, 와카야마현 경찰부가 해결했다고 하는 '뛰어난 해결'이란 어떤 것일까? 또 '완전히 계획된 범죄 설계의 일부'란 무엇을 의미하는 것일까? 스사는 격심한 기대에 흔들려 자신도 모르게 주먹을 부들부들 떨었다.

제2장

범죄 설계

1

　자, 여기서 펜을 일단 범행 발견 당일인 10월 10일로 돌려 그 날부터 피의자 다키자와 쓰네오를 검거 구류하게 되기까지의 경과를 기술한다.

　참극의 흔적을 발견한 것은, 앞에서도 말했듯이 시라나미소 의 여종업원 시노자키 하루였고, 시각은 정각 오전 10시경이다. 그렇지만 속보를 받은 와카야마현 경찰부 일행이 와카야마 지 방재판소 판검사들과 함께 현장에 도착한 시간은 벌써 오후 3시 반을 지나고 있었다. 다행히 날씨가 좋아서 검증은 아무 탈 없이 진행할 수 있었다. 또한 완전한 검증을 위해 현장 보존에 힘 써 준 관할 지역 다나베서(田辺署) 소속 시라하마 주재소 순사를 비 롯해, 다나베서의 사법 주임 안도(安堂) 경위 등의 노력을 내세 우지 않을 수 없다.

　시라나미소 별실 3평짜리 방에서 참살된 후나토미 유미코는 그날 바로 현장에서 부검을 하기 위해 옮겨졌다.

와타베(渡部) 형사 과장과 다도코로(田所) 강력범 계장은 히로세 검사와 합의하여 부하 형사들과 다나베서 소속원 전부를 동원하고, 미후네야마산을 중심으로 증거 수집, 범행 흔적 발견 등의 탐사에 임했다. 그리고 한편으로는 형사 과장이 주축이 되어 시라나미소 주인을 비롯해 고용인들과 당일 밤에 숙박한 사람들에 대한 현장 심문을 개시했다.

그리하여 난키의 온천지, 시라하마, 유자키(湯崎), 다나베 일대는 참으로 전대미문의 대혼란에 빠졌고, 수사관들이 대활약한 결과에서 무엇을 얻었을까? 그것을 기술하기에 앞서 먼저 부검 결과부터 말해야 한다.

사이토(斎藤) 재판의(裁判醫) 집도로 관례대로 부검이 1시간여에 걸쳐 이루어졌다. 사인은 말할 나위 없는 경동맥의 자창(刺創)이었다. 부검의 소견으론 다른 병변의 흔적이 없었고, 각 장기가 극심한 빈혈 상태를 보인 점이 주의를 끌었다. 그리고 각 조직의 영양 불량 상태가 평소 피해자의 빈혈성을 상상케 했다.

시체의 진행 상태로 보아 대강의 범행 시각이 9일 심야 12시 전후로 추정되었다. 위 내용물의 소화 정도도 그것을 뒷받침해 주었다. 그리하여 범행은 피해자가 깊이 잠들기를 기다렸다가 저지른 것으로 판단했다.

후나토미 류타로가 자고 있던 것으로 추정되는 네 평짜리 방도 이부자리의 베개 부근부터 복도에 걸쳐 많은 피가 떨어져 있고 류타로 역시도 같은 정도의 자창을 입은 것으로 추정되었다.

게다가 그 혈흔은 점점이 뒤뜰로 나와 절벽 길을 올라 산쇼신사로 이어졌고, 시체가 경내의 미후네야마 절벽에서 바다로 던져진 것으로 보인다는 점도 앞서 기술한 대로다.

그렇게 오후 8시가 되고, 사건 전모는 명백해졌다. 급거 전보를 받고 오사카에서 달려온 피해자 딸 유키코의 진술은, 범인이 재물에는 눈도 돌리지 않은 점과 범행 방법이 대단히 잔혹한 사실로 원한에 기인한 범죄인 것 같다고 했다. 게다가 여관 여종업원 시노자키 하루가 장지문 너머로 들은 이야기 내용이 원한에 기인하는 살인으로 박차를 가했고, 한편으론 시라하마 호텔 지배인의 진술이 범인의 인상을 결정지어 주었다.

시라하마 호텔 지배인은 그날 밤에 숙박한 남자의 인상에 관하여 이렇게 진술했다.

"헝클어진 머리에 무서우리만큼 창백한 얼굴을 한 서른 살 정도의 청년이었습니다. 술 냄새를 풍겼는데 다갈색 화려한 세로줄 무늬 양복을 입고 있었어요. 넥타이는 삐뚤어지고, 조끼 단추는 떨어져 나가고, 상의와 바지 여기저기에는 흙이 잔뜩 묻어 있더군요." 방으로 안내한 보이는 약간 앙가발이로 걷고 어깨가 넓어 다부져 보이는 남자였다고 진술했다. 무섭고 창백한 얼굴로 눈이 새빨갛게 충혈되었는데 코가 주먹코같이 두툼해 보여서 유명한 권투 선수인가 싶었다고도 했다.

이러한 관찰은 결코 평소의 경우라면 이처럼 상세히 기억날 수 없다. 그렇지만 늦은 시각인 데다 차림새가 너무나도 이상했기에 자연스레 증인들의 주의를 끈 것이다. 그 얘길 들은 딸 유키코는 바로 그것에 상응한 남자를 뇌리에 떠올린 것처럼 자신도 모르게 몸서리를 쳤다.

그러는 사이에도 계속해서 그 남자에 관한 정보가 들어왔다. 시라하마 홀의 여급들도 간밤에 지독하게 술을 퍼마신 남자에 관한 인상을 진술해 주었다. 그리하여 이 참혹한 살인 사건은 번개 같이 신속하게 처리한 수사원들의 활약으로 몇 시간 만에 범인의 윤곽이 잡혔다. 나머지는 오사카 경찰부로 타전하여 체포를 의뢰하는 사무적인 일만이 남았을 뿐이었다.

10월 11일 오전 6시경, 형사들은 와카야마현의 위촉으로 스미요시구 쇼와정에 있는 다키자와 집을 급습했다. 다키자와는 아무런 반항도 하지 않고 순순히 연행에 응했다. 그러한 다키자와를 경계하면서 경찰은 와카야마현에서 신병을 확보하러 오기까지 부청 지하실 유치장에 감금하였다.

다키자와가 경찰의 출두를 통지받았을 때 한 말은 '이제 밝혀졌습니까?' 하는 한마디뿐이었다. 이 말의 의미를 몇 가지로 받아들일 수 있겠지만, 이 보고를 받은 와카야마현 경찰부에선 거의 자백한 거나 같다고 간주하고 술렁였다. 신병을 확보하러 온 형사들은 기소 전의 강제처분에 의해 다키자와의 집을 수색했다. 그리고 당일 착용한 것으로 추정되는 양복과 구두, 그 외의 물건들을 모두 압수해 가지고 왔다.

그의 집에서는 늙은 모친과 호주인 형 게이이치로 부부가 망연히 사직 당국의 움직임을 지켜보았는데, 그들도 곧 소환되어 게이이치로는 와카야마현에 출두해야만 했다.

그런데 그날 오후가 되어서 하나의 새로운 사실이 감식 계원에 의해 밝혀졌다. 피해자 유미코의 위(胃) 내용물을 가지고 온 사이토 재판의가 그 속에서 다량의 브롬, 다이에틸엔, 아세틸 요소(尿素)를 발견한 것이다.

디에틸브롬 요소라 하면 모르는 사람이 많겠지만, 아달린의 종류라 하면 누구나 최면제인 걸 금방 알 것이다. 아달린은 신경성 최면제다. 그것이 다량으로 피해자의 위 내용물에서 발견되었다. 만일 상용자의 위에서 발견된 거라면 그다지 문제 되지 않을 수도 있다. 처음에 피해자 유미코가 상당히 신경과민에다 히스테리성 경향이 보였다고 하는 시라나미소 여종업원들의 말을 믿고, 피해자는 아마도 그 약을 상습 복용했을 거라고 수사 수뇌부는 추정했다. 그런데 딸 유키코가 그 사실을 부정했고, 정밀한 휴대품 검사에서도 발견할 수 없었다. 시라나미소 별실을 비롯해 쓰레기통, 휴지통 등의 엄중한 수사에서도 아달린을 싼 것으로 추정할 단서가 발견되지 않자 갑작스레 중대시되기 시작하였다.

그러한 최면제가 어떤 과정으로 피해자의 체내에 들어간 것일까? 또한 그 사용 목적은……?

이때 비로소 여종업원 시노자키 하루가 목격한 과자 상자가 수사관들 의식 위에 떠올랐다. 그 상자엔 난카이다카시마야(南海高島屋) 백화점 상표가 붙어 있었다. 과자 스무 개가 들어 있는 것 같고, 안에는 아직 열두 개 정도 남아 있었다. 그것을 모두 감식 계원이 가지고 와서 신중하게 검사를 하였다.

결과는 예상한 대로 안의 팥소 표면에 살포된 아달린 분말이 검출되었다. 한가운데 찹쌀 겉면을 벗기고 아달린을 한 면에 살포한 것으로 확인되었다.

이 발견은 범죄가 이미 계획적임을 시사했다. 범죄 현장에서 수집된 정황 증거가 모두 일시적 흥분에 사로잡힌 격정에 의한 우발 범죄임을 말하는 것에 반하고, 이 사실만으로 범인의 냉정한 이성과 계획을 상상케 했다.

여기서 문제는 그 과자 상자가 분명히 피의자 다키자와 쓰네오가 가져온 것인가 아닌가에 달렸다.

다키자와의 진술에 의거하여 당일 그의 행적은 모조리 확인되었다. 그리고 목격자든 증언할 수 있는 인물이 있는 장소에서 그의 행동은 1분의 허점도 없이 진술한 대로임이 증명되었다.

그런데 과자 상자에 관해서는 그가 완강히 부정했다. 살인에 관해서도 마찬가지였다. 그러나 후자의 살인이 저질러졌다고 추정되는 시각의 행동에 대해선 과도하게 만취한 상태라 거의 기억이 없다고 했다.

다키자와가 그 과자 상자를 가져왔는지 아닌지의 인정은 당사자가 부인하고 있기에 거의 불가능하다. 다카시마야의 점원도 하루에 수백 개나 팔리는 물건이라서 구입자의 기억이 없는 것도 당연하다. 그러다가 한 번 그 매장 여점원이 다키자와의 얼굴을 본 적 있다고 했으나, 결과는 예상한 대로 성과가 없었다.

그가 승차했던 급행열차 승무원도 조사를 받았다. 신문도 당국의 의향을 살피고, 10월 12일자 조석간에 일제히 10월 9일 난바역에서 오후 1시 20분에 발차한 난카이전철 급행열차를 탄 사람, 또는 동 열차와 와카야마에서 연결되는 와카야마역에서 오후 2시 31분에 발차하는 기세이사이선(紀勢西線) 열차를 우연히 같이 탄 사람은 번거롭지만 인근 경찰에 신고해 달라고 게재, 인상착의 등을 상세히 쓰고 수사의 편의를 도모했다. 그리하여 몇몇 독지가가 일부러 와카야마까지 찾아와서 다키자와를 만났지만, 명백히 동석했다고 다키자와를 인정한 사람은 한 명도 없었다. 그가 앉았던 좌석이 그 열차 맨 앞 끄트머리였다고 하는 말도 끝내 한 명도 증언하지 못했다.

시라하마구치역에서 그를 미후네산까지 태워다준 택시 운전사는 뭔가 보자기 꾸러미를 가지고 있었다고 담당관에게 말했지만, 그것도 그 운전사 한 사람의 목격만으론 확실한 신빙성이 없어 보였다.

그러다가 하나의 새로운 의문이 수사관들에게서 생겨났다. 그것은 다키자와 쓰네오가 반복해서 진술한 피해자 후나토미 류타로와 미후네산에서 만나기로 약속한 조항이었다.

이것이야말로 스사 히데하루가 품었던 큰 의혹이었다. 스사는 그 해후가 결코 우연이 아닌 점을 역설했다. 그것과 같은 의미로 먼저 와타베 형사 과장이 그 모순을 알아차렸다. 오후 5시 37분에 도착한 피의자가 어떻게 류타로가 산쇼신사에 있는 걸 안 것일까? 택시 운전사는 그가 개찰구를 나오자 초조한 듯 허둥지둥 차를 탔다고 진술했다. 그리고선 산쇼신사로 가자고 했다는 것이다.

다도코로 강력범 계장도 이 사실에 깜짝 놀랐다.

그것 역시 다키자와의 진술을 그대로 믿으면 간단히 설명할 수 있다. 그러나 최면제가 들어간 과자 상자를 발견한 지금, 그의 해명은 아무래도 그대로 받아들일 수 없는 다른 의미를 갖기 시작했다.

전화의 내용은 어쩌면 다키자와가 진술한 것과는 달랐을지도 모른다. 그렇지만 시라하마 온천으로 간다는 것과 산쇼신사 경내에서 만나려고 간 것은 사실이겠지. 다키자와는 기뻐했고, 정말 그가 말한 대로 일도 팽개치고 시라하마까지 날아간 거다. 불과 몇 분 차이로 직통 급행열차를 놓쳐 다음 열차로 시라하마구치역에 도착하길 애타게 기다렸다가 내려서 서둘러 택시를 타고 간 거다. 그런데 그렇게 기대하고 만난 류타로가 뜻밖에도 냉대하고 숙소로 돌아와서도 장난 삼아 그의 과거만 꾸짖었다. 다키자와로서는 일부러 이 먼 곳까지 불러 놓고는 말도 안 되는 소리만 하기에 울분이 극에 달했다. 성미 급한 다키자와는 다다미를 한 차례 걷어차고 나왔지만 억울해서 참을 수가 없었다. 술을 퍼마셔 보았지만, 오히려 불꽃에 기름을 붓는 격이 되었다. 마침내 그 참혹한 살인을 감행한 거라고 형사 과장들은 추측했다.

그런데 그것이 준비된 과자 상자를 그 생각에 덧붙이자, 순식간에 기분이 일변하며 정말 당혹스러웠다.

전화는 구실이었을지도 모르고, 그가 신중하게 생각한 트릭일지도 모른다. 술을 퍼마신 것도 자칫하면 약해질 자신의 결의를 강하게 다지고, 솟아 나오는 양심의 가책을 무디게 하기 위한 것으로 생각되었다.

그러나 이 생각에는 큰 파탄이 있었다. 사건 본래의 성질이 돌발적 범죄에서 계획 범죄로 바뀐다고 해도 범인만 검거되면 사법 경찰관의 의무는 다한 것이다. 그런데 이 후자의 생각에는 앞에서도 여러 번 기술한 모순이 큰 도랑을 옆으로 누이고, 논리의 일관된 흐름에 웅덩이를 만들었다. 전화가 트릭이라 치면, 산쇼 신사에서의 해후는 설명할 수 없고, 전화만 사실이라 치면 최면제가 들어간 과자 상자가 의문이 된다. '다시 사위로 맞겠다'고 했다는 후나토미 부부에게 무슨 필요가 있어 과자를 준비해 갔을까? 여기서도 불합리한 덫이 큰 입을 벌리고 있다.

이리하여 사건의 진전은 완전히 막히고 말았다. 이 논리의 모순 앞에 뭔가 새로운 증거의 발견이 없는 한 구류 처분에 처한 다키자와도 결국엔 석방하지 않으면 안 된다고 예측됐다.

그렇게 일주일은 수사 당국의 초조함을 무시하고 사정없이 지나갔다.

2

범죄의 진상을 탐구하는 일은 마치 엔지니어가 완전하게 구성된 메커니즘에 돌연 발생한 사고의 원인을 확인하는 단계와 아주 닮았다.

엔지니어는 모든 기술적 방면의 재능을 쏟고, 사고의 원인이 될 만한 요인을 검토하고 수집하여 얻은 재료 위에서 하나의 가정을 세운다. 그리고 그 과정이 과연 사실과 일치하는지 아닌지를 실로 정밀하게 각 방면에서 조사하고 확인한다. 그리고 단 하나라도 불합리한 점을 발견하고 논리의 파탄을 발견하면 다시 가설을 재구성하여 불합리한 부분의 완전한 설명을 얻고자 노력한다.

사법관의 범죄에 대한 태도도 또한 이것과 같은 궤도를 하나로 한다고 할 수 있다. 사람이 할 수 있는 모든 수단은 이것을 이용하여 주저하지 않고 진실한 탐구에 필요한 재료의 수집에 힘쓴다. 인증, 물증이 있으면 모든 방면에서 노심초사하며 수사관들은 증빙을 모은다. 그리하여 비로소 그 재료들을 기초로 범죄의 진상을 파내고 범인의 체포에까지 이른다. 그 때문에 만일 그 수집한 증빙에 거짓이 있고, 또한 그것들 위에 조립된 귀납적 종결에 착오가 있으면 엄정한 비판자인 법은 그것을 지적하고 용서가 없다. 아무리 오랜 시간과 막대한 비용, 또는 노력이 낭비된다 하여도 어쩔 수 없는 일이다.

다키자와 쓰네오를 구류에 처한 와타베 형사 과장과 히로세 검사의 고뇌도 또한 여기에 있었다. 일주일은 결코 헛되이 낭비되지는 않았다. 유력한 증거를 얻기 위한 모든 노력을 기울였다.

그 결과 얻은 것을 열거하면, 우선 피의자 다키자와 쓰네오의 모자를 발견한 것이다. 그 모자에 관해서 경찰은 실로 끈기 있게 탐사를 반복했다. 그가 당일 갈색 소프트 모자를 썼던 것을 그의 근무지 동료들이 입을 모아 말했고, 난바역까지 그를 태워준 운전사도, 미후네산으로 택시를 달린 운전사도 증언했다.

그렇지만 밤에 그를 본 목격자는 아무도 그가 모자를 쓴 걸 인지하지 않았다. 시라하마 홀의 여급들도 시라하마 호텔의 보이도 보지 못했다. 즉 그가 피해자를 방문한 때로 추정되는 시각 이후로, 그는 모자를 잃어버린 것이다.

다키자와에게는 유실된 장소에 대한 기억이 전혀 없었다. 화가 난 나머지 이성을 잃고 시라나미소를 뛰쳐나왔을 때조차 쓰고 있었는지 아닌지 기억에 없었다. 만일 도중에 잃어버린 거라면 별실의 뒷산 부근에 있을 테고, 잊고서 뛰쳐나온 거라면 방에 남아 있어야 한다. 그러나 그 어디에서도 발견되지 않아 수사관들은 미후네산에서 내려오고 시라하마 홀에 모습을 나타내기까지의 사이에서 분실한 게 틀림없다고 추정했다. 그래서 발견되지 않는 것은 그 모자를 주운 사람이 신고하지 않은 거로 추정했다. 그런데 그 모자가 뜻밖에도 시라나미소 별실의 네 평짜리 방을 떠받들고 있는 거대한 암반의 바다에 면한 동굴 속에서 발견되었다.

그 암벽은 모래 해변 위에 우뚝 솟아 있다. 수십 척이나 되는 암벽 거의 중간에는 비바람 때문인지 아니면 파도 때문인지 수척 깊이로 파인 동굴이 있는 특이한 바위였다. 똑같은 난키의 해안선을 동쪽으로 따라가다 보면 도처에 이런 거대한 암벽을 볼 것이다. 그 대표적인 것으로 기노모토정(木ノ本町)에서 동쪽으로 조금 더 간 곳에 유명한 오니가성(鬼ヶ城)이 있다. 험준하게 우뚝 솟은 수백 척의 암반에 멋지게 파인 동굴의 위대함! 암반 아래

에서 파도치는 난카이의 노도보다도 머리 위를 덮는 바위의 장대함에 우선 여행객은 깜짝 놀라게 될 것이다.

이곳의 암벽에는 그 정도의 규모는 없다. 그렇지만 똑같은 동굴이 있고 천연의 요새를 이루고 있다. 그 안에서 다키자와의 모자가 발견되었다.

발견자는 다나베서 소속의 사람이었다. 그는 암벽 아래를 향해 모래 해변을 걷다가 갑자기 전방을 쳐다보았고, 시라나미소를 조망하다가 우연히 발견했다. 거기까지 몇 번이나 그 아래를 지나쳤으면서도 아무도 보지 못한 걸, 사건 발생 후 나흘째에 발견한 것이다.

모자는 틀림없이 다키자와의 소지품이었다. 왜 그런 장소에 있었는지에 대한 설명은, 다키자와가 잊고 간 모자를 발견한 피해자가 창밖으로 내버렸는데 때마침 그때 불어온 바람에 날려서 동굴 속으로 들어간 것으로 해결했다. 그러나 그보다도 문제는 그 모자가 갖는 신빙성이다. 그것은 발견된 장소가 장소인 만큼, 그 모자가 올 곳이 시라나미소밖에 없는 이상, 당연한 귀결로서 다키자와는 그날 분명히 범행 현장에 모습을 보였다고 하는 사실을 입증한다. 시노자키 하루가 목소리만 들은 것과 달리, 이것으로 명백히 피의자는 일단은 현장에 온 적이 있음이 증명되었다. 그러나 증명할 수 있는 건 단지 그것만이다. 다키자와의 행동도, 온 시각도 증명할 수 없다. 또한, 마찬가지로 그가 당일 착용한 옷에도 아쉬움이 있고, 수사관들에게 거듭 격화소양(隔靴搔癢)의 감정을 가져다 주었다. 이는 감식 계원의 지극히 정밀한 조사에도 그의 의복에서는 한 점의 혈흔조차도 발견되지 않았기 때문이다.

그러한 범행에서, 게다가 피가 흐르는 시체를 안고 나와 수백 미터나 되는 절벽을 올라갔는데도 혈흔 한 점 남기지 않았다고 하는 사실은 도저히 그 사람의 범행으로는 생각할 수 없다는 상상을 쉽게 해준다. 그렇다면 그는 알몸으로 결행한 것일까? 그렇지만 유감스럽게도 그 조사에 대해서 과학은 '부정'의 해답을 주었다. 엄밀한 피의자의 신체검사와 스무 개의 손톱과 발톱에 묻은 때가 그 해답을 주었다. 그리고, 그가 소환되기 전에 이미 몸을 씻어 버려 한 가닥의 희망마저 사라지게 했다.

다갈색 양복은 스포츠 섬유의 튼튼한 직물로 만들어졌다. 재빨리 압수했기에 겉에 묻은 진흙은 상세히 조사할 수 있었다. 그렇지만 그것들로부터는 시라하마 근처에 있었다는 걸 단편적으로 알 수 있을 뿐이다. 별실의 뒷산 길을 지나갔다는 증명은 얻을 수 있어도 그의 범행을 입증할 물건은 아니라는 점에서 모자와 마찬가지였다.

그 점에서는 흉기인 단도도 마찬가지였다. 다키자와에게 흉기를 내보이고 기억이 있는지 물었을 때 바로 '알고 있습니다'라고 대답했다.

"그날 밤 두 사람의 언쟁이 심해졌을 때, 제가 화가 난 나머지 그만 저절로 주먹을 불끈 쥐자, 백부—그는 류타로를 백부, 유미코를 백모라 부르고 있었다—는 갑자기 도코노마에 있던 짐 속에서 그 단도를 꺼내어 "완력으로 할 셈인가, 그렇다면 내겐 이것이 있으니 조금도 두렵지 않지!" 하면서 칼을 빼서 제 눈앞에 들이댔습니다. 그래서 그때 백부가 단도까지 가지고 오신 걸 알았습니다."

그리고 그 단도는 전부터 후나토미가를 드나들 무렵에도 본 적 있다고 덧붙였다.

이 진술도 나쁘게 해석하면 흉기를 보아서 더욱 살의가 깊어졌다고도 할 수 있다. 그러나 그대로여도 아무런 불합리한 점이 없다. 물증으로서는 그 단도에 남겨진 개인 특유의 흔적이 필요한데, 지문 하나 발견되지 않는 이상 아무 효력이 없는 건 전자와 매한가지니 말이다.

이처럼 시일의 경과는 처음부터 끝까지 수사본부를 암담하게 하는 재료만을 축적하게 했다. 수일에 걸쳐 근해의 어부를 총동원한 해상수사도 무효로 끝나고, 더 이상의 피해자가 발견되지 않는 것이 더욱이 검사들을 고뇌의 늪에 빠져들게 했다. 범행 발견 후 겨우 하루 만에, 시간으로 치자면 열몇 시간 만에 용의자를 체포할 수 있었던 수사관들은 기쁨에 취할 틈도 없이 너무나도 빨리 고배를 마시게 된 셈이다.

그런데 8일째, 드디어 다도코로 강력범 계장이 개가를 올렸다. 다키자와가 어떻게 해서 6시경에 산쇼신사 경내에서 피해자와 만날 수 있었는지, 그 수수께끼를 푼 것이다.

다도코로 계장은 이렇게 말했다.

"결코 다키자와는 미리 류타로와 약속하고 산쇼신사에서 만난 것이 아니야. 그는 시라하마에 도착 후 류타로를 경내까지 유인한 것이다. 전에 누구였었지? 다키자와는 처음부터 그 뒷길을 알고 있었고 혼자서 직접 별실로 찾아간 게 아닐까 하는 의견을 낸 사람이 있었어. 그러나 그것은 즉시 그가 그날까지 한 번도 시라하마에 온 적이 없었고, 만일 그렇다면 어떻게 후나토미 부부가 시라나미소 별실에 묵고 있는 걸 알았을까 하는, 이 두 가지 의문으로 부정당했어. 아직 누구도 다키자와가 후나토미 부부와 동시에 시라하마에 도착하고, 6시경에 미후네산에서 만나자고 약속했다고는 생각해 본 적이 없을 거네. 모든 사람이 다키자와는 시라하마구치역에 오후 5시 37분에 도착한 거로 믿었지. 아니, 절대적인 사실로 처음부터 굳게 믿었어. 그렇기에 거기서 큰 오류가 발생하고, 의혹이 생겼으며 모순이 올바른 논리의 발전을 방해했어. 피의자는 예상한 대로 안전지대로 들어와 미소 짓고, 정의의 집행자는 암초에 걸려 온갖 고통을 맛보았지. 실로 무서운 오류이고 착각이네."

이 주장은 처음부터 모두 지금까지 수집한 증빙을 거의 무시했다. 다키자와가 1시 20분 난바역 발 난카이 전철을 탄 것을 부정하고, 2시 31분 와카야마역 발 기세이사이선을 탄 것도 부정했다. 실로 놀랍고도 대담한 가설이다. 검사도 형사 과장도 그 상세한 설명을 듣기까지는 정말 폭언도 너무 심하다고 생각했고, 다도코로 계장의 건강을 우려했다고 한다.

그런데 계장의 노심초사한 각고의 노력을 듣고 마침내 그 성공을 축하했다.

그리하여 구류 9일째인 다키자와 쓰네오는 결국 기소되었고,

오사카 형무소 와카야마 지소에 수용되어 예심에 처하게 된 것이다.

그럼 다도코로 경감은 어디에서 그런 대담한 주장을 세울 수가 있었을까? 또한 어떠한 증빙이 다키자와를 미결로 넘긴 것일까? 이 해결이야말로 난바 기이치로를 기막히게 감탄하게 한 것은 말할 것도 없다.

3

우리는 난해한 수학 증명 문제의 해답을 구하게 될 때 때때로 답답함을 느낀다. 예를 들면 기하(幾何)의 문제는 역시 여러 가지 공리(公理) 또는 정리(定理)를 잘 이용하면 반드시 풀린다. 그런데 그것이 어떤 가정을 세우고 연역적 방법을 써 보아도 결말까지 끌어낼 수 없는 때가 있다. 그것과 똑같은 초조함을 느꼈던 사람이 다도코로 강력범 계장이었다. 주위의 정황이 모두 다키자와를 지목함에도 그의 범죄라 정확히 증명할 수 있는 것이 아무것도 없었다. 게다가 마치 전술한 기하의 문제에서 왜 이것이 이것과 같은가 하는 순차 증명을 해 갈 때 문득 정리의 어긋남을 발견하고 갈팡질팡하는 것처럼, 다키자와의 행동을 설명해 가는 사이 도저히 이해되지 않는 모순이 나왔기 때문이다.

그리하여 10월 15일 목요일, 다도코로 경감은 다시 다키자와의 집을 수색하기 위해 오사카를 다녀왔는데, 와카야마로 오는 길인 아베노(阿倍野)까지 왔을 때 문득 그는 한 번 한와 전철(阪和電鐵)을 타 보고 싶었다.

오사카 근교 사람이면 와카야마와 오사카를 잇는 두 개의 전철, 난카이 전철과 한와 전철이 속도 향상으로 승객 흡수에서 경쟁하는 걸 잘 알고 있을 것이다. 난카이가 오사카의 도심이라고 해야 할 난바에 기점을 가지고 있는 데 반해, 한와는 덴노지(天王寺) 부근의 아베노가 기점이라는 불리함이 있었다. 그렇지만 한와는 속력 및 전선(全線)이 거의 무정차라는 조건으로 난카이 전철보다 약 10분을 단축한다. 난카이로 가면 1시간인 것을 약 50분의 단시간으로 승객을 와카야마에 도착하게 한다. 물론 두 회사는 와카야마로 가는 기점도 다르고, 난카이가 쇼선(省線) 와카야마역에서 연결되는데 반해서, 한와는 히가시와카야마(東和歌山)역에서 쇼선과 이어진다. 그래서 두 역 사이는 시간상으로 봤을 때 여기에서도 약 10분의 차이가 있었다.

마침 급행 구간에 있던 다도코로 경감과 하타나카(畑中) 형사는 오늘 가택수색의 성과가 별로 없었던 얘기를 하면서 역 안내소에서 받은 난키, 시라하마, 다나베, 유자키 방면 안내서를 쳐다보다 갑자기 토요일마다 발차하는 쿠로시오 열차의 광고에 눈길이 멎었다. 순간 어떤 생각이 경감의 뇌리를 스쳤다. 그것은 그 안내서에 시라하마 직통열차의 발차시각이 난카이 난바역 발 오후 1시 10분, 한와 덴노지역 발 오후 1시 30분이라 적혀 있었기 때문이다. 양쪽 모두 난키의 라쿠엔시라하마(楽園白浜) 방면으로 오사카에서 직통열차를 운행하고 있는데, 그것은 와카야마역을 기점으로 하는 기세이사이선으로 모두 종점 역에서 연결되고, 같은 기관차로 색인되어 시라하마로 향한다. 그 때문에 오사카에서 출발하는 여행객이 한와 전철을 이용하면 난카이 전철보다 설령 20분 늦게 출발했다고 해도 동시에 시라하마에 도착할 수 있다.

20분의 차이, 20분이나 여유가 있는데, 왜 다키자와는 한와 전철을 이용하지 않았던 것일까? 그 생각이 끈질기게 경감의 뇌리에 들러붙었다. 하타나카 형사도 그 이야기를 듣고선 갑자기 눈망울이 초롱초롱해졌다. 경감이 홀쭉하게 마른 체형이지만 유도 삼단의 자격증을 지닌 하타나카 형사는 몸집이 작으면서도 살집이 좋은 탄탄한 체구를 지녔다.

"난바에서 아베노바시(阿倍野橋)까지 몇 분 정도 걸릴까요?"

힘 있는 목소리로 형사가 묻자 경감은 여전히 사색의 흔적을 기어가는 것처럼 잿빛 차가운 눈을 창밖의 경치로 돌리면서, 중얼거리듯 말하였다.

"그런데 만일 같은 열차로 시라하마구치에 도착했다고 하면, 5시 37분에 역에 나타났다고 하는 증언은 어떻게 생각해야지?"

잠시 묵상에 빠진 후, 다시 경감이 조급한 어조로 말한다.

"시간표는 없나?"

난카이면 하고 형사가 내밀자, 그는 집중해서 그 시간표를 찾기 시작했다. 그리고 곧 기세이사이선 시간표와 난카이선과의 연결 시간표를 찾아내자 눈을 크게 뜨고 살피기 시작했다.

곧이어 열차가 와카야마역에 도착하자, 경감은 곧바로 형사

과로 차를 달리게 했다. 그리고 전화로 다나베서의 안도 경위를 불러내고, 10월 9일 오후 5시 넘어 기이타나베(紀伊田辺)역 또는 앗소(朝来)역에서 시라하마구치역에 5시 37분 도착하는 열차에 탑승한 승객 중 다키자와의 풍채와 유사한 사람이 없었는지, 또는 같은 시각 무렵 그 역으로 택시를 타고 간 손님이 있었는지, 있었다면 그 인상과 차림새에 대한 조사를 시급히 의뢰했다.

한편 오사카 형사과로 난바에서 아베노까지 빠르게 택시를 타고 가면 몇 분에 도달하는지 문의하자, 약 8분이라고 답했다.

다음 날 16일 아침, 다나베서에서 회답이 왔다. 메이코(明光)택시 운전사가 9일 오후 5시경 시라하마산바시(白浜桟橋) 부근에서 갈색 옷을 입은 남자를 태우고 앗소역까지 갔다는 제보였다.

다도코로 경감은 바로 시라하마를 향해 출발했다. 하타나카 형사도 경감의 지시에 따라 한와 전철 덴노지 역원과 당일 오후 1시 30분 발 전철 승무원들에게 다키자와 쓰네오의 사진을 보여주고, 본 기억이 있는지 알아보기 위해 나섰다.

다나베서 사법 주임 안도 경위는 다도코로 경감을 맞자마자 곧바로 조사 결과를 상세히 보고했다. 다나베, 앗소 두 역의 역원들은 기억이 없고, 다나베역에서는 그날 시라하마구치행 표를 8장, 앗소역에서는 4장밖에 발행하지 않아서 그 매표원을 더 상세히 조사해 보았지만 마찬가지로 기억하지 못했다. 택시 쪽은 다나베, 시라하마의 모든 택시업자를 조사했고, 간신히 메이코 택시의 기쿠치(菊地) 운전사가 보고한 사항을 제보했다는 것이다.

기쿠치 운전사는 조속히 경감 앞으로 불려나왔다. 그리고 사진을 보고선 분명히 이 사람이 맞는다고 하며 사법 주임의 보고와 똑같이 진술했다.

그날 오후 5시가 가까워 오사카에서 하타나카 형사가 전화해 왔다. 한와 전철 승무원이 다키자와 쓰네오의 이름을 기억한다는 거였다. 게다가 차장은 다키자와가 그물 선반 위에 다카시마야의 포장된 과자 상자를 올려놓은 것까지 기억한다고 했다.

비로소 다도코로 경감의 볼에 미소가 드리웠다. 풀린 것이다. 그는 하타나카 형사에게 지시했다. 그 승무원이 내일 아침 와카야마로 오도록 부탁해 보라고 하고선 우선 다나베서 서장과 사법 주임들에게 설명하기 시작했다.

먼저 경감은 난카이 전철과 한와 전철 시간표를 꺼내며 오사카에서 시라하마까지 직통열차 운행시각을 내보였다.

직통열차는 연일 1회씩 운행되고 있다. 평일 난카이에선 오후 1시 10분 발, 한와에선 오후 1시 30분 발이다. 토요일만 오후 2시 25분과 45분으로 되어 있다.

그 20분의 차이를 우선 가리켰다. 경감은 평일 그들 열차가 오후 4시 38분에 시라하마구치에 도착한다는 것을 명확히 한 다음에, 다키자와가 탄 것으로 아는 난카이선(南海線) 1시 20분 발 급행열차 시간표를 짚어 보였다.

그것은 난바역에서 불과 10분의 차이가 시라하마구치에선 약 1시간의 차이로 드러난다고 증명하는 것이었다.

| 오사카·와카야마 간 교통로 |

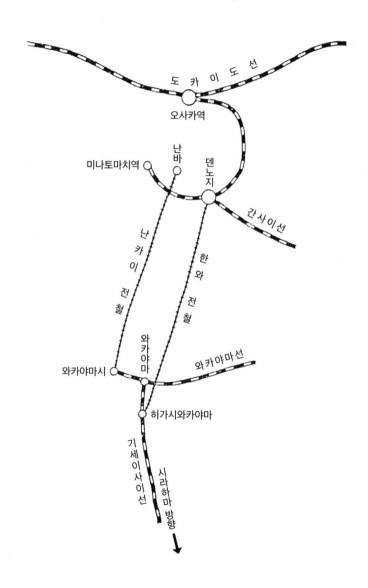

들어 보니 간단한 문제였다. 그렇지만 이 시간을 유효하게 이용한 자의 두뇌가 실로 경이로웠다.

시라하마 직통열차 시간표

난카이	오후 1시 20분 1시 10분		오후 2시 30분 2시 10분	
한와	오후 1시 30분			
	기점 역 출발		와카야마시역 도착	
기세이사이선	오후 2시 31분 2시 13분		오후 2시 38분 2시 23분	오후 5시 37분 4시 38분
		오후 2시 15분	오후 2시 23분	오후 4시 38분
	동 역 출발	히가시와카야마역 도착	동 역 출발	시라하마구치역 도착

"……그것은 단순한 힌트였네. 그렇지만 나에게는 그 사실이 일순간에 파노라마처럼 뇌리에서 뛰어다니는 것을 느꼈지. 그렇지. 여기에 사건의 열쇠가 있네. 진상은 순식간에 눈앞에 전개되었네. 그것을 깨닫자 난 거의 열중해서 다키자와의 행적을 더듬어 보았네. 먼저 그는 회사 앞에서 택시를 타고 난바역에서 내렸네. 시각은 예정대로 직통열차가 발차한 직후였겠지. 그는 역원에게 열차 시간을 물었고, 역원은 몇 분 후면 급행열차가 발차한다고 가르쳐 주었을 거야. 이것으로 됐네. 그 역원이 분명 다키자와가 그 급행열차를 탄 것을 증명해 줄 테니까. 그다음 다키자와는 서둘러 택시를 타고 덴노지역으로 향하네. 그 사이 약 8분,

30분 발차까지 아직 몇 분의 시간이 더 있었네. 이렇게 해서 다키자와는 오후 4시 38분에 아무도 모르게 조용히 시라하마구치역에 도착하네. 그 열차에 후나토미 부부가 타고 있는 것은 이미 알고 있어. 그래서 그들이 어느 숙소에 묵는지 확인하면 되는 거네. 주의해서 미행하니 그들이 시라나미소에 숙박하는 걸 알아냈어. 자, 그럼 이번에는 다키자와가 류타로와 마지막 교섭을 시도해 보는 것이 필요했지. 그로서는 은밀히 후나토미 부부를 만나야 했고, 그들을 협박해서라도 유키코와의 혼담을 원래대로 돌려놔야 했거든. 만일 교섭이 성사되지 않으면 물론 죽일 생각까지 했을 테고. 그래서 다키자와가 어떠한 수단을 썼는지는 모르겠지만, 오후 6시경 미후네산 정상에서 만날 것을 류타로와 약속했을 거야. 그곳은 한적한 장소이고 시라나미소에서도 가깝다는 것을 그는 이미 알고 있었을 것이네. 모든 준비가 되자, 다키자와는 다음 알리바이를 완성해야 했지. 그래서 그는 예정대로 시라하마구치역보다 한 정거장 앞인 앗소역으로 향했네. 그리고 난바에서 1시 20분에 출발한 전차와 연결되는 시라하마행 열차를 탔고, 허둥지둥 시라하마구치역 개찰구에 5시 37분 모습을 보이고 나서 서둘러 차를 미후네야마산으로 달렸어. 지금 생각하면 다키자와는 담판이 이루어지지 않으면 곧바로 전망대에서 류타로를 바다로 던져 버릴 생각이었는지도 모르네. 그 방법을 선택할 시에는 류타로와 5시 30분까진 만나야 해. 그렇지 않으면 애써 고심한 트릭이 무효가 되네. 그래서 류타로 쪽에서 6시경에 만나자고 했는데 그 시각이면 인적도 드물고 어두울 때라 다키자와의 의심을 사지 않으려고 일단 숙소로 유인했네. 그런데 이젠 안전하단 생각이 들자, 마치 손바닥 뒤집듯 그를 책망했을 게 틀림없네. 그것이 결국 다키자와를 분노하게 하고 살인까지 저지르게 한 거네. 이것으로 그가 얼마나 주도면밀한 계획을 세우고 냉정하게 모든 걸 고려해서 준비했는지 알 수 있어. 그래서 최면제를 넣은 과자 정도는 당연한 그 준비 행동의 하나였고, 의복에 혈흔이 없는 것과 직접적인 증거 하나 발견되지 않는 것도 모두 그 결과라 할 수 있네. 실로 대단한 범죄 공작이지 않은가?"

경감은 열띤 어조로 설명했다.

그 추리 후에 가만히 귀를 기울이고 있던 안도 주임은 갑자기 뭔가 생각이 난 듯 가슴 쪽 호주머니를 더듬어 수첩을 꺼냈다. 그러고선 페이지를 넘기다가 곧이어 기쁜 소리를 지르며 경감에게 그 페이지를 내보였다.

"하신 말씀 중에 생각이 나서요. 9일에 피해자들이 도착한 이후의 행동을 상세히 조사했는데, 그중에서 당일 오후 5시경 피해자에게 전화가 걸려온 사실이 있습니다. 피해자가 대단히 의아해했다고 전화를 바꿔 준 여종업원이 말했습니다. 다키자와가 그런 전화를 했을 리 절대 없다고 여기고 지금껏 무시해 버리고 있었는데……."

안도 주임이 말했다. 지금으로선 귀중한 사실인 것은 누가 봐도 명백했다. 속히 그 여종업원을 불렀다. 우에하라 다즈(植原鶴)……서른쯤 되어 보이는 살결이 검은 여종업원은 경감 앞에서도 그 일을 분명히 인정했다. 단지 그 전화 내용을 알 수 없는 것이 마음에 걸렸다.

다음 날 17일, 사건 발생 이래 8일째 와카야마현 형사과는 갑자기 활기를 띠었다. 한와 전철 승무원과 메이코 택시 운전사가 용의자 다키자와와 면회를 했다. 그런데 예상한 대로 두 사람 모두 완전히 다키자와가 맞다고 증언하진 못했지만, 일주일 이상 시일의 경과가 인식의 쇠퇴를 인정하게 해 검사도 결국 기소장에 서명할 결심을 굳혔다.

오사카에서 20분의 차이가, 시라하마구치역에선 약 1시간의 차이로 나타난다. 거기에 착안하여 알리바이를 짠 다키자와 두뇌의 명석함이여, 수사 수뇌들은 다도코로 경감을 중심으로 건배를 들며 감탄했다. 아무튼 그 범행 방법의 서툼과 만취한 추태는 일동의 화제가 되었다. 그리고 선천적으로 다혈질이고 감정에 격해지기 쉬운 흉포한 남자는 결국 어떠한 교묘하고 치밀한 범죄를 계획하더라도 반드시 그러한 파멸을 불러올 게 틀림없다는 결론을 모두가 수긍했다.

제3장

의외의 사실

1

제2신 ─ 10월 29일 밤 12시.

이 편지를 쓰기에 앞서 우선 난 자네의 깊은 배려에 감사의 마음을 전하네. 자네가 보낸 스사 히데하루 군 말이야.

스사의 명랑한 기질과 쾌활한 태도가 제일 먼저 호감을 가져다 주었지만, 나는 그것보다 그와 이번 사건과의 특이한 연관성에 더 관심을 두게 되었다는 것부터 이야기하고 싶네.

수사라는 업무상에 있어 그의 풍채는 너무나도 눈에 띄기가 쉽네. 화려한 복장은 수수하게 바꾸어 남의 시선을 돌릴 수 있어도, 그의 준수한 외모는 필시 사람들 주시의 대상이 될 수 있지. 특히 그의 미소를 본 젊은 여인들은 아마 좋은 인상을 오랫동안 남기게 될 거라 상상하네.

그럼, 스사가 내게 보인 다키자와에 대한 깊은 우정에 관해서는 새삼 말하지 않더라도 추천한 자네가 더욱 잘 알고 있겠지. 스사는 오히려 자신과는 대조적 입장에 있는 다키자와에 대해서 실로 많은 이야기를 해줬고, 그의 천성을 설명하고 죄가 없음을 역설했네. 그 열의와 우정, 그야말로 진정한 친구라 말할 수 있다고 생각했지.

스사가 나를 기쁘게 한 것은, 지금까지의 조서에서도 충분히 드러나지 않은 후나토미가의 내부 사정과 류타로 부부의 특징에 관해서 특별한 지식을 가졌다는 것일세. 이것으로 나는 다키자와와 후나토미가의 관계를 파악할 수 있었네. 물론 다키자와의 성격에 관해 스사가 한 말에 어느 정도 왜곡이 없진 않겠지만, 꽤 구체적인 이야기를 해주었네. 특히 다키자와를 평가할 때는 평상시 행동거지까지 들며 자세히 설명해 주더군. 단순하면서도 사납고, 순진하며 어린아이 같이 사랑스럽다는 등······. 헌데 천진난만한 그의 마음 한구석에 무슨 응어리가 맺혀 있는지 술만 마시면 난폭한 행동을 하여 곧잘 남의 입줄에 오르내린다는 말을 하더군. 이 점이 내겐 흥미로웠네.

그보다 내 관심을 끌었던 것은, 피해자인 류타로의 성격이네. 나는 피해자와 일면식도 없고 만나본 일도 없기에 그의 인상은 단지 자네가 보여준 비망록으로만 겨우 상상할 수밖에 없었지. 자네의 비망록에 류타로는 올해 쉰두 살로 상당히 훌륭한 체격을 지녔고, 거의 대머리에다가 약간 검은 피부, 두꺼운 입술, 고르지 못한 앞니······어금니에 금니를 씌웠다고 적혀 있더군. 신장은 165센티미터 정도 되고, 골격이 크고 다부져 얼핏 보면 청부업자 같았다고. 그리고 성격은 약간 고집이 세고 매사 구애받는 버릇이 있으며, 말을 막힘없이 하지만 절정에 이르면 흥분해서 테이블을 격하게 치는 성향도 있다고 적혀 있어. 여기서 내 흥미를 끌었던 것은 스사가 말한 류타로의 금전에 대한 이상한 집착이었네.

류타로가 후나토미가의 데릴사위가 된 것은 마흔두 살 즈음이었고, 그때 후나토미 유미코는 마흔여덟으로 미망인이 된 지 12년째라고 하네. 나는 이 얘길 듣고 무엇이 그토록 오랜 공방(空房)을 지킨 유미코에게 부부의 인연을 승낙하게 한 건지 다소 의문이 들었지만, 그보단 도를 넘은 류타로의 돈에 대한 집착심이 그들 부부간의 애정을 더없이 약하게 하였고, 딸에게도 냉담한, 마치 주인과 하녀도 이만큼은 아닐 거로 생각할 정도였다네. 이것이 내 관심을 끌었지. 상당한 재산을 가졌으면서도 그들은 언제나 조의조식(粗衣粗食)에 만족해야 했고, 늙은 아내와 그 딸은 한 푼의 돈도 마음대로 쓰지 못하는, 모두 류타로의 심한 간섭을 받았던 것 같아. 처음엔 스사도 검소한 성향에 경의를 표했지만 가까워지게 된 후 그런 사정을 알고 나선 오히려 그녀들을 동정하게 되었다고 하였네.

이 사항은 언뜻 보면 이번 범죄와는 거의 관계가 없는 듯 여겨지네. 다키자와의 살인 동기도 당국에선 단지 피해자 딸과의 혼담이 파기되고, 또한 당사자의 소행과 그 밖에 입에 담지 못할 만큼 매도한 것에 기인한다고 매듭짓고 있지만, 난 오히려 이러한 류타로의 성격과 그 가족들과의 관계가 별개의 방면에서 이번 범죄를 조성한 것이 아닐까 생각하고 있네.

다키자와의 후나토미가와의 관계는 자네도 알다시피 유미코의 전남편이 다키자와의 아버지 남동생이었다는 것…… 그래서 다키자와와 유키코는 아버지의 혈연으로 이어지는 사촌 관계가 되지. 게다가 유키코의 아버지는 다키자와가를 나와 후나토미가를 상속한 것이고.

스사는 그 점에 관해서도 흥미로운 사실을 말해 줬네. 그 모든 것은 다키자와 쓰네오에게 들은 것도 있고 유키코에게 들은 것도 있을 테지만, 그 내용은 후나토미가가 대대로 모계에 의해 상속된다는 것과 외동딸만 있다는 거야. 게다가 만일 상속자 딸이 두 번 배우자를 바꿀 때는 반드시 그 대를 끝으로 가계(家系)가 끊어진다는 전설이 있다고 하네. 지금이야 아무런 장사도 하지 않고 은둔 생활을 하지만, 전대까지는 선착장에 당당히 점포를 마련해서 아주 큰 장사를 했다고 하는데, 유키코의 아버지 대가 되어 갑자기 점포를 접고 지금 있는 곳으로 옮겼다고 하네.

지금 와서 생각하니 대전(大戰) 전후의 공황으로 타격을 받아 결국 정리할 수밖에 없었을 거라고 딸 유키코가 말한 듯한데, 침울한 어조로 이야기하던 스사는 거기서 차츰 그 이야기를 맺었네. 나는 망해가는 구가(舊家)와 그 전통 속에 자라 온 사람들의 고뇌라는 것이 대충 범죄의 배경으로선 너무나도 걸맞지 않다는 감상 속에 잠겼네. 하지만 그들 이야기 속에도 이번 범죄의 간접적인 원인이 숨어 있고, 여러 숙명을 가지고 태어난 사람들이 어찌할 수 없는 운명의 굴레에 묶여 발버둥 치다 결국 그런 무서운 참극에 직면한 거라는 생각이 계속해서 들었네.

스사와의 이야기로 오늘 주된 목적인 조사 결과를 보고해야 할 편지 대부분을 채운 것에 대해 다시 양해를 구하네. 간단하게 조수로 스사를 소개해 준 자네에게 호의에 대한 감사의 말을 하려던 것이 이렇게 되었군. 양해 바라이!

자, 오늘 아침은 먼저 여관 여종업원에 관해 사건 애초의 상세한 얘길 물었네. 스즈요라는 여종업원이 시원시원한 도쿄(東京) 말투를 써서 오랜만에 도쿄에 와 있는 기분이 들었지. 그런데 이 종업원에게 얻은 것은 적고, 단지 피해자들이 특별히 이 별실을 원했던 것과 먼저 온 손님이 사건 당일 아침 일찍 허둥지둥 떠났다는 두 가지일세. 후자 건은 어쨌든 경찰에서도 조사하고 있을 테니 뒤로 돌리고 먼저 피해자 부부가 왜 별실에 묵기를 원했는지 그 이유를 생각해 보지.

숙소에 대해선 유미코가 대단히 신경질적이고 조금만 시끄러워도 잠을 못 자기에 조용한 별실을 원했다고 하네. 그러면 거기서 당연히 문제가 되는 것은 류타로가 어떻게 이 별실이 있는 시라나미소를 알았나, 그리고 미리 알고 있었다고 한다면 어째서 방을 예약해 두지 않았나 하는 이 두 가지일세.

그런데 전자에 관해선 스사가 아주 간단하게 풀어 주었네. 스사가 올봄 휴가를 얻어 사흘간 이 방에 묵은 적이 있었던 거다. 그래서 류타로가 이곳의 한적함을 스사에게 들었다고 한다면 문제될 게 없지. 그러나 후자는 스사도 이해가 가지 않는 모양일세. 스사는 류타로에게 그 별실은 항상 손님이 있다고 하니 가실 거라면 예약해 두시는 게 좋을 거라고 했다고 하는데.

그래서 생각난 게 어떤 돌발적인 발의에 의한 여행이라는 거야. 경찰 조사에서 피해자가 여행한 직접 원인을 보면, 유키코의 진술에서 '유미코의 히스테리 발작과 신변 불안을 알리고 있다. 여러 차례 그 망상을 진정시키려 했지만 하는 수 없이 한적한 온천에 가서 요양하기로 했다'는 걸세.

신변 불안 운운하는 항목이 어떤 점으로부터 유미코의 심정에 파고들어 이야기됐는지 지금으론 알 방법이 없지만, 당사자가 이미 그날 밤 살해된 걸 보면 무조건 망상이라 단언할 수 없네. 그러나 결코 그것만으로는 설명이 부족할 게 명백할 테니 여기서 우선 첫 번째 의문을 유보하는 데에 자네도 이의는 없겠지.

산쇼신사에 도달하는 길은 제1신에 쓴 나의 관찰이 착오였던 것을 먼저 사과하네. 이제 와서 변명은 하지 않겠네만, 이렇게 하찮게 대강 보아 넘긴 것도 다음 추리의 발전에 중대한 영향을 끼친다는 것을 수사 개시 벽두부터 몸소 통감한 셈이야.

그 샛길은 여관에서 일하는 신이치라는 종업원에게 안내받고 미후네산에 도달했네. 안내를 받고서야 알게 된 건데, 그 정원에서나 경내에서나 자세히 주의해서 보지 않으면 샛길 입구는 쉽게 발견되지 않을 만큼 교묘히 은폐되어 있다는 게 나를 놀라게 했어. 밀생하는 수목 잡초가 완전히 그 입구를 가리고 있었던 거야. 샛길 중간에도 거대한 암석과 군생하는 관목이 만들어진 계단을 가리고, 열린 통로를 막고 있어서 완전히 가깝게 절벽을 오르려는 자의 시야에서 벗어나 있네. 나무숲 속에서 배후를 돌아보니 어쩜 이렇게 교묘한 길을 만든 건가 싶어 저절로 감탄이 나왔네. 어제저녁 혼자서 안개 속을 헐떡이며 올랐는데 말이지. 그 힘들었던 걸 생각하니 더욱 감회가 깊었고, 불과 몇 분 만에 정상에 도달하고 나니 잠시 망연히 배후를 몇 번이나 돌아보게 되더군.

이런 길이면 보통 체격의 남자라도 사십 킬로그램이 넘는 짐을 지고 거뜬히 오를 수 있지. 단지 거기서 의문이 드는 건 깊은 밤 겨우 회중전등 정도의 광선으로 이 길을 알 수 있을까 하는 점일세.

신이치라는 종업원은 마흔 가까운 나이의 착한 사람으로 여러 가지 질문에 흔쾌히 대답해 주었어. 게다가 다행히도 혈흔이 떨어져 있던 곳들과 유기물이 발견된 장소 등을 잘 기억했던 것이 한층 나의 인식을 깊게 해 주었네.

전망대에서의 조망은 백광 속에 있는 것과는 다른 새로운 느낌이 들었네. 저녁 안개가 자욱했던 어제의 해상은 공연한 공포만을 일으켰지만, 오늘의 푸른 물결은 끝없이 길어져 하늘과 잇닿고, 수평선상에는 희미하게 외국 항로의 기선 연기가 기다랗게 깔리면서 군데군데 솜과 같이 떠 있는 흰 구름과 이어지더군. 유구 광대한 자연이 잠시나마 참혹하게 피비린내 났던 사건을 망각하게 했네.

하지만 발아래를 내려다보면 다시없이 무섭다네. 그 바다의 색채는 남색도 감청색도 아닌, 말할 수 없는 색을 띠었고, 파두(波頭)가 부서져 새하얀 파도 꽃이 피어도 그것이 같은 물이라고는 쉽게 믿을 수 없었지. 어디서 왔는지 너울거리는 파도는 수백 척이나 되는 암벽 정상에서 바라보는 사람을 알지 못하게 빨아들이는 듯한 처참한 매력을 지녔네. 정말 십 분이나 이렇게 해면을 계속

내려다 볼 수 있는 사람은 강철 같은 신경의 소유자든가, 그렇지 않으면 바보든가 하고 곰곰이 생각했네.

숙소로 돌아오니 스사 군이 와 있더군. 인상은 전술한 대로이고, 오후가 되고서 우선 사건의 대요를 설명하고 수사 방침을 협의했네. 스사 군이 말한 피해자 및 피의자의 신변잡사가 얼마나 앞으로의 진로 결정에 유효한 시사를 주었는지 지금 얘기해야 할 건 아니지만, 일단 시라나미소 사람들로부터 얻을 수 있는 자료를 수집하기로 했네. 그 점에 관해서도 스사 군은 유효적절한 방안을 내놓았지. 즉 오늘 밤에 시라하마의 게이샤들을 불러 자리를 마련한 후 기회를 보아 이 방에서 일어난 사건에 관해 모두의 회상과 견문한 것을 들어 보자고 한 걸세.

사건이 진정된 지 아직 십 여일이 지나지 않았네. 이 온천지를 공포의 구렁텅이로 떨어뜨린 그 참담한 사건이 그녀들에게 얼마만큼의 공포와 흥미를 일으켰을지는 상상 이상이었을 거야. 그래서 바로 그 제안에 찬성하고, 몇몇 게이샤를 부른 결과는 예상한 것 이상의 대성공이었네. 그녀들은 별실 다다미를 밟자마자 과장된 표정과 태도로 넘칠 듯한 호기심에다가 가벼운 두려움마저 보였고, 서로 귓속말을 하며 방의 여러 곳을 둘러보다가 고개를 끄덕이는 등 우리를 만족시켰네.

시라나미소 주인은 이런 나의 진의를 알 리가 없었고, 이것으로 액막이를 한 거라 크게 기뻐하며 술자리에 나와 만족해했네.

한바탕 떠들썩한 악기 소리로 오랫동안 음침했던 별실의 공기가 바뀌자, 술기운 탓도 있지만, 게이샤들은 신이 난 목소리로 무서움 없이 사건에 관한 걸 말하기 시작했네. 그것도 스사의 아름답게 붉게 물든 얼굴과 교묘한 화술이 게이샤들을 잘 리드해 갔기 때문이야. 무서운 사건이라 잠잠히 자리가 서먹해질 수 있었음에도 능란한 스사의 익살이 자칫 빠지려 하는 침묵에서 모두를 구했고 밝은 웃음 속으로 빠져들게 했네.

여종업원들도 두세 명 번갈아 들어와서는 그 화제에 말려들어 이 것저것 얘기하다 나갔고, 스사 역시 그 여종업원들을 잘 기억했다가 번갈아 나갔다 올 적마다 질문의 화살을 퍼부었다네.

그렇게 10시가 되어 가자, 모두가 피곤함에 지쳐서 돌아갔지만, 그 후 폭풍우가 지나간 직후와 같은 적막함 속에서 우리는 오늘 밤 알아낸 내용에 관해 서로 생각했네.

그중에는 비망록에 적혀 있지 않은 사실도 있었고, 단순하게 상상이 낳은 억설에 지나지 않는 것도 있었네. 그렇지만 모두 다시 조사해 박진력을 공고히 하고 신빙성을 강화하기로 했지.

11시 반, 스사가 세 평 방으로 간 뒤에 나는 제2신을 적기 시작했고, 지금은 벌써 새벽 2시가 되어 가는군. 불씨도 다 됐는지 추운 밤공기가 조용히 어깨에 다가서고, 취기가 가셔서인지 묘하게 으스스 춥군.

게이샤와 여종업원들에게서 알아낸 내용은 확실한 것부터 순차 보고하기로 하고, 오늘 밤은 이만 쓰겠네. 어지러운 글, 잘 읽었기를……

— KI

편지를 다 쓰고 나서야 난바는 등 뒤의 장지문이 소리 없이 열려 있는 것을 알았다. 두꺼운 편지지를 접는 소리가 멈추자 깊은 밤공기 속에서 작게 사람 숨소리가 들리는 거였다.

반사적으로 뒤를 돌아보자, 무서우리만치 창백한 얼굴로 스사가 장지문 앞에 초연히 서 있었다.

"무슨 일인가?"

난바가 놀란 목소리로 묻자, 스사는 넓은 이마에 손을 살며시 갖다 대고는 술기운이 좋지 않아 괜찮으시다면 이 방에서 자고 싶다고 했다.

물을 마시고 간신히 기분이 좋아진 듯 스사의 표정은 차츰 원래대로 돌아왔다. 재차 난바의 권유도 거절하고, 스사는 세 평 방으로 되돌아갔다.

이럭저럭 3시, 이렇게 난바는 시라나미소에서의 두 번째 밤을 보냈다.

2

다음 날 아침 8시가 지나고, 날씨는 어제처럼 맑아 네 평짜리 방에는 볕이 가득 들어와 있었다.

"간밤엔 감사했습니다……"

스사는 변함없이 밝은 얼굴로 웃으며 나타났다. 덕분에 기분이 매우 좋아져 바로 잠이 들었지만, 다시 힘들어 깨기도 했다며 미안해하였다.

"그런데 오늘은 어떻게 하실 겁니까?"

물을 싹 끼얹고 나온 샤워의 상쾌함으로 난바는 반짝반짝 눈이 부신 태양을 얹고 흔들리는 해면을 바라보다가 이때 비로소 스사 쪽을 돌아보았다. 볼은 여전히 윤기가 있고 간밤의 피로한 그늘도 사라지고 없었다.

"음……, 기누요라는 여종업원 …… 기억나? 그 종업원을 만나고 싶은데……."

"맞습니다. 저도 우선 그럴 필요가 있다고 생각했습니다."

스사도 수긍하며 갑자기 생각이 깊어지는 듯한 표정을 지어보였다.

기누요라는 여종업원은 어젯밤 번갈아 이 방에 들어와 얘기하고 나간 여종업원들 입에 오르내린 종업원이다.

얼굴이 여배우 다나카 기누요(田中絹代)를 닮았다고 하고, 자신도 좋아해서 기누요라는 이름을 쓰는 스물이 채 되지 않은 아이였다. 동료들은 이 아이가 가장 나이도 어리고 예쁜데 이상하게 신경질적이고 손님에게도 친절히 대하지 않아서 좀 의아해했다. 더욱이 이번 사건이 일어나고 나서는 사건에 관해 이야기만 꺼내면 안색이 달라지면서 두려워했다고 하였다.

난바가 문득 이 말에 귀를 멈추고 스사와 함께 이것저것 물어보자, 여종업원들은 이구동성으로 '대체 저 애는 왜 저렇게 두려워하는 거지? 마치 하루처럼……' 하고 의아스러워했고, 그 사건이 있던 날 아침, 가장 생생히 현장을 본 하루가 그날 이후 일주일 정도를 밤이 되면 가위에 눌리고, 눈에 보이게 갑자기 야윈 것이 가여워서 별실 당번도 제외해 줬다. 그런데 마찬가지로 기누요도 매일 밤 가위에 눌리고 별실에 오는 걸 두려워하며 자신의 당번이 돌아오면 울면서 동료들에게 교체해 달라고 부탁해서 이상했다는 거였다.

무슨 일이 있는 게 틀림없다. 그렇지 않으면 그날 밤 뭔가 무서운 걸 봤거나 당했거나 둘 중 하나가 틀림없다고 모두가 그렇게 생각했다.

그런데 정작 그 아이에게 물으면 그저 울기만 할 뿐이었다. 그리고 말을 꺼냈다 하면 쉬고 싶다고 말해서 여관 주인을 상당히 애먹여 동료들도 더 어쩌지 못하고 결국 별실 당번을 제외해 주었다.

이런 이야기가 여종업원들 입에서 나오자, 게이샤들도 흥미를 느끼고 그 어리고 예쁜 애가…… 하며 잠시 기누요가 화제의 중심이 되었다. 그녀들도 기누요의 그러한 공포의 원인이 궁금했던 모양이다.

"왜지? 어떤 것을 본 거야? 사건 이야길 들은 것만 가지고 무서워하는 거야?"

그녀들 사이에 여러 가지 억측이 난무했고, 그런 의문이 배가되었다.

난바도 그 어린 여종업원이 사건과 관계가 있을 거라 상상했다. 어린 아이의 심리 상태는 복잡하다. 일률적으로 그렇다고 단언할 수는 없지만, 그날 밤을 경계로 일변한 기누요의 성격이나 태도에 필시 무언가가 숨겨져 있다고 생각했다.

그런데 더욱더 난바와 스사를 만족시킨 이야기가 기누요와 같은 방에서 잤던 스즈요의 입에서 나온 말이었다.

"맞아. 그러고 보니 이상한 일이 생각났어."

스즈요가 눈가를 붉히며 말을 꺼냈다.

"정확히 그날 밤이었어. 왜 난 지금껏 그 일을 생각하지 못한 걸까? 바보……난……."

그렇게 말하고 그녀는 다음과 같은 목격담을 이야기했다.

갑자기 목덜미가 추워 잠에서 깼는데, 슬그머니 소리도 없이 방으로 돌아온 기누요의 모습이 눈에 들어왔다. 방의 전등은 8촉 정도의 밝기였으나 잠옷 차림인 기누요의 모습은 잘 보였다. 스즈요는 변소에 다녀온 거겠지 하고 그대로 뒤척이다 다시 자려고 하자, 이불을 덮는 소리와 함께 가냘픈 목소리로 기누요가 묻는 거였다.

"언니, 깼어요?

기누요는 오사카 토박이로 스즈요와 함께 살면서 항상 오사카 사투리를 썼다. 여관에 간사이(関西) 단골손님이 많고 그녀의 오사카 사투리는 여성스럽고 매력적으로 들렸다.

"왜?"

스즈요가 말하며 기누요 쪽을 돌아보자, 기누요는 틀어 묶은 머리를 베개에 얹고 검은 눈동자를 깜박이지도 않고 크게 뜨고는 작고 나직한 목소리로 묻는 거였다.

"음……. 근데 별실에 어떤 사람이 묵고 있어요?"

"모르지만 오사카 손님 같아……."

"남자?"

"글쎄, 중년 부인인 거 같은데…… 왜 그래?"

스즈요가 되물었다.

"음, 아무것도 아니에요……."

그리고 기누요는 고개를 돌리고 바로 잠이 들어 버렸다는 거였다.

"그게 몇 시쯤이었나?"

난바가 몸을 앞으로 내밀며 묻자, 스즈요는 정색을 하면서 가만히 있다가 카운터의 시계가 두 번 울리는 소릴 들었으니까 2시 전이었을 거라고 대답해 모두를 긴장시켰다.

그러나 이 말만으로는 기누요와 얽힌 수수께끼는 풀릴 것 같지 않았다. 화제는 이어서 다른 데로 옮겨갔지만, 난바는 이상할 정도로 기누요의 모습이 끈덕지게 떠올랐다.

그래서 오늘 아침 빨리 어떻게 하면 기누요를 만나서 공포를 가져다준 진상을 들을 수 있을까 고심하던 참이었다.

"저는 어쩌면 그 여종업원이 대단히 무서운 사실을 목격해서 신경질적인 여자에게나 생기는 일종의 강박관념을 일으킨 게 아닌가 싶습니다."

스사는 그렇게 말하며 똑같이 난간에 몸을 기댔다. 시선은 아득히 멀리 꿈을 꾸듯 앞바다에서 떠다녔다.

"강박관념! 음, 그럴지도 모르지. 이야기만 들어도 안색을 바꿀 정도면 어지간히 큰 충격을 받은 게 틀림없지……."

난바도 수긍하며 태연히 스사의 얼굴을 바라봤다.

스사는 가까이서 보면 볼수록 사람을 끌어당기는 힘을 가졌다. 그 긴 속눈썹을 눈부신 듯 찡그리며 먼 앞바다를 바라보는 눈동자에 야릇한 빛이 느껴졌다.

그 모습을 무심히 바라보던 난바는 그때 문득 묘안이 떠올랐다. 그것은 스사를 의사로 가장해 기누요에게 일종의 암시를 거는 거다.

난바는 최면술의 경험이 있었다. 최면술은 보통 환자에게 암시를 걸어 그 기능적 장애를 치유하는 데 응용된다. 기누요가 받았을 신경적 타격에 기인하는 강박관념 등은 쉽고도 간단한 시술로 치유할 수 있다.

또한 이 최면술은 의식이 상실된 상태에서 예전의 범죄 기억도 최면 상태로 유도하여 의식이 상실된 상태에서 말을 주고받을 수도 있다. 떨어지거나 구타당하는 절대적 공포를 체험하여 일시적으로 기억력을 상실한 사람들에게 효과가 있다. 난바도 여러 번 그런 실험을 한 경험이 있었다.

난바는 일단 스사를 의사로 가장해 기누요를 간단히 진찰하게 했다. 그리고 스사가 최면 치료를 잘하니 한 번 받아보라고 권할 계획이었다.

대체로 여자는 피암시성(被暗示性)이 강하고 젊고 교육 수준이 낮을수록 최면 상태에 빠지기 쉽다. 더욱이 최면을 거는 자에 대해 믿음이 강하면 강할수록 쉽기에, 난바는 스사에게 자신의 제안에 대한 믿음을 가지도록 했다.

이 제안을 듣고 스사는 놀라며,

"최면술이라니요? 그럼 의사보다 관상가나 운명을 판단하는 쪽이 재밌겠는데요."

하고 말해 난바를 웃게 했다.

이 방법은 의외로 시라나미소 주인의 호응을 얻어 즉시 본관 2층의 한 방에서 하기로 하고서 기누요를 그들 앞으로 데리고 왔다.

두 사람 앞에 나타난 기누요는 정말 여배우 다나카 기누요와 많이 닮았다. 둥그런 얼굴에 눈가가 사랑스럽게 맑고 입가에도 천진난만함이 감돌았다.

그러나 뭔가 겁을 먹은 듯 창백한 그녀 볼에 어두운 그림자가 드리웠고, 가만히 보고 있자니 묘한 쓸쓸함이 느껴졌다.

스사는 교묘한 암시를 보냈다. 그의 부드러운 검은 눈동자가 천천히 기누요의 얼굴에 교착되자 그녀의 볼에는 서서히 홍조가 올라왔다.

"가만히 제 눈을 보세요. 그렇게. 가만히……아아. 역시…… 당신은 요즘 매일 밤 꿈을 꾸지요……꿈 말입니다. 그것도 아주 두려운 꿈, 무서운 꿈……그렇죠. 그리고 당신은 항상 가위에 눌리고요. …… 꿈에 나오는 사람이 당신을 끝까지 쫓아오죠. 그렇죠. 두렵습니다. 큰…… 남자가……."

단정히 스사의 앞에 앉아 그의 말을 듣던 그녀가 이번엔 그가 하는 말에 따라서 눈을 크게 떴다. 볼은 다시 혈색을 잃고 입술도 보랏빛을 띠우면서 벌벌 떨기 시작했다.

"좀 더 저를 보세요. 그렇게, 네 그렇게요. 아……이건 안 됩니다. 이건 나쁩니다. 당신은 이대로 있으면 결국엔 죽습니다…… 아니, 살해될지도 모릅니다……아니, 좀 더 저를 보고…… 그래요…….."

일단 스사의 응시는 날카로워졌다. 그리고 이번엔 공포로 창백해진 기누요에게 그 꿈은 지난번 별실에서 죽은 사람의 응보라고 말하고, 자신에게 의지하면 아마도 매일 밤 꿈에 나오는 남자의 모습도 사라지고 구제받을 거라 교묘히 암시를 섞어서 유도하는 거였다.

난바는 한시도 눈을 기누요의 표정에서 떼지 않았는데 그는 곧 이 아이가 지극히 암시에 걸리기 쉬운 히스테리성이 있음을 알았다. 그것과 동시에 스사의 어조가 대단히 율동적이고 그윽한 운치가 있으며 암시력이 풍부해서 한발 더 나아가서 암시를 강하게 하면 기누요는 완전한 최면 상태에 들어갔을 거로 생각했다.

기누요는 완전히 풀이 죽어 보였다. 공포에 찬 눈은 거의 힘없이 풀리고 무릎 위에 놓인 작은 손을 굳게 잡은 채 미미하게 떨고 있었다. 스사의 암시로 인해 공포가 완전히 그녀 마음속을 점령하였다.

난바는 조용하고 안정적인 목소리로 그녀에게 숫자를 세게 했다. 하나, 둘, 셋……하고 열까지 세자 다시 반복하게 했다. 그리고 단조로운 그 음성이 조용히 정신 통일이 되는 것을 알아차리자 거의 알아듣지 못할 것 같은 낮고 몽환적인 음조로 그녀 의식에 암시를 주기 시작했다.

숫자를 세는 소리는 점점 낮아지더니 얼마 안 있어 잠잠해졌다. 그리고 평정을 회복한 그녀 입술에서 고른 숨소리가 새어 나왔다.

점점 잠이 온다. 눈꺼풀이 무거워진다. 귀가 멀어진다. 그렇지. 잠이 오겠지, 조용히 자요. 눈을 감고 눈을 딱 감고……, 이제 잠들었다. 아주 잘 자고 있다. 더 깊이……더 깊이 자요. 그렇게 푹 자고 있어요. 아무것도 고민하지 말고……아무것도 생각하지 말고…….

기누요는 완전히 잠이 들었다. 난바의 암시대로 앉은 채로 완전히 깊은 잠에 떨어진 거다.

난바는 가볍게 손을 뻗어 그녀의 천진난만하게 자고 있는 얼굴에 가까이 대고 살짝 눈꺼풀을 뒤집어 보았다.

눈동자는 완전히 축소되어 깊이 잠이 든 걸 알았다.

난바는 조용히 다시 암시를 주기 시작했다. 점점 사건 당일 밤으로 그녀의 기억을 환기시키려 하는 거다. 스사는 자신도 모르게 긴장하여 손에서 땀이 났다.

"그래요. 당신은 지금 정원의 저쪽 끝을 보고 있어요. 당신은 변소에 서 있고, 그 돌아오는 길, 그때 갑자기 정원을 보았죠. 그리고 지금 아직 보고 있죠. 보이겠죠? 뭐가 보여요? 말해 보세요?"

이러한 암시로 기누요가 말한 그날 밤 목격한 사실은…….

갑자기 잠을 깬 기누요는 지금 몇 시쯤 되었을까 생각하면서 변소로 향했다. 변소는 별실로 향하는 복도 근처 정원 쪽에 있었다. 소변을 본 후 손을 씻으며 아무 생각 없이 창 너머로 정원을 바라보았는데 둥근 불빛이 별실 세 평 방에서 흘러나오는 것이 그녀의 눈에 들어왔다.

변소의 창문에서나 건너편 복도에서나 약한 빛이 정원에 그림자를 떨어트리고 희미하게 정원의 돌과 수목을 도드라져 보이게 했지만, 그것들보다도 그 둥근 빛은 강렬했다.

하얀 빛줄기가 특히 그 주위만을 밝게 비추고 있었다. 그리고 눈에 익숙해짐과 동시에 그것이 회중전등이었고, 그것을 든 남자의 모습이 섬뜩할 만큼 검게 보였다.

뭘까? 뭘 하는 것일까?

그녀의 호기심은 고조되었다. 숨을 죽이고 바라보는 걸 알지 못하는 그 남자는 살그머니 정원으로 내려왔고, 3평짜리 방 툇마루에서 뭔가 시커먼 짐을 가지고 나왔다. 등불이 꺼지고 복도의 광선이 희미하게 비추고 있을 뿐이어서 그녀 눈엔 그것이 뭔지 판별할 수 없었다. 그런데 무게가 제법 나가는지 남자는 힘겹게 짐을 어깨에 짊어졌다. 기누요는 저 짐이 뭘까 하고 상상해 보았다.

그녀는 그날 밤 손님에 관해선 아무것도 몰랐다. 그래서 그것은 단순한 짐일 거로 생각했다. 그런데 왜 손님이 이런 한밤중에 짐을 지고 나오는지 짐작이 가지 않았다.

계속 그대로 보고 있자 몇 분 후, 그 남자는 회중전등으로 자신의 발치를 비추면서 수목들 사이로 사라졌다.

도둑이었던 걸까? 이 생각이 그녀를 무서움에 떨게 했다. 카운터에 있는 사람을 깨울까도 생각했지만, 잇따라 경찰과 그 외 여러 잡다한 일에 여러 번 불려 다닐 걸 생각하니, 그녀는 무슨 일이 있는 거겠지 하고 과감히 모르는 얼굴로 있기로 했다.

그리하여 그녀는 차가워진 몸을 잠자리에 눕히고서 갖가지 망상에 시달리다 잠이 든 것이었다.

그 일을 알고 나자, 난바는 계속 그 남자에 관해서 묻기 시작했다. 그렇지만 그것은 거의 효력이 없었다. 그녀는 그 남자가 입은 옷이 양복도 아니고 기모노도 아니라는 거다.

그사이 벌써 시간은 10분이나 넘게 흘렀다. 난바는 심한 피로감을 느끼기 시작했지만, 아직 할 일이 남아 있었다. 그것은 이 최면술의 목적인 그녀의 강박관념을 제거하는 일이었다.

난바는 다시 반복해서 그 사건 때문에 별실을 보는 것만으로도 벌벌 떠는 그녀의 관념을 좇아내려 애썼다. 그리고 그 암시가 충분히 목적을 달성했다고 생각하자 그녀를 조용히 부르며 깨웠다.

꿈에서 깬 기누요는 그제야 자신이 깊이 잠들었던 걸 알고 순간 얼굴을 붉혔다. 그렇지만 여느 때와 다르게 숙면한 뒤의 상쾌함이 그녀의 몸에 가득하여 저절로 볼에 부끄러운 미소가 번졌다.

시라나미소 주인은 혼자서 이 최면술을 보고 있다가 참으로 놀라고 말았다. 이제는 별실에 가는 것도 두려워하지 않을 거라는 난바의 설명에 깊이 감사 인사를 하고선 재빨리 기누요에게 물었다.

"기분은 어떠니?"

"이젠 더 이상 죽을 것 같진 않아요."

기누요는 스사의 최면을 큰맘 먹고 견딘 걸 다시 묻고 겨우 안심하는 듯했다. 그리고 이제 별실의 참극 이야기를 꺼내도 두려운 기색은 보이지 않았다.

3

방으로 돌아와서도 스사는 여전히 흥분이 가시지 않은 표정으로 가만히 생각에 잠긴 난바의 얼굴을 쳐다보았다.

"대단하지 않았습니까? 이 사실만으로도 충분히 다키자와 군은 무죄가 됩니다."

그러나 난바는 여전히 깊은 생각에 잠긴 표정으로 조용히 되물었다.

"왜지?"

"왜라니요, 다키자와 군은 12시경에는 시라하마 호텔에 나타났잖습니까? 그러니 훌륭한 알리바이가 있는 셈인 거죠."

"아니, 그렇다고 단언할 수는 없네……."

갑자기 무언가 생각난 듯 난바는 양복으로 갈아입기 시작했다.

"요컨대 증언 가치의 문제야. 스사 군. 그렇지. 별안간 여기서 수사 당국도 전혀 모르는 사실을 꺼내 와서 믿으라고 말한들, 게다가 그것 하나로 사건을 근저에서부터 뒤집으려 하는 거라고 하면 어떻게든 우선 그 가치를 생각해 보고 싶어지지 않을까. 그러니 결론 따윈 아직 멀었네."

두 사람은 함께 변소의 세면대로 와 보았다. 그리고 창문으로 바라보니 과연 별실 세 평 방의 툇마루가 보였다. 거리로는 14미터 정도 될 것이다.

"잠시만 기다리세요."

스사가 재빨리 복도를 달려 "이쯤일까요?" 하고 툇마루에 서서 손을 흔들어 보였다.

창가에 심어 놓은 무화과나무 잎 때문에 스사가 있는 복도 쪽에서는 이곳이 보이지 않았다.

난바는 그때 마침 지나가는 기누요를 부르고선 "어떤가?" 하고 물었다. 기누요는 그대로 창을 들여다보고 툇마루에서 웃으며 서 있는 스사의 호기심에 우선 웃음을 보였다. 그리고 그녀는 그날 밤 자신이 본 것을 말했다.

"장소는 딱 저 부근이었는데 키가 아주 커 보였어요. 그 남자가 품속에서 조리를 꺼내 신는 걸 보았는데 기모노를 입고 있었던 게 틀림없어요."

복장이 양복인지 기모노인지 판별을 금방 할 수 없었던 것은 그 남자가 외투 같은 걸 입고 있었기 때문이라는 설명으로 풀렸다. 남자의 손에 쥔 회중전등이 더욱 남자의 복장을 구별하기 애매하게 한 것 같다. 변소 쪽을 향했을 때는 전등의 강한 빛 때문에 남자의 모습이 거의 보이지 않았고, 등을 봤을 때는 빛이 어두워 겨우 소맷자락이 없는 옷에 보인 팔과 옷자락을 풀어 헤친 외투 모양의 검정 그림자만 알 수 있었다고 했다.

한텐*치고는 옷자락이 너무 길었고, 외투치고는 바지를 입고 있는 것처럼은 보이지 않았다고 하는 기누요의 말은 두 사람의 상상을 좀 헷갈리게 했지만, 그것을 확인할 수 있었던 것만으로도 충분한 성공이었다.

잠깐 근처 경치를 보고 온다고 말해 놓고 두 사람이 함께 시라나미소를 나온 것은 그 직후였다.

예쁘게 자갈을 깔아놓은 길을 걸어서 완만히 이어진 비탈길을 내려오자 가부키몬(冠木門)**이 있고 바로 산쇼신사로 가는 길로 이어진다. 거기서 100미터 남짓 가다 왼편으로 꺾어 비탈을 내려오자 갑자기 주위가 트이면서 메이코 버스가 다니는 시라하마, 유자키, 반쇼산(番所山) 유원지를 잇는 큰 도로가 나왔다. 그 도로의 왼쪽 바닷가 쪽으로 시라하마 호텔이 있었다.

지배인을 잠시 뵙고 싶다며 명함을 건네자, 보이는 두 사람을 오른편 응접실로 안내했다. 호텔이라지만 화양절충(和洋折衷)으로 일본 다다미방과 서양식 방이 있는 구조인 듯 복도도 마루방으로 깨끗이 닦여 있고 반질반질 검게 빛나 있었다.

지배인은 마흔 연배로 살이 찐 얼굴이 불그레한 남자였다. 신도 간타로(進藤寬太郎)라고 새긴 큰 명함을 두 사람에게 건네며 붙임성 있게 말을 꺼냈다.

"무슨 용건이십니까?"

* 일본의 전통적인 겨울 코트.
** 두 기둥 위에 가로대를 건너지른 지붕 없는 문.

"실은 이러한 직업에 종사하는 사람입니다……."

조금 전 건넨 것과 다른 명함을 꺼낸 난바는 지배인 앞에 내밀었다.

"성가시겠지만, 다키자와 씨에 관한 얘길 듣고 싶어서요."

시라나미소 살인 사건 변호인의 의뢰로 변호의 입장에서 다시 사건의 세세한 부분을 조사한다며 부탁했다.

명함에는 비밀 탐정사 아카가키 다키오(赤垣滝夫)라 적혀 있다.

"아, 당신이 그 유명한 아카가키 씨군요……."

지배인이 갑자기 호감의 빛을 기름진 얼굴에 드러냈다.

"소문은 익히 들었습니다. 얼마 전 제 친구가 만주에서 돌아오는 길에 이삼 일 묵고 갔는데, 그때 한 얘기가 당신이 탐정으로 활약이 꽤 대단하다고 했죠. 친구도 보석과 귀금속류를 중국 놈에게 빼앗기고 몹시 위험했을 때 당신이 도와줬다고 하면서요. 말씀 많이 들었습니다."

계속 지껄이는 지배인을 난바가 쓴웃음으로 대꾸하다가 재빨리 물었다.

"그럼 죄송합니다만 다시 한번 다키자와라는 남자가 왔을 때부터의 상황을 말씀해 주시지 않겠습니까?"

지배인이 말하는 그 날 밤의 정경은 비망록에 적힌 것과 거의 다르지 않았다.

"……머리를 산발한 창백한 얼굴에 더러운 양복을 입고 넥타이도 삐뚤어진 차림이었죠. 몹시 술 냄새가 나서 이건 분명 싸움질을 했구나 생각하고 숙박을 받았습니다. 덕분에 저희 호텔이 유명해졌지만요……."

말을 하면서 지배인이 크게 웃었다.

2층 3호실로 안내를 부탁하자, 지금 다행히 비어 있으니 하며 흔쾌히 바로 보여 주었다. 남서쪽 바다에 면한 방으로 다다미방이라면 세 평 정도 크기일 거다. 왼쪽에 더블침대가 있고 창문 가까이에 테이블 한 개와 의자 두 개가 놓여 있었다.

창문에서 보니 지면까지는 넉넉히 약 6미터는 되겠다. 흰색 벽에는 단서가 될 만한 게 눈에 띄지 않고, 창문 구조도 목조라서 작고, 창유리를 밀어젖히고 빠져나가기엔 좁아 보였다.

앞은 급경사 모래언덕이 바다로 이어져 있고 왼쪽을 올려다보니 시라나미소의 웅장한 건물이 보였다.

복도로 나가자 바로 계단이 있었다. 난바는 지배인에게 비상계단과 출구의 장소를 물었다. 그리고 그 어느 쪽도 호텔 사용인의 눈에 띄지 않고 외출하긴 어렵다는 걸 확인했다.

"게다가 그날 밤은 현관 앞 오락실에서 사람들이 늦게까지 놀았고, 저도 새벽 2시 가까이 있었기에 보지 못했을 리가 없습니다."

지배인은 다키자와가 숙박 후에 외출한 일이 없냐는 질문을 부정하고, 몰래 나가는 건 불가능하다고 했다.

"분명히 12시 전이라는 말씀이시죠."

다시 한번 난바가 묻자 지배인은 고개를 끄덕이며 말한다.

"믿지 못하시겠다면 방으로 안내한 보이도 불러 드리지요."

보이는 열여덟, 아홉가량 된 피부가 까만 소년이었다.

"도노무라 다쓰키치라고 합니다. 뭐든 물어보십시오."

지배인은 깃이 세워진 급사복을 입은 소년을 돌아보았다.

도노무라 소년은 자세한 시간을 기억하고 있었다. 다키자와를 2층으로 안내할 때 현관 정면 시계를 올려다보고 12시가 되려면 8분 남았다는 걸 확인했다는 거다.

"12시가 교대 시간이거든요."

옆에서 지배인이 설명했다.

그다음 날 아침 다키자와가 기차 시간을 물어본 사람이 욕탕을 청소한 여종업원이었는데, 지배인의 호의로 만날 수 있었다. 그러나 아무 새로운 사실도 들을 수는 없었다. 욕탕에 들어갔다가 나와서 첫 기차 시간을 묻고 서둘러 방으로 돌아갔다는 말뿐이었다.

"어떻습니까? 좀 도움이 되셨는지요?"

이렇게 묻는 지배인에게 난바는 깊은 감사의 말을 하고 시라하마 호텔을 나와서 스사에게 묻는다.

"우체국이 어디지?"

은색 차량의 메이코 버스가 눈이 부시게 번쩍거리며 달려간다. 그 뒤를 따라서 난바는 시라하마 해안으로 걸어갔다.

오른편 미후네산 기슭은 송림이 빽빽이 늘어서 있고, 정상의 신사 부근도 수목에 둘러싸여 있었다.

"노천탕이 있다는데."

갑자기 난바는 무슨 생각이 났는지 말을 걸었다.

"바로 저깁니다. 이 송림을 지나면 시라하마가 보이는데, 바닷

속에서 온천을 분출하는 긴스나유(銀砂湯)도 그 부근입니다."

얼마 안 있어 조망이 펼쳐지자 오른쪽으로 넓고 푸른 바다가 보였다.

해는 이미 높이 있고 10월 말이라곤 생각되지 않을 정도로 더웠다. 두 사람은 하얀 쌀가루처럼 가는 모래 위를 밟으며 조금만 더 더워서 수영할 수 있었으면 얼마나 좋았을까 하고 두서없는 얘길 나눴다.

왼쪽 약간 높다란 지대에 오밀조밀 들어선 온천장을 바라보면서 작은 터널을 지나자, 유자키 온천이 똑같은 용마루를 나란히 하고 있었다.

스사는 올봄에 와서 들은, 어디를 파 보아도 더운물뿐이라 빗물을 공동으로 모아 식수로 마신다는 얘길 전했다. 난바는 듣고 있다가 바로 우체국 앞에 다다르자,

"잠시만 있게."

하고 우체국 안으로 모습을 감췄다.

5분 정도 지나서 나온 난바는 갑자기 산단베키가 보고 싶다고 했다.

메이코 버스가 완만한 경사를 올라간다. 버스 안내양이 미사여구로 부근 명소를 설명하고 있다. 난바는 그 설명을 들으면서 다른 손님들처럼 버스 창문으로 눈앞으로 옮겨가는 풍경에 넋을 잃고 있었다.

스사는 난바의 진의를 알 수 없었다. 짧게 깎은 머리에 짙은 밤색 모자를 쓰고 검은 바탕에 얇은 줄무늬가 들어간 수수한 양

복 차림인 난바의 모습은 정말이지 누가 봐도 평범한 여행객으로밖에 보이지 않았다. 그렇지만 스사는 그와 반대로 화려한 녹색 계통의 굵은 세로줄 무늬 옷을 입고 단풍 색상의 넥타이에 큰 진주를 박은 핀을 꽂고 있었다. 양복 윗주머니로 살짝 보이게 내민 비단 손수건에선 좋은 향기가 났고 손을 이마에 대었을 때 커프스단추의 자수정이 반짝반짝 빛이 났다. 그러한 차림새가 혈색 좋은 볼과 아름다운 입가의 미소와 함께 사람들의 시선을 끌었다. 난바가 염려한 대로 어떤 사람에게나 인상을 남기는 호남형의 모습이다.

다섯 평 다다미방에서 광대한 풍광을 바라보며 가벼운 점심을 먹고, 산단베키를 구경한 후 두 사람이 시라나미소로 돌아왔을 때 이미 서쪽으로 기운 가을 석양이 노랗게 네 평짜리 방 가득이 흘러들고 있었다.

"아, 이제 후련하군."

숙소로 돌아오자 바로 욕탕을 갔다 온 난바는 사건이고 뭐고 다 잊은 듯 잠시 방심한 상태로 다리를 뻗었다. 그렇지만 마음속은 뭔가를 열심히 생각하는 표정이었다.

스사도 욕탕에서 돌아와 난간에 기대고 있다가 문득 생각난 듯 말을 꺼냈다.

"오늘 밤에는 뭘 하실 건가요? 한 번 온천 마을 야경이라도 보러 가시겠습니까?"

"……"

대답이 없다. 난바는 뭔가를 골똘히 생각하고 있었다.

4

저녁 식사 후, 스사는 오늘 산단베키까지 보러 간 목적을 물었다.

그렇지만 난바는 그냥 보러 간 거라고만 대답하고 비망록을 꺼내 뭔가를 적으면서, 세세하게 써 넣은 수첩을 펼치고 뭔가에 열중하는 표정이었다.

시계가 7시를 치자 스즈요가 전보를 손에 들고 들어왔다.

"손님! 전보입니다."

스즈요가 내미는 것을 난바는 받자마자 읽어 내려갔다.

류타로의 입적은 아직

— 사쿠라이

류타로가 아직 입적되지 않았다는 전보다.

"뭔가 좋지 않은 소식입니까?"

전보는 좋지 않은 일이 있을 때만 이용하는 줄 아는 여종업원에게 난바는 가볍게 손을 저으며 웃었다가 어쩌면 이삼일 중으로 오사카로 돌아가야 할지도 모른다고 말해 여종업원을 실망하게 했다.

여종업원이 나가고, 난바는 곧바로 외출 준비를 했다. 그리고 스사에겐 그 사건이 있던 날 밤, 잠자리를 깔아 준 여종업원에게 후나토미 부부가 어느 쪽 방에서 잤는지 알아 놓으라고 부탁했다.

난바가 그날 밤 8시경, 불쑥 모습을 보인 곳은 유자키 온천의 다치바나야 여관이었다. 거기서도 그는 비밀 탐정 아카가키 다키오의 명함을 꺼내 주인에게 면담을 요청했다.

다치바나야 여관 주인은 예순 가까운 나이의 노인이었다. 한쪽 방에서 난바와 마주 앉았는데 매우 귀찮다는 표정이 노인의 혈색 좋은 볼에 드러나 있었다.

난바의 용건은 9일 밤늦게 이 여관으로 돌아온 수상한 손님에 관한 거였고, 이 여관을 출입하는 게이샤들한테 들은 거라면서 말을 꺼냈다.

"그날 밤, 새벽 1시가 넘어 돌아온 손님이 있었다고 합니다. 언짢을 만큼 창백한 얼굴을 한 손님으로 목욕물이 더워졌는지 물 온도를 물어봤을 때 섬뜩 소름이 끼쳤다고, 여종업원이 욕탕으로 안내하는데 왠지 모르게 몸을 떨었답니다. 게다가 그 섬뜩한 손님이 탕에 몸을 담그고 있는 동안 벗어 놓은 셔츠를 보니 팔 부근에 피가 흠뻑 묻어 있었다는데……그 진위를 여쭙고 싶습니다."

말없이 듣고 있던 늙은 주인은 그 이야길 듣자, 눈에도 노골적으로 불쾌한 빛을 띠며 말했다.

"별일 아니었습니다. 누가 말했는지 모르겠지만……, 하하하……."

주인은 공허하게 웃더니 역습하듯 물었다.

"그런데, 그 손님이 뭔가 이번 시라나미소 사건과 관련이라도 있는 겁니까?"

"네, 있고말고요."

난바는 거기서 갑자기 태도를 엄숙하면서도 위압적으로 바꿨다.

"그 자가 진범입니다. 지금 잡힌 자는 가엾게도 억울한 누명을 쓴 희생자에 불과합니다. 당신들이 그러한 사실을, 단지 경찰 조사가 번거롭고 싫다는 이유만으로 협조하지 않아 은폐되는 사이에, 무고한 인간이 차가운 독방 안에서 죄를 뒤집어쓰고 있는 겁니다. 신중하게 그 점을 생각하고 대답해 주시오."

잠시 잿빛 침묵이 두 사람 사이에 어렸다.

"그럼, 어떤 점이 특별히 듣고 싶으신 겁니까?"

노인은 갑자기 기세가 꺾인 목소리로 물었다.

"실은 조사하러 오신 경찰 나리께 말씀드릴까도 했습니다만, 아무래도 손님 장사하는 여관인 데다 그 손님도 아침 일찍 떠났고 해서 이렇게 저렇게 하다 보니 말할 기회를 놓쳐 버린 건데……"

노인은 변명하기에 급급했다.

"그럼 우선 지금 제가 말씀드린 소문이 진실인지 아닌지를 분명히 말씀해 주시오."

난바가 예리하게 묻는다.

"그 일은 사실입니다."

노인이 수긍하며 모든 걸 인정했고, 또한 그 손님은 손가락에도 상처를 입었는지 아침에 떠날 때 오른손을 천으로 감고 있었는데 피가 빨갛게 번져 있는 걸 보았다고 덧붙였다.

"그 손님의 인상은요?"

"글쎄, 저는 아침에 잠시 본 거라서……."

잠시 주저하는 듯하더니 늙은 주인은 손님의 인상을 얘기했다.

나이는 쉰이 가까워 보였고 건장한 체격에다 검은 피부인 남자로 감색 양복에 하늘색 모자를 썼고 검정 가죽 가방을 들고 있었다고 했다.

이름은 하고 묻자, 주인은 손짓으로 여종업원에게 숙박부를 가져오라고 했다.

주인이 가리킨 데를 보니 이와세 다카오(岩瀬隆雄), 마흔여덟, 회사원이라 적혀 있다.

난바는 품속에서 얇은 종이를 꺼내 그 필적을 정성스레 베껴 적는다.

"그럼, 그 남자가 몇 시경 투숙했습니까?"

이 질문에 주인은 잠시 머뭇거리다 "잠시만" 하고서 카운터로 돌아갔다. 그리고 5분 정도 지나 다시 와서는,

"오후 6시경이었다고 합니다. 방으로 들어가자마자 바로 밥을 달라고 했고, 옷도 갈아입지 않고 전등도 켜지 않은 어둠 속에 있다가 잠시 급한 용무가 있다면서 7시 전에 나갔다고 하는데, 가방은 그대로 맡겨 놓았답니다. 아내가 좀 이상한 손님이라 해서 기억하고 있었다고……."

하고 그 기괴한 손님에 관해서 말했다.

난바는 실례지만 안주인도 잠시 뵙고 싶다 하여 만나서 같은 사항을 물어보니 주인이 한 말과 같았다.

정중히 인사를 하고 다치바나야 여관을 나온 난바는 해변에

서 솔솔 부는 미풍에 갑자기 추위를 느꼈다. 그리고 밤하늘의 무수한 작은 별들이 흩어져 떠 있는 하늘을 올려다보았다. 왼쪽의 사키노유(崎の湯)로 이어지는 암반이 뒤섞인 해안선이 시커멓고 바닷물과 해조 냄새가 코를 확 찔렀다.

내일도 날씨는 좋을 듯했다. 그렇게 생각하면서 난바는 다시 우체국 앞에 멈춰 섰다. 그리고 어느새 그는 전보용지에 펜을 굴리고 있었다.

숙소로 돌아오자 스사가 난바 오기만을 기다리고 있었다. 시각이 벌써 10시가 가까워졌다.

"어떠셨습니까? 밤의 온천 모습이?"

아무 일 아닌 듯 말했지만, 스사의 아름다운 눈가엔 호기심이 가득 넘쳤다.

"음…… 좋더군. 기분 좋았네."

난바가 편안하게 앉자, 스사가 재빨리 이렇게 말했다.

"물어보았는데 뭔가 이상합니다. 간밤에도 물어보았습니다만,"

그날 밤 후나토미 부부의 이부자리를 깔아 준 건 역시 시노자키 하루였다. 그녀는 같이 깔아 드리겠다면서 두 사람 이부자리를 네 평짜리 방에다 깔려고 하자, 류타로가 뜻밖에도 그것을 제지하고 "아니 내 것은 세 평 방에다 깔아 줘요. 아내는 잠이 쉽게 들지 않으니 네 평짜리 방이 좋겠지" 하고 말했다는 거였다. 네 평짜리 방이 파도 소리도 높이 들리고 귀에 익숙지 않은 사람에겐 오히려 잠들기가 어려울 텐데 하면서 그녀는 "알겠습니다" 하고 시키는 대로 했다는 거였다.

"그런데 다음 날 아침에 보니 반대로 되어 있어서 역시 밤중에 방을 바꾸신 거로 생각했습니다."

하루가 대답했다는 거였다.

난바는 이 이야길 듣자 고개를 크게 끄덕이고는 "고맙네!" 하면서 만면에 미소를 지었다.

"이제 이해가 되는군. 이것으로 이제 다키자와를 구할 수 있을 것 같네."

그 말은 상상 이상으로 스사를 기쁘게 했다. 그런데 난바는 그 말을 내뱉고 나자 바로 안색을 싹 다잡고는 갑자기 입을 다물어 버렸다. 아직 공표하기엔 이르다는 염려가 그의 욕구를 억제한 거였다.

스사는 다시 실망하지 않을 수 없었다. 난바가 진행하는 수사 방향을 막연하게나마 짐작했지만, 밤에 나가서 어떤 증거를 잡아 왔는지 무척이나 알고 싶었는데 난바가 끝내 한마디도 하지 않았기 때문이다.

제4장

거짓 피해자

1

난바가 이곳 시라나미소에 온 지 불과 삼 일째인 10월 30일에 그 자신에게도 의외인 사실이 두 가지나 큰 수확으로 드러났다.

이 사실들—이것을 바로 사실로 간주하는 것에 난바는 아직도 약간 주저함을 느끼지만—은 어느 하나를 생각해 보아도 이번 사건에서 베일에 가려진 걸 알았다.

기누요가 목격한 사실은 그 시각이 새벽 2시 전이었다는 점에서 중대성을 갖는다. 지금까지의 수사에서는 시체가 옮겨진 시각이 12시 이전으로 추정했다. 그 추정의 근거는 범인을 다키자와 쓰네오라 여겼기 때문이고, 다키자와가 12시 이전에 시라하마 호텔에 모습을 보인 사실 때문이었다. 그래서 그것이 기누요의 목격대로 새벽 2시 전에 이루어진 거라고 하면, 다키자와는 완전히 용의선상 밖으로 나올 수 있다.

그래서 난바는 먼저 그 점을 생각하고, 다키자와가 12시 전에 일단 시라하마 호텔에 투숙한 후 몰래 빠져나간 게 아닌가 싶어서 확인하러 갔다. 그런데 그것은 역시 처음 그가 예상한 대로 단순한 기우에 지나지 않았다.

기누요의 목격을 사실로 받아들인다면 두 가지 가설을 세울 수 있다.

즉, 하나는 다키자와가 특별히 어느 공범자 또는 일정한 보수를 계약으로 고용한 자에게 시체를 옮기도록 한 경우이고, 또 하나는 시체가 되어서 옮겨진 류타로 자신이 시체를 운반한 것으로 보이도록 하고 현장을 위장한 경우이다.

난바는 기누요에게서 그 증언을 얻자, 바로 이 두 가지의 질문을 내고 그 어느 쪽을 고르는 것이 옳은지를 고민하였다.

그러나 그는 곧 맨 처음 생각을 접기로 했다. 왜냐하면 이 생각은 여하튼 진실을 손에 넣는다고 해도 추호도 다키자와의 혐의는 옅어지지 않을 것이 명백했기 때문이다.

그 때문에 난바의 머리는 오로지 두 번째 생각, …… 즉 류타로 자신이 이 사건의 범인이라고 하는 추정을 극도로 엄밀하고도 세밀하게 검토해 보려고 노력하였다.

후나토미 류타로가 이 사건의 주범이라고 하는 생각은 엉뚱해 보였다. 그렇지만 극도로 선입관을 배격하고 사건을 직시하려 한 난바 기이치로가 맨 처음부터 마음에 품고 있었던 것도 실은 이 생각이었다.

시체가 발견되지 않은 범행에선 왕왕 현장이 위장되는 경우가 있다. 그래서 이번과 같은 살인 사건에서 왜 여자 시체만 현장에 남아 있고, 남자 시체는 절벽에서 던져져야 했는가? 그 의문에 대한 해답으로 난바는 바로 범인으로 피해자를 생각해 본 것이다.

현장을 검증한 수사 수뇌부들이 처음부터 그 점을 무시했던 게 난바에겐 큰 실수로 보였다. 해상 수사를 반복해도 끝내 발견되지 않는 피해자를 왜 '살해되어 내던져 버려진 것'으로 단정하는 것인지, 왜 일단은 시체가 없는 피해자를 의혹의 도마 위에 놓고 보지 않는 것인지…… 사쿠라이에게 대강의 설명을 들었을 때 먼저 난바가 말한 것은 이 의문이었다.

사쿠라이도 이 새로운 견해에 대단히 흥미가 끌렸다. 그리고 그 다음으로 말을 꺼낸 것이 피해자 후나토미 부부의 혈흔인 혈액형이었다.

현장에서 채취된 혈액은 감식 계원의 손에 의해 사람의 피이며 혈액형이 부부 모두 A형인 것이 증명되었다.

부부의 혈액형이 같은 것은 오사카의 저택에서 제출한 당사자들의 타액과 땀 등으로 증명되었기에 이 사실은 당연히 두 사람의 피로 추정했다.

같은 혈액형인 걸 알자, 난바도 사쿠라이도 똑같이 힘이 났다. 즉 혈액에는 지문과 같은 개성이 없기에 혈흔을 조사한 것만으로 이것이 누구의 피라고 금방 단정할 수 없다. 하지만 같은 혈액형이라는 사실은 적어도 그 피가 동일인의 피였을지도 모른다는 상상을 가능하게 하기 때문이다.

계속해서 사쿠라이가 난바에게 제시한 것은 여러 장의 현장

사진이었다.

네 평짜리 방에서 류타로가 살해된 것으로 상상되는 이부자리 부근의 처참하기 짝이 없던 혈흔이 흩어져 있던 상황에서, 그 시체를 짊어지고 나오면서 흘린 선명한 많은 양의 피, 다다미 위에 뿌려진 피가 극명하게 여러 장의 인화지에 인화되어 있었다.

또한 세 평 방에 있던 유미코의 시체도 그 누워 있는 자세부터 벌어진 입의 인후 부분에까지 아무리 현장 감식에 익숙한 사람이라 하더라도 한 번은 눈을 돌리지 않을 수 없는 현장이 자세히 찍혀 있었다.

두 사람은 이마를 맞대고 함께 이 현장 사진들을 응시했다.

두 사람 모두 현장의 상태를 이 사진으로 보고 상상하는 수밖에 없었다. 그렇지만 난바는 그것으로 충분했다. 그의 과거 경험이 그것만으로도 충분할 만큼 현장의 인상을 생생히 되살릴 수가 있었기에.

자세히 보고 있던 난바는 마침내 하나의 결론을 얻었다. 즉 네 평짜리 방의 상황은 결코 위장된 게 아니라는 것과, 세 평 방에 있던 유미코의 모습에 약간 의심이 든다는 점이었다.

이 감정(鑑定)은 어떠한 점들을 파악해 그런 결론을 끌어낸 건지 난바 자신도 충분한 설명을 할 수 없었다. 그저 그의 과거 경험이 그의 육감을 끄집어냈을 뿐이다. 그 때문에 사쿠라이는 난바의 설명에 수긍할 수 없었던 것은 당연했고, 그에게는 양쪽 방모두 위장된 현장이라고는 생각할 수 없을 만큼 끔찍하고 처참했기 때문이다.

그렇지만 사쿠라이는 다키자와의 당일 행동에 관한 해명과 당국의 수사로 얻은 각종 자료를 꺼내고 하나하나 이 가설에 끼워 맞춰 보니 그 모두가 꽤 상당한 가능성이 있다는 걸 알았다.

예를 들면 당일 걸려왔다는 전화나, 6시경 산쇼신사에서 만나자고 말했다는 것도, 류타로가 죄를 다키자와에게 전가하려고 한 예비 행동이라고 하면 쉽게 설명할 수 있는 것이다.

그러나 또한 도저히 풀리지 않은 부분도 있었다. 다키자와가 난카이 전철을 탄 것인지, 아니면 한와 직통열차를 탄 것인지…… 경찰 당국은 후자 쪽일 거라고 판단했는데, 만일 후자 쪽이 사실이면 다키자와의 언동에도 의심스러운 점이 많다고 하지 않을 수 없다.

그를 난카이 전철에서 보았다는 증인들도 다키자와와 대질하고 나서는 거의 증언 가치가 없어졌다. 이것은 다키자와가 말한 좌석이 난카이 급행열차의 맨 앞 좌석에 있는 정면 자리이고, 다키자와에게는 그들을 본 기억도 없었을 뿐 아니라, 증인들도 다키자와와 마주하고 보니 갑자기 다른 사람인 것 같다고 말했기 때문이다.

철도연선의 줄달음침이라는 특이한 사건에 관해서 그들 사이에 공통된 기억을 발견하고 다키자와의 승차를 증명하려 한 시도도, 다키자와에 대한 아무런 기억도 없다고 함으로써 실패로 돌아갔다.

그에 반해 한와 전철의 직통열차 승무원은 성명뿐 아니라 다키자와의 복장을 상세히 기억했다. 당일 다키자와가 입었던 옷은 거의 승무원이 말한 것과 일치했다.

사건 발생 후 수일이 경과했음에도 그렇게 상세하게 기억한다는 것이 의문이라 하면 의문이겠지만, 승무원은 당일 다키자와라고 하는 남자가 옆 좌석의 남자와 다툼이 일어 말리러 온 자신에게도 덤벼들었기에 자세하게 기억한다고 답변했다.

그 다툰 상대도 다키자와가 기소되는 당일 와카야마현 경찰부에 출두하여 승무원의 말을 입증했다.

"이 남자였어요. 건방지고 무례했던 놈이⋯⋯."

마흔 가까이 되어 보이는 상인 차림의 남자가 풀이 죽어 있는 다키자와 앞에서 분노의 욕설을 퍼부었다.

그들 증언이 다키자와에게 얼마나 치명적이었는지는 말할 나위도 없다. 이것만으로도 그의 해명 대부분이 부정당하고, 계획적인 범행으로 인정되었다고 말할 수 있다.

사쿠라이가 맨 마지막에 "이것은?" 하고 말을 꺼내자, 난바도 잠시 말없이 생각에 잠겼다. 그러고선 어쩌면 그 점에도 의혹이 있다고 말할 수 없는 것은 아니다. 아니, 오히려 거기에 큰 함정이 있다고 말해도 좋다. 그런 치밀한 계획을 세운 자가 절대로 숨겨야 하는 행동 중에 남의 눈에 띌 다툼을 벌인다는 것은 지극히 모순이다. 그래서 그것조차 류타로 계획의 일부로 취급할 수 있다는 것을 지적하는 거였다.

이러한 내막이 난바의 오사카 출발 전에 있었고, 난바는 또한 그런 가능성을 갖고 이 사건을 맡고 시라하마까지 출장 온 것이다. 그런데 점점 사건에 착수하다 보니 너무도 쉽게 류타로가 범인이라는 자기 생각이 증명되어 가자 새삼 의혹을 품지 않을 수 없었다.

그래서 기누요의 목격한 사실을 사실로 인정하기 전에, 왜 경찰이 이 증언을 파악할 수 없었는지가 이상했다.

류타로가 가명으로 투숙한 것 같은 다치바나야 여관 일도 알았으면 수사관들은 당연히 의혹을 가졌어야 했는데, 그것조차 그들은 알아내지 않았다는 점이 이상했다.

그렇지만 그날 밤 난바는 스사가 시노자키 하루에게 피해자의 잠자리가 바뀐 사실을 들었다는 걸 알고 경찰에서 왜 파악하지 못했는지의 의혹을 일소해 버렸다.

기누요는 심한 강박성 신경병으로 사건과 관련한 사항을 듣는 것만으로도 발작 증상을 보였고, 다치바나야 여관에선 사건과 연루돼 시끄러워질 것을 우려해 일제히 함구했다고 하면 지금까지 경찰에 알려지지 않았던 이유가 된다고 여겼기 때문이다.

그만큼이나 이 잠자리가 바뀐 사실은 그를 확신에 차게 했다. 그가 현장 사진을 봤을 때 품었던 의문점은 이것으로 훌륭히 해결되었다.

류타로는 간교하게도 현장이 위장된 것을 간파당할 거로 생각해 우선 유미코를 네 평짜리 방에 재우고, 그 방에서 그녀를 죽이고 나서 세 평 방으로 업고 온 거다. 그렇게 하면 네 평짜리 방의 잠자리 부근은 피해자가 바뀌는 것뿐이고, 다시 피를 흘려 놓을 필요도 없고 경험 많은 담당관들에게 간파될 염려도 없어진다. 난바는 그 사실을 분명히 이해한 것이다.

이것으로써 거의 류타로의 범행이 틀림없는 것으로 생각했다. 그런데 그에겐 아직 많은 난관이 예상되었다. 즉 그렇다고 한다면 살아 있어야 할 류타로는 어떻게 해서 어느 방면으로 도망쳤는가, 또 범행 이유는 무엇인가, 그러나 그것과 동시에 필연적으로 생각해야 할 것은 다키자와가 행동한 역할이다.

모두 류타로의 범행이라 쳐도 다키자와의 행동은 현재 상태로선 조금도 분명하지 않다. 모든 걸 류타로가 하고, 그 꾸민 계획 속에서 움직였다 해도 한와 전철 승차 건은, 다키자와가 부인한 것이 사실이라 해도 그것 역시 류타로의 속임수라 증명되지 않는 한 그와 얽힌 의혹은 해소되지 않는다.

난바는 다시 깊은 묵상에 잠겼다. 단정히 앉은 채 비망록의 페이지를 넘기는 것도 잊고서 한 점을 응시한 채 추리를 이어나갔다.

10월 30일 밤은 그렇게 깊어갔다. 마치 잊어버린 듯 화로 앞에서 담배만 피우던 스사도 시계가 10시를 치자 그만 하품을 하였다. 지루함이 완전히 그를 지치게 해 버린 거다. 그런데 이 하품이 갑자기 난바의 의식을 끌어당겼다. 그리고 갑자기 생각이 났는지 이렇게 물었다.

"후나토미 류타로의 신원은 모르는가?"

2

31일 아침은 어젯밤의 별이 총총히 빛났던 하늘과는 달리 잔뜩 구름이 낮게 끼었다. 평소처럼 창문을 열자 비가 올 듯 눅눅한 바람이 흘러들어오고, 멀리 보이는 바다는 일면이 답답하게 흐려지며 파도가 크게 물결치기 시작했다.

"아하…… 이거 태풍이 오겠는걸, 한바탕 폭풍우가 몰아칠 것 같군!"

스사도 나와서 묘하게 음산한 기분이 드는 바다를 바라보았다. 이어서 시계가 8시를 알리자 여종업원 스즈요가 전보를 손에 들고 들어왔다.

난바는 받아 읽고선 갑자기 생긋 웃으며 그 전보를 스사에게 건네면서 스즈요에게 말했다.

"아무래도 손님이 한 명 더 늘겠군."

갑자기 바람이 심해져 스사의 손에 든 전보가 팔랑댔다.

"아, 그 전보로군요. 전 또, 돌아오라고 하는 전보인가 해서……걱정했습니다……. 아, 바람이 세찹니다. 창문을 닫아야겠습니다."

그러면서 스사는 재빠르게 전보를 읽어 내려갔다.

　오늘 그곳으로 가네

　　　　　　　　　　　　　　　　　　　　　— 사쿠라이

여종업원이 바깥 유리문을 꽉 닫았다. 그렇지만 점차 심하게 부는 바람은 사정없이 문을 세차게 흔들었다. 문이 삐걱거리는 소리가 바다를 스쳐 지나 파도와 만나고, 무섭게 신음하기 시작한 바람과 함께 거센 폭풍우를 예고했다.

"사쿠라이 씨가 오시는군요."

스사는 그러한 바깥 날씨에는 무관심한 태도로 난바에게 말했다. 그 표정이 너무나 기쁜 듯 보여서 시즈요도 거기에 이끌려 '그 분도 분명 좋은 분일 거야. 언제 오실까⋯⋯' 하고 미소를 지었다.

9시가 되자, 난바가 잠시 나갔다 온다고 해서 스사를 불안하게 했다. 비는 그쳤지만 검은 구름이 점점 낮게 깔리고, 보이는 해면은 바람에 부추겨진 백마가 미치게 춤을 추는 듯 넘실거렸다. 앞바다는 아직 비가 내리고 있는지 한 떼의 운무가 무서운 속도로 불어와 반쇼가사키의 푸른빛마저 점차 배후를 숨기기 시작했기 때문이다.

난바는 스사의 동행을 간단히 거절하고, 만약 그동안에 사쿠라이 변호사가 오면 정오 전까진 돌아올 거라 전해 달라 말해 놓고서 휘몰아치는 열풍 속으로 차를 달렸다.

난바의 차는 1차선을 따라 열풍을 뚫고 다나베로 달렸다. 길은 꾸불꾸불 해안선을 지나갔고 기복이 심한 바위와 바위 사이를 질주해 갔다. 차는 바람 때문인지, 도로가 울퉁불퉁 패여선지 심하게 흔들거렸다.

차는 그렇게 약 30분을 달려 드디어 다나베 경찰서 문 앞에 도착한 거였다.

다나베 경찰 서장 마키(槙) 경감은 작고 마른 체구에다 언뜻 보면 신경질적으로도 보이는 창백한 얼굴을 한 남자였다. 눈이 가늘고 눈초리는 끊임없이 실룩샐룩 움직였으며, 눈꺼풀만이 묘하게 불그레해진 것이 눈을 크게 뜨려는 것처럼 보였다. 특히나 살이 빠진 볼과 붉은 기운을 띤 코 밑 짧은 수염은 서장의 풍모와는 한층 거리가 멀었다.

그러나 서장은 면담을 청해 온 사람이 난바 기이치로인 걸 알자, 갑자기 잿빛 느낌이 드는 얼굴에 반가운 기색이 돌았다. 그는 난바의 이름을 기억하고 있었다.

그가 경찰이 되고 얼마 안 있어 맨 처음 근무한 곳에 그의 직속 상사인 순사부장으로 온 사람이 바로 난바였다. 그 후 난바는 여러 번 자리를 옮겼다가 지방 경시로까지 영전한 다음에 몇 년 전 직무를 후진에게 내주었다. 마키 경감은 와카야마로 임지를 옮겼다가 지금 다나베 서장으로 부임했다.

그러한 회고의 정에 잠기며 마키 경감이 응접실로 나오자, 의외로 난바마저도 이 해후에 놀라는 것이 더욱 마키 경감을 어색하게 했다.

"아, 자네였는가. 의외군……하하하."

난바가 웃어 보였는데 인사가 끝나고도 마키 경감은 여전히 어색한 듯 민간인으로 돌아가 혈색도 좋아진 난바를 바라보면서 먼저 말을 꺼냈다.

"무슨 용건으로 오셨습니까?

"실은, 오늘 갑자기 찾아온 이유는 시라나미소 사건에 관해 좀 알고 싶은 게 몇 가지 있어서네."

난바는 먼저 사건 재조사 의뢰를 받은 것부터 설명하고, 여러 가지 자신의 예상도 섞어가면서 새로 발견한 것에 관해 얘기했다. 목적은 다키자와가 유죄인지 무죄인지를 조사하면 되는 건데, 천성의 기질 때문인지 시비의 진상을 발견하자 진범 체포까지 해 보고 싶은 생각이 들었고, 그래서 참고가 될지 안 될지는 모르겠지만 그 사건이 발견된 10일 아침, 시라나미소 별실의 앞 손님이 유노미네로 떠난 얘기……그것이 만일 조사되었다면 일단 그 자세한 경위를 듣고 싶다는 이야기를 꺼냈다.

난바가 이야기하는 동안 마키 경감의 표정이 여러 번 바뀌었다. 사건은 이미 결말이 난 것으로 알고 있었는데, 이렇게 지금 형사사건으론 경찰계에서 이름이 알려진 전 경시 난바가 뜻밖에도 새로운 사실을 손에 들고 나타났기 때문이다. 현장 검증에서 범인 검거에 이르기까지 형사과 직원들과 협력해 온 마키 경감에겐 마치 발 앞의 단단하게 굳어진 콘크리트 기초가 흔들흔들 무너져 내리는 것만 같았다.

안도 사법 주임도 나와서 이 이야길 듣자 눈이 휘둥그레졌다. 유감스럽게도 자신들의 탐문 조사가 불충분했던 것을 인정하지 않으면 안 된다는 걸 알게 되었기에.

난바가 요구하는 시라나미소의 별실 앞 손님인 부녀에 대한 조사는 안도 경위도 기억하고 있었다. 그러나 확인하기 위해 그는 두꺼운 관계 서류를 가지고 나와 살펴보더니 이윽고 두 사람 앞에 유노미네까지 탐사하러 갔던 형사의 결과 보고서를 내보였다.

그 부녀는 유노미네의 료쿠잔카쿠라는 여관에 투숙한 것 같고, 형사들은 12일 오후 4시경이 되어서야 그들을 발견했다.

부친의 이름은 오코우치 데루아키(大河內輝明)로 올해 예순둘, 딸은 다에코(妙子)로 열일곱 살이었다. 퇴직 관리로 연금과 공채 등의 이자로 생활하고, 막내딸의 몸이 병약해서 온천을 옮겨 다녔다. 그날도 이미 유노미네로 출발할 예정이어서 방을 선뜻 내준 거고, 다음 날 아침 일찌감치 여관을 떠난 것으로 되어 있었다.

형사의 의견도 첨서되어 있었다. 태도가 장중 온후하고 백발에다 구레나룻이 멋진 신사로 말투도 명석하여 한 점 의심을 둘 여지가 없다는 의견과 딸도 만나봤는데 아주 병약해 보였고, 게다가 아버지가 한 말과 조금도 다르지 않아 본 사건과는 전혀 무관함을 인정한다는 취지였다.

그 내용을 대충 훑어본 난바는 간단히 이름과 주소만을 옮겨 적었다.

그 모습을 옆에서 지켜보던 안도 주임이 불쑥 마키 경감의 눈을 응시하며 말을 꺼냈다.

"지금 말씀하신 것이 사실이라면 저희도 다시 조사할 필요가 있겠군요."

턱수염 깎은 자국이 몹시 파랗고 독사의 머리와 같은 느낌이 드는 각이 진 턱을 쑥 내민 안도 경위는 마키 경감과는 반대로 위압적인 중후함을 느끼게 했다.

마키 경감은 수긍하면서 난바가 다 옮겨 적길 조용히 바라보고 있다가 곧이어 다 적은 걸 보고선 갑자기 가늘고 긴 손가락을 탁상에 올려놓으면서 입을 열었다.

"그럼 난바 씨, 말씀을 들은 이상 저희도 직무로서 재조사에 착수하겠습니다만, 어떠십니까? 이번엔 협력해 주시는 것이? 되도록 편의는 봐 드리도록 하겠습니다."

난바는 이 제의를 조금의 망설임도 없이 흔쾌히 받아들였다. 이렇게 하여 세 사람은 다시 이마를 맞대고, 난바가 세운 방침에 따라 '살아 있을 류타로'를 먼저 탐색하는 데 노력을 기울일 것을 의논하여 정했다.

결국 이렇게 해서 난바는 경찰과 손을 잡게 되었는데, 난바의 얘길 들은 마키 경감과 안도 주임의 놀라움은 말할 나위 없었다. 그래서 그들은 가능한 한 현장을 검증한 당시의 기억을 환기했고, 어디서 수사의 실수가 있었는지 음미해 보려 했다. 그리고 마침내 너무나 쉽게 처참한 현장에 환혹(幻惑)된 나머지 일보 뒤로 물러나 냉정히 생각해야 할 여러 가지 점을 놓쳐버린 걸 알게 되었다.

즉 근본적인 실책은 류타로가 살해된 것으로 단정하고 수사한 것에 있었고, 절벽으로 이어져 점점이 떨어진 핏자국을 간단히 간과한 것과 유기된 여관 물품 도테라에 주의를 기울이지 않은 점 등이 상기되었다.

요컨대 지금에 와서 돌이켜 보니, 처음부터 형사과 직원들과 검사들이 협의해 정한 수사 방침에 이미 실수가 있었던 거다.

형사 과장은 처음부터 원한에 의한 범행임을 주장하고 면식범의 범죄라 단정했다. 즉 범인은 필시 피해자와 면식이 있는 자이고, 격정적인 인물이 원한 혹은 분노에 사로잡혀 저지른 범행이라 주장한 거였다.

물론 그들도 이론의 여지 없이 그 주장에 찬성했다. 의심할 수 없을 만큼의 여러 상황 증거가 잇달아 드러난 것도 이런 수사 방침을 확고히 만든, 새삼 그 착오가 누구의 책임이라 할 수 없을 만큼 수사 수뇌부들에게 신념을 주었다. 하지만 그들의 착오는 역시 착오였고, 사법 경찰관으로서 책임은 추호도 상실되지 않았다.

이렇게 생각한 마키 경감의 눈은 한층 붉게 핏발이 섰고, 안도 주임은 두꺼운 입술을 다시 깨물었다.

후일을 약속한단 말을 남기고 난바가 다나베서를 나온 시각은 정오가 다 되어서였다. 비가 세차게 내리고 있었다. 남풍으로 산 같은 파도가 무섭게 출렁이며 해안으로 세차게 파고드는 모습이 차 안에서도 보였다. 새하얀 파도 물결이 높아져 오다가 순식간에 부서져 내리는 모습은 신기하고도 멋졌다.

가까스로 시라나미소로 돌아오자, '나도 지금 막 도착했다'며 쉰가량 된 뚱뚱한 신사가 난바를 맞이했다.

머리는 거의 벗어졌고 남은 몇 가닥의 머리카락은 빗질을 잘해서 좌우로 넘겨져 있었다. 높은 근시 안경을 코에 얹고 검은 수염을 기른 그 신사는 풍채 좋은 베테랑 변호사 사쿠라이였다.

"정말이지 멋진 풍경이야. 놀랍군. 보게, 저 무서운 파도를……. 하하하, 정말이지 통쾌하군."

난바가 옷을 갈아입는 동안, 사쿠라이 변호사는 입버릇인 양 '정말이지'를 연발하면서 아이처럼 신이 난 표정으로 창문유리

너머로 장대한 바다 폭풍우를 바라보고 있었다.

스사와 함께 세 사람은 문밖의 폭풍우 소리를 들으면서 점심을 먹은 후 화로를 둘러싸고 앉자, 사쿠라이가 먼저 이야기를 꺼냈다. 우선 지금까지 조사한 결과 중, 받은 편지는 오는 도중 열차 안에서도 또다시 읽어 봐서 잘 알고 있지만 그 이후의 상황이 어찌 되었냐고 물었다.

3

난바는 재빨리 그 말을 받아서 어제 하루 발견한 두 가지 사항을 먼저 얘기하였다. 이어서 스사가 알아본 잠자리가 바뀐 사실까지도 말하며 마침내 수사가 본격적으로 들어갔음을 강조했다.

스사에게도 다치바나야 여관의 이야기는 처음 듣는 거라 그는 대단히 관심을 기울이며 들었다. 그리고 그것까지 알아냈으니 가능한 한 빨리 경찰의 손을 빌려서라도 류타로의 추적을 시작하자고 강한 의욕을 내보였다.

사쿠라이가 모든 걸 듣고 나자, 잠시 턱의 군살을 쓰다듬으며 생각하다가 이어서 조용히 자기 생각을 얘기하였다. 조금 전 창문으로 바깥 바다의 미치광이 같은 광경을 보고 '정말이지'를 연발한 마음씨 좋은 할아버지의 모습은 이제 그 어디서도 찾아볼 수 없을 만치 침착한 목소리였다.

"점점 자네가 오사카에서 출발하기 전부터 말한 주장이 착착 확인되어 가는 것은 상당히 기쁘네. 한데 지금의 이야기를 듣고 있는 동안에 먼저 내가 느낀 건 다른 게 아닐세. 그 중요한 증거들이 모두 사람들이 한 말뿐이고, 물적 증거는 하나도 발견되지 않았다는 거라네.

다키자와의 혐의도 지금으로선 거의 정황 증거만으로 기소된 거라 말해도 좋은 건 자네 역시 충분히 알고 있는 바일세. 그래서 지금 기누요라고 하는 정신병자를 끌어내 보아도, 다치바나야 여관 사람들 증언을 꺼내 보아도, 단 한마디 말로 변호인이 날조된 증거라 일축해 버리면 그뿐인 것은 불을 보듯 명확한 일이네.

잠자리 문제도 그와 같이 류타로가 말했을지 모르겠지만, 다시 그렇게 바꾼 것일 수도 있지 않겠나.

그래서 이러한 사실은 앞으로의 수사 진전에는 도움이 되어도, 결코 다키자와의 혐의를 엷어지게 할 반증은 되지 않는다는 것은 자네도 알고 있는 대로일세. 그러니 이제부턴 이 사실을 기초로 하여 어떻게 류타로의 범죄임을 확인할지, 그 방법에 관해 생각해야 함세.

난 자네가 부탁한 류타로의 사진을 몇 장 준비해 왔네. 그리고 자네가 이곳으로 출발하고 나서, 전력을 다해 자네가 부탁한 류타로의 신원과 현재 후나토미가의 재산 상태, 호적 문제 등을 조사해 왔네. 그럼 먼저 그것들을 대충 얘기하고 앞으로의 방침 수립에 참고로 제공하고 싶네."

사쿠라이가 꺼내 놓은 건 류타로의 사진 몇 장과 괘지 몇 장에 세세히 적어 놓은 서류였다.

사진을 먼저 손에 든 난바는 찬찬히 류타로의 얼굴을 바라봤다. 이마가 벗겨졌지만 쉰이 넘어 보이지 않는 젊은 얼굴이었다. 얼굴 전체의 윤곽은 약간 네모진 느낌이지만 이목구비가 대체로 균형 잡힌 호남형 부류의 용모다. 신체 전체의 인상은 매우 다부져 보였다. 그것은 크게 보이는 얼굴과 넓은 이마 때문이겠지만 어깨가 넓은 것도 한몫했다.

"이것은 최근 사진이네요. 정말 닮았습니다."

스사도 손에 사진을 들고 보면서 말했다.

"스사, 자네에게도 결코 소용없지 않을 테니 들어 주게."

사쿠라이는 서류를 넘기면서 다시 입을 열었다.

"먼저 류타로의 신원일세. 이것은 있는 힘을 다해 류타로가 은폐한 것으로 보여 조사에 상당히 곤란을 겪었네. 무엇보다도 어떻게 해서 그가 후나토미가에 들어가게 되었는지, 그 경위조차 모르겠더군. 본디 후나토미가는 오사카에서도 유서 깊은 집안이고 친척도 많았지만, 류타로가 후나토미가에 들어오고 나서 거의 의절과 다름없이 일체 왕래가 끊겼다고 해서 놀랐네. 다키자와 집안이 다키자와 군을 통해서 겨우 최근까지 왕래하던 것이 유일한 친척이었다고 하니까 나로선 그저 놀랄 수밖에 없었네. 그러니까 그들은 류타로에 관해선 모른다는 걸세. 알고 있는 것은 호주인 유미코의 무모함과 류타로의 오만함일세. 그리고 그들은 입을 모아 후나토미가의 붕괴는 당연하다는 거네.

그 이유는 자네도 스사 군에게 듣고 편지에 썼네만, 후나토미가에 대대로 전해오는 전설 같은 이야기를 그들이 믿고 있기 때문에. 후나토미가에 딸만 태어나고 그 딸이 두 번 남자를 맞으면 반드시 그 대에서 집안이 멸망한다고 하는 그것 말일세.

어처구니없는 이야기이지만 만일 그와 같은 경우에 그것을 알면서도 왕래를 하면 그 집안에도 반드시 불행이 닥친다고 하는 부설(付說)조차 있어서 그들 친척은 두려워 왕래를 끊었다네. 그 좋은 예가 다키자와 집안이지. 옛날사람은 틀린 말을 하지 않는다고 하니, 나로선 옛날 오래된 집에서 낡은 전통을 그대로 이어가는 옛사람들의 완고함을 바보 같다 하기 전에 뭔가 좋지 않은 생각이 들었어.

결국은 딸 유키코 씨와 가장 오래 왕래한 다키자와 집안에서 들을 수밖에 없었는데, 유감스럽게도 그것들도 모두 실패했네. 유키코 씨는 십 년 전에 돌연 '내가 네 아버지'라 하며 나타난 류타로를 알고 있을 뿐이었고, 다키자와 집안도 그것 이상의 일은 아무것도 들은 것이 없다고 하네.

이렇게 되니 방법이 없지. 나머지 방법은 단 하나, 후나토미가의 내부를 자세히 조사하고, 유미코 씨와 류타로가 뭔가 써서 남긴 거라도 있지는 않을까, 또는 류타로의 신원을 증명할 거라도 나오지는 않을까 하는 기대뿐이었네.

물론 유키코 씨는 바로 승낙해 주었네. 그래서 함께 아주 오래된 휴지 같은 것까지도 벽장과 책장, 옷장 서랍 안 등에서 찾아 조사해 보았지. 그 결과 겨우 얻은 것이 한 통의 편지였네.

이상하게도 류타로는 아직 후나토미가의 입적 절차를 밟지 않았네. 보게, 이 후나토미가의 호적등본을 보면 알 수 있듯이 호주는 여전히 후나토미 유미코이고, 가족으로는 딸 하나, 즉 류타로는 단순한 동거인에 지나지 않는다는 걸 알 수 있네.

유키코 씨에겐 아버지로 부르게 하고, 유미코 씨에겐 남편으로, 세간에선 후나토미가 주인 류타로가 왜 법률상의 아버지와 남편의 권리를 획득하지 않았을까, 류타로의 신원 불명인 원인도 실은 이 점에 있을 거라는 건 자네들도 금방 눈치 챘을 걸세.

아 참, 발견한 편지인데, 그것도 가지고 왔네. 한번 읽어 보게. 그런 다음 류타로가 이 편지와 얼마만큼 관계가 있는지를 설명할 테니깐……."

4

바람은 한층 격렬함을 더했다. 유리문은 당장이라도 깨질 듯 비명을 지르고, 해면은 더 한층 거칠고 높아졌다. 성난 파도가 시라나미소를 떠받들고 있는 큰 암반 아래를 씻으며 지나갔다. 그 순간마다 물보라가 창에서 실내로 휙 하고 춤추며 들어올 것만 같았다.

"와, 굉장하네요……, 어둡겠지만 닫겠습니다."

스즈요가 덧문도 닫아 버렸다.

그 때문에 실내는 갑자기 밤이 찾아온 듯 어두워져 그들은 할 수 없이 세 평 방으로 자리를 옮겼다. 그러나 음울하기는 매한가지로 이상하게 수런거리는 정원수와 산쇼신사로 이어지는 숲의 바람을 품고 포효하는 소리가 무섭게 울려왔다.

그러나 난바는 자리를 옮기자, 바로 사쿠라이에게 편지를 건네받고서 세밀히 봉투를 살폈다.

수신인은 오사카시 미나미구 고즈하치반초, 후나토미 유미코 씨로 되어 있고 딱딱하고 굵은 펜글씨로 특별히 친전(親展)이라고 적혀 있다.

뒷면엔 날짜도 주소도 없이, 나야 류노스케(納家隆之助)라는 글자만이 적혀 있었다.

스탬프는 반이 지워졌는데, 희미하게 (×4·×·22) 라는 날짜를 읽을 수 있었다. × 표시는 지워진 자리다. 그래서 난바는 이 스탬프가 다이쇼(大正) 14년(1925년)을 가리키는 것으로 생각했다. 4 앞에 지워진 숫자는 1밖에는 생각할 수 없기 때문이다. 게다가 발신 우체국 이름은 거의 판독도 불가능했다.

난바는 편지를 조용히 꺼냈다. 두 장의 편지지에 똑같은 글씨로 적혀 있다. 대충 그 필체와 잉크 색깔, 종이 질 등을 살피고 나서 난바는 묵독하기 시작했다.

배계(拜啓).

본론부터 말씀드립니다.

오늘이 벌써 22일입니다. 아직껏 답장도 없으시고 지난번 장소로 나오지도 않으시니 어찌 된 일인지요. 이 편지가 마지막이오니 25일까지 회답이 없으면 미리 말씀드린 일, 반드시 행할 거라는 걸 잊지 마시길 다시 주의 말씀 드립니다. 만일 들어주신다면 모든 걸 백지로 돌려, 소생도 다시 태어나 노력하며 평안히 살아갈 생각이니, 그날 밤에 한 말 부디 잊지 마시길 거듭 말씀드립니다.

우선 이만 전합니다. 총총.

다 읽고 나자, 난바는 그 편지를 스사에게 건넸다.

"협박장이군."

"그렇다네. 의미는 간단한데, 무엇을 약점으로 잡고서 유미코 씨를 협박하는지, 아마 류타로가 붙잡힐 때까진 알 수 없겠지."

"그러나 이 편지를 쓴 나야 류노스케가 류타로라고 하는 것은……?"

"필적일세. 딸 유키코 씨가 먼저 그 필체를 보고, 이것은 아버지의 글씨인데……하고 내용을 읽은 것이 발견의 단서였던 걸세."

사쿠라이는 또 다른 몇 통의 편지를 꺼냈다. 그것은 모두 후나토미 류타로라고 적힌 류타로의 손으로 쓴 편지다.

"보게! 필체가 완전히 일치하지 않은가. 게다가 우연인지 고의인지는 모르지만, 이름에 양쪽 모두 류(隆)의 글자가 있네. 잘 보게, 양쪽 모두를."

글자체가 서로 닮은 것은 동일인의 필적임을 가리키고 있다.

"그래서 마침내 류타로의 신원이 나야 류노스케인 것을 알았네. 그럼 다음으로 넘어가지……."

사쿠라이 변호사는 스사의 손에서 편지를 건네받자, 곧바로 옆에 있는 가방에 집어넣으면서 다시 말을 이어갔다.

　"……그런데 난처하게도 나야 류노스케라는 신원을 조사할 방법이 없었네. 그래서 좀 더 중요한 서류가 없을까 하고 하루 동안 대청소와 옷, 책 등을 살펴보고, 내 서생들에게도 도움을 받아 찾아보았지만 모두 헛수고였네. 유키코 씨도 나도 몹시 녹초가 되었지. 결국 어쩔 수 없이 나는 집으로 돌아왔는데, '그날 밤'이 문득 생각이 나서 지금 보인 이 편지를 다시 읽어본 걸세. 자네도 알아차렸겠지만, 편지에서 '지난번 장소로 나오지도', 라든가 '미리 말씀드린', '그날 밤에 한 말'이라고도 적은, 이 편지를 보내기까지 적어도 몇 차례는 어느 장소에서 두 사람이 만난 것을 가리키고 있다. 게다가 '소생도 다시 태어나'란 말을 읽고, 나는 곧 부녀자를 유혹하고 협박, 감금 등을 상습적으로 일삼는 범죄자의 인상이 떠올랐네.

　즉 전과자가 아닐까. 후나토미가로 들어오기 전에 그와 같은 죄명으로 법의 재판을 받은 자가 아닐까, 하는 의혹 말이야. 그것이 이 편지를 읽는 동안 팽배하게 나의 뇌리에 솟구치더군.

　그래서 재빨리 그다음 날 아침, ……어제였지. 부(府) 감식과로 출두해서 다이쇼 14년경의 기록을 조사하고, 또한 사진을 보이며 선임 형사들의 기억을 더듬어 보았네. 그런데 얼마 있다가 그것들도 모두 헛수고에 지나지 않는다는 걸 알았지. 왜냐하면 나야라고 하는 자가 설령 그러한 범죄를 저질렀다 해도 반드시 오사카에만 있으리란 법은 없으니까 말일세.

그런데 이걸 행운이라 하는 걸까, 실망하고 집으로 돌아오니 유키코 씨가 뜻밖의 물건을 발견해 가지고 와 있는 거였다.

그것은 아주 작은 신문 기사를 오려낸 거였어. 그것을 보고서 마침내 나야 류노스케의 정체가 모두 풀렸네. 그 기사도 가지고 왔네. 이걸세. 보게."

난바는 손을 뻗어 오려낸 작은 기사를 받았다. 상당히 낡은 신문인 것은 기름이 번진 잉크와 바랜 종이 색이 말해줬다. 제목은 잘려 나간 것 같고 곧바로 본문의 기사부터 시작되었다.

……오늘 드디어 수배 중이던 부녀 유괴 상습범 나야 류노스케(44세)가 아사쿠사(浅草) 공원을 배회하던 중에 경시청 방범계에 의해 검거되었다. 범인은 아사쿠사 공원 부근을 근거지로 하여 지방에서 상경한 부녀자들에게 생소한 곳임을 기회로 삼아서 교묘히 말을 걸어 속이고, 감금, 폭행, 협박한 끝에 지방에 팔아넘기는 짓을 상습적으로 일삼은 남자로, 피해자는 확인된 것만 해도 십여 명에 달하고, 조사를 맡은 담당관도 너무나 많은 피해자의 숫자와 범인의 악랄한 소행에 놀랐다. 이후에도 순진무구하고 무지한 지방의 농촌 부녀자들이 다시는 이러한 검은 손에 걸려 불행한 처지를 한탄할 일이 없도록 엄중히 방범 담당 직원과 그 밖에 경고 주의를 촉구하였다.……

읽고 난 난바와 스사는 서로 약속이나 한 듯 후 하고 한숨을 지었다. 그것은 류타로의 정체가 드디어 판명된 기쁨이기도 했지만, 두 사람 흉중에 솟은 감정은 아마도 다른 것이었으리라. 그것은 스사 얼굴이 처참한 바깥 폭풍우 소리에 겁을 먹은 건지 심한 고통과 고뇌의 빛이 짙게 감돌았기 때문이었다.

사쿠라이 변호사는 그 오려낸 기사를 건네받자, 다시 가방 속에 소중히 집어넣으면서 다음 말을 이어갔다.

"……어쨌든 이것으로 나야 류노스케의 신원도 조사할 길이 열린 셈이라 재빨리 도쿄의 친구에게 그 내용을 타전(打電)하고 시급한 조사를 의뢰해 두었네. 늦어도 이삼일 안에는 반드시 류타로의 과거 행실이 명백히 드러날 걸세.

그리고 다음은 그 오래된 기사를 유키코 씨가 어떻게 발견했나 하는 점이었네. 누구라도 일단은 그런 생각이 드는 게 당연하지 않겠나. 자네였어도 그랬겠지? 그래서 물었더니 유키코 씨는 돌아가신 어머니가 늘 소중히 여기던 작은 문갑이 하나 있었는데, 그 안에는 젊은 시절 어머니가 틈틈이 적은 와카(和歌)* 노트가 들어 있었다고 하네. 간밤에 이것저것 뒤지다가 지쳐서 잠시 문갑에서 노트를 꺼내 어머니를 생각하며 읽고 있었다는군. 그런데 마지막 부분에 풀로 붙여 합친 페이지가 있는 걸 발견했다고 하네.

내게 보여줬는데, 미농지(美濃紙)**를 네 번으로 접고 두께는 3센티미터 정도 될까, 단단히 철을 해 놓았는데 표지에 '야고초(野古草)'라고 예쁘게 적혀 있었다. 거의 반은 와카이고 가끔 짧

* 일본 고유의 정형시.
** 미노 지방의 종이.

은 감상문이 섞인 부분도 있는데, 모두 예쁜 글씨체로 적혀 있어 손에 든 나도 불과 두, 세 페이지를 넘기자, 뭔가 어렴풋한 매력적인 여인의 향기가 촉촉하게 감돌고, 고풍스러운 마쿠라노소시(枕草子)*라도 읽는 것 같은 회고의 감정이 솟는 걸 느꼈네.

그럴 만했던 게, 내용이 거의 '죽은 남편을 생각하며—'라든가 '유키코가 죽은 당신을 많이 닮아 기쁘고—' 하는 제목과 함께 적힌 와카가 영탄조였다. 아, 그건 그렇고 페이지를 풀로 합쳐 놓았다고 한 말……유키코 씨가 한 말은 자신도 무심코 떼어 보고 싶어서 작은 칼로 살짝 풀로 붙인 쪽을 떼어 보니, 이런 오려낸 기사가 나왔다는군.

말한 대로 그 페이지를 넘겨 보자, 과연 풀 자국도 신문의 잉크 기름이 번진 듯한 자국도 있었다. 나는 그 페이지에 적힌 유미코 씨의 감회를 읽고 나서 어림잡아 그러한 기사를 숨겨 놓은 심정을 알 것 같았고, 작게 흐느껴 울었을 유키코 씨를 마음속 깊이 동정할 수 있었네. 그 와카 노트는 유미코 씨 전남편을 추모하기 위해서 만든 것 같았고, 그 노트가 두 번째 남편의 출현과 함께 필요치 않게 되자 다시는 추억의 붓을 잡지 않겠다고, 여백도 많이 있었지만 그중 한 페이지에 그 이유를 적어 놓고 원망스러운 신문 기사와 함께 풀로 붙여 합쳐 놓은 거였네. 적혀 있는 내용은 어떻게 류타로가 후나토미가로 들어오게 되었는지, 그 이유는 전혀 적지 않았지만, 그의 협박이 얼마나 심했는지 상

---

* 헤이안 시대(平安時代)의 여류작가 세이 쇼나곤(清少納言)이 쓴 수필집.

상하기에 충분했다. 유키코 씨의 생명, 명예까지도 협박 안에 포함되었던 듯했고, 반복해서 그 점이 적혀 있어 유키코 씨가 많은 눈물을 흘렸어."

사쿠라이의 어조가 점점 낮게 침울해져 갔다. 그 바람에 방 분위기도 무겁고 처참함을 더해 갔다. 바람은 점점 강해지고 비도 세차게 내려 시라나미소는 당장이라도 폭풍우 속에 삐걱 하고 무너져 내리지 않을까 생각될 만큼 바람 소리와 함께 흔들거리며 신음하고 있었다.

난바는 바깥 날씨가 심상치 않음을 알아차렸고, 스사는 심하게 입술을 깨물어 붉은 입술에 피가 스미었다. 검은 눈동자도 분노 탓인지 무섭게 변하여 눈꼬리조차 아련하게 빨갛다. 볼은 핏기 하나 없이 빛이 바래고 평소의 그 쾌활함은 어디로 갔는지 모르겠다…….

이윽고 스사도 그런 난바의 응시를 알아차렸는지 손등으로 어색한 듯 눈꺼풀을 훔치면서 힘없이 미소지으며 말한다.

"……유키코 씨와 어머님의 고통을 상상하니 저도 모르게 눈물이 났습니다."

사쿠라이도 그제야 알아차린 듯 도수 강한 안경을 번쩍 하고 움직였다가 곧 다시 하던 이야기를 계속했다.

5

"그럼 이제부터 후나토미가의 재산에 관한 이야기로 넘어가 겠네. 지금 유미코 씨의 글은 내가 오사카로 돌아가고 나서 나중에 봐주게. 지금은 별로 필요치 않을 테니간……"

사쿠라이는 철해진 괘지를 몇 장 넘기자, 근간 흥신소에 조사를 의뢰했다며 '후나토미가의 재산 목록'이라 적힌 페이지를 펼쳐 두 사람에게 보였다.

거기엔 현재의 저택, 토지, 부근의 주택 몇 채도 후나토미가 소유로 되어 있고, 부동산만 해도 견적 가격이 약 20만 엔, 그 외 은행 예금과 주식 채권 등 유가증권 합계가 약 30만 엔 정도 있었다. 그리고 그들의 모든 재산이 유미코 명의로 되어 있었고, 류타로 이름으로는 무엇 하나 드러나 있지 않다.

"이들 부동산 일부분은 후나토미가 선대가 사업에 실패한 후에 정리하고 얻은 돈으로 사들인 거라고 하네. 그런데 이상한 것은 그 재산이 해마다 증가했다는 거지. 그것도 류타로가 후나토미가에 오고 나서부터라니까 더욱 이상한 거야. 은행과의 거래도 류타로가 들어오고 나서 시작된 거라네. 게다가 맨 처음엔 몇 천 엔에 불과했던 저금이 최근 몇 년 사이 부쩍 증가하여 지금의 재산이 되었다고 하니, 류타로가 이재에 뛰어나서 유미코 명의로 그 재산들을 불린 거란 상상을 하게 만드네. 그와 같은 재산은 주로 주식 거래로 불린 거 같고, 기타하마(北浜)의 모 거래소에서도 그런 이야기를 한다고 흥신소 사람이 말했네. 그렇게 되면 여기에 어떤 모순이 있다는 것을 우린 생각해 봐야겠지."

"아, 잠시만."

처음으로 난바가 사쿠라이의 말을 끊었다.

"그럼 뭔가, 류타로는 자신의 권리를 하나도 얻지 못한 상태에서 후나토미가의 재산만 불려줬단 얘긴가?"

"그렇지."

"확실한가?"

"내 말이 믿기지 않는가 보군."

어째서일까? 왜 류타로가 그런 짓을 한 걸까? 누가 그런 수지 안 맞는 일을 했으리라 믿겠는가……난바는 갈피를 잡지 못했다.

"나 역시 이상했지. 하지만 사실은 사실이니, 그래서 이번 사건에서 재산에 관해선 류타로에게 절대로 혐의를 둘 수 없는 것 같군."

사쿠라이가 설명하지 않아도 난바는 명백히 이해하고 있었다.

류타로가 후나토미가에 입적도 안 하고, 아무 권리 주장도 하지 않은 것은 그의 과거를 유미코가 절대적으로 거부했기 때문일 거다. 그래서 이번 범죄의 동기도 어쩌면 그 부분에 있는 것이 아닐까, 난바는 은밀히 그런 기대조차 품었다.

그런데 그 기대가 그처럼 교묘히 무너져서 난바는 다시 그 이유를 생각해야 했다.

"그럼 주식도 유미코의 명의로 했나?"

"그렇지……."

"류타로 이름은 하나도 없고?"

"그렇다네."

"그럼, 나야 류노스케의 이름으로는?"

사쿠라이가 잠시 침묵했다. 그것은 아직 조사하지 않았다.

그것을 알자 난바는 다소 안심했다. 그것은 새로이 류타로가 류노스케의 이름으로 상당액의 재산을 은닉했을지도 모른다는 의혹을 가질 수 있는 여지를 주었기 때문이다.

"류타로의 성질이 극단에 가까운 수전노였다고 했나?"

난바가 스사를 바라보자, 그는 고개를 크게 끄덕이며,

"그랬습니다. 그 점은 유키코 씨도 말했으니까요."

"음, 들었네."

사쿠라이도 수긍했다.

"하면 거기서도 의문이 있을 수 있겠군. 그토록 금전에 집착이 많은 자가 그만큼이나 벌고서도 자기 소득을 한 푼도 챙기지 않았다는 건 생각할 수 없는 일이니깐 말일세."

"그렇지만 그자는 후나토미가에서는 절대적인 권력을 가지고 있었고, 단지 돈만 모으는 것에 빠진 마니아였다고 하면요?"

"그렇게 생각할 수도 있겠지."

사쿠라이가 수긍하면서 다시 서류철을 넘기기 시작하자, 난바가 말한다.

"어쨌든 이런 공상만 하고 있어 봤자 아무 소용없을 테니, 사쿠라이 군, 자넨 우선 오사카로 돌아가면 그 의문점들을 조사해 주게. 이름은 나야만으로 한정 짓지 말고. 어떤 가명으로 저질렀을지 모르니……류타로가 평소 드나들던 곳을 캐보는 게 가장 좋을 거야."

　잠시 침묵이 그 자리를 지배했다. 그 빈틈을 타 무서운 자연의 포효가 어두운 방 안에 가득 찼다. 가만히 고개를 정원 쪽으로 돌리고 황량한 수목들 소리에 귀를 기울이던 난바가 문득 생각이 난 듯 양복 주머니를 더듬다가 한 장의 종잇조각을 꺼낸다. 그것은 난바가 다치바나야 여관 숙박부에서 베껴 온 그날 밤 수상스러운 숙박인이 쓴 필적이다.

　"보게, 이것이 류타로라 상상되는 남자가 다치바나야 여관에 남겨 놓은 필적이다. 조금 전 것과 비교해 보자. 같은 한자인 류(隆)도 있고……."

　그런데 봉투 글씨와 비교해 본 난바의 눈동자가 갑자기 이상하게 빛나기 시작했다.

　달랐다. 류타로와 류노스케라고 적힌 봉투 글씨는 오른쪽이 약간 올라간 것 같고 좀 휘갈겨 쓴 반면에, 이와세 다카오의 글씨는 한 획 한 획 허술하지 않게 잘 쓴 서체였다.

　"다르군."

　사쿠라이 변호사가 내뱉듯이 말한다.

　"왜일까?"

　난바가 격렬한 눈빛으로 쳐다봤다.

　"류타로와는 다른 자가 아닐까?"

　"아니, 분명 류타로다. 다시 한번 이 사진을 보여주면 알 거야. 잠깐 기다리고 있게."

"어떻게 하려고?"

"다녀오겠네. 다치바나야에……."

"이 폭풍우 치는 빗속을."

"차로 가니 괜찮아."

예리한 난바의 기백이 두 사람을 눌렀다. 허둥지둥 옷을 갈아입은 난바는 다치바나야 여관으로 차를 몰았다.

난바가 다치바나야 여관에 도착하자, 그곳엔 벌써 다나베서에서 나온 자동차가 한 대 서 있었다. 그리고 안도 사법 주임이 부하 형사 둘을 데리고 다치바나야 주인과 여종업원에 이르기까지 취조에 힘을 쓰고 있었다.

난바는 사복형사가 의아한 눈빛으로 바라보는 것도 아랑곳하지 않고, 바로 안도 경위에게 금방 입수한 류타로 사진을 보이면서 목격자들의 확인을 부탁했다.

안도 경위는 알았다며 바로 주인과 여종업원들에게 류타로 사진을 보여줬다. 주인이 먼저 그 사진을 손에 들고 찬찬히 보면서 이마 위가 벗어진 거 하며 눈가와 입매가 똑같다면서 아내에게 건넸다.

마흔가량 된 피부가 까칠한 아내는 살찐 손으로 사진을 받아 잠시 쳐다보더니, 이 사진이 언제 거냐고 물었다.

안도 경위가 난바를 돌아보자, 난바는 극히 최근 건데 조금이라도 다른 곳이 있냐고 되물었다.

"자, …… 고하루야. 네 생각은 어떠니?"

주인 아내가 옆에 있는 스물대여섯 된 몸집 작은 여종업원에게 보였다.

"제가 보기엔 얼굴을 좀 고친 것 같습니다."

"나도 그렇게 생각했어. 코가 더 잘생겼던 것 같은데……."

"게다가 귀도, 그 손님은 작았던 거 같습니다."

"사진이여서 그렇게 보이는 게 아닐까요?"

안도 경위가 가만 있지 못하고 참견했다.

"그럴지도?"

좀 헷갈리는 기색이었으나 결국은 지나간 일이라 확실히 단언할 수는 없지만, 이 사람과 닮은 건 분명하다고 했다.

고하루라는 여종업원은 그 손님이 옷도 갈아입지 않고 바로 식사를 해서 이상한 손님도 다 있네 하면서 시중을 들었던 여종업원이다. 그녀는 새삼 당시의 기억을 경위들 앞에서 말했다.

"……술을 드시겠냐고 여쭙자 밥만 가져오라고 아주 퉁명스레 말씀하셨고, 욕탕에도 들어가지 않고 컴컴한 방 안을 마치 곰처럼 빙글빙글 돌다가 밥을 가져오자 허겁지겁 두 그릇을 뚝딱 비우고는 이제 급한 용무가 있어 잠시 나갔다 오겠으니 짐을 부탁한다고 하고서 바로 나가셨습니다. 짐은 검정 가죽 가방으로 상당히 무거웠습니다."

그리고 밤늦게 돌아온 그 손님을 욕탕으로 안내한 여종업원은 오타메라고 하는 역시 몸집이 작은 스물넷, 다섯 된 여자애로, 이미 난바가 들은 사실을 되풀이해서 진술했다.

이 종업원은 바로 사진의 남자가 틀림없다고 인정했다. 그리고 그날 밤, 무섭고 창백한 얼굴로 덮칠 듯 노려보며 욕탕이 어디냐고 했을 때 그 무서움은 잊을 수가 없다며 다시 한번 몸서리를 쳤다.

상처를 입은 것은 오른손 같았고, 하얀 무명천으로 손바닥이 감겨 피가 번져 있었다고 이 여종업원도 주인이 한 말을 뒷받침했다.

"어떻게 생각하십니까?"

경위가 난바의 생각에 잠긴 얼굴을 쳐다보자, 그는 주인에게 숙박부를 지금 한번 보여 달라고 부탁했다. 손님이 숙박부를 적은 시각이 식사 전인 것을 확인하고 필적이 류타로의 것이 아닌 점도 명백히 살폈다.

그리고 잠시 생각을 정리하는 듯 묵상에 잠기다가, 다시 한 마디 한 마디를 힘 있게 말했다.

"저는 아무래도 두 남자인 것 같습니다. 그러니까 저녁 식사를 한 남자와 늦은 밤 피를 묻히고 돌아온 남자와는 다른 사람인 겁니다. 그렇지 않으면 6시에서 7시 사이에, 두 곳에 같은 사람이 있던 게 됩니다. 즉 이 여관의 기괴한 손님을 류타로라 하면, 그 시각에 다키자와 쓰네오와 산쇼신사 경내에서 만난 인물은 대체 누군가 하는 의문이 생기는 거죠. 그래서 저는 제1의 류타로를 이곳 여관의 저녁 손님이라 치면, 그 남자가 다시 제2의 다키자와로서 시라하마까지 온 게 아닐까 생각합니다. 그러니까 경위는 한 가지, 역의 수하물 취급소 방면을 조사하고 9일 저녁 시간에 검정 가방을 수취한 인물을 찾아 주십시오. 한와 전철로 다키자와의 복장으로 왔으면 가방 같은 건 아마 들고 있지 않았을 테니까요."

이 추리의 비약과 시사는 적잖은 흥분을 난바 자신만이 아니라, 안도 경위에게도 솟구치게 했다. 막연하면서도 복잡한 사건의 구조가 차츰 이해되는 것처럼 여겨졌다.

제5장

추적

1

일본의 최남단을 덮친 태풍은 매년 가을 자주 혼슈(本州)를 강타하는 계절적인 남풍인 데다 10월 말이라 그 진로는 도사(土佐) 앞바다 휴가(日向)에서 꺾여 기슈(紀州) 앞바다를 한길로 해서 동북으로 빠져나갔는지 하룻밤 만에 완전히 가라앉았다. 그렇지만 지나간 풍속이 매우 강해서 라디오와 신문은 곳곳의 피해를 전했다.

시라하마, 유자키의 온천지도 비바람 때문에 상당한 피해를 본 가옥이 있어 다음 날 11월 1일은, 온 동네가 이 이야기로 시끄러웠다. 무서운 포효와 노도에 잠을 못 이루고 하룻밤을 시라나미소에서 밝힌 난바와 사쿠라이가 먼저 입을 뗀 것도 이 폭풍우 얘기였다.

거짓말처럼 바람이 사라진 뒤의 온천지는 다시 아름다운 자연이 소생하고, 시라나미소 네 평짜리 방에서 물끄러미 바라보던 사쿠라이 변호사에게도 충분한 만족을 주었다. 그렇지만 검푸른 빛깔에 활짝 갠 가을 하늘색과는 너무도 동떨어진 더러운 바다 색깔은 아직 완전히 진정되지 않은 채 물결치는 파도와 함께 이전의 온화한 풍광을 알고 있는 난바와 스사에게 다시 일종의 이상한 감흥을 불러일으켰다.

고개를 내밀자 별실을 떠받들고 있는 거대 암벽 자락을 여전히 씻어내는 파도의 비말이 보였다. 그것을 바라본 스사가 미후네신사의 경내도 상당히 황폐해졌겠다면서 사쿠라이의 호기심을 부추긴다.

"음, 기차 시간까진 아직 한 시간 정도 남았군. 소화나 시킬 겸 내게도 그 뒷길을 안내해 주게."

"그럼, 제가 안내해 드리겠습니다."

스사가 일어나자, 난바는 오늘 활동 방침에 관해서 좀 생각할 게 있다면서 간단히 동행을 거절했다. 그리고 두 사람이 정원으로 내려가서 절벽을 오르는 것을 바라본 후, 그는 전화를 빌려 다나베서로 전화를 걸었다.

전화를 받은 사람은 서장 마키 경감이었다.

그는 어제 폭풍우도 마다하지 않고 수사를 진행해 마침내 9일 저녁 6시경, 검정 가방을 역 수하물 취급소로 수취하러 온 인물이 있었던 것을 발견했다. 그 짐의 발송지와 수취인 이름도 조사할 수가 있었고, 지금 그 결과를 가지고 안도 경위가 그쪽으로 갔을 거라고 했다. 게다가 이 사실을 즉시 형사과로 전화했더니, 강력범 계장 다도코로 경감이 오늘 그곳으로 출장을 다녀간 것까지 덧붙였다.

전화를 끊자, 조금 있어 여종업원이 안도 경위의 내방을 전했다.

두 사람이 네 평짜리 방에 앉자, 난바는 기다렸다는 듯이 물었다.

"알아냈다면서요?"

"아, 벌써 아시고 계시는군요."

경위는 수첩을 꺼내어 보면서 보고를 시작했다.

"우선 시라하마구치역 수하물 취급소에서 9일에 취급한 하물들을 장부에서 조사해 보았습니다. 오사카에서 보낸 하물 중 검정 가방이 세 개 있었습니다. 그러나 그중 두 개는 9일 오전 중에 찾아갔고, 한 개만 저녁이 되어서야 찾아갔습니다. 그래서 그 수하물을 조사해 보니 오사카 난바역에서 8일 오후에 접수된 것이고, 시라하마구치역에는 9일 오전 중에 도착했습니다. 발송인 이름은 이와세 다카오였습니다. 그 가방을 찾으러 온 것은 6시경인 것 같다고, 명확한 시간은 기억나지 않지만 어두워서 점등한 후였기에 틀림없답니다.

수취인 인상은 아무도 정확히 기억하지 못하고, 단지 담당 직원 한 명이 감색 양복에 회색 외투를 입고 있었다고 했는데…… 외투는 다치바나야에선 아무도 얘기하지 않았기에 다시 한번 조사해 보겠습니다. 그다음은 사진을 보이며 각 곳의 택시, 버스 운전사와 버스 안내양들에게 본 기억이 있는지 물었습니다. 그랬더니 메이코 택시 운전사 한 사람이 10일 이른 아침에 유노미네로 검정 가방을 든 쉰 연배의 사진과 비슷한 인상의 남자를 태워줬답니다. 그 차에 함께 타고 간 사람도 그것을 인정했습니다. 오른손에 피가 번진 붕대를 감고 있던 것도 다치바나야에서 한 말과 일치합니다. 그래서 태워다 준 숙소를 물으니 료쿠잔카쿠였답니다."

"료쿠잔카쿠라 하면 그 퇴직 관리 부녀가 묵은 숙소이지 않은가?"

무의식중에 난바가 말했다.

"그렇습니다. 같은 날에 같은 숙소에 묵은 겁니다."

안도 경위도 수긍했다.

그때 여종업원이 얼굴을 내밀고, 안도 씨에게 전화가 왔다고 전했다.

안도 경위가 일어나 나가더니 잠시 지나 딱딱하게 굳어진 얼굴로 들어왔다. 그는 긴장한 표정으로 입을 뗐다.

"뜻밖의 일이 발견된 모양입니다. 지금 말씀드린 수하물 취급소에서 한 형사가 담당자와 이야기를 하다가 휴대품 임시 보관소의 맡긴 물건 중에 아직 찾으러 오지 않은 보자기 꾸러미가 있다는 걸 듣고 이상히 여겨 조사해 보았더니, 피로 더러워진 옷과 회색 외투 등을 발견했다고 합니다. 그 보고를 받은 서장님이 마침 와 있던 다도코로 경감과 함께 곧장 그곳으로 갈 테니 저보고도 당장 오라는 전화인데, 함께 가시겠습니까?"

경위는 숨을 몰아 쉬며 보고를 마쳤다. 물론 난바는 가겠다고 했다. 그때 마침 돌아온 사쿠라이와 스사에게도 대략의 내용을 전달하자 그들도 함께 나갈 준비를 했다. 그리고 경위와 함께 시라하마구치역으로 차를 몰았다.

그들은 모두 격심한 흥분을 느꼈다. 그중에서도 스사는 가만히 앉아 있을 수가 없었는지 차 안에서도 아득바득 계속 움직여댔다.

밝고 현대적인 느낌의 시라하마구치역 오른쪽에 있는 휴대품임시 보관소에는 형사가 상사의 도착을 기다리고 있었다. 그리고 안도 경위의 모습을 보자 재빨리 문제의 보자기 꾸러미를 보였다.

수레국화 모양이 그려진 하늘색 모슬린 보자기로 먼지가 묻어 더러워 보였지만 아직 한 번도 물이 닿지 않은 새것이었다.

내용물은 회색 외투 한 벌과 굵은 세로줄 무늬의 잠옷으로 보이는 것 하나, 다갈색의 거친 체크무늬로 된 양복 한 벌, 모두 혈흔이 묻어 있었다. 그리고 혈흔은 잠옷에 가장 많이 묻어 있었고 외투는 아랫자락에 군데군데 묻어 있었다. 양복은 잠옷과 닿아선지 겉에만 묻어 있었다.

잠시 후 도착한 마키 서장과 다도코로 경감도 이 증거물 앞에 완전히 아연했다. 특히 다도코로 경감의 표정은 비참함을 더했다. 그는 명확히 자신의 실수를 자인한 것이다.

맡긴 날짜는 10월 10일이었다. 담당자 기억으로는 마흔 연배의 턱수염을 기른 남자였다고, 복장은 명확히 기억나지 않지만 기모노였던 것 같다고 했다.

임시 보관소에서 물증을 얻자, 일동은 일단 다나베서로 되돌아가기로 했다. 난바와 스사도 동행하고, 향후의 수사 방침을 함께 논의하기로 했다.

사쿠라이 변호사는 수사진의 결과를 끝까지 보고 확인하자, 급히 오사카로 돌아갔다.

2

사건의 복잡한 구조는 돌연 이 새로운 증거물의 발견을 단서로 하여 분명해지기 시작했다. 난바가 주장한 류타로의 범인설은 단연 사건의 진상을 말하는 것으로 추리되었다.

지금까지 예심 법정에서 심리가 진행되어 온 다키자와에 대한 의혹도 당연히 이 물적 증거를 앞에 두고 다시 처음부터 진행하지 않으면 안 되게 되었다. 그의 진술이 어쩌면 옳고, 장담했던 경찰부의 해석이 틀릴 수도 있다는 추측을 낳기 때문이다.

이 보고를 받고 경악한 것은 와타베 형사 과장만이 아니었다. 다키자와를 기소한 히로세 검사도, 신중하게 심의를 진행했던 후지도(藤堂) 예심 판사도 놀라움을 금치 못했다. 그래서 시라나미소 살인 사건 재조사를 위해 일동은 서둘러서 다나베로 향했다.

급박한 공기가 다도코로서 내에 무겁게 내려앉았다. 긴장한 표정의 형사들이 명령을 받고 팔방으로 뛰었다. 다도코로서 누상(樓上)의 회의실에서는 난바, 스사를 포함하여 시시각각으로 공고해져 가는 증거를 앞에 두고 토의가 계속되었다. 그리고 오후 1시경 도착한 형사과장과 판검사 일행을 포함해 다시 수사 회의가 시작되었다.

자리상으로 난바의 위치는 매우 애매했다. 그렇지만 그의 과거를 마키 서장에게서 들은 일동은 비로소 이번 사건이 어떻게 해서 그 복잡하기 그지없는 내용을 폭로하기에 이르렀는지를 알았다. 명수사 과장으로 활약했던 시절의 난바 이름이 곧바로 일동을 수긍하게 했기 때문이다.

난바는 의자에 깊숙이 걸터앉고 가슴을 약간 뒤로 젖히면서, 회의실에 모인 사람들에게 자신이 맨 처음 예상한 것부터 장황하게 설명했다. 이번의 발견도 결코 우연이 아닌 만큼 반드시 그러한 또 물증이 나올 것으로 기대한다며 이번에 발견한 물증에서 류타로와 그 공범자가 계획한 교묘하기 그지없는 범죄 설계를 설명했다.

난바가 주장하는 류타로와 공범자가 짠 범죄는 지금까지의 경과를 이 책의 독자들은 충분히 이해했을 걸로 생각하지만, 이 사건의 구성이 다음에 잇달아 발견될 살인 사건과 중대한 연결점을 가지기에 좀 번거롭지만, 요점을 간단히 적어 보기로 한다.

자, 이 사건은 10월 9일 오후 1시 전 모든 협의를 끝낸 류타로와 공범자가, 먼저 류타로가 다키자와에게 전화를 거는 일에서부터 끔찍한 범행의 막이 올랐다.

그 전화의 내용은 다키자와의 진술을 그대로 믿어도 좋다. 류타로는 그러한 전화가 얼마나 다키자와를 기쁘게 했을지 충분할 만큼 그의 유키코에 대한 집착심을 간파했다.

그리고 1시 10분 난바 발 열차로 류타로 부부가 시라하마로 출발하자, 공범자는 다키자와가 난바에 도착하는 것을 기다렸다. 그리고 다키자와가 직통열차를 놓쳐서 다음 1시 20분 발 보통 급행열차를 타는 것까지 지켜본 공범자는 미리 준비한 다키자와와 동일한 복장으로 한와 전철 덴노지역까지 차를 달려 1시 30분 발 직통열차를 탄 것이다.

즉, 이 점에서 다도코로 경감의 해석과 어긋남을 발견할 수 있다. 다도코로 경감은 다키자와가 난바역에서 한와 덴노지역으로 차를 달린 것으로 상상했지만, 난바는 이와세가 다키자와로 사칭한 공범자라고 했다. 이와세가 다키자와의 분장을 하고 한와 전철에 올라탄 것이고, 진짜 다키자와는 역시 그의 진술대로 1시 20분 발 보통 급행열차를 탄 것, 그래서 가짜 다키자와는 한와 전철 안에서 고의로 옆 좌석 손님한테 싸움을 걸고 승무원에게도 욕설을 하며 덤벼들어 그들에게 인상을 남겼다. 일부러 말하지 않아도 될 이름조차 밝히고 다카시마야의 포장지로 싼 과자 상자도 승무원의 기억에 남도록 했던 것이라고 설명했다.

그때 공범자가 입고 있던 옷이 보자기 꾸러미 안에서 발견된 양복인 것은 말할 나위 없다.

그리하여 류타로와 공범자는 시라하마구치역으로 오후 4시 38분에 동시에 도착했다. 그곳에서 두 사람은 상의한 후, 류타로 부부는 곧장 시라나미소로 향하고, 공범자는 미후네산 정상에서 준비했다.

준비란 뭐였을까? 거기서 생각할 수 있는 건 그가 가지고 온 과자 상자의 처리다. 최면제가 들어간 과자 상자는 다키자와가 지참한 걸로 해야 해서 절대로 류타로 부부의 손으로는 숙소로 가지고 갈 수 없다.

그래서 공범자는 먼저 과자 상자를 류타로와 약속한 어느 장소에 은닉하려고 일부러 산쇼신사 경내까지 간 것이다. 류타로와 다키자와는 6시가 되면 그 경내에서 만난다. 그때 류타로가 과자 상자를 들고 오면 되었다.

오후 5시가 가까워지자, 공범자는 서둘러 앗소역으로 차를 달렸다. 다키자와가 탄 열차에 맞춰야 했기 때문이다.

공범자가 과연 그 열차를 탔을까? 혹은 차로 시라하마로 돌아왔을까? 어느 쪽일지는 판명되지 않는다. 그렇지만 아마 전자였을 것이다. 그리고 남의 눈에 띄지 않게 수하물 취급소에서 검정 가방을 찾자, 어딘가에서 감색 양복으로 갈아입고 다치바나야 여관으로 향했다.

그 사이 다키자와는 그의 말처럼 산쇼신사로 갔다. 그리고 미후네산 전망대 부근에서 류타로와 만났다. 류타로가 하자는 대로 절벽을 내려와 별실로 가서 류타로의 책략에 말려들어 언쟁도 하고 고성도 오갔다.

모든 것은 류타로의 예상대로였다. 류타로는 다키자와가 잊고 간 모자를 창문을 열고 던져 버렸다. 그는 창문 아래가 모래 땅인 것은 충분히 알고 있었을 것이다. 그렇지만 그것은 그의 기대와는 다르게 바람의 장난이 모자를 동굴로 불어넣은 것은 경찰에서 조사한 대로이다.

과자 상자는 류타로가 전망대 부근에서 다키자와를 기다리는 동안에 이미 공범자가 숨겨 놓은 것을 들고 있었던 거겠지. 그래서 유미코도 최면제가 들어 있을 거로 생각하지 않고 먹은 걸 거다.

그리하여 7시경, 공범자는 류타로의 분장으로 다치바나야 여관을 나오고, 다키자와의 행동을 몰래 감시했을 게 틀림없다. 그리고 다키자와가 술에 취해 휘청휘청 나오는 걸 보자, 어딘가 적당한 장소에서 그를 졸도하게 했는지도 모른다.

준비는 모두 완성됐다. 나머진 범행뿐이다. 류타로는 네 평짜리 방에서 자는 아내를 미리 소지한 단도로 찔러 죽인다. 그리고 그 시체를 세 평 방으로 옮기고 자신의 단젠에 아내의 목에서 흘러나오는 피를 묻히고, 아내의 시체를 짊어지고 절벽으로 향한다. 점점이 피를 떨어뜨려 자신의 죽음을 가장했다.

물론 공범자는 그것들을 도왔을 것이다. 그리고 자신의 옷을 류타로에게 입히고, 공범자는 다시 별개의 복장과 별개의 이름으로 어딘가의 숙소에 묵고, 류타로가 벗어 버린 피로 얼룩진 잠옷과 소용없어진 다키자와 변장용 다갈색 양복과 회색 외투 ― 이것은 류타로가 범행 직후 잠옷 위에 입은 옷으로 추측되고, 시라나미소 여종업원 기누요가 목격한 남자의 이상한 복장도 그렇게 생각함으로써 수긍할 수 있다.― 등을 보자기에 싸서 다음 날 아침 시라하마구치역에 임시 보관한 것이 틀림없다.

그때 공범자의 복장은 휴대품 임시 보관소 담당자의 증언으

| 다나베·시라하마·유자키 방면 지도 |

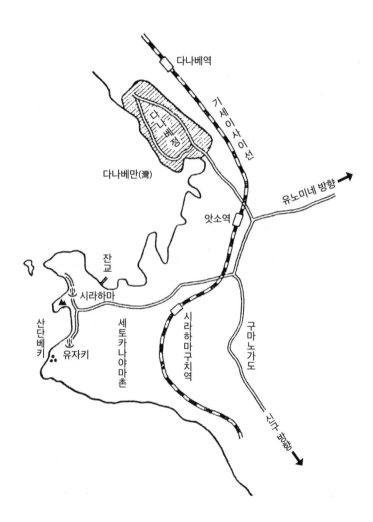

다나베역

기세이사이선

다나베성

다나베만(灣)

앗소역

유노미네 방향

잔교

시라하마

세토카나야촌

산단베키

유자키

시라하마구치역

구마노가도

신구 방향

로 보아 아마 기모노였을 거라 상상되지만, 그 자가 어디 숙소에서 어떤 이름으로 투숙했는지는 이후의 수사를 기다려 봐야 한다.

그리고 류타로는 이러한 조력을 얻고, 미리 공범자가 빌려 놓은 다치바나야 여관으로 이와세로 돌아왔다. 욕탕에 들어가 혈흔을 씻어내고 짧은 하룻밤을 보낸 후, 다음 날 아침 유노미네로 무사히 도주할 수 있었던 거다.

오른손 상처는 단도로 아내 유미코의 인후를 찌를 때 날 밑이 없어서 미끄러져 손가락과 손바닥 일부를 다친 것으로 추측된다.

그렇게 그들의 치밀한 계획은 예정대로 잘 진행되었다.

시라나미소 별실에서 처참한 시체의 발견은 경찰의 활동을 재촉했고, 수사의 진척은 다키자와 쓰네오의 검거로 완전히 그들의 예상대로 사건은 발전했다. 그리고 마침내 다키자와의 기소로 사건은 결말이 난 것이다.

후나토미 류타로는 이리하여 완전히 지상에서 소멸했다. 공범자는 영구히 표면으로 드러나지 않는다. 게다가 얄궂게도 경찰 당국조차도 범인의 이러한 계획을 알아채지 못하고 오히려 그들에 의해 조종당하는 상태에 있다.

이것이 난바 설명의 요지다. 그리고 그는 다음과 같은 메모를 일동에게 보였다.

오후 1시경, 류타로, 난바역에서 다키자와 쓰네오에게 공중전화를 건다.

오후 1시 10분, 난카이 전철 시라하마행 직통열차 발차, 류타로 부부 탑승.

오후 1시 12분, 다키자와, 서둘러 난바역으로 택시를 타고 간다.

오후 1시 20분, 난카이 보통 급행열차, 다키자와를 태우고 발차, 공범자 그것을 확인하고 곧장 한와 전철 덴노지역으로 택시를 타고 간다.

오후 1시 30분, 한와 전철 직통열차 발차, 그 열차 안에서 공범자 고의로 언쟁을 일으킴.

오후 4시 38분, 직통열차는 와카야마역에서 난카이 전철, 히가시 와카야마역에서 한와 전철과 연결되고, 각 직통열차 모두 시라하마구치역에 도착. 그래서 류타로 부부와 공범자는 동시에 시라하마구치역에 도착한다. 그리고 류타로 부부는 시라나미소로, 공범자는 산쇼신사로 향한다.

오후 5시경, 공범자는 메이코 택시로 앗소역으로 향한다.

오후 5시 37분, 다키자와 쓰네오 시라하마구치역에 도착. 곧장 차를 타고 산쇼신사로…….

오후 6시경, 류타로와 다키자와는 산쇼신사 경내에서 만나고, 류타로는 다키자와를 시라나미소 별실로 유인한다. 그 시간 공범자는 류타로의 분장으로 유자키 온천 다치바나야 여관에 이와세 다카오라 사칭하고 투숙.

오후 7시경, 다키자와는 류타로와 언쟁 끝에 거의 제정신이 아닌 상태로 격분해서 시라나미소 별실을 나온다. 그 시간 공범자는 볼일이 있다면서 다치바나야 여관을 나온다.

일동이 순서대로 보고 있는 걸 바라보면서 난바는 덧붙였다.

"아직 7시 이후의 행동은 명확하지 않아 적지 않았습니다만, 이로써 얼마나 교묘하게 계획되었는지를 알 수 있습니다."

수사 수뇌부의 일동은 너무나도 치밀한 범죄의 전모에 그저 망연히 소리 없이 얼굴을 마주 보았다. 범인들의 계획이 그만큼이나 훌륭하고 뛰어났기 때문이다.

그러나 그것도 잠시 일시적인 흥분이 가라앉자, 수사 수뇌부의 동료들은 교대로 몇 가지 질문을 제출하고 새롭고 신중하게 검토를 시도했다.

먼저 첫 번째로 제출한 질문은 공범자가 수하물 취급소에 나타났을 때의 복장이다.

지금의 설명으론 다키자와의 복장대로여야 하는데, 취급소 담당자 증언은 회색 외투에 감색 옷을 입은 남자라고 했다.

이것은 큰 모순이다. 그렇지만 그때 공범자는 앗소역으로 택시를 타고 도착한 후에 대관절 어떻게 된 것일까? 과연 다키자와가 타고 온 열차에 올라탔을까? 아니면 개찰원과 매표원이 각각 입을 모아 다키자와 쓰네오와 같은 복장을 한 남자는 보지 못했다고 증언하고 있는 점으로 미루어, 공범자는 택시를 내리자 바로 어떠한 수단을 취해 또다시 변장을 시도한 것이 아닐까 하는 의견이 제출되었다.

공범자가 앗소역으로 택시를 타고 갔다는 단정은 메이코 택시 기쿠치 운전사의 진술에 의한 것이다. 그는 안도 경위의 조사에서 분명 다키자와로 보이는 풍채의 남자를 시라하마에서 앗소역까지 태워줬다고 증언했다.

이것은 분명한 사실임이 틀림없다. 그러나 그 승객이 다키자와였는지 아니면 난바가 주장하는 류타로의 공범자였는지, 그 단정은 잠시 기다려봐야 한다. 물론 다키자와의 유죄를 인정했을 때는 당국자들이 모두 이 증언을 중요시하고 앗소역원들의 말을 무시했다. 그러나 지금은 다시 별개로 새로운 의미를 생각해야 한다.

오후 5시경 택시를 타고 앗소역으로 온 남자가 난바가 말하는 것처럼 공범자라고 하면 시라하마구치역에서 6시경 수하물을 찾아간 남자와도 동일 인물이어야 하므로, 그의 복장은 다갈색에서 감색으로 바뀌고 인상도 서른 전후의 청년에서 쉰 가까운 피부가 검은 남자로 바뀌는 셈이다. 그렇다면 그는 대체 어디에서 그와 같은 변장을 했을까?

열차를 탄 이후가 아닌 것은 역원들 제보로 명백해 보인다. 그렇다면 단 하나, 그는 어떠한 수단을 써서 변장 도구를 손에 넣고 앗소역 부근에서 재빨리 변장한 후 유유히 류타로가 되어 시라하마구치역에 나타났다고밖에 생각할 수 없다.

이 상상이 가장 급소를 찌른 것으로 여겨 난바는 즉시 앗소역 수하물 취급소와 휴대품 임시 보관소에 시급한 조사가 필요함을 제안했다.

그 결과는 당연히도 이런 생각을 증명할 사실이 보고되었다.

즉, 그곳에서도 공범자는 이와세 다카오의 이름으로 한 개의 가방을 찾은 것이다. 게다가 그 가방을 찾은 사람은 다갈색의 옷을 입은 청년이었던 점도 밝혀졌다.

가방은 빨강 가죽이었다고 한다. 크기는 류타로의 분장으로 시라하마구치역에서 수취한 검정 가죽 가방과 거의 같은 정도의 것이다.

그런데 거기서 다시 문제가 된 것은, 그렇다면 그 빨강 가죽가방을 대체 어떻게 처분했는가 하는 점이었다.

감색 옷으로 시라하마구치역에 모습을 보였을 때 그는 분명히 빈손이었다고 증언하였기 때문이다. 그런데 그것도 곧바로 해결되었다. 즉 그는 먼저 빨강 가죽 가방을 임시 보관소에 맡기고, 그 이후에 검정 가죽 가방을 취급소에서 찾은 것이 판명된 것이다.

임시 보관된 가방은 9일 밤 8시경에 찾아갔다. 그때 그의 복장은 기모노 차림이었다고 한다. 그런데 그것은 어쩌면 그 자신이 아니라, 그의 다른 이름으로 어딘가에서 매수한 숙소의 지배인이었을지도 모른다. 그때의 인상과 풍채는 그 정도로 달랐으니까.

잠옷은 물론 시라나미소 여관 종업원들이 여관 물품이고, 그 날 밤 류타로에게 가져다준 것이 틀림없다고 증언했다.

다갈색 양복은 출처 조사 때문에 상세히 검사했는데 외투와 마찬가지로 유류품이라 아무것도 없이 상표까지 완전히 떨어져

나갔다. 그러나 그 무늬나 색깔이 거의 다키자와의 것과 일치하는 것으로 담당관들이 바로 확인해 주었다.

그리고 이어서 제출한 의문은 류타로가 왜 다키자와의 모자를 던져버렸는가 하는 문제였다.

그것에 대하여 난바는 주도면밀하게 준비했을 류타로가 모자를 던져 버리는 쪽이 오히려 두 사람 간의 갈등을 수사관들이 더 잘 이해할 것이라 말했다. 하지만 마키 서장은 그보다는 오히려 모자를 고의로 다키자와 면전에서 창밖으로 던져버려서 다키자와의 분노를 더 부추겼을 게 틀림없다는, 실로 날카로운 견해를 내놓았다.

최면제가 살포된 과자는 예심판사가 다키자와의 신변 및 가택, 회사의 그의 책상 등 면밀한 수사를 반복해도 모두 무효이고, 끝내 아달린 조각조차 발견할 수 없었다고 하였다. 과자 상자도 오히려 류타로의 공범자가 준비해 온 것으로 해석하는 쪽이 어쩌면 타당할지도 모른다며 류타로의 범인설을 뒷받침했다.

또한 혈흔에 관해선 여러 의혹이 나왔는데, 그것은 한 사람의 피로 그렇게 잔혹하게 두 곳에 피바다를 만들 수 있느냐는 문제였다. 그러나 그것도 지금에 와선 피의 양을 측정할 방법이 없었다. 맨 처음 임검한 담당관들의 실수인 것은 말하지 않아도 알 수 있다.

이렇게 해서 모든 정황이 명백해지자, 필연적으로 문제가 되는 점은 류타로는 왜 그러한 범행을 감행했는가, 또한 공범자란 어떤 인물이고 류타로와는 어떤 관계를 맺은 남자인가 하는 의문이었다.

난바는 그러한 문제들도 사쿠라이 변호사의 손으로 조사 중인데, 당국도 마땅히 분담해 주길 바란다고 희망했다.

그리하여 수사의 방침이 다듬어지고, 류타로와 공범자를 추적할 방법이 심의되었다.

류타로는 잠시 제쳐 놓고, 신원도 인상도 나이도 전혀 알 수 없는 공범자에 대해서는 우선 목격자들을 모아 공통된 인상, 풍채 등을 탐문하고, 오사카에도 사람을 보내어 류타로의 교우관계를 조사, 9일 이후의 행동을 탐구하고 혐의자를 밝혀내는 수밖에 방법이 없다는 논의로 결론냈다. 그리고 우선 시라하마, 유자키 방면의 여관을 샅샅이 조사하고 공범자에 해당하는 인물의 숙박 여부 조사부터 개시하는 것으로 논의가 정리되었다. 벌써 해는 완전히 저물고 잠잠해진 바다에 점점이 어화(漁火)가 흔들거리는 게 보이는 8시 무렵이었다.

3

그날 밤 온천지는 다시 일제히 실시된 검색으로 여관 주인들뿐 아니라 손님들도 함께 불안감에 떨었다. 그렇지만 수사는 의외로 빨리 종료됐다. 시라하마 홀과 나란히 있는 이즈미야 여관에서 필체도 이름도 똑같은 이와세 다카오라고 적힌 숙박부를 발견했기 때문이다.

날짜는 10월 9일이고, 투숙 시간은 7시 반경이었다. 여관 종업원들 기억은 거의 희미했지만 그 손님이 짐이 역에 있다며 지배인에게 부탁했다. 그리고 식사는 안 해도 된다면서 곧장 욕탕으로 들어갔으며 9시 전에 기모노로 갈아입고 훌쩍 나가서 새벽 2시경까지 돌아오지 않았다고 했다.

물론 이러한 진술은 한 번에 판명된 것이 아니라 끈질긴 질문을 반복한 담당관이 각각의 답변을 종합한 결과였다. 더욱이 그가 투숙했을 때는 다치바나야를 나왔을 때와 조금도 다르지 않은 복장인 것도 확인되었고, 다치바나야에서 식사를 하고 곧바로 유자키에서 시라하마로 버스 아니면 택시로 와서 이즈미야 여관에 투숙한 것으로 확인되었다.

또한 이 수사를 하는 동안에 중요한 걸 알아냈다. 그것은 공범자로 인정되는 남자가 앞니에 백금 같은 금니를 씌웠다고 하는 사실이었다. 그것을 다치바나야의 여종업원 고하루가 식사하는 중에 알았다고 했고, 또한 이즈미야 여관에서도 조식 때 시중을 들러 나온 여종업원이 확인해 주었다.

이 발견은 막연했던 공범자의 풍채에 하나의 촉광을 준 거와 매한가지였다. 류타로는 어금니에 금니를 씌웠지만, 앞니가 고르지 못하다는 것은 그를 아는 사람이 증명했기에 그 점으로 보더라도 공범자의 존재가 명확해지고 풍모를 어슴푸레 상상할 수 있었다.

이즈미야 여관에서 말한 이와세의 인상은 '마흔 연배의 피부가 약간 검고 이목구비가 평범하며 평균적인 체형의 눈에 띄지 않는 풍채'였다. 뭐 하는 사람인지 짐작이 가지 않는 과묵한 남자였다고도 했다. 그 모습은 그다음 날 아침 역의 임시 보관소에 보자기 꾸러미를 가지고 나타났을 때 본 담당자의 인상과 거의 닮았다.

그가 왜 이즈미야 여관에서도 이와세 다카오의 이름을 사용했는지 조금 의문이라면 의문이었지만, 그것도 그가 자신들의 치밀한 계획을 신뢰한 결과라고 하면 별거 아닌 사항이었다.

다음 날 아침부터 그의 행적은 차차 밝혀지기 시작했다. 상당한 시일의 경과가 수사의 진전을 방해한 건 어쩔 수 없었지만, 그래도 그날 밤이 지나고 11월 2일이 되자 결국 그 자도 버스를 타고 유노미네 온천으로 갔음을 알게 되었다.

아침 10시가 되자, 다도코로 경감은 부하 형사 둘을 데리고 유노미네까지 가기로 했다. 그리고 그날 밤, 약 200리의 산길을 차로 달려간 피로도 쌓였지만, 료쿠잔카쿠에서 두 사람이 숙박한 사실을 확인할 수 있었다.

그들은 료쿠잔카쿠에서 만날 약속을 미리 정했던 것 같고, 그날 밤 가을 산속의 조용한 온천에서 자고 다음 날 이른 아침 함께 숙소를 떠났다.

경감과 일행은 거기까지 확인하고 나자 일단 수사 본부로 전화를 걸었다. 그들은 혼구(本宮)로 나와서 프로펠러 배를 이용해 일반 관광객들과 같이 신구(新宮)로 내려간 것으로 상상되었기에 행적을 뒤쫓아 가야 할지를 물어야 했기 때문이다.

물론 그것은 당연한 일이었다. 자세히 들은 형사 과장은 신구에서 어디로 갔을지, 아마 기이반도(紀伊半島)를 크게 우회하고 도쿄 방면으로 도망친 거겠지만, 관계 각지로는 모두 전보를 치고 가능한 한 수배와 조사 의뢰는 해 놓을 테니 신중하게 추적을 속행해 달라고 요망했다.

11월 3일 경감 일행은 신구로 내려갔다. 강물이 깊고 조용히 흐르는 곳으로 유명한 국립공원 구마노강(熊野川)의 벽담(碧潭)을 프로펠러 배로 유유히 내려가는 기분은 또한 각별했고, 끝없이 변하는 초록빛 물살과 기암괴석, 지금 한창인 단풍이 점철하는 절벽 등……. 눈이 어지러울 만큼 옮겨가는 풍경은 모두 굉장할 만치 푸른빛을 띠는 강물에 비치어 한층 더 협곡미를 만들어 내 배에 탄 관광객들에게 저절로 찬탄의 소리를 자아내게 했다.

경감과 일행도 경치에 감동했다. 그렇지만 참혹한 범행을 잊고 이 아름다움을 즐겼을 흉악한 범인들의 모습을 떠올리자 그러한 감흥도 금방 깨져 버렸다.

신구시에 도착하자 벌써 신구 경찰서원들이 마중 나와 있었고, 시내의 수사 결과를 보고했다.

기모노 차림으로 빨강 가죽 가방을 든 마흔 연배의 남자가 감색 양복에 검정 가죽 가방을 든 쉰 정도로 보이는 남자와 함께 10월 11일 가랑비 내리는 빗속을 차를 타고 기노모토정(木ノ本町)으로 갔다고 하는 보고였다.

그곳에서 그들도 바로 준비된 차로 탄탄대로 해안선을 따라 기노모토초로 서둘러 간 것이다.

그러나 기노모토정에서 갑자기 탐사의 실마리가 끊어졌다. 택시를 내린 그들이 오후 5시경 번화가 술집에서 식사를 한 것까지는 알아냈지만, 그 후의 소식이 뚝 끊겨 버린 것이다.

기노모토서 직원들의 협조를 얻어 국기가 펄럭펄럭 나부끼는 온 마을을 동분서주했으나 11월 3일에는 아무런 단서도 얻을 수가 없었다.

다음 날 4일, 시라하마를 출발한 난바가 혼자서 기노모토정으로 왔다. 그로서는 다키자와가 그저께 2일에 예심 면소를 선고받고 이미 와카야마 지소를 나와서 오사카로 돌아왔기에 그 목적은 달성되었지만, 그의 천성인 탐구심이 마침내 그를 기노모토정까지 오게 했다.

난바의 응원을 얻고, 그날은 모든 교통기관을 거의 이 잡듯이 샅샅이 조사했다. 그것도 일단은 기노모토서에서 한 것이지만, 경감과 일동들이 가져온 류타로의 사진을 보이며 정밀한 재조사가 이루어졌다.

그날 밤, 마을에서 숙박하지 않은 것은 거의 확실해 보인다. 원래 기노모토정은 어부 마을이라 길을 걸으면 비린 생선 냄새가 곳곳에서 나고 어부들을 상대로 하는 사창가도 많이 있기에 그 방면에 대한 수사도 충분히 수행된 것은 물론이다. 또한, 어부들에게 배를 조종하게 하고, 구마노나다(熊野灘) 해역을 거쳐 도바(鳥羽) 쪽으로 갔을지도 모른다는 상상도 충분히 검토되어 탐사도 진행되었다.

그러자 고심한 노력이 보답으로 돌아왔다. 그것도 서너 번 기노모토에서 히가시구마노(東熊野) 가도를 달리고, 마을 배후에 우뚝 솟은 산을 헤치고 들어가 이사토촌(五郷村) 모모사키(桃崎)에 이르는 승합 택시를 조사했을 때, 그날도 오후 2시경 모모사키에서 승객이 귀가 솔깃한 말을 해준 것에서 실마리가 마련되었다.

그들 승객은 모 전력 회사 사원들인데, 구마노강 상류 기타야마강(北山川)의 수리를 이용해서 새로운 발전 계획을 세우기 위해 십여 일간을 산속에서 측량으로 보낸 사람들이었다.

그들은 지금부터 약 보름 전에, 가방은 들고 있지 않았지만 그러한 인상과 복장을 한 남자를 시모키타야마촌(下北山村) 고구치(小口)의 숙소에서 보았다고 했다.

가방을 들고 있지 않았다는 것은 도주의 방해가 되니까 어딘가에 버린 거라고 상상했다.

그렇지만 그들은 어떻게 해서 남의 눈에 띄지 않고 그러한 깊은 산속까지 갈 수 있었을까? 또 그들은 그곳을 거쳐 어디로 도주하려 한 것일까?

그것이 다도코로 계장과 난바, 그 모두에게 큰 수수께끼였다. 측량 기사들의 목격담은 그들이 추적하는 범인들임을 방불케 하기에 충분했다.

그리하여 또다시 그들은 차를 달려 점점 더 야마토 알프스의 가파른 연산이 중첩하는 산속으로 추적의 손길을 뻗었다.

| 히가시구마노 가도 부근 |

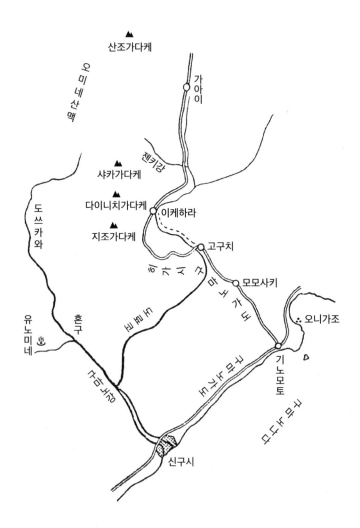

산조가다케

오미네산맥

가아이

젠키강

샤카가다케

다이니치가다케

이케하라

도쓰카와

지조가다케

고구치

히가시구마노 가도

모모사키

오니가조

유노미네

혼구

비와다비라

기노모토

구마노강

히가시구마노 가도

구마노강

신구시

4

타들어 가는 붉은 숲이 헐떡거리며 올라가는 꼬불꼬불한 길 언덕의 좌우로 보였다 말았다 했다. 엔진이 벌벌 떨며 더운 숨을 내뿜기 시작했다. 녹색 짙은 침엽수림을 빠져나오자, 바스락 소리를 내며 떨어지는 병든 잎들이 잎을 몽땅 잃은 갈색 가지와 섞여 이어지고 있다. 위를 쳐다보자 지조가다케(地蔵岳), 다이니치가다케(大日岳), 또한 샤카가다케(釈迦岳) 등의 험준한 연산이 노랑과 녹색, 다홍으로 채색되고 남쪽 햇빛을 받아 아름답게 우뚝 솟아 있다. 그러나 난바의 눈에는 그보다 문득 뒤를 돌아본 눈이 부시게 반짝반짝 빛나는 넓은 바다와 이어진 복잡하게 얽힌 해안선, 그리고 검은 작은 돌이 깔린 모래 해변이 더 신기하게 보였다.

새까만 바위가 보인다. 송림이 연속되고 한 갈래 널따란 길이 보이는 것은 신구와 기노모토를 잇는 구마노 가도일 것이다. 언뜻 보고 있으니, 기노모토의 첩첩이 즐비한 기와집을 넘어 건너편 푸른 물 위에 소라를 거꾸로 엎어 놓은 듯한 섬이 하나 떠 있는 것이 보였다. 마미루가섬(魔見島)일 거라고 경감이 간단히 설명했다.

효기토게(評議峠) 고개를 넘자 바다는 완전히 시야에서 사라졌다. 그리고 높이 솟은 삼나무가 나타나더니 갑자기 주위가 어두워졌다.

"상당히 높은 산이군요."

"그렇습니다. 이천 미터 가까이는 되겠어요."

경감도 준봉을 올려다보고 있다가 문득 생각난 듯이 물었다.

"어찌 되었습니까? 류타로의 신원은…… 알아내셨습니까?"

두 사람은 아직 천천히 이야기도 나누지 못한 것이다.

"아, 말씀드려야지요. ……그런데 다도코로 씨. 결과가 너무나 의외라서 지금으로선 오리무중이라 말씀드려야 할지, 류타로와 공범자의 신원에 관해선 수사 당국에서 전혀 알아낸 게 없습니다."

난바도 갑자기 생각난 것처럼 다도코로 경감이 다나베를 출발하고 난 후, 류타로와 그의 교우 범위 또한 나야 류노스케로 조사한 결과를 이야기했다. 난바가 들려준 내용은 다도코로 경감과 두 사람의 부하에게는 뜻밖의 일이었다.

제일 먼저 그들을 놀라게 한 것은 나야 류노스케라는 남자가 이미 사망했다고 하는 경시청으로의 회답이었다.

류타로의 과거 신원을 조사하기 위해서는 유일한 단서였던 신문 기사도, 물론 이것으로 완전히 무효가 되어 버렸다.

"저도 놀랐습니다. 류타로의 과거 신원이 이것으로 다시 원점으로 돌아가 완전히 알 수 없게 되어 버렸기 때문입니다."

매우 우울한 듯이 난바가 말한다.

"언제 죽었습니까?" 그 나야라 하는 남자는—?"

"십 년 전이라고 합니다. 신문에서 오려낸 기사에 있던 범죄의 형 집행 중에 교도소에서 죽었답니다."

"그럼, 그 자의 신변을 캐 봐도 소용없을까요?"

다도코로 경감도 실망의 빛을 내보였다.

"그럼 이와세라고 하는 자는 어떻게 되는 겁니까?"

"그겁니다. 더 기괴한 것이……."

차는 다시 한 고개를 넘고 약간 내리막 언덕을 달리고 있었다. 길 아래가 계류인 듯 깊은 골짜기가 보였다. 그 골짜기를 바라보면서 난바는 잠시 말을 끊었는데, 그것은 어디서부터 말을 하면 좋을지 망설이고 있는 것처럼 보였다.

그러나 차가 다시 크게 커브를 틀고, 오른쪽으로 솟아 있던 지조가다케 산봉우리를 정면으로 돌자 입을 열었다.

"실은 저는 오늘 기노모토의 우체국에서 한 통의 전보를 받았습니다. 물론 오사카에 있는 사쿠라이 변호사로부터 온 것인데, 그 전보를 읽고 더욱더 류타로의 범죄가 얼마나 계획적이고 교묘한지 알았습니다. 보시겠습니까? 이겁니다."

경감은 전보를 건네받자 여러 번을 반복해서 읽어 내려갔다. 그만큼이나 전보의 내용이 이상했기 때문이다.

> 류타로와 이와세는 동일 인물이다. 이와세 현금 오십만 엔 수령했음. 9일 이후로 행방불명.
>
> ─ 사쿠라이

전보는 이와 같은 내용이었다.

다도코로 경감은 설명을 구하듯 난바의 얼굴을 보았다. 너무나도 기괴한 전보문이다. 이것만으로는 경감도 이해할 수 없던 것이다.

난바는 수긍했다. 그리고 11월 1일이 되고서야 비로소 판명된 의외의 후나토미가 재산 내용부터 설명하기 시작했다.

대충 후나토미가의 재산은 이전에 사쿠라이 변호사가 난바에게 그 재산 목록을 보이며 말했듯이, 부동산이 약 20만 엔, 은행예금과 유가증권 등이 약 30만 엔, 합계가 약 50만 엔으로 생각하고 있었다. 그리고 그것들은 거의 류타로가 몇만 엔 정도밖에 없던 후나토미가의 자산에서 축적하고, 게다가 자신은 소유권을 주장할 수 있는 권한도 갖지 않은 채 애써 노력하고 지극히 절약하면서 증식한 것임을 알고, 난바 일행에게 모순된 감정을 불러일으켰다.

그렇지만 지금 난바가 경감에게 설명하는 후나토미가의 자산은 거의 제로에 가까웠다.

"여기에 류타로의 주도한 계획이 있었던 겁니다. 이해되십니까? 왜 류타로가 자신의 권리도 주장하지 않고 입적도 강요하지 않은 채 지금까지 지내 왔는지……. 네, 그렇습니다. 신용을 바란 겁니다. 지금의 계획을 수행하기에 필요한 신용, 신용으로 재산이 증식해 갔기에 십 년이나 긴 세월을 그가 부지런히 노력했던 겁니다. 그렇지 않고서야 누가 그런 헛된 수고를 하겠습니까? 말하자면 진주 양식이라도 하는 듯이 그는 매일매일 재산을 불리는 데 여념이 없었던 거지요. 그리고 충분히 커진 진주를 조개껍데기에서 꺼내 돈으로 바꾼 것처럼, 계획의 마지막 행동으로 후나토미가의 재산을 모두 제삼자에게 넘겨 놓고서 자기 소멸을 도모한 겁니다. 저도 그 기막힌 방법을 듣고 아연했습니다.

그런데 그것보다 그나마 재산이 남아 있으니 안심하고 있던 따님과 사위가 될 뻔한 스사 군이 더욱 가엾이 여겨졌습니다. 거의 재산 같은 건 남아 있지 않으니까요.”

잠시 난바도 암담해했다.

“어떻게 그리된 겁니까? 어떻게 그런 일이…….. 전 아직 이해가 가지 않습니다.”

경감이 고개를 흔들자 난바가 이어서 설명한다.

“1일에 사쿠라이 군은 오사카로 돌아가자 즉시 류타로가 평소 거래한 MI 은행 도지마 지점을 찾아가 류타로의 거래 내역과 신용 상태를 물어보았답니다. 그랬더니 은행 측에선 이번 사건을 이미 알고 있었고 대단히 안됐다고 했는데, 그 말 속에 후나토미 씨가 상당히 돈에 어려움을 겪고 계셔서 조만간 분명 뭔 일이 일어날 게 틀림없다고 생각했었답니다. 그래서 그 이유를 사쿠라이 군이 물어보니, 류타로가 유미코 명의로 환어음 20만 엔가량을 발행했다는 겁니다.

은행 말에 의하면, 류타로는 종래부터도 가끔 이러한 거액의 어음을 발행했다고 하고, 그것도 거의 상장(相場) 쪽으로 유용하던 것으로 은행에선 생각하고 있었답니다. 그래서 은행에서도 이미 알고 있어 수취인이 할인어음을 의뢰해 왔을 때도 바로 승인하고 지급해 주었답니다.

그렇습니다. 20만 엔 가까운 돈이 이미 수령된 겁니다. 그래서 그 어음 기한이 되면 당연히 후나토미가의 재산은 그만큼 줄어드는 것이죠. 그 기한도 올 연말까지이고, 할인어음을 의뢰한 남자는 10월 8일에 현금을 수령하고 그대로 자취를 감췄습니다. 그런데 다도코로 씨, 놀라운 것은 그것만이 아닙니다. 유가증권 등 약 10만 엔도 그 은행에 담보로 들어가 있었고, 그것에 상응하는 돈이 류타로의 손에 이미 들어간 겁니다. 그래서 은행 측에서는 다소 경계의 빛으로 종래 오랫동안 거래했어도 이런 일은 한 번도 없었다고 했답니다. 사쿠라이 군이 망연해하지 않을 수 없었지요.

그런데 사쿠라이 군이 놀란 것은 그것만이 아닙니다. 은행에서 돌아오자, 후나토미가의 따님이 기다리고 있었고 간밤에 이런 독촉장이 왔다며 보여준 내용이 후나토미가의 부동산 전부를 저당으로 해서 빌린 15만 엔의 차금에 대한 이자 청구권이었다고…….

그 얘길 들은 저도 한동안 망연했습니다. 이렇게도 교묘히 전 재산을 가로채 갔구나 생각하니 무의식중에 찬탄이 나왔습니다.

이것으로 모든 것이 이해되셨는지요. 어떻게 해서 후나토미가 재산이 거의 무일푼 가까이 되었는지, 또한 류타로가 얼마나 교묘하게 돈을 갈취했는지를…….”

잠시 경감은 말없이 지금 들은 이야기 내용을 음미해 보았다. 난바가 설명한 류타로의 방법에는 정말 놀랄 만큼 교묘함이 보이고 얼마나 깊게 꾸민 일인지 그것만으로도 이해가 되었다.

“그럼 어음 수취인은 누구 이름으로 되어 있었습니까?”

“이와세입니다. 이와세 다카오.”

“부동산 채권자는?”

"오사카의 모 금융회사입니다. 역시 이와세에게 채권 위양을 받았습니다. 그러니까 현금은 이와세가 쥐고 있는 거죠."

경감은 다시 크게 한숨을 내쉬었다. 그 순간 차가 조금 흔들거리고 다시 크게 커브를 틀자 기어가 들어가면서 다시 언덕을 헐떡이며 올라가기 시작했다.

"그런데 그것만으론 총액이 45만 엔 정도잖습니까? 전보의 50만 엔이라는 것은?"

"아, 그건 말입니다……."

난바가 가볍게 고개를 끄덕였다.

"그것은 류타로가 기타하마의 모 거래점에서 유가증권을 담보로 하여 인출한 돈으로 군수 주식을 사들였습니다. 그것이 수일 만에 폭등하여 15만 엔 정도가 되었고 9일 아침에 팔아 현금을 수취한 것을 조사로 판명된 겁니다. 그 때문에 합계 약 50만 엔이 되는 거지요."

이 설명은 충분히 경감과 형사들을 이해시켰다. 그리고 그들은 모두 류타로의 신중한 계획에 새삼 놀라워했다.

그렇지만 그들은 전보 첫 문장에 '류타로와 이와세는 동일 인물이다'라는 말을 자세히 음미하지 못했다. 아니, 난바조차 '동일 인물'의 어구를 '동일 인물이 아닐까'의 의미를 강조한 것으로 해석했기에, 그러한 전문을 쓴 사쿠라이의 진의를 알아차릴 수 없었다. 이윽고 그들은 이 착오를 상기해야 할 때를 맞이해야만 했다. 차는 쉬지 않고 야마토 알프스의 깊은 산속으로 달렸고, 한 걸음 한 걸음 무서운 현실이 그들에게 다가오고 있었다.

제6장

계곡의 공포

1

　류타로는 십 년 동안 부지런히 노력해 부를 축적하고, 다년간 쌓은 신용을 이용해 대단히 뛰어나게 후나토미가의 전 재산을 탈취했다. 그 방책과 진상을 들은 형사들은 그저 망연했고, 그런 상황에서 자동차는 목적지를 향해 계속 돌진하고 있었다.

　계곡의 물소리가 점점 멀어지자 얼마간 삼목과 노송나무의 울창한 숲이 계속되었다. 어디까지 이 초록의 짙음이 이어질까 했더니 이윽고 산자락을 돌자 마치 도원경이라도 나오는 듯 드넓은 전망이 펼쳐지면서 졸졸 흐르는 소리가 세차게 메아리치는 계류로 나왔다. 수십 호의 집이 자갈밭을 따라 나란히 있었다. 목적지인 시모키타야마촌 고구치였다.

　이렇게 약 80리, 그들이 목적한 여관에 도착했을 때 이미 깊은 산 가을 해가 어둡게 저물었고, 좁고 길게 나란히 있는 집들도 거의 엷은 먹빛 속에 녹아들고 있었다.

야마다야(山田屋)라는 옛날 등이 걸린 여관 앞에 차를 세우자 열다섯, 여섯 된 어린 여자아이가 나와 그들을 맞이했다.

2층으로 올라가 장지문을 열자, 바로 발아래로 기타야마강의 맑은 물소리가 들렸다. 푸른빛을 띤 바위와 작은 돌에 부딪쳐 나는 소리였다.

위를 올려다보니 강 너머에 덮쳐 누르듯 도끼의 흔적도 모르는 삼림에 뒤덮인 산이 높게 솟아 있다. 그 산봉우리에는 아직 희미하게 태양이 비쳤다. 그러나 산기슭 삼목에는 검정의 막이 서서히 그 모든 걸 감싸기 시작하고 있었다.

근처에 수력발전소가 있는 덕분에 이런 산속에도 전등이 들어오고 서서히 어둠속에서 희미하게 밝은 빛이 흘러나왔다. 그들은 우선 숙박부를 가져오게 해 희미한 불빛 아래서 살펴보았다.

"아, 이거, 이겁니다."

다도코로 경감이 손가락으로 짚어 일동에게 보인다.

10월 12일, 오사카시 미나미구 시오정(塩町), 무직, 나야 류노스케

동 오사카시 미나미구 사카정(坂町), 무직, 이와세 다카오

일동은 한동안 이 글자들을 응시했다. 필체는 모두 딱딱한 활자체. 저녁 식사 후 주인을 불러서 물어보니, 그들은 그날 아침 9시경 아주 지친 모습으로 왔다고 한다.

여관 주인이 말하는 그들의 복장은 시라하마에서와 같았고, 측량 기사들이 말한 대로 두 사람 모두 짐 같은 건 아무것도 손

에 들고 있지 않았다고 한다. 그리고 12일 오전 내내 휴식을 취한 두 사람은 오후에 다시 여관을 나섰다. 차를 이용하지 않고 걸어서 갔다고 했고, 측량 기수들이 그것을 자갈밭에서 목격한 거다.

그들은 이 험준한 고개가 이어지는 산길을 걸어서 어디로 가려 한 걸까? 그것이 우선 모두가 가지는 의문이었다.

경감은 가지고 온 참모 본부의 지도를 펼치고 히가시구마노 가도를 더듬기 시작했다.

기노모토정에서 약 10리 거리가 고사카토게(小坂峠) 고개이고, 이세마쓰사카정(伊勢松坂町)과 이어지는 구마노 본 가도와 갈라진다. 북서로 산들을 헤치고 들어가고, 이 가도는 오미네산(大峰山)을 가는 길로 유명한 산조가다케(山上ヶ岳)와 긴키(近畿)의 기상 관측으로 최근 볼 만한 기상대가 있는 오다이가하라산(大台ヶ原山) 사이를 관통한다. 해발 천 수백 미터의 오바미네토게(伯母峰峠) 고개를 넘어 요시노강(吉野川)의 수원인 자그마한 계류를 발밑으로 내려다보면서 야마토기쿄(大和義挙)*로 유명한 와시야구치(鷲家口)로 이어지고 있다.

그러나 난바는 그 지도를 같이 보면서 그 길들이 모두 국립공원의 중요한 관광 도로라 차로 쉽게 갈 수 있는데, 왜 그들이 차를 이용하지 않았는지 갈피를 잡지 못했다.

---

* 1863년 요시무라 도라타로(吉村寅太郎)를 비롯한 존왕 양이파(尊皇攘夷派)가 조정 신하 나카야마 다다미쓰(中山忠光)를 중심으로 궐기, 이후 막부군(幕府軍)의 토벌로 파멸한 사건.

기노모토에서 갑자기 단서를 잃어버리게 된 것도 그들이 이런 산속으로 도주해서 도망쳐 들어갔기 때문이다. 수사관들은 오로지 그들이 차를 이용할 것으로 생각한 것에 그 착오가 있었지만, 그렇다 치더라도 그들 두 사람이 거액의 돈을 가지고 왜 이런 산속을 헤매어 걸을 각오를 했을까?

"그들이 기노모토를 떠난 것은 11일 오후 5시가 지나서였습니다. 그들이 80리가 넘는 산길을 밤새 걸었을까요?"

경감은 신음하듯 말하며 어처구니없어 했고, 그 후 그들이 어디로 걸어갔을지 짐작할 수도 없었다. 하지만 길은 하나밖에 없다. 추적은 그 길을 따라가면서 하나하나 확인하는 수밖에 없다. 왠지 구름을 잡는 듯한 일이 아닐지…….

두 형사는 오십 호가 안 되는 부락 주민들의 탐문을 모으러 나갔다.

산속의 밤은 차가웠다. 작은 시냇물 소리가 깊어가는 어둠과 함께 한층 추워진 베갯머리로 전해진다. 귀에 익숙지 않은 소리 탓인지 아니면 내일부터 해야 할 수사가 걱정되어선지 난바는 쉽게 잠을 이룰 수가 없었다. 평소 같지 않게 심장의 고동이 심하게 울리면서 마음이 한층 불안해졌다. 예감……그와 같은 것이 자꾸 그의 몸 안으로 다가서는 거였다.

2

다음 날 5일, 상쾌한 아침 공기를 가슴 가득히 들이마시고 나서야 난바는 어젯밤에 설친 잠의 피로를 잊었다. 새삼 아침 햇살 아래로 부근의 경치가 한눈에 들어왔다.

기타야마 강물은 푸르게 아름다웠다. 오늘 아침에는 몇 명의 뗏목꾼이 노송나무와 삼나무로 엮은 뗏목을 대나무 장대로 저으면서 천천히 여관이 있는 하류를 내려가고 있었다.

얼마 전 폭풍우의 흔적은 밝은 태양에서 바라보자 울창한 수림 속에 생생히 남아 있었다.

난바와 일행은 간단히 아침을 먹고 다시 차에 올랐다. 차는 오늘도 야마토 알프스의 깊은 산속을 달리기 시작했다.

길은 변함없이 꾸불꾸불 이어진 산기슭을 지나갔다. 어느 순간 삼나무 숲이 차에 스칠 듯했다가 어느 순간엔 올려다보기만 해도 거대한 암석이 더는 길이 없다는 듯 버티고 있었다. 길은 점차 좁아졌고 물소리도 들리지 않게 되었다. 기타야마강으로 흘러드는 지류를 따라 길은 올라가고 있었다.

이윽고 30분 정도 지나자 갑자기 앞이 확 트이면서 수십 호의 집과 완만히 흐르는 강물이 보였다. 기타야마강이다. 그러다가 길은 다시 기타야마강을 따라 올라가기 시작하는 거였다.

이 부락은 이케하라(池原)다. 일동은 차를 세우고 먼저 길을 따라 나란히 있는 여관에 들어가 숙박 장부를 조사했다. 사람들에게 류타로의 인상과 풍채를 말하며 기억의 여부를 물었다. 고구치에서 약 4리 되는 곳이다. 보통 걸음이면 약 4시간 이상 걸릴 거라 어림잡아 보았다.

그런데 곧 그들의 예상이 빗나간 것을 알았다. 이케하라 주민들은 그와 같은 풍채의 두 사람이 해가 중천에 떠 있을 때 말없이 길을 걸어가는 걸 보았다고 했다.

그 시간의 상세한 점에 관해선 난바가 우연히 얻은 사실에서 추정하여 부락민들의 말을 뒷받침했다.

이곳 이케하라에도 3등 우체국이 있다. 이 말을 들은 난바가 전보의 취급 여부를 물으러 갔더니 뜻밖에도 직원 한 명이 얼마 전에도 그런 걸 물으러 온 사람이 있었다고 했다. 이 말이 난바의 호기심을 자극하는 단서가 되었고, 그 일을 놓치지 않고 물어본 난바는 마침내 류타로와 비슷한 풍채의 남자가 그와 똑같이 전보 취급 여부를 물으러 왔다는 사실을 알았다.

사진을 보이자, 인상은 명확한 기억이 없지만 나이나 복장은 거의 틀림이 없다. 그리고 그 시각은 업무 중이라서 오후 4시 이전이었던 것은 분명하다고. 그래서 이 발견을 앞에 놓고 모두 다시 머리를 모았다. 이윽고 그들이 고구치의 여관을 떠나 기타야마강을 따라 샛길을 걷고 이곳 이케하라로 온 것이 틀림없다고 단정했다. 그 샛길은 험했고 거의 10리 반 정도 되는 거리였다.

그러나 그들이 이곳 이케하라에서 숙소를 얻지 않고 지나쳐 갔다는 사실은 왠지 행적을 좇는 난바 일행에게 일종의 의문을 품게 했다.

다음 부락은 가아이(河合)다. 거기까지는 약 50리나 되는 데다

가파르고 험준한 비탈길이었다. 낮에도 어두운 울창한 삼목들을 뚫고 나아가야 하고, 현기증이 날 정도로 힘든 계곡을 이루는 기타야마강 벼랑 위를 굽이굽이 가야 한다.

급박한 듯한 감정에 몰리면서도 그들은 다시 차에 올랐다. 차가 속력을 내기 시작하자 그들은 모두 말없이 그저 운전대만을 응시했다.

오른쪽은 바닥도 모를 만큼의 큰 계곡이 차 앞으로 나타났고, 당장이라도 타이어가 빠질 것처럼 보였다. 만일 빠진다면 정정한 삼목 가지만이 조용히 내다보이는 무서운 계곡 밑으로 차와 함께 떨어져 버릴 거다. 그래서 창 너머로 타이어만 바라보고 있다가 약간 커브를 틀면 이내 차바퀴가 잘못되거나 벼랑 끝을 벗어날 것 같아서 오른편에 앉은 형사를 조마조마하게 했다.

그리하여 정오가 되어서야 간신히 가아이에 도착하자, 일동은 그제야 비로소 안심한 듯한 얼굴로 마주 보았다. 1시간 남짓한 시간이었지만 정말 생명이 단축되는 기분을 일동은 맛보았다.

가아이는 이 가도에서도 큰 부락이었다. 관공서도 있고 경찰서도 있었다. 그러나 그들이 먼저 찾은 곳은 우체국이었다.

그곳에서는 난바도 전보를 받을 수가 있었다. 그 후의 경과를 전문(電文)으로 해서 사쿠라이 변호사는 세심하게 난바의 행선지로 타전해 두기로 한 약속을 지켰다.

그 전보는 너무나도 간단했다. 단지 '불명(不明)'이라고만 적혀 있었다. 그사이 경감과 형사들은 우체국 직원들에게 류타로의 사진을 보이고 이와세의 풍채와 용모를 말하는 등 열심히 그들의 기억을 묻고 있었다. 그리하여 마침내 이와세가 쓴 전보용지를 발견했다.

난바는 그 낡은 전보용지를 보고 바로 이와세의 필적임을 인정했다. 변함없이 딱딱한 활자체 글씨가 명백했기 때문이다.

그러나 난바와 모두의 주의를 끈 것은 오히려 발신된 날짜와 수신인, 그리고 내용이다.

10월 13일 오전 9시 ─이 날짜는 분명히 그들이 이 마을에서 숙박한 것을 말하고 있다. 그것을 알고 경감은 재빨리 형사들에게 그 내용을 전달하여 우선 여관을 상세히 조사할 것을 명령했다.

전보의 내용은 아주 간단했다.

팔렸으면 오늘 가겠음

─ 이와세

수신인은 오사카 도지마 이이다 주식거래소로 되어 있다. 그것을 보고 난바는 깊은 의혹에 빠졌다.

'팔렸으면'이라는 것은 주식이 틀림없다. 그러면 이와세의 이름으로 그들은 아직 거래를 계속하고 있는 것이 된다. 재산 모두를 지폐로 바꾸고 자기 소멸의 대도박을 한 거로 생각한 그의 추측은 틀린 것이 된다.

이 상상은 그의 마음에 뭔가 풀리지 않는 찌꺼기를 남겼다. 그는 그 뜻을 상세히 사쿠라이 변호사에게 타전해 조사할 것을 의뢰했다.

형사들의 수사는 이윽고 성과를 얻고 경감 앞에 다시 활자체의 이와세 다카오 글씨가 놓였다. 그것과 동시에 의외의 사실이 그들의 예감을 세차게 뒤흔들었다. 그들은 똑같이 얼굴을 마주하며 바짝 긴장했다.

그 무서운 사실, ─그것은 숙박 장부엔 이와세의 이름 하나밖에 없다는 사실이었다. 게다가 그 숙소 사람은 똑같이 입을 맞추어 그 남자는 12일 날 밤늦게 지친 몸을 하고서 찾아들어 온 손님이라고.

자세히 듣자, 옷은 흙과 이끼로 더러워지고 손과 얼굴도 마찬가지였는데 찰과상을 입은 것처럼 보였다고 한다.

일동은 말없이 다시 얼굴을 마주봤다.

무서운 현실이 마침내 이렇게 난바와 모두의 예감을 증명하려 하고 있다.

혼자서 묵은 이와세, 게다가 밤늦게 지쳐서 찾아들어온 이와세, 아아, 그는 왜 그렇게 흙과 이끼로 뒤범벅이 되었을까? 왜 그는 혼자가 된 걸까?

공범자 류타로는 대체 어떻게 되었는가? 그는 이와세와 헤어지고 그날 밤을 어디서 보냈는가?

여기서 필연적으로 생각되는 것은 막대한 재산의 행방과 참혹한 계획 범행을 태연히 저지른 그들 둘 사이에 당연히 일어날 수 있는 거래다.

그들이 차를 이용하지 않고 일부러 이런 산속까지 걸어온 것도, 둘 사이에 예기치 못한 거래의 문제가 있었던 게 아닐까? 게다가 그 험난한 암석으로 된 첩첩 산길을 힘들게 오른 두 사람 중, 만일 한 사람이 없어지면 그 막대한 재산은 남은 한 사람이 독차지하게 된다는 무서운 상상을 서로가 했음이 틀림없다.

다도코로 경감은 마침내 결의했다. 마을 사람들의 지원을 얻어 이 부근부터 이케하라에 걸쳐 계곡의 일제 수사를 감행하기로 했다.

그날 하루는 준비와 탐문 수사로 저물어갔다. 분서의 경찰 전화로 본부와 협의한 경감은 오사카 방면에 어쩌면 아직 숨어 있을지도 모를 이와세라 하는 남자의 수사 수배를 부탁했다. 경감이 범인을 오사카 방면으로 숨어들어 간 것으로 추정한 데는 전보 이외에, 그날 밤 요시노 방면에서 돌아온 이 마을 택시 운전사의 증언 때문이었다.

그 주인은 지난달 13일 아침, 그러한 풍채의 남자 한 명을 시모이치구치(下市口)까지 태우고 갔다고 했다. 날짜가 틀림없는 건 그의 영업일지로 명백했다. 13일 오전 9시라고까지 명료하게 기재되었기 때문이다.

이와세가 오사카로 전보를 친 목적은 두말할 나위 없이 이이다 거래소에서 얼마의 금액을 수취하려는 데 있을 것이다. 그런데 왜 그는 그토록 서두르지 않으면 안 되었을까? 거기에 맞추어 생각되는 것이 택시 운전사의 증언이다.

그가 시모이치구치로 간 것은 요시노철도를 이용하여 오사카로 간 것을 의미한다. 그러나 그것보다도 하루라도 빨리 돈을 손에 넣고 멀리 도망치려 한 것으로 추정된다.

그러나 난바의 마음은 조금도 밝아지지 않았다. 오히려 점점 앞길의 암담함을 예감하는 거였다.

그것은 먼저 이와세로 칭하는 남자의 신원이 전혀 불명인 점에 기인했다. 지금까지의 수사에선 가아이와 같은 산간벽지면 이러한 인상과 풍채인 남자라 하면 설령 한 달이 지나도 비교적 촌사람들은 기억하고 있어 수사에 별 어려움을 느끼지 않았다. 하지만 오사카와 같은 대도시로 잠입했다 치면 마치 지하에 숨은 것과 마찬가지여서 수사는 지극히 어려울 것으로 예상되기 때문이다.

하지만 아직 거래소 조사에 조금의 희망이 남아 있다. 만일 그가 13일 이후에 나타나서 돈을 찾아갔다고 하면, 그러고 나서부터라도 더듬어 나가면 의외로 그의 신원도 밝혀지지 않을까 하는 기대였다.

3

6일 새벽, 일어나 나온 일동은 무의식중에 얼음처럼 차가운 공기 속에서 하얀 숨을 내쉬었다.

하늘은 다시 비라도 내릴 모양으로 음울한 구름이 드리워지고 아직 어두운 자갈밭에는 하얗게 아침 안개가 떠돌고 있었다.

나무를 베고 숯을 굽는 걸 생업으로 하는 촌사람들은 이러한 수사에는 딱 적당할지도 모른다. 일동은 찬 공기 속에서 다도코로 경감의 지시를 기다리고, 몇 개 조로 갈라져 각각의 형사들에게 인솔되었다. 이케하라까지의 가도로 수사의 날개를 펼친 것이다.

난바가 담당한 장소는 젠키가와(前鬼川)강이라는 작은 계류가 기타야마가와강과 합류하는 부근이고, 히가시구마노 가도는 그 계류 위로 나무다리를 건너야 했다. 그 다리는 삼목으로 된 통나무였다. 껍질도 벗기지 않고 그대로 몇 자루를 쓰러뜨리고 그 위에 잔가지를 눕혀 바위 조각과 점토로 튼튼하게 굳게 해 놓은 것이다.

난바는 그 다리 위에 잠시 멈추어 서서 가벼운 한기를 느끼며 가만히 주위를 바라보았다.

그 부근은 특히 벼랑이 가까이 있고 당장이라도 쓰러질 것처럼 보였다. 그리고 다리 아래로는 수십 척이나 되는 바닥 쪽으로 젠키가와 강이 작게 흐르는 것이 보였다.

기타야마가와강은 다리 앞에서 젠키가와강의 물을 모아 장엄한 폭포를 만들어 내고 있었다. 바위에서 바위로 비약하며 매우 급하게 흐르는 여울의 하얀 물보라조차 안개처럼 보였다.

그 울려 퍼지는 물소리는 당장이라도 눈앞의 올려다볼 만큼 거대한 암반이 무너진 게 아닌가 하는 착각조차 일으켰다.

그런데 그보다 더 난바를 겁나게 한 것은 젠키가와 강 계곡이었다. 마치 거대한 바위가 우뚝 솟은 산을 톱으로 둘로 나눈 것처럼 날카롭게 깊이 파인 협곡이 이름 모를 잡초와 양치류로 뒤덮이고 끝도 없이 깊은 산속을 헤치며 들어가 있었다.

난바는 다시 한번 몸서리를 쳤다. 그리고 어떻게 할지 생각했다.

우러러보면 하늘은 점점 좁아져 어둡다. 설령 해가 빛나고 푸른 하늘이 이 협곡 사이로 비쳐 든다 해도 과연 이 계곡 바닥까지 그 빛이 닿을 수 있을까? 그리고 지금까지 한 번도 사람의 발자국을 모르는 바위와 바위와의 틈새로 돋아난 음지 식물류는 그러한 햇빛의 혜택을 받은 적이 있을까?

난바는 또다시 그들 잡초의 풀 속에서 서식하는 동물의 모습을 상상했다. 그리고 여전히 그의 마음을 겁쟁이로 만들었다.

마을 사람들은 벌써 내려갈 준비를 하였다. 그들은 지극히 평범하게 바위 표면을 붙잡고 내려가려고 했다.

난바는 할 수 없이 마을 사람들과 함께 밧줄에 매달려 이 공포의 계곡 밑으로 내려갈 결심을 해야 했다.

그러나 내려와서 보니 계곡 바닥은 의외로 넓었다. 손도끼로 깎은 듯 날카롭게 서 있는 바위 틈새로는 이름 모를 풀이 수줍은 양 잎사귀를 내밀었고, 이끼로 미끈거리는 바위 면에 마치 사람의 신경처럼 가늘게 뿌리를 뻗친 담쟁이덩굴 같은 덩굴풀이 손에 닿자 생각지도 않은 곳에서 양치류가 바스락거리는 소리가 났다.

잠시 살피는 사이에, 난바는 수면에서 십수 척이나 떨어져 있는 곳의 이끼와 양치류가 진흙 범벅이 되어 있는 걸 발견했다. 더욱 주의해서 살펴보니 바위 표면에도 그러한 흙탕물의 흔적이 남아 있었다. 거기서 처음 난바는 일주일 전의 그 무서운 강우량을 동반한 태풍을 떠올린 거였다.

마을 사람들도 그것을 금방 인정했다. 그리고 그때의 증수가 얼마나 격렬했는지, 물살이 너무나 맹렬해서 거대한 암석도 작은 돌멩이처럼 쉽게 떠내려갔다고 했다.

이 발견은 이러한 수사 앞에 큰 암초를 만들어냈다. 만일 류타로가 이 협곡에서 살해되었다고 해도 시체가 홍수로 떠내려갔다면, 그 시체의 발견은 거의 불가능하기 때문이다.

그러나 수사의 범위도 점점 좁혀지고 시각도 정오가 가까워지자, 난바의 그러한 걱정은 기우에 지나지 않았음이 밝혀졌다.

드디어 시체가 발견된 것이다. 게다가 그 시체는 맨 처음 난바가 멈춰 섰던 다리 옆— 좁게 바위를 깎아 만든 작은 길—에서 젠키강을 따라 100미터나 올라간 곳에 있는 3평 정도의 동굴 내부에서 발견되었다.

난바는 그것을 전혀 알아차리지 못했지만, 다리 옆에 계곡 아래로 내려가는 작은 길이 있고, 그 강을 따라 올라가면 저 야마토 알프스 연봉의 하나인 다이니치가다케(大日岳) 정상에 도달한다고 발견자가 진술했다.

오후 1시, 마을 관공서 사람들과 다도코로 경감, 난바의 일행에 의해 시신의 검시가 이루어졌다.

그곳은 이케하라에서 약 10리, 가아이에서는 40리 남짓한 지점이다. 그래서 오후 3시에 이케하라를 지나간 거라면 이 합류점으로 그들이 도착한 것은 충분히 4시를 넘겼음이 틀림없다.

그것을 생각하면서 일행은 위험한 벼랑의 중간에 깎아 만들어진 작은 길을 더듬어 걸었다.

동굴은 천연 암석이 파여 생긴 것 같고, 암반의 취약한 부분이 오랫동안 풍우의 침식으로 텅 빈 거대한 입을 벌린 것처럼, 작은 길에서 좀 올라가는 위에 있었다.

시체는 한 달 남짓 경과했는데, 산의 찬 공기에 둘러싸여 있던 탓인지 그다지 사체 현상은 진행되지 않았다.

그래도 얼굴 모습은 꽤 손상되어 사진과는 아주 달라 보였다. 다만 입고 있는 양복이 감색 능직의 춘추복으로 틀림없이 류타로라 여겨졌다.

"사인이 뭘까요?"

경감이 의논하듯 난바를 돌아보자, 그도 고개를 갸우뚱했다.

"모르겠습니다. 교살 흔적은 없고 상처 자국도 없으니 손으로 목을 졸라 죽인 것은 아닌 거 같고, 혹시 뭔가 독극물이라도 사용한 것은 아닌지……."

마을 공무원들과 함께 온 마을 의사도 이러한 시체를 입회하는 것은 처음인 양 전혀 모르겠다며 손을 들었다.

그만큼이나 시체 상태로는 외력의 흔적이 확인되지 않았다. 태연스레 마치 자는 듯 동굴의 안쪽으로 머리를 향하고 반듯이 누워서 죽어 있었다.

옷은 더러웠고 검은색 구두는 진흙과 먼지로 하얗게 되어 있었다. 그렇지만 조끼나 와이셔츠, 또한 옆에 놓인 하늘색 중절모에도 무엇 하나 의심할 만한 부자연스러운 점은 없었다.

"독이라 해도 아주 급격한 고통은 적었겠지요……."

경감이 다시 말했다. 그리고 난바를 도와서 시체의 옷 각 호주머니를 더듬었다.

그러나 나온 것은 한 통의 편지뿐이었다. 그 외에는 한 장의 휴지조차 나오지 않았다.

편지에 쓰인 필적은 난바 일동에게는 잊으려고 해도 잊을 수 없는 그 활자체인 이와세의 글자였다.

봉하지 않은 편지 봉투를 열어 보자, 그 안에는 종이 한 장이 접혀 있었다. 종이를 펼치자 연필로 쓴 독특한 글체가 눈에 들어왔다.

이 시체 발견자에게 부탁드립니다.

이 남자는 가엾은 자올시다.

이름도 없고 친척도 없는 남자이오니 마을의 연고 없는 묘지에라도 묻어 주십시오.

얼마 안 되는 부의금을 넣어 두니 잘 부탁드립니다.

총총.

— 이름도 없는 남자의 친구, 이름 없는 남자가 적다.

날짜는 적혀 있지 않았다. 그리고 10엔 지폐가 한 장, 다른 종이에 싸여 있었다.

그러나 난바는 그것보다 더 중요한 것을 발견했다. 류타로라 여겨지는 그 시체의 양손 모두, 손가락 끝의 피부가 말끔히 벗겨져 있었다.

양손 모두 굳게 움켜쥐고 있었기에 그것까지 알아차리진 못했는데, 확인을 하기 위해 하나씩 손가락을 펴 본 난바에 의해 무서운 범죄자의 의도를 명백히 알 수 있었다.

이름도 없는 남자는 영구히 이름 없는 남자로 끝나야 한다는 범인의 의지, 그것을 난바에게도 경감에게도 분명히 알린 셈이다.

"그러면 류타로의 신원은 역시 전과자였던 걸까요."

경감이 낮은 어조로 말했다.

영원히 태양을 받을 수 없는 습한 동굴 안에서 손가락 지문마저 벗겨지고 이름도 없는 남자로 살해된 자, 그 시신을 둘러싸고 자못 참담한 얼굴로 잔인하게 살해한 범인의 의도에 새삼스러운 듯 전율하는 사람들……그의 모든 것을 에워싼 동굴 안은 점점 어둡게 그 속에서 배어 나오는 것인지, 아니면 앞의 깊은 계곡 바닥에서 솟아오르는 것인지…… 눈에도 보이지 않는 요기가 단단히 서려 하늘은 점점 암담하게 검은빛을 띠었다. 마침내 정상조차 보이지 않는 암벽 기슭부터 안개가 끼더니 차차 주위의 바위와 이름 모를 잡초를 모두 감싸고 안개처럼 흐리게 비가 내렸다.

시체를 마을 관공서로 옮기고, 수사 본부로도 급보로 알렸다. 모든 일을 끝내고 간신히 숙소로 돌아온 다도코로 경감은 녹초가 되었다. 볼은 더욱 야위고 눈도 심하게 움푹 들어가 보였다.

"저는 내일 돌아가겠습니다."

갑자기 난바가 말을 꺼냈다.

"내일 부검하겠지요? 그런데 저는 먼저 오사카로 돌아가겠습니다. 그리고 사쿠라이 군과도 협의해 보고, 경찰 쪽과는 별개로 이와세의 추적을 계속해 보고 싶습니다. 그러니 결과만은 꼭 알려주십시오. 되도록 상세하게……"

경감은 뭔지 모를 허전한 느낌이 들면서 이 말을 듣고 있었다. 그리고 난바의 제의를 유쾌하게 승낙했다.

"여러 가지로 감사드립니다. 난바 씨, 다시 가까운 시일에 꼭한 번 천천히 만나서 이번 사건의 회고라도 나누고 싶습니다."

"하하하. 정말 그리했으면 좋겠습니다."

난바도 쓸쓸히 웃었지만, 과연 가까운 시일에 두 사람은 다시 사건을 해결하고 만날 수 있을까? 난바에게도 지금으로서는 예측할 수 없는 깊은 의문이었다.

제7장

제3의 참극

1

　7일 아침 8시, 숙소를 나온 난바는 기타야마강과 요시노강의 분수령을 이루는 오바미네토게 고개를 넘어 오른쪽에 오다이가 하라산과 왼쪽에 오미네산을 바라보면서 요시노강 계곡을 따라 내려가다가 어떨 때는 꼬불꼬불한 비탈길을 꺾기 어려워 자동차를 뒤로 후진하다가 올라가 보기도 하고, 어떨 때는 가파르고 험준한 비탈을 미끄러지듯이 내려오다 눈앞에 찢어진 큰 입을 벌린 협곡에 간담이 서늘해지기도 하면서 150리 남짓의 산길을 달려 요시노 카미이치정(吉野上市町)에 도착했을 때는 벌써 11시 반이 넘어서였다.

　요시노철도 가미이치구치역(上市口驛)발 전철은 이렇게 하여 난바를 곧장 오사카로 가게 했는데, 차창에서 구름 속에 겹쳐지는 야마토 연봉을 올려다보는 난바의 마음에는 뭐랄까 표현하기 어려운 애석함이 들끓었다. 그리고 난초(南朝)*의 역사로 유명한 요시노산(吉野山)을 넘고, 맞은편에 우뚝 솟은 산조가다케와 다이니치다케, 또한 오다이가하라산의 험준한 봉우리에 둘러싸여서 지금도 류타로라 하는 남자의 시체를 에워싸고 있을 사람들을 떠올렸다.

오후 2시, 난바는 간신히 사쿠라이 변호사 사무실에 도착할 수 있었다.

사쿠라이는 사오일 간에 갑자기 여윈 듯한 난바를 맞이하자, 먼저 노고를 위로하고 나서 재빨리 오사카에서의 수사 진척 상황에 관해 얘기했다.

"아직 알 수가 없네. 대충은 전에도 얘기한 대로 어제 전보에 있던 도지마의 거래소 말인데……거기서도 아무 짚이는 데가 없는 모양인 것 같고 어제부터는 오사카의 경찰부에서도 본격적으로 덤벼들어 찾기 시작했는데 역시 허사였네. 이와세라는 놈……물론 본명은 아니겠지만 아주 머리가 좋은 놈일세. 그러니 지금까지 찾지 못하고 있지. 완전히 나의 패배일세."

사쿠라이 변호사는 유감스러운 듯 의자에서 굵은 다리를 꼬고 앉았다. 그가 말하는 사실은 다음과 같았다.

1일 서둘러 오사카로 돌아온 사쿠라이는 우선 MI 은행 도지마 지점을 방문해 류타로의 거래 상태와 신용 정도를 문의했다. 우연히 들은 것에서부터 어음 발행과 증권의 담보 건을 알고는 깜짝 놀랐고, 집으로 돌아와서 유키코에게 이자의 독촉장을 받

---

* 일본 남북조시대 요시노에 있던 조정.

아보고 마침내 교묘한 류타로의 재산 탈취 수법을 알게 된 것은 난바도 이미 알고 있는 바였다.

그렇지만 사쿠라이는 그것에 이어 MI 은행으로 올해 말 기한인 거액의 어음을 가지고 와서 할인어음을 부탁한 이와세의 인상과 풍채를 물어본 것에서부터, 거액의 부채 채권자를 찾아가 그 채권을 위양한 남자가 역시 이와세였기에, 마찬가지로 그 남자의 인상을 물은 결과를 이야기했다.

그 결과는 양쪽 다 이와세라 하고 나타난 남자는 류타로의 인상과 일치했다.

원래 류타로가 거래하던 곳은 도지마 지점이었기에 이 지점 말고 각지의 지점에서는 전혀 류타로의 인상을 알지 못했다. 그래서 류타로가 이와세라 하고 할인어음을 의뢰하러 간 같은 은행 구조 지점(九条支店)에서는 류타로의 얼굴을 이와세로 기억하고 있었다. 게다가 구조 지점의 행원들은 류타로가 이와세라 하고 은행을 출입하게 되고 나서 적어도 네다섯 번은 왔었다고 한다.

채권 위양을 받은 한난금융주식회사(阪南金融株式會社)의 사원 역시도 류타로를 이와세라 믿고 거래한 것은 물론이다.

"그래서 나는 이번에는 주식을 매매한 사람은 모조리 조사해 보았지. 그랬더니 이와세의 이름으로 거래한 지점은 자네의 전보에도 있었던 도지마의 이이다 거래점 한 곳밖에 없다는 걸 알았네. 그래서 그 거래점에 자세히 물어보니 인상과 풍채 등은 류타로와 한 점의 차이도 없었네. 게다가 사진까지 보였더니 분명히 이 사람이었다고 하는 증언까지 얻었네."

사쿠라이는 류타로가 일인이역을 연기한 교묘한 기초 공작을 해부한 거였다.

"그럼 오사카에서는 한 번도 이와세라 하는 공범자는 모습을 보이지 않은 거로군."

난바는 자신도 모르게 상반신을 의자 위에서 일으켰다.

"그렇군. 그러니까 오사카에서는 이와세 다카오는 결국 후나토미 류타로의 별명인 거군."

사쿠라이도 수긍했고, 그다음 이상한 사실을 말하며 난바를 놀라게 했다. 그것은 난바가 오사카에서의 이와세라 하는 범인의 유일한 단서로 여겼던 이이다 거래점으로 온 전보 한 건이 그의 교묘한 위장에 지나지 않았다는 점이었다.

"그러면, 이이다 거래점은 지난달 8일 이후로 일체 거래가 없다는 건가?"

"그렇지."

"그럼 전보의 의미는?"

"전혀 의미가 없다고 하네. 팔려도 어떤 주식을 팔든 증거금도 8일에 많이 올랐고, 한 푼도 남아 있지 않아 저희 지점은 취급할 방법이 없어 오시길 기다리고 있었는데 오시지 않아서 그대로 두었다는 말인데, 알아보려고 해도 알아볼 방법이 없다는……."

"그럼 왜 이와세는 전보를 친 걸까?"

난바는 갑자기 절벽 끝에서 떨어진 듯한 실망감을 느끼며 생각에 잠겼다.

생각되는 건 그저 끝도 없는 공범자의 교묘한 트릭과 위장이었다.

"그 지점이었던 건가? 류타로가 10만 엔을 15만 엔으로 불린 게?"

"음, 맞네."

"MI 은행과의 거래는?"

"구조 지점에선 마찬가지로 8일에 모든 예금을 인출했다네."

"대체 50만 엔이라 하면 100엔 지폐 정도로 어느 만큼의 부피일까?"

난바는 깊이 생각하는 듯한 눈을 쳐들며 사쿠라이를 쳐다봤다. 그러나 그는 조용히 반박했다.

"글쎄……. 그런데 그놈들은 전부 현금으로 가지고 갔을까?"

그것은 큰 의문이었다. 어쩌면 다른 이름으로 각 은행에 맡겼을지도 모른다. 게다가 류타로가 살해된 지금으로서는 그것들은 모두 본명도 나이도 정확한 인상도 알지 못하는 공범자에게 옮겨진 것으로 생각하지 않으면 안 되었다.

"지금 내겐 의문이 두 가지 있네."

갑자기 난바가 말을 꺼냈다.

"우선 첫째는 류타로의 일인이역이야. 어째서 류타로는 자기 것이 될 재산을 그렇게까지 해서 이와세의 명의로 바꾸지 않으면 안 되었던 것일까 하는 점. 생각해 보게, 류타로가 어음을 발행하거나 돈을 빌리거나 할 수 있었던 것도 후나토미가의 실권을 전부 쥐고 있었기에 가능했던 거겠지. 그렇다면 이자를 미리 지급하고 어음을 할인받든가, 증권을 담보로 해서 빌리든가, 아니면 집을 저당 잡히고서 이자를 지불하면 되는데, 그런 쓸데없는 일을 할 필요가 조금도 없지 않은가."

"맞네. 나도 그 점을 생각하고 있었네."

사쿠라이도 동의했다.

"두 번째 의문은 말일세."

다시 난바가 말했다.

"공범자와 류타로와의 관계야. 어떤 관계로 두 사람이 결탁해서 계획을 완성한 것일까?"

그 사이 차츰 난바의 표정이 점점 어두워져 갔다. 추리의 정체가 그의 마음에 어두운 그림자를 드리우기 시작한 것이다.

"요컨대 나는 그들이 모든 계획을 완료하고 완전히 도주하기까지는 상당한 시일이 필요하다고 간주했기 때문일 거로 생각하는데."

사쿠라이 변호사는 다시 곤혹스러운 듯 턱의 군살을 쓰다듬자, 난바도 우울한 듯이 수긍하는 거였다.

"그걸세. 첫 번째 의문에 대한 답은, 물론 그 하나밖에 없네. ……류타로의 사망을 인정하게 하기 위해서는, 그 범행이 발견된 직후 후나토미가의 재산이 무일푼인 걸 알면 안 되었던 거였지. 누구든 시라하마 온천으로 요양간 류타로가 주식 실패도 하지 않았는데, 그 전날에 거의 전 재산에 가까운 돈을 서둘러 인출했다는 걸 알면 일단은 왜지 하고 그 이유를 의심할 테고, 또한 경찰 당국도 시체가 발견되지 않은 류타로가 그런 짓을 한 걸 알면, 금방 그렇게 기막히게 속아 넘어가진 않았을 테니까. 그런데 그것만으론 아직 풀리지 않은 의문이 있네. 즉 나눗셈을 한 다음 남을 리가 없는 나머지가 남을 때와 같은 기분……이해하겠나? 그것이 도무지 내 머릿속에서 사라지지 않아."

이런 이해 안 되는 느낌을 어쩌면 육감이라고 하는 걸까? 난바는 그것을 입으로 표현할 수는 없었지만, 단지 사쿠라이가 말한 이유만으로 이와세의 일인이역을 설명하는 것에 만족스럽지 못했다.

4시가 되자, 가아이에서 다도코로 경감의 전보가 도착했다. 류타로가 살해된 장소 상태 등을 대강 들은 난바는 몹시 기다렸다는 듯 전보문을 펴보았다. 거기엔 그가 예상한 대로 류타로의 사인과 추정 나이, 체격의 특징 등이 기재되었다.

읽고 난 난바는 사쿠라이에게 보였다.

"아, 사인이 청산(青酸)이었다고?"

사쿠라이는 잠시 보고 있다가, 엉겁결에 소리를 높였다.

전보에는 다음과 같이 적혀 있었던 거다.

오후 2시 사망, 사인 청산 중독, 나이 쉰가량으로 골격 좋고, 신장 162센티미터, 병변 없음. 오른쪽 손바닥에 3센티미터 정도의 상처 있음, 생전의 것, 지문은 사후 벗겨진 것 같음. 그 밖의 특징 없음.

"그랬군. 그런데 어떻게 류타로에게 청산가리를 먹였을까?"

다시 난바는 묵상에 잠겼다.

"죽이고 나서 소지품을 모두 빼앗고 지문까지 벗겼다는 건, 범인이 분명 류타로의 신원이 밝혀지는 걸 두려워했다는 증거네. 물론 류타로의 신원이 전과자이고 지문을 조회해 보면 금방 판명되겠지만, 그렇다 하더라도 이와세라 하는 놈, 무서우리만치 잔머리가 잘 돌아가는 놈이군……."

사쿠라이도 새삼 기가 막혔다.

그렇지만 난바는 여전히 깊은 생각에 잠겼다. 그것은 어떻게 해서 류타로가 청산을 먹게 됐을까 하는 거였다.

다 아는 바와 같이 청산은 맹렬한 혈액 독이고, 삼키면 몇 분만에 호흡 중추를 마비시켜 죽음에 이르게 한다. 청산은 또한 그 특유한 냄새 때문에 쉽게 타살에 이용되지 않는 결점이 있다. 예로부터 청산 중독으로 죽은 사람은 많지만, 그것도 대부분은 자살의 경우이지 타살은 극히 드물었다.

그러나 난바의 이런 의문은 중독이라는 보고만으로 내린 너무나도 경솔한 판단이었다. 주사를 맞은 것일 수도 있기에. 잠시 있다가 난바는 이런 착오를 알아차린 걸까. 그만 쓴웃음을 지었다.

사쿠라이 변호사는 그러한 난바의 쓴웃음을 알지 못하고, 방금 배달된 편지를 다 읽고 나자 난바에게 보였다.

"스사 군한테서 온 거네.……도쿄에서 보내온 거야. 어제 아침도 인사하러 왔었는데, 이제 곧 유키코 씨와 결혼식을 올리게 되었네. 칭찬할 만한 청년이야. 재산 한 푼 없어도 약속한 일은 지켜야 하니까 다음 달 조속히 식을 올리고 싶다고, 내게 중매의 수고스러움을 맡아 주었으면 하는데 어떠냐고 부탁하러 왔네. 물론 바로 승낙해 주었지. 정식 예식은 늦추더라도 하루라도 빨리 저 적막한 후나토미가로 들어가겠다면서 우선 유키코 씨가 가엾다고."

"그것참, 기쁜 소식이군. 그럼 그 준비로 도쿄로 돌아가 있는 거군⋯⋯."

난바도 기뻐하면서 스사한테서 온 편지를 손에 들었다. 그 순간 탁상 전화벨이 요란하게 울렸다. 사쿠라이가 수화기를 귀에 댔는데, 이 순간부터 그들 두 사람은 다시 무서운 참극에 당면해야 했다. 예상도 하지 못했던 잔인한 사건이, 이 전화 한 통으로 두 사람에게 전달되었다.

난바는 놀라서 자신도 모르게 편지를 그대로 탁상 위에 놓고, 이상하게 흥분한 상태의 사쿠라이의 어조 높은 목소리에 귀를 기울였다. 사쿠라이의 표정은 일순간에 무섭게 변하고, 그 혈기 좋던 볼에는 진땀이 흘러내리며 눈동자는 심한 공포를 띠었다. 그러나 그보다 난바가 더욱 놀란 것은 그 전화 내용이었다.

전화를 끊자 사쿠라이 변호사는 억제하는 목소리로 말했다.

"어떻게 하지? 갈 텐가⋯⋯?"

"음! 근데 누가 살해된 건가?"

"후나토미가의 마지막 한 사람."

"유키코 씨 말인가?"

"⋯⋯."

대답이 없었다. 사쿠라이는 말없이 고개만 끄덕여 보였다.

난바의 흉중에는 이루 말할 수 없는 분노가 끓어올랐다. 그것은 아직 정체를 알 수 없는 후나토미가 부부의 살육자, 게다가 재산까지 강탈해 간 그 살인마에 대한 격노와 저주의 표출이었다.

그러나 사쿠라이 변호사를 더 망연하게 한 것은 너무나도 기이한 운명의 장난이라고도 할 수 있는 사건의 의뢰자였다.

"그런데 누군가? 지금 전화는……."

"그것이 이상하군……."

사쿠라이가 자못 침통한 표정으로 난바의 긴장된 얼굴을 바라봤다.

"다키자와가네. 다키자와 군의 형이 또다시 동생의 혐의에 대해서 의뢰해 온 거네."

"음? 그럼 혐의자가 벌써 드러났단 말인가?"

"……."

사쿠라이가 고개를 끄덕였다.

"그것이 다키자와 쓰네오 군이라는?"

"그렇다네."

난바는 잠시 어안이 벙벙해서 사쿠라이의 얼굴을 바라봤다. 이 무슨 희한한 인연인가. 원래 두 사람이 후나토미가의 사건을 맡게 된 것도 사쿠라이 변호사가 다키자와가의 의뢰를 받고서였다. 그러나 그것도 지금으로선 일단 목적도 관철되고 다키자와도 무사히 석방되어 변호사로서의 책무는 다했다. 그런데 지금 여전히 둘이서 진범 탐색의 손을 늦추려고 하지 않았던 것은,

난바의 불타는 탐구욕과 사쿠라이의 열렬한 정의감 때문이다.

그런데 그 와중에 다시 발생한 후나토미가의 참극이 기묘하게도 재차 혐의를 다키자와 쓰네오에게 두고, 다시 한번 사쿠라이 변호사와 난바 기이치로의 도움이 필요해서 걸려온 전화였기에 그들이 놀라는 것은 당연했다. 그래서 그 전화를 다키자와의 형 게이이치로에게서 받은 사쿠라이는 망연해하며 잠시 자신의 귀를 의심했을 정도였다.

그리하여 차를 대기시키고 두 사람이 도지마빌딩 사무소를 나왔을 때 두 사람의 흉중을 오고간 것은, 잠시 면죄를 받고 집으로 돌아온 다키자와가 일주일도 채 되지 않아서 왜 다시 검거되어야만 했는지 그 혐의의 원인이었다. 두 사람은 다시 우연히도 거기에 후나토미가에 얽힌 좋지 않은 전설을 떠올렸다.

상속자인 딸이 두 번 남자를 맞이했을 때는 그 대에서 몰락한다. 그리고 그것을 알고 왕래한 친척은 반드시 불행에 직면한다……. 이번 사건은 그것을 여실히 말해 주고 있었다.

2

두 사람은 차를 우선 관할서인 고즈 경찰서에 댔다.

원래 항소법원 검사이고, 지금은 형사 변호인으로 천하에 두뇌가 명석하단 소리를 듣는 사쿠라이는 난바와 마찬가지로 이곳 서원들과도 상당한 안면이 있었다. 그래서 그들은 신속히 동

경찰서 누상에 모인 수사 수뇌부들로부터 사건의 내용을 상세히 들을 수가 있었다. 그 내용은 이러했다.

후나토미가는 미나미구 고즈하치반정의 도톤보리강(道頓堀川)에서 가늘게 남북 방향으로 파인 고즈이리호리강(高津入堀川) 부근에 있었다. 보통 오사카의 구 시내는 옛날부터 종횡으로 좁은 수로가 파여 있고 중앙부를 관류하는 요도강(淀川)의 물을 끌어들이고, 작은 배 하나만 있으면 아지강(安治川)에서나 기즈강(木津川)에서도, 또한 도톤보리강에서도 자유로이 왕래할 수 있었다. 이 고즈이리호리강도 그러한 옆 수로의 하나이고, 고즈정(高津町)을 남북으로 흐르고 있었다.

물론 강이라 해도 물은 도시 오물로 악취를 내는 개천이나 거의 다름없었다. 그런데 후나토미가는 이런 강을 앞에 두고, 일고여덟 채가 나란히 있는 동네 남쪽 끝의 오래된 집이었다.

그리고 사건이 발견된 것은 오늘 아침……11월 7일 9시경이고, 발견자는 매일 아침 이 집에 오는 채소 장수였다. 채소 장수는 쉰이 넘은 목눌한 자로, 오늘 아침도 수년간의 습관대로 수레를 끌고 이 집을 찾아와 평상시대로 입구 문을 열고 안에다 대고 소리쳤다. 그런데 평소 같았으면 바로 소리를 듣고 나왔을 식모가 오늘은 몇 번을 불러도 대답은커녕 나오지도 않았다.

빈집이 아니라는 건 출입문이 열려 있어 알 수 있었으나 불러도 아무런 대답이 없는 게 이상해서 채소 장수는 부엌까지 들어가 보았다. 두 평 반가량의 어두운 부엌방에는 평상복 차림의 식모가 쓰러져 있었다. 문 입구에서 흘러 들어오는 약한 빛이 머리에 수건을 휘감은 그녀를 비추고 있었다.

식모가 살해되었음은 입에 밀어 넣은 수건 같은 천을 보는 것만으로도 충분했다. 놀라고 당황한 채소 장수는 재빨리 인근 사람들을 불러 모았고, 경찰에도 속히 알려 담당관 일동이 나와 현장 조사를 하였다.

속보를 받은 고즈서의 서장을 비롯한 사법 주임과 형사들은 오사카 경찰부로도 속히 알리고 나서 급거 차를 몰아 후나토미가로 왔다. 그들은 잠시 후 황급히 달려온 형사 과장과 강력범 계장, 감식과 사람들과 힘을 모으고, 신중히 현장 검색을 개시했다. 그리고 지방재판소 일행이 도착했을 때, 이 집 2층에서도 식모와 똑같이 평상복 차림으로 교살된 딸 유키코를 발견했다.

재판의는 익숙한 손놀림으로 두 피해자를 검시(檢屍)했는데, 사인은 누가 봐도 명백히 목이 졸린 질식사여서 두 사람 모두 안면이 부어 있고 혀는 깨물려진 상태로 눈꺼풀엔 무수한 출혈점이 보였다.

식모가 살해된 곳은 두 평 반가량 되는 부엌이었고, 딸은 2층의 서쪽으로 나 있는 세 평짜리 방이었다. 두 사람 모두 평상복 차림으로, 이부자리는 깔려 있었지만 누운 흔적은 보이지 않았다. 즉 두 사람은 자려고 하여, 딸은 2층 안쪽 두 평 반짜리 다다미방에, 식모는 현관의 한 평 반짜리 다다미방에 잠자리를 깔아 놓은 채로, 잠옷으로 갈아입기 전에 모두 그 옆방에서 살해된 것이다.

유키코가 살해된 세 평 방에는 서쪽으로 나 있는 창가에 책상이 있고 여성스러운 물건들로 장식되었다. 그 옆에 꽤 큰 거울이 다홍 천으로 덮여 있다. 벽에는 성모 마리아의 반신상을 조각한 석고가 벽에 걸렸고, 그 아래에 귀여운 이치마쓰 인형(市松人形)*을 앉혀 놓은 서랍장이 하나, 그 옆에는 작은 책장이 있어 책이 몇 권 꽂혀 있었다. 그러한 아늑한 방에서 그녀는 책상 앞에 엎드려 죽어 있었던 거였다.

그 방에서 먼저 담당관의 눈에 보인 것은 그녀의 시체 옆에 있던 화로였다. 이미 재가 된 숯불 주위에 여기저기 피다 만 담배가 담당관의 의심을 샀다.

담배꽁초로 그것이 곧 배트 담배**임을 알았다. 그리고 책상 앞에는 그녀의 시체 밑에 방석 외에 또 하나의 방석이 깔려 있어 간밤에 손님이 있었다는 것을 상상하게 했다.

피해자 유키코가 피운 담배가 아니라는 것은 금방 증명되었다. 담배꽁초들에는 일정한 자국이 나 있고 담배에 입을 댄 곳이 똑같이 씹어 으깨져 있었기 때문이다. 또한 유키코의 구강을 맡아 본 재판의가 배트 특유의 냄새가 없음을 단언한 것으로도 명백했다.

간밤에 손님이 있었다는 것은 더욱이 부엌에 나와 있는 사발 그릇으로도 증명되었다. 게다가 우동집 배달원이 어젯밤 9시경 메밀국수 한 그릇을 주문 받고서 가지고 왔는데 분명하게 남자

* 옷을 갈아입히는 인형.
** 1930년대에 피웠던 담배의 종류인 박쥐 담배.

목소리가 들렸다고 진술한 것이다.

그 사발 그릇 뚜껑에는 명료한 지문이 남아 있어 감식계원은 왼손의 거의 완전한 지문을 채취할 수가 있었다.

수사 수뇌부는 곧 이 범행을 피해자들과 상당한 면식이 있는 남자의 범죄로 추정했다. 그리고 딸의 표정에 조금도 공포의 느낌이 드러나 있지 않은 점, 식모도 또한 놀람의 빛이 약간 보이는 정도인 점, 두 사람 모두 그다지 저항한 기미가 없는 점, 2층과 아래층에서 각각 살해되었지만, 양쪽 방 모두 아무것도 어지럽혀져 있지 않았다는 점, 폭행당한 흔적도 없고 도난당한 흔적도 발견되지 않은 점 등으로, 범인은 피해자들과 매우 친분이 있는 자로 추정되었다. 이것만 밝혀지면 이제 뒷일은 후나토미가와 왕래가 있던 사람들을 조사하면 되었다. 그리고 그것도 이웃 사람에게 물어볼 것까지도 없이, 이 앞의 시라나미소 사건을 아는 형사과 직원들에게는 바로 얼마 전 석방되어 자택으로 돌아와 있는 다키자와 쓰네오의 모습이 떠올랐다.

다키자와 쓰네오가 후나토미가와 어떤 관계에 있었는가는 강력범 계장 유게 경감도 상세히 알고 있었다. 그래서 이들 사실이 선명해질 것으로 알고, 그는 속히 부하 몇 명을 데리고 스미요시구 쇼와정에 있는 다키자와의 집을 덮쳐 다키자와를 강제로 연행했다. 그리고 엄중히 간밤의 행동을 추궁했다.

다키자와는 지난달 무서운 죄명을 뒤집어쓰고 수감되고 나서는 다니던 회사에도 사직서를 내고, 석방된 오늘까지 형의 집에서 조용히 근신하고 있었다. 그러나 그런 그가 간밤에 외출한 것이다. 게다가 그는 맨 처음에 간밤의 행동을 추궁당할 때는 외출하지 않았다고 부정하고, 다음에는 영화를 보러 갔다고 했으며, 세 번째 추궁당할 때는 마침내 후나토미가를 찾아갔다고 진술한 것이었다.

그가 외출한 이유는 형 게이이치로도, 형수 스미코도 몰랐다. 다키자와의 일이라면 가장 많이 신경을 쓰는 노모(老母)도 아들이 바람 쏘일 겸 도톤보리를 걷고 오겠다며 7시경 집을 나간 것을 알고 있었지만, 설마 후나토미가를 찾아갔으리라고는 꿈에도 생각지 못했다.

다키자와가 귀가한 시간은 11시경이라고 했다. 지난달 생각지도 않은 구류에서 기소를 당하는 심한 정신적 타격을 받은 다키자와는 부모의 눈에도 가련할 만큼 안쓰러웠다. 그래서 돌아오고 나서도 바깥소문이 안 좋아 외출도 하지 않던 다키자와가 오래간만에 기분 전환하러 밖을 나간 것을 다행스레 여겼다. 귀가가 늦는 것도 대수롭지 않게 생각했다. 그래서 이번에 경찰에 연행된 이유가 유키코의 살인 혐의 때문이라는 것을 알자 가족은 모두 누명이라고 주장했다. 하지만 다키자와가 그렇게나 가선 안 된다고 했던 후나토미가에 간 걸 알게 되자, 그들은 곧 함묵해 버렸다. 그리고 서로 얼굴을 마주하며 망연히 한숨만 내쉴 뿐이었다.

오후 2시가 되어 다키자와의 지문이 우동 그릇에 남아 있는 것과 일치하다는 결과가 나왔다. 그리고 그가 배트 담배를 상용하고, 이야기가 한창일 때 자주 담배를 피우고, 초조하면 담배에 입을 댄 곳을 씹어 으깬 것으로도 분명해졌다. 그것과 함께 그의 혈액형이 AB형이고 담배의 입을 댄 부분의 타액 혈액형과 일치하는 것도 확인되었다.

그런데 그보다 더 중요한 것은 다키자와의 살해 동기다. 그 동기도 그의 서재를 뒤지다가 마침내 발견되었다.

즉, 다키자와가 유키코와 스사 히데하루 앞으로 쓴 몇 장의 편지와 틈틈이 쓴 것 같은 일지(日誌)의 잡록이 그것이다.

그 내용은 그의 현재 상황에 대한 저주와 절망적인 미래에 대한 자포자기의 말, 굶주린 애정에 대한 탄원이 여러 가지 표현으로 적혀 있었다.

난폭한 성격이라고는 하나, 그가 받은 타격은 상당히 컸을 것이다. 다키자와는 반복해서 실추된 사회적 신용과 잃어버린 유키코의 애정을 언급하며, 스사에게는 영원한 친구임을 맹세해 달라고 하고 애원했다. 가련한 자신을 구한다는 생각으로 유키코를 자기에게 양보해 달라고 적기도 했다. 지금 자신은 다른 사람에게는 사랑 받을 자격이 없기에 소꿉친구인 유키코한테라도 위로받지 않으면 사는 보람이 없다고도 하였다. 그리고 유키코에게는 자신의 입장을 설명하며 '당신의 사랑이 없으면 이대로 죽을 수밖에 달리 길이 없으니 부디 스사 군을 단념하고 자신과 결혼해 달라'고 애처롭게 호소했다.

심한 타격을 받은 것에서부터 그의 정신 상태는 일종의 우울병 증상을 보였던 것이다. 그래서 그러한 절망감과 무능감, 또한 애정의 굶주림 등이 끓어올라 마침내 그 감정을 글로 드러내어 탄원한 것이 틀림없다.

이러한 글을 읽은 담당관들은 일제히 다키자와가 유키코를 죽인 것으로 생각하였다. 그 생각이 그의 살해 동기를 쉽사리 수긍하게 한 것임은 말할 나위 없다. 우울 증상을 보이는 사람들은 대체로 정신 상태가 완전하지 않아서 자신의 욕망이 허용되지 않을 때 심한 절망감을 느끼고 자포자기하기 쉽다. 살인이나 자살과 같은 극단적 행동을 보이는 경우도 많다. 다키자와도 직접 자신의 마음을 전하기 위해 유키코에게 갔다가 단호히 거절당한 거라면, 어쩌면 천성이 난폭한 다키자와가 유키코를 교살했는지도 모른다. 자신의 얼굴을 알고 있기에 식모도 같이 살해한 건지도 모른다.

게다가 다키자와는 이러한 것들을 내보이게 되자, 결국 간밤에 후나토미가를 찾아간 것도 그 목적이었다고 인정하였다. 또한 그것도 자발적으로 찾아간 게 아니라 유키코에게 편지가 와서 갈 마음이 든 거라고 진술하였다.

그러나 유키코의 편지는 어디에서도 발견되지 않았다. 그는 간밤에 분노한 나머지 그 편지를 찢어 없앴다고 말해 더욱 의혹을 샀다.

그가 말한 편지가 사실인지 아닌지는 다키자와가 사람들도 증명할 도리가 없었다. ……편지는 한 통 와 있었습니다. 그렇지만 유키코 씨 이름이 아닙니다. 남자 이름이었습니다.…… 하고 편지를 다키자와에게 전해준 형수 스미코가 진술했기 때문이다.

살해된 식모 니시바야시 미치코에 관해선, 신원에서부터 행실의 모든 조사가 이루어졌지만 지금으로서는 아무 의심할 점도 발견되지 않았다. 또한 곧 결혼식을 올릴 예정이던 스사 히데하루도 조사받았는데, 그는 어제부터 도쿄에 가 있었기에 문제 되지 않았다. 유키코 앞으로 어젯밤 도쿄에서 보낸 것 같은 가마타의 소인이 찍힌 편지가 오늘 오후 배달된 것이다. 이리하여 지금으로선 다키자와 쓰네오의 자백을 기다릴 뿐이었다.

다 듣고 난 사쿠라이 변호사와 난바는 이번에도 다키자와가 대단히 불리한 많은 정황 증거에 둘러싸여 있다는 걸 알았다.

그래서 난바와 사쿠라이는 맨 처음 시라나미소 사건의 진상부터 설명하고, 어제 발견한 류타로의 시체 상태에 관해 말하면서 이번 사건도 위장과 범죄를 전가하려는 간교한 살인마의 행위가 틀림없다고 주장했다.

류타로가 히가시구마노 가도 부근의 산속에서 살해되었다는 보고와 난바가 말하는 이와세라 칭하는 남자의 수사 수배는 오사카 경찰부 형사들도 와카야마에서 보고받았다. 그렇지만 이번 사건은, 그 계통의 동일 범인에 의한 범죄라는 단정에 대해서는 수긍하는 자와 반박하는 자가 서로 반반이었다. 반박하는 쪽은 이미 수십만 엔의 재산을 손에 넣었을 범인이 무슨 까닭으로 딸까지 죽여야 했을까 하는 동기에 의문을 가졌고, 난바 주장에 찬성하는 쪽은 그자는 류타로와도 상당히 친했을 테니 딸과도 서로 알고 지냈을 게 틀림없다. 그래서…… 거기에 색정적인 원인도 덧붙여 살인 가능성에 동의를 표한 것이다.

이렇게 논의는 두 가지로 갈렸지만, 결국 수사 방침은 양쪽 모두 면밀하게 조사를 진행하기로 정했다.

의외의 사건 발생으로 아침부터 장시간 차를 타고 식사할 겨를도 없었던 난바는 극도로 피로했다. 모든 논의를 마치고 간신히 사쿠라이 집으로 돌아온 시간은 밤 9시를 훌쩍 넘겼다. 두 사람 모두 지쳐 있었고, 난바는 곧바로 숙면을 취하고 싶었다. 난바는 사쿠라이가 내미는 위스키 잔을 두세 번 들이키고 난 후 바로 침상 위에 편안히 몸을 눕혔다.

3

다음 날 아침 7시, 잠에서 깬 난바는 사쿠라이와 함께 인근에 있는 공중목욕탕으로 갔다. 간밤의 찌푸린 날씨와는 달리 오늘은 하늘도 가을 날씨답게 청명했다. 느긋하게 탕에 몸을 담근 난바는 욕탕의 천장에 낸 창문으로 보이는 하늘을 바라보면서 문득 시라나미소의 기분 좋았던 온천을 떠올렸다.

세어 보니 시간이 빨리도 갔다. 시라나미소에서 첫날밤을 맞이하고 벌써 열흘 이상이 지나갔다. 오늘이 벌써 11월 8일이다. 그건 그렇다 하더라도 길고도 짧은 날의 연속이었다고 차분하게 그는 생각했다.

면도를 하면서 그는 처음으로 자신의 얼굴이 야위었다는 걸 알았다. 이발한 머리도 부쩍 흰머리가 늘어난 듯했다. 사쿠라이도 마찬가지로 거울을 보고 자신의 비만한 체구와는 다르게 근골만 눈에 띄는 난바의 신체를 바라보면서, '역시 야마토 알프스 종주는 힘들었나 보군' 하며 가볍게 웃었다.

공중목욕탕에서 돌아와 느긋한 기분으로 홍차를 마시고 난 두 사람은 오늘 일정에 관해 논의했다.

"후나토미가의 모습을 보고 싶은데……."

난바가 이렇게 제안하고 사쿠라이의 동의를 얻었다.

"자네는 어떻게 생각하고 있을지 모르겠지만, 다키자와 군에게 걸린 혐의가 상당한 것 같으이."

사쿠라이는 우울한 듯 엽궐련의 끄트머리를 물며 말했다.

"음……."

난바도 수긍하면서,

"……범행 전후로 그 집에 있었다는 사실이 가장 결정적이다. 그렇지만 죽였다는 직접 증거는 아무것도 없으니, 아직 생각할 여지는 있네."

그렇게는 말했지만, 그에게도 불안감은 있었다. 만일 범인이 그가 상상하는 이와세라면, 그 자는 대체 후나토미가와 어떤 관계를 가졌냐 하는 점이었다. 다키자와를 범인으로 치지 않는다면, 당연히 그 인물을 다키자와가 가고 난 직후에 등장시켜야 한다. 그러나 만일 그렇게 하면 그 자는 유키코와 둘만 있어도 서로 경계심을 갖지 않고 이야기할 수 있는 남자여야 하고, 10시 가까운 밤늦은 시간에 찾아와도 식모에게 의심을 사지 않을 만한 남자여야 한다.

이러한 생각은 범인을 극단적으로 제한시켰다. 즉 후나토미가와 교류한 인물을 정밀히 조사한다면 반드시 발견될 수 있다.

그러나 난바는 사쿠라이 변호사가 조사한 행적도 생각해야만했다. 사쿠라이는 류타로의 신변을 상세히 탐색하고 마침내 류타로와 이와세는 동일 인물이라는 결론까지 도출해냈다.

난바가 기노모토정의 우체국에서 전보를 받았을 때는, 단지 이 문구를 동일 인물이 아닐까 하는 추정에 지나지 않는다고 상상했다. 그런데 사쿠라이의 상세한 설명을 듣고 나니 거기서 다른 사람으로 이와세를 생각한다는 것은 거의 불가능해 보였다.

여기에 이 사건의 비밀이 있고, 수수께끼가 있다고 난바는 생각했다.

두 사람은 외출 준비를 끝내자, 속히 차를 미나미구 고즈정에 있는 후나토미가로 달렸다.

거무스름한 수로에 물이 괴어 있고 돌을 쌓아 다진 강변에 단한 그루의 버드나무, 잎사귀 하나밖에 달려 있지 않은 가지가 추풍에 흔들리며 물 위로 그늘을 떨어뜨리고 있었다.

그 버드나무 앞의 추녀가 아주 낡은 집 한 채, 이웃집과는 좀떨어져 있는 그 집이 저주받은 후나토미 저택이다.

입구는 낡고 검게 더러워진 가는 격자문이었다. 후나토미 유미코라고 쓰인 문패도 시커멓게 되어 거의 알아볼 수가 없었다. 2층을 올려다보니 회색의 두꺼운 벽에 옛 성의 망루에나 있을법한 총안(銃眼)과 닮은 격자창이 보였다.

두 사람은 경계를 서고 있는 순사에게 말하고 좁은 입구로 들어갔다. 들어간 곳은 현관으로 한 평 되는 봉당이 있고 신발을 벗어 놓는 디딤돌이 놓여 있었다. 그 현관의 시키다이(式台)*에서 오른쪽을 보며 안으로 쑥 들어가면 약간 어두운 부엌이 나온다. 현관 봉당과의 사이에는 고풍스러운 검푸른 빛을 띤 포렴이 드리워 있어 1층 부엌을 어둡게 하였다. 그 안으로 부엌살림이 있고 취사도구류가 보였다.

부엌의 널판때기를 밟고 방으로 들어가자, 두 사람은 먼저 그곳에서 수건에 목이 졸려 쓰러져 있던 식모의 모습을 상상했다.

계단은 그 부엌 벽장 안에 있었다. 문을 열고 깨끗이 닦여서 검정 윤기가 도는 계단을 밟으며 2층으로 올라간 두 사람은 창문으로 흘러드는 희미한 빛 속에서 잘 정돈된 방을 한 차례 둘러봤다.

방은 주인이 없어도 이치마쓰 인형의 천진난만한 미소에 변함이 없고, 마리아에 안긴 그리스도도 새근새근 잠을 자고 있다.

"이 방일세. 이 방에서 유미코 씨는 류타로가 올 때까지는 매일과 같이《야고초》에 글을 적고 있었던 걸세."

잠시 사쿠라이는 침울해했다.

책상 위에는 청동으로 된 코끼리 모양을 한 책꽂이에 책이 몇 권 꽂혀 있다. 유키코도 와카(和歌)와 시에 흥미가 있었는지 와카야마 보쿠스이(若山牧水)의 가집(歌集)과 요사노 아키코(与謝野

---

* 일본식 주택 현관 입구의 한 단 낮은 마루.

晶子)의 가집이 하이네의 시집, 미키 로후(三木露風)의 시집과 함께 나란히 꽂혀 있다.

그러나 난바의 주의를 끈 것은 그것들 사이에 껴 있는 한 권의 노트였다.

손을 뻗어 빼내어 보니 그것은 전에 사쿠라이가 말한 적 있는 유미코의 유고 시집《야고초》였다.

"아, 그거야. 훌륭한 필적이지……."

사쿠라이가 옆에서 들여다본다.

난바는 조용히 페이지를 넘겼다. 과연 사쿠라이가 말한 대로 페이지마다 여성스러운 사모의 정과 딸의 성장을 기뻐하는 어머니의 심정이 아름다운 어구로 채워져 있었다. 페이지를 넘기면서 난바의 마음은 어느새 그 노트를 손에 들고 돌아가신 어머니의 모습을 그리워했을 유키코의 모습을 상상하였다.

그런데 그러한 환영은 그가 마지막 페이지를 넘길 때 깨져 버렸다. 거기 당연히 있어야 할 유미코의 마지막 말이 무참히도 찢겨 나간 것을 발견했기 때문이다.

"아! 없다."

사쿠라이도 놀랐다. 당황한 그는 그 노트를 손에 들자 페이지를 홀홀 넘겼다. 그러나 그 어디에도 풀로 붙여 합쳐 놓은 페이지는 발견되지 않았다. 그리고 찢겨 나간 건 그 페이지만이 아니었다. 당연히 여백으로 남아 있어야 할 몇 장도 함께 찢겨 나갔다.

"아직 새 종이인데."

난바는 찢긴 흔적을 바라보며 말했다. 묶인 미농지는 지나간 세월을 말해주고 있었지만 찢겨 나간 종이만은 아직 새것의 종이 질이 남아 있었다.

"왜지?"

사쿠라이는 난바의 갑자기 긴장한 얼굴을 가만히 바라봤다. 난바는 다시 평소의 묵상적인 표정으로 돌아오고, 끊임없이 뭔가 생각하고 있었다. 그리고선 조용한 눈으로 사쿠라이를 돌아보며 묻는다.

"그 내용을 기억하고 있어?"

"음, 대강은. 그러나……"

"아니, 단순한 상상에 지나지 않겠지만, 어쩌면 그것도 사건을 해결하는 유력한 열쇠가 되지 않을까 싶네."

의미심장한 말을 하고서 그는 다시 찢겨 나간 페이지를 세어 보고 여섯 장인 것을 알았다.

"일단은 조사해 봄세. 경찰도 조사했겠지만……."

난바는 우선 책상 서랍부터 뒤지기 시작했다. 장롱부터 경대까지 세밀하게 조사해 갔다. 하지만 아무것도 새로운 사실을 발견할 수가 없었다. 찢겨 나간 미농지는 조각조차 발견되지 않았다.

결국 근처 도톤보리로 나온 두 사람은 가볍게 점심을 해결하고 나서 일단 도지마빌딩의 사쿠라이 사무실로 돌아왔다. 정오를 지난 시간이었는데, 편지 한 통이 난바를 기다리고 있었다. 뒤를 돌려보자 다도코로 시노부(田所志乃武)의 이름이 보였다. 다도코로 경감한테서 온 편지였다.

봉한 자리를 뜯고 편지를 꺼내어 폈다. 먼저 범인을 추적 중인 난바의 후의(厚誼)에 거듭 감사의 마음을 전하며 오사카 방면의 진척 상황을 묻고, 전보로 일단은 알려 드렸지만, 오늘 그 상세한 것을 말씀드린다면서 부검 결과부터 사인 단정에 이르기까지 세세하게 적었다.

난바는 대충 읽어 보다가 류타로의 사인을 감정한 부분을 다시 읽었다.

─사인은 청산으로, 위장 절개와 함께 이상한 냄새가 나는 것으로도 판명되었습니다. 의사는 위벽의 점막질 궤양 상태도 지적하고 약제 청산가리임을 규명했습니다. 위액의 강알칼리성 반응을 보인 것으로도 이해되고, 범인이 어떠한 방법을 썼는지 모르겠지만 피해자의 구강을 거쳐 체내로 들어간 것으로 추정됩니다.

역시 독약은 주사가 아니라 어떠한 방법에 의해 삼킨 것이다. 그것을 명확하게 이 편지는 알리고 있다.

그러나 그것과 함께 한 가지 더 주의해야 할 사항이 적혀 있다. 그것은 피해자가 청산으로 인해 쓰러진 곳이 어디인가 하는 점이다. 아시는 바와 같이 현장 부근은 이끼류가 무성하고 습한 땅이라 만약 피해자가 걸어서 그 동굴에 온 것이라면, 당연히 신발 바닥에 이끼류가 달라붙어 있어야 하는데 뒤꿈치 뒤로 소량만이 달라붙어 있을 뿐이었다. 이것은 피해자가 사망한 현장이 그 동굴이 아닌 것을 보여주는 거라고.

난바는 다시 한번 그 무섭고 음습했던 동굴을 떠올렸다. 그 절벽에 깎아진 좁은 길이 얼마나 위험했는지, 또 고개 숙여 내려다 본 젠키강 계곡이 얼마나 무서웠는지를 떠올린 거다.

그 얘길 자세히 들은 사쿠라이 변호사도 무서워서 오싹한 기분이 들었다. 그와 같은 절벽을 따라서 동굴까지 시체를 옮겼을지도 모를 범인의 무서운 정신력을 생각하자 다시 등골이 오싹해졌다.

제8장

아! 진범은

1

똑똑 소리가 나고 급사가 명함 한 장을 가지고 들어왔다. 그것을 건네받은 사쿠라이는 크게 고개를 끄덕이며 난바에게 그 명함을 건넸다. 명함에는 '스사 히데하루'라고 적혀 있다.

"돌아왔군."

난바는 눈살을 찡그리며 측은한 표정을 지었다.

"충격이었겠지!"

사쿠라이도 중얼거렸다. 그러자 힘없이 문이 열리고 스사의 측은한 모습이 나타났다. 전과 달리 그 생기발랄하던 혈색은 납빛으로 시들고, 입술도 하얗게 눈은 공허하게 뜬 채로 그저 초연히 서 있는 거다.

"어서 오게. 놀랐겠군."

"네……."

"언제 알았나?"

"어제 오후 6시경이었습니다."

"누가 알려 줬나?"

"다키자와 군의 형입니다!"

"병원에는 다녀왔나?"

"네, 만나고 왔습니다."

참을 수 없는 눈물이 스사의 볼을 타고 흘러내렸다.

"장례식은?"

"식모는 그쪽 부모님 곁으로 모셔 가서 유키코 씨만 모시고
왔습니다."

"고즈의 집으로 말인가?"

"네……."

"나도 좀 전까지 있었다네."

난바도 위로하는 듯한 어조로 말했다.

"그러셨다고 들었습니다."

"상주는 누군가?"

"제가 할 겁니다. 식은 올리지 않았지만, 유키코는 제 아내입
니다……."

잠시 침울한 공기가 흘렀다.

"친척들은?"

"다키자와가 이외는 모릅니다. 아무도 왕래하지 않는다고.
하지만 근처 이웃들이 그런 친척보다 훨씬 친절히 대해 주시
니……."

"그렇군."

난바는 깊은 한숨을 내쉬었다.

"어디 짐작이 가시는 데라도 있으신가요?"

"짐작……범인 말인가?"

"네……."

"검거됐지 않은가?"

"다키자와 군입니까? 그것은 거짓입니다."

스사는 다시 시라나미소에서 난바에게 박론했을 때와 마찬가지로 절대 아니라고 했다.

"……어째서?"

"그것보다 류타로 씨의 행방은 아셨습니까?"

"음……역시 살해되었네."

"네엣?"

스사는 놀라며 날카로운 눈으로 난바를 바라봤다.

"어디, 어디에서요?"

"히가시구마노의 산속에서……."

"그럼 또 한 명의 공범자는?"

"도망쳤네. ……류타로를 죽이고."

"그랬군요……."

스사는 다시 깊은 한숨을 내쉬었다.

"……그럼 역시 그 자가 유키코 씨를 살해한 걸까요?"

"아니, 그것은 아직 모르네."

난바는 대충 다키자와가 혐의를 받는 점을 설명해 주었다. 그리고 스사한테도 그러한 탄원 섞인 편지가 다키자와한테서 왔는지 물었다.

"네, 도쿄로 가기 전에 받았습니다. ……그렇지만 설마."

스사는 안색이 어두워지면서 자신과 다키자와 말고는 유키코와 허물없이 지낼 사람은 없다며 고개를 갸우뚱거렸다. 그리고선 유고 시집《야고초》의 여백에는 유키코도 어머니처럼 똑같이 돌아가신 어머니를 그리는 와카를 적었다고, 그런데 그것이 어째서……. 하며 의아스러워했다.

3시가 울리자, 스사는 서둘러 돌아갔다. 장례식은 오늘 5시로 정해졌는데 그때까지 모든 준비가 될까…… 하고 예상외 시간을 낭비한 걸 후회하면서 돌아갔다.

그 후 두 사람은 지도를 꺼내고, 먼저 요시노 철도로 도주했을 공범은 어느 방면으로 도주했을지 연구하기 시작했다.

맨 처음에 난바도 그의 전보에 속아 오사카로 간 것으로 상상하고 있었다. 그런데 지금 보니 사쿠라이의 수사로도 명백해졌듯이 교활한 범인은 그렇게 해서 일단은 오사카로 수사 주력을 돌려놓고, 자신은 다른 곳으로 유유히 도주한 것으로도 생각되었다.

범인이 그러한 이단 삼단으로 집요하게 종적을 감춘 것을 잘 생각하면 도주를 안전하게 하기 위한 호신술이라 할 수 있다. 게다가 그것은 범인이 예상한 것보다도 그 이상의 효과를 드러냈다. 수사에 애를 먹는 우리는 지금도 여전히 진범의 인상도, 이름도 신원도 모른다.

그래서 지금으로서는 불가능할지 모르겠지만 범인의 행적을 찾기 위해서는, 범인이 구마노 산속에서 차를 타고 간 시모이치구치역으로 가서 먼저 요시노 철도부터 조사하는 수밖에 없다.

그러나 막상 간사이(関西)의 지도를 펼친 두 사람은 사통팔달의 망으로 연결된 교통망을 보자 어안이 벙벙해졌다.

가령 범인이 승차한 곳이 시모이치구치여도 그 요시노 철도는 요시노구치에서 쇼선과 연결되고, 구메데라(久米寺)에서는 오사카 철도와 다이키 전철(大軌電車)과 이어진다. 그래서 만일 쇼선으로 갈아탔다면 와카야마, 나라(奈良), 교토(京都)를 잇는 그 선로는 어디까지 범인을 데리고 갔을지 예상도 할 수 없다. 그리고 구메데라에서 갈아탔다고 해도 다이테쓰(大鉄)이면 오사카이지만, 다이키 전철이면 오사카뿐 아니라 나라, 교토는 물론이고 이세야마다시(伊勢山田市)까지도 이어진다.

"어떡하지?"

사쿠라이는 곤혹스러운 표정으로 말했다.

"방법이 없군. 일단 시모이치구치로 지난달 13일에 발매한 차표를 조회하는 거다."

그러나 그들의 걱정은 곧 기우였던 것을 알게 되었다. 이때 그들에게 아주 훌륭한 뉴스가 전화로 전해졌기 때문이다.

"아……여보세요……사쿠라이 씨……아, 사쿠라이 씨입니까? 접니다. 저…… 강력범의 유게입니다. 오늘 나고야(名古屋)에서 전화가 왔었는데. 그것이……난바 씨가 말씀하신 현재 수사 수배 중인 남자에 관한 정보입니다. 네! 알아냈답니다. 어떻게? 오시겠습니까?……."

전화를 끊자 재빨리 난바는 의자에서 일어났다.

"알아냈단 건가?"

"어! 정보가 들어온 모양일세."

"어디서……?"

"나고야에서라는군."

"잡힌 거겠지?"

"글쎄. 거기까진 듣지 못했네만……."

난바는 선 채로 가만히 지도 위로 눈을 떨어뜨렸다. 그리고 나고야시 위로 가볍게 손가락을 놓고 요시노부터 철도선로를 더듬어 보는 거였다.

2

두 사람이 형사과 강력범계의 문을 열자, 안에서는 나라자키(楢崎) 형사 과장이 유게 경감과 이마를 맞대고 뭔가 열심히 밀의를 논하고 있었다.

"아! 수고하십니다!"

계장은 가벼운 마음으로 서서 두 사람에게 의자를 권하고 재빨리 굵직하고 탁한 목소리로 이야기를 꺼냈다.

이 경감은 난바와 똑같이 일개 순사에서 출세하여 현재의 요직을 차지하기에 이른, 말하자면 노력형 인물로 호담방심(豪膽放心)인 방면, 실로 수사관에 적합한 예리한 두뇌와 섬세하고 세밀한 사려를 지닌 자다. 유도와 검도로 몸을 단련해 유단자 자격증을 취득했고, 행동도 민첩해서 근대 범죄 도시라 하는 대도시인 오사카의 경찰권을 공고히 하는 데는 명실공히 모든 걸 갖춘 이름난 강력범 계장이라 할 수 있다.

신장은 약 156센티미터도 되지 않을 만큼의 작은 체구다. 체중은 60킬로그램을 넘긴 적이 없다고 하니 그 체격을 상상할 수 있을 것이다. 그러나 풍모는 우선 코가 사자코라서 못생긴 편에 속하고, 이 때문인지 말도 약간 명료하지 않다. 경감 특유의 코에 걸린 굵고 탁한 목소리는 귀에 익숙한 부하들도 때로는 의미를 이해하지 못 하는 일조차 있다고 한다.

그러나 지금 사쿠라이와 난바 앞에서 나고야에서 얻은 정보를 이야기하는 그의 어조는 아주 침착해서 두 사람에게는 잘 이해되었다. 그 내용은 두 사람을 충분히 놀라게 하고도 남을 만큼이나 뜻밖의 일이었다.

그런데 그 정보라고 하는 것은 이런 내용이었다.

나고야시 아쓰타(熱田) 경찰서의 유실물건계 순사 아무개는 우연히 와카야마에서 수배된 이와세라 하는 남자의 인상에 관한 글을 읽고 문득 생각이 났다. 그에게는 그러한 남자의 기억이 있었기 때문이다.

약간 검은 피부에 이목구비는 평범하고 알맞은 몸집에 중간키인 남자, 머리카락은 길고 윤기가 없으며 나이는 서른대여섯, 특징은 앞 윗니에 백금을 입힌 의치가 하나 있다. 눈은 안정감 없이 약간 흐릿하다. 의복은 가고시마현의 아마미오섬(奄美大島)에서 생산되는 고급 명주옷 위아래 한 벌로 생각되는데 명확하지 않다. 이와세 다카오라 하고, 글자의 체는 서투른 활자체다.

대충 이러한 의미의 인상에 관한 글이었다. 그런데 순사가 퍼뜩 생각해 낸 것은 인상보다는 이름 항목에 서툰 필체로 이와세 다카오라는 글씨였다.

그래서 황급히 순사는 지난달 유실 신고서를 조사해 보았다. 그런데 있다. 그의 기억이 맞았다. 그 신고서에는 총액 400엔 정도의 지폐를 넣은 검정 가죽 서류 가방을 자동차 안에 놓고 내렸다는 내용이 기재되어 있고, 이름은 이와호리 다카야(岩堀隆也)로 되어 있었다.

이와세 다카오에 이와호리 다카야, 너무나도 유사하다. 그뿐 아니라 글자체는 매우 서투른 활자체였다.

이 보고를 받은 서에서는 속히 그 상세한 내용을 알아보니 거의 이와세와 동일 인물이 틀림없다. 게다가 그 서류 가방을 다음 날 아침에 당사자가 찾아갔는데, 그때의 수령증에도 역시 같은 글자체를 볼 수 있었다.

그래서 서에서는 속히 와카야마로 조회장을 내고, 이와호리의 필적을 보내 진위를 확인한 것이다.

이 조회를 받은 와카야마 수사 본부에서는 시급히 형사 두 명을 파견하고 진위를 조사하게 했다. 한편으론 전문가에게 필적 감정도 의뢰했다. 그 결과는 두말할 나위 없이, 이와세의 모습이 뚜렷하게 나고야시에 나타난 거였다.

이러한 성과에 탄력을 받은 본부에서는 계속 아이치현 경찰부의 지원을 얻고, 이와세의 나고야시에서의 상세한 행적 수사에 전력을 기울였다.

그 결과, 이와세는 13일 저녁 홀연히 나고야역에 나타나자마자 무슨 용건이 있었는지 택시를 타고 아쓰타신궁 앞까지 갔는데, 그 택시 안에 서류 가방을 놓고 내려서 당황하며 6시경 아쓰타서를 찾아왔고 신고서를 제출한 다음, 그날 밤 나고야역 앞 오우미야 여관에 숙박한 것이 판명되었다.

그래서 형사들은 오우미야 여관을 조사했더니, 이와세는 역시 거기서도 이와호리 다카야라는 가명으로 숙박부에 오사카시 미나미구 시오정이라는 주소를 적고, 직업은 주식 중매인(仲買人), 나이는 서른다섯으로 기록했다. 그러나 그것보다도 형사들을 긴장케 한 것은 여관 지배인이 이와호리의 부탁으로 기차표를 사러 갔었다고 하는 사실이었다.

지배인이 말하길 이와세가 투숙한 13일 밤, 그는 다음 날 아침 9시에 꼭 가야 할 곳이 있어 나갈 건데 어쩌면 차표를 살 시간이 없을지도 모르니 미안하지만 오늘 밤에 사다 줄 수 없냐고 해서 나고야에서 게로까지 가는 표를 사러 갔었다고 했다.

게로는 히다(飛驒) 지방인 유노도(湯之島) 온천이 있는 곳이다. 일본알프스의 연봉을 눈앞에서 올려다보고, 기소강(木曾川)으로 흐르는 마스다 계곡(益田溪谷)을 따라 히다 고원으로 갈라져 올라가는 히에쓰선(飛越線)을 따라서 있는 온천지다.

이 사실은, 만약 이와세가 그 차표를 이용했다고 하면 분명 히다에 모습을 드러낼 것이다.

이 보고를 받은 아이치현 경찰부에서는 한층 더 정확히 아쓰타서를 나온 후의 행적을 조사해 보았다. 그랬더니 이와세가 14일 오전 11시경 아쓰타서를 나오자마자 바로 택시를 타고 나고야역으로 갔고, 오전 11시 48분발 오가키(大垣)행 열차를 탄 것을 알았다. 이 열차라면 기후역(岐阜驛)발 오후 0시 45분 다카산(高山)행 열차와 이어질 수 있다.

이리되면 이제 게로정(下呂町)을 조사하는 수밖에 없다. 출장 나온 와카야마의 형사들은 속히 이런 내용을 본부에 보고하고 응답을 기다린 것이다.

"그것이 오늘 아침 일입니다."

유게 경감은 잠시 말을 끊고 난바의 얼굴을 바라봤다.

난바는 단지 고개만 끄덕였다. 그에게는 이 이야기가 여전히 범인의 교묘한 위장으로밖에 생각되지 않았기 때문이었다.

이와세가 게로역까지의 차표는 샀을지 모른다. 그렇지만 그가 만일 진짜로 거기로 갈 마음이었다면 과연 무엇을 바라고 그러한 단서를 일부러 남기려는 행동을 취한 것일까?

이와세가 가방을 택시 안에 놓고 내린 것은 사실이었겠지. 그렇지만 그 가방을 찾으러 경찰에 출두해야 하는 이와세가, 그 이후의 도주 경로를 명백히 보여주는 행동을 일부러 취한다는 것은 상투 수단으로서의 위장을 생각해 볼 수 있는 거다. 왜냐하면 경찰에 그렇게 출두하면 나중에 시라나미소 사건의 진상이 드러났을 경우, 속히 그 사실이 수사 본부에 신고되리라는 것은 당연하고, 교활한 그로서 충분히 생각하고 있었음이 틀림없다고 상상이 되었기 때문이다. 그래서 이같이 명백한 도주 경로야말로 난바에게는 이와세의 교묘한 도피 수단으로 느껴진 것이다.

그런데 계속된 유게 경감의 말이 이러한 난바의 예측을 기막히게 뒤집었다. 더욱이 그가 수립한 이 사건에 대한 견해도 근저에서부터 뒤집었다. 그만큼 의외의 보고가 경감의 입에서 나온 것이다.

"그럼 다음은 기후현 게로 경찰서의 보고로 넘어가겠습니다."

유게 경감은 그렇게 말하면서 굵은 손가락으로 탁상에 놓인 보고서를 넘겼다.

해는 어느새 저물고 있다. 흰 콘크리트 창문을 통해 노란 광선이 흘러들어 방안을 희미하게 밝혀 주고 있었다. 그 빛을 등지고 앉은 나라자키 형사 과장의 얼굴에는 검은 기미가 드러났다. 그리고 그 오른편에 앉은 유게 경감의 얼굴에서도 사선으로 깊지 않은 광선이 닿아 있어 그의 입술이 움직일 적마다 요상한 그림자를 만들어냈다.

"이것은 오늘 오후 2시, 와카야마에서 얻은 정보입니다. 역시 이와세라 하는 자의 수사 수배에 관련한 보고인데, 이것을 조금 전 나고야시 아쓰타서의 보고와 대조해 보니 대단히 의외의 사실이 나왔습니다. 조금 길지도 모르겠지만, 게로서에서 실로 상세한 보고서가 와카야마의 수사 본부로 들어간 것 같고, 오늘도 전화로 와카야마로부터 상세한 내용을 들었을 때 저도 우선 그 내용에 놀라게 되었습니다. 이번 후나토미가 사건은 별개로 하더라도, 시라나미소에서 살해된 후나토미 유미코와 히가시구마노 산속에서 살해된 류타로의 사건은 이 보고로 인해 다시 한번 취지가 일변했다고 말해도 좋을 겁니다. 그만큼이나 더없이 기괴합니다. 와카야마에서도 이 보고를 받고는 아주 난감했던 모양으로, 진상은 다시 혼돈에 빠졌습니다. 이런 괴이한 사건은 우리나라 경찰계가 창설된 이래 가장 난해하고도 괴기한 살인 사건일 거라고까지 말하고 있습니다만, 그 말도 타당한 것 같습니다. 저도…… 아니 여러분도 이 보고에서 반드시 그 진위를 의심하게 될 겁니다. 그리고 매우 혼미함을 느끼시게 될 겁니다. 그럼 전제는 이 정도로 해 두고 속히 보고 내용을 말씀드리겠습니다. 그리고 미리 양해를 구합니다만, 이 보고는 게로서가 별도로 아쓰타서가 발견한 후에 그 조회를 접하고 알게 된 것이 아니라, 방금도 말했듯이 아쓰타서와는 별개로 보고해 온 것이기에 그 점을 염두에 두고 들어주십시오. 그렇지 않으면 중요한 포인트를 놓칠 수 있을 테니까요……"

그리고 경감은 다시 자세를 가다듬고, 두 사람에게 게로서의 보고에 관해서 말하였다.

3

기후현 마스다군(益田郡)의 게로 경찰서에서 근무하는 와카미야(若宮) 경위는 10월 15일 아침, 한 남자의 내방을 받았다.

그 남자는 히로세 다카오(広瀬隆夫)라 했고, 서른일곱 여덟가량 되어 보이는 볼이 창백한 키가 156센티미터쯤 되는 자였다. 근처의 여관에서 묵고 있는 건지 유카타 위에 도테라를 껴입고 머리는 빗질한 적 없는 모양으로 덥수룩하게 길렀으며 구레나 룻도 지저분하게 기른 채로, 뭔가 대단히 불안한 듯 끊임없이 눈 동자를 전후좌우로 굴리고 있었다. 입술은 새파랗게 반쯤 벌려 가늘게 떨고, 양손도 창백해 마치 알코올 중독자처럼 시종 부들 부들 떨고 있어 아마도 정신병자일 거라고 경위는 생각했다.

와카미야 경위의 관찰은 그 신고를 듣고서 더 한층 확실해졌 다. 이 남자는 실로 기괴한 신고를 했기 때문이다.

그 남자는 먼저 경위에게 거듭 자신의 신변이 불안하다고 말 하면서 보호 경계를 의뢰했다. 돈은 얼마든지 있어 일본 각지를 도망다니고 있는데, 그것은 자신의 생명을 무섭게 노리는 집념 강한 남자 때문이라고 했다. 어젯밤 나고야에서 이곳으로 도망 쳐 왔는데, 오늘 아침에 그 남자를 잘 따돌린 줄 알았는데 자신 이 묵는 호잔카쿠(豊山閣) 숙소 주위를 서성거리고 있었다고. 그 래서 자신을 엿보고 있는 것 같아 걱정스러우니 어떻게 해서든 지 이러한 자신을 구해 달라는 부탁이었다.

그래서 경위는 상세하게 그 괴상한 남자의 인상과 풍채, 이름, 당사자와는 어떤 관계인지, 왜 그 자가 목숨을 노리는지를 물었 다. 그러자 그 남자는 불안한 눈동자를 두리번거리며 초조한 듯 심하게 머리를 긁적이면서 이렇게 말했다.

"저는 그놈이 누군지, 이름도 나이도 직업도 전혀 모릅니다. 인상과 풍채도 매일 바뀌어서 어느 쪽이 진짜 그놈인지 전혀 짐작이 가지 않습니다. 그렇지만 한 번 보고 나서 저를 노리는 것을 금방 직감했습니다. 왜 도망쳐야 하는지, 왜 노리는지 모르겠습니다. 하지만 저는 무서워서 어떻게든 도망치지 않고서는 배길 수가 없습니다. 한 번이라도 그러한 남자를 발견하면 안절부절못합니다. 하는 수 없이 남의 눈을 피해서 거처를 바꿨지만 언제나 소용없는 일이었습니다. 어김없이 그놈은 제 그림자처럼 따라다녔으니까요. 그놈은 변장하고 전혀 모르는 얼굴로 같은 여관에 묵기도 하고 건너편 방을 빌리기도 하면서 항시 저를 감시하는 겁니다.

그래서 최근에는 거의 충분히 잔 적이 없습니다. 어디서 묵으나 밤이 걱정인 겁니다. 지금 있는 여관도 어제 오후에 도착했는데, 그러한 걱정을 피하고자 2층의 방을 전부 빌렸습니다. 그래서 간밤에는 오래간만에 편히 잘 수가 있었습니다. 그런데 그다음 날인 오늘 아침 무심코 2층에서 밖을 내다보니 어찌 된 건지 벌써 그놈이 여관 주위를 서성이고 있는 겁니다. 제가 있는 2층을 올려다보면서 그런 짓을 해도 아무 소용없다는 식으로 히쭉 웃으며 말입니다. 아, 저는, 저는 대체 어떻게 하면 좋을까요? 경찰의 힘으로라도 절 보호해 주실 수 없습니까? 그렇지 않으면 아마도 저는 죽게 될 겁니다. 아니, 죽지 않으면 불안 때문에 당장이라도 미쳐 버리고 말 겁니다. 부디 저를 구해주십시오."

이것은 경위로서도 정말이지 난감했다. 누가 생각해도 알 수 있듯이 이 남자의 신고는 거의 종잡을 수 없는 일종의 망상이고,

세간에서 흔히 볼 수 있는 피해 망상증이다. 예를 들면 뜻밖의 순간에 자신의 코가 보였다고 하자, 그 후 어디를 보아도 코가 눈앞에 어른거려 견딜 수 없다. 보지 않겠다고 생각하면 할수록 거추장스럽게도 코가 보인다고 하는 강박관념과도 같다. 그것은 몇 명의 코일까. 누군가 자신을 쳐다보기만 해도 마치 자신의 얼굴을 보고 조소하는 듯이 보인다고 하는 천연두 환자의 망상과도 닮았다.

그렇기에 이 남자도 원인이 뭔지는 모르지만 분명하게 보는 사람 모두가 자신을 죽이려고 노리는 남자로 보인다고 하는, 정신병자임이 틀림없다고 생각한 것이다.

그래서 와카미야 경위는 어쨌든 보호는 하겠지만, 그러한 공포는 정말 근거 없어 걱정할 필요 없으니 안심하고 숙소로 돌아가서 요양하라고 말하면서 돌려보낸 것이다.

그런데 그다음 날 10월 16일, 게로정 유노도 온천의 눈앞에 우뚝 솟은 야리(槍), 호다카(穂高), 노리쿠라(乘鞍), 야케가다케(燒ガ岳) 등의 병풍과 같은 일본알프스 연산(連山) 중에서도 정상에 있는 다섯 개의 화산호와 미타케신사(御嶽神社)로 유명한 미타케산의 기슭을 에워싼 밀림 속에서 그 남자로 여겨지는 시체가 발견된 것이다.

미타케산이라 해도 행자들이 흰 옷차림으로 방울을 흔들며 오르는 기소의 후쿠시마(福島) 부근에서일 것이다. 그렇지만 게로정에서는 이천 수백 미터나 되는 미타케산을 중심으로 해서 이어진 동일한 산줄기인 미쿠니산(三国山), 하쿠소잔(白草山), 와카토치산(若栃山) 등 모두 천오, 육백 미터 정도의 밀림으로 뒤덮인 산들이 모두 험준하게 길을 막고 있기 때문에 그 위용은 단지 바라보는 수밖에 없다.

산들은 침엽수나 활엽수 모두 한 번도 사람의 손이 가지 않은 울창한, 거의 원시 모습 그대로의 형태를 보존하고 있다. 특히 이 마을 북쪽에는 고산에 걸쳐 주목 밀림이 있고, 고산은 향토색 짙은 주목 세공으로 유명하다. 시체는 이 밀림 속에서 발견된 것이었다.

통보를 받고 급히 달려온 와카미야 경위가 속히 시체를 검시해 보자, 그가 기억하고 있는 어제 그 남자였다.

놀랍고 당황스러운 마음으로 자세히 시체를 살펴보았지만, 이상하게도 사인으로 인정될 만한 외상은 조금도 없다. 얼굴은 어제 봤을 때보다는 말쑥해 보이고, 구레나룻도 없지만 머리도 얌전히 빗질이 되어 있다. 그리고 쥐색 양복을 입고 회색 소프트 모자를 썼으며 검정 구두를 신고 있어서인지 아주 젊어 보였다.

경위는 다시 한번 상세히 부근을 살폈다. 만약 타살이면 분명히 무언가 범죄의 흔적이 남아 있을 거로 생각했기 때문이었다.

그러나 그것은 헛된 수고였다. 주위는 천고의 신비에 가려진 밀림이고, 시체는 등산로에서 조금 들어간 주목나무 잎이 수북이 깔린 곳 위에 쓰러져 있었기에 발자취도 격투의 흔적도 알 수가 없다. 만일 어떤 흔적이 있었다고 해도 시체를 발견한 벌목꾼들에게 부근을 밟혀 버렸기에 지금으로선 식별조차 할 수 없었다.

하는 수 없이 경위는 우선 시체를 수습하고 일단 본서의 명령을 기다렸다.

이것은 일단 범죄라 하기에도 사인이 판명되지 않고서는 문제가 되지 않는다. 게다가 기괴하게도 시체의 옷을 겉과 속 할 것 없이 상세히 조사했음에도, 단 한 장의 종잇조각도 나오지 않았다. 겨우 자수를 입힌 반지갑이 하나, 그 안에는 400엔가량의 현금이 들어 있을 뿐이고 신원도 이름도 직업도 전혀 알 수 없었다.

어제 경위가 이 남자의 기괴한 신고를 듣지 않았더라면 단순 병사(病死)로 덮어 버렸을지도 모른다. 그렇지만 자살로 보아도 사인이 불명이니 경위로서는 약간 불안했던 거였다.

그래서 경위는 일단 서장과 간부들과 상의한 후에 시체를 의사에게 보이고, 한쪽에서는 그 남자가 투숙했던 호잔카쿠를 조사했다. 그랬더니 그 자가 어제 말한 것처럼, 14일 오후 3시경에 투숙하고 2층 전부를 빌려 그날 밤을 묵었다. 다음 날 15일은 아침부터 불안한 내색을 보이더니 아침 10시경에 잠깐 나갔다가 1시간 정도 지나 돌아와선 갑자기 떠난다고 하면서, 깊은 산속에 좋은 온천이 없냐고 묻고 욕탕에 들어가 수염을 깎고 머리도 매만지더니 오후 3시경에 여관을 떠났다고.

짐은 아무것도 없었던 것 같고, 여관 사람이 말해 준 인상과 풍채가 완전히 시체와 동일해 여관 주인을 불러 보여주자, 이 남자가 틀림없다고 증언했다.

숙박부에는 오사카시 미나미구 시오정 히로세 다카오라고 적었고, 직업은 무직으로 되어 있다.

그런데 그사이 상세히 시체를 검진한 의사는 사인은 부검해야 알겠지만, 질식사와 같은 징후가 있다. 심장마비일지도 모르지만 약간 이상하다는 진단을 내렸다.

결국 게로서 간부들은 이런 내용을 기후현 경찰부에 보고함과 동시에 지방 재판소로도 보고하고 그 출장을 요청하여 정식으로 부검 준비를 했다.

그 결과는 위 내용물에서 청산가리가 발견되고, 남자는 어떠한 방법에 의해 청산가리를 삼키고 죽음에 이른 것으로 단정했다.

"뭐, 뭐라고요?"

난바는 자신도 모르게 소리를 질렀다. '이럴 수가' 하면서 난바는 꿈에도 생각지 못한 듯 놀라움을 감추지 못했다.

이름이 히로세 다카오라고 했지만, 이와세 다카오와 동일인인 것은 물론이다. 주소와 직업이 다르고 복장이 달라도, 날짜와 시간, 인상과 이름이 명확히 같은 사람임을 가리키고 있다.

그렇지만 그 남자가 히가시구마노 산속에서 류타로를 살해한 것과 마찬가지로 청산가리로 죽었다고 하니 난바로선 놀라울 따름이었다.

이 남자의 죽음을 자살로 하든, 타살로 하든지 간에 우선 난바가 주장한 후나토미가 사건의 살해 범인은 여기서 완전히 모습을 감춰 버리게 되는 거다.

"확실합니까? 그게……청산 중독이라는 것은…….”

"네. 확실합니다…… 게로서의 보고에 명확하게 감정 결과가 기록되어 있으니까요."

경감은 크게 고개를 끄덕이고 가만히 난바의 얼굴을 바라봤다.

저녁 안개가 방 구석구석을 뒤덮으며 탁자 밑에서 소리도 없이 피워 올라 그들을 에워싸기 시작했는데, 창문을 향하여 앉은 난바만은 창으로 들어오는 황혼빛에 비추인 석양 탓인지 아니면 홍조 때문인지 이상하게 긴장한 듯 불그레해져 보였다.

"믿기지 않는군."

난바가 중얼거리듯 한숨 소리를 내면서 물었다.

"그래서 자살로 단정한 겁니까?"

"아, 그것이 타살인 거 같다고 합니다."

경감은 이렇게 말하고 잠시 침묵한 채 보고서를 읽었다. 그리고 고개를 들고서 다시 말을 이었다.

"그렇습니다. 그 당시는 자살인지 타살인지 판명할 수 없었답니다만, 그다음 날 ……17일에 확실한 타살이라는 결론을 내린 겁니다. 그건 게로서 앞으로 배달된 한 통의 편지 때문입니다……."

사인은 이제 알게 되었지만, 그것만으로 타살인지 자살인지 구별할 수는 없고, 우선 약제가 이상한 냄새가 나는 청산가리이기에 타살이라고 하면 어떻게 마시게 했는지가 문제가 되는 건 물론이다. 당국도 처음엔 가능성을 자살에 두고 현장 부근의 대수색을 진행했다. 목적은 물론 청산 용기의 발견이다. 원래 청산의 독은 대단히 격렬한 혈액독이어서 삼키면 몇 분 안에 바로 호흡 중추를 마비시키고 곧바로 질식 상태를 보이며 죽게 된다. 그래서 만일 자살 목적으로 복용한 것이라면 당연히 그 용기는 시체의 주위에 남아 있을 테고, 자살자가 삼킨 후 용기를 은폐하는 일 따위는 도저히 생각할 수 없다.

그러나 이 예상은 완전히 빗나갔다. 면밀히 현장 부근 일대의 대수색을 반복했으나 청산 용기로 보이는 물건은 발견되지 않았다.

그리하여 수뇌부 의견은 타살로 기울었다. 신원을 알 수 없는 것도 이를 뒷받침한다. 그러나 그 수사관들이 최후 타살이라 인정하게 된 것은 죽은 피해자가 손으로 쓴 한 통의 편지 때문이었다. 그 편지는 다음 날 17일 기후현 경찰서 앞으로 배달되었다.

먼저 급한 대로 말씀드립니다. 미타케산 기슭에서 발견될 사체는 소생일 겁니다. 소생은 신변 보호를 게로정 분서에 의뢰했으나 끝내 정신착란자로 취급받고 말았습니다. 그래서 속히 도망할 계획을 세웠으나, 그들 손이 이미 배후에 닿아 있어 도저히 탈출하긴 어렵다는 걸 알았습니다. 만약 미타케산 기슭 부근에서 시체가 발견된다면 소생이라 단정해 주시고, 또한 시체의 신원도 증명할 길이 없을 거라는 걸 알기에, 그때에는 어떻게 해서든지 호잔카쿠 여관 2층의 네 평짜리 방, 도코노마에 걸린 액자 뒷면을 살펴보시면 소생의 신원 모두가 분명해질 것은 물론이고, 과거의 사실 또한 아시게 될 겁니다.

그럼 급한 대로 이만 줄입니다.

히로세 다카오

기후현 경찰부 앞

서투른 글씨로 급하게 갈겨 쓴 편지였다.

"그럼 신원은 밝혀냈습니까?"

난바가 다시 입을 뗐다.

"허사였습니다. 곧바로 형사가 출장 나가서 조사했지만, 액자 뒷면엔 아무것도 없었답니다."

"그럼 벌써 훔쳐 간 건가요?"

"아무래도 그러한 것 같습니다. 보고에는 누가 최근에 액자의 뒷면을 뒤졌는지 먼지가 흐트러져 있었다고 합니다……. 용의주도한 범인이 훔쳐 간 것으로 보입니다."

"그럼 범인이란 자를 알아냈습니까?"

"그것이, 전혀 단서가 될 만한 게 없습니다. 게로서만이 아니라 현의 경찰 모두가 총동원되어 게로 온천을 중심으로 조사했습니다. 그런데 범인처럼 보이는 인물이라 해도, 중요한 풍채나 인상, 나이를 전혀 알아내지 못했습니다. 게다가 게로 온천이라는 곳이 상당히 여행객이 많은 곳이라 수사하기가 상당히 힘들었다고 합니다. 우선 탐문 수사나 호잔카쿠 여관을 나간 후 피해자 행적 수사나 모두 이렇다 할 목표도 없이 막연했던 겁니다. 쥐색 옷을 입은 서른일곱, 여덟 된 알맞은 몸집에 중간키의 남자를 인근 사람들은 거의 기억하지 못했고, 여관 모두를 뒤져도

한 명도 걸려들지 않았습니다. 그러다가 시간은 갔고 여행객들은 하나둘 떠나가 초조함만이 남았습니다. 그렇게 사건은 미궁으로 빠져드나 했더니, 와카야마에서 통지가 날아든 겁니다. 처음엔 이와세의 필적 사진을 보고 그 글씨가 히로세 다카오의 글씨와 비슷하다는 걸 알게 되었고, 그러고 나서 수사 수배 내용을 읽어 보니 이와세와 히로세는 동일인인 것 같고, 인상이나 백금인 의치, 신장 체격에서 흡사하다는 걸 알고서 바로 보고하게 된 겁니다.

원래 수사 수배에 있는 인상이라는 것은 극히 막연합니다. 알맞은 몸집에 중간키, 이목구비가 평범하다 하면 얼른 상상하기 힘듭니다. 그런데 단 한 가지 백금인 의치가 있다는 것이 큰 특징이고, 히로세의 시체에서도 그 의치가 있으니 일단 이와세와 동일인으로 간주해도 좋을 겁니다. 거기다 필적도 감정해 보니 이와세와 동일하다 하니까 그 잔혹한 살인범으로 상상되던 자가 그 누군가에 의해 살해된 것으로 단정해야겠지요. 그래서 와카야마에서도 경악하고 있는 겁니다. 어떠십니까? 난바 씨, 당신은 이 사실을 어떻게 보십니까?"

잠시 깊은 침묵이 흘렀다.

사쿠라이는 엽궐련이 생각났는지 꺼내어 피우기 시작했다. 그 향 깊은 냄새가 방안에 가득 퍼지자, 나라자키 과장도 담배를 꺼내 물었다. 그리고 잠시 저녁 어둠이 깔린 방안은 몽롱한 담배 연기에 갇혀 더욱더 어두워졌다.

"그러면 두세 가지만 묻겠습니다."

겨우 입술을 뗀 난바의 표정이 너무 어두운 걸 알고 경감이 전등을 켰다. 그 전등 불빛에 비추인 난바의 모습은 음산하게 보였다.

그는 정말 이러한 상황 앞에 완전히 기세가 꺾였다. 경감이 예고한 대로라면 그가 수립한 추리는 완전히 뿌리째 뒤집히는 것이라 해도 과언이 아닌 거다.

더군다나 후나토미 유키코를 살해한 것이 그 자라고까지 단언했던 난바로서는, 이 사실은 실로 그의 과거 명성을 일순간에 날려버리는 거였다. 그의 치밀한 추리, 예리한 관찰, 그것들 모두가 마치 하얗게 타버린 잿빛 기둥과 같이 허무하게 무너진 것이다.

경감은 잠시 침묵으로 그러한 표정의 난바를 바라보고 있다가, 말씀하시라고 손짓했다.

"우선 묻고 싶은 것은 그 남자의 지문입니다. 신원은 아직 판명되지 않은 것 같은데, 지문은 조사가 된 것이지요?"

"그것은 제가 대답해드리겠습니다."

지금까지 깜깜히 빛을 등지고 있던 나라자키 과장이 갑자기 중저음의 목소리로 입을 열었다. 최근 도쿄에서 전임해 온 지 얼마 안 된 과장은 경감과 비교하면 대단히 젊다. 피부가 희고 눈썹이 잘 생겼으며 코가 오똑한 게 경감과는 대조적인 귀족다운 느낌이 들었다.

"지문은 충분히 조사했다고 합니다. 현재 저희 수중에 보관된 간사이 방면의 지문 원부(原簿)도, 지난달 중순 기후에서 한 조회로 조사한 적이 있습니다. 그것은 물론 경시청과 후쿠오카현 경찰부도 원부가 있는 것은 모조리 조사된 것으로 압니다. 그런데 모든 것이 무효였던 겁니다. 시체의 지문과 일치하는 것은 끝내 발견되지 않았습니다."

말꼬리가 매우 분명해서 난바는 하나하나 수긍하는 표정을 지어 보였다.

"그렇다면 혈액형은?"

"A형이었습니다."

"부검으로 추정한 나이는?"

"서른네다섯입니다."

"살해 추정 시각은?"

"10월 15일 오후 6시나 7시경입니다."

"가출자나 행방불명자 중에서는 발견되지 않았습니까?"

"네, 해당자는 없었다고 합니다."

다시 난바는 침묵했다. 그리고 안면 근육을 경직시킨 채 가만히 생각에 잠겼다.

아! 왜 그 잔인한 공범자가 살해된 것일까? 우선 류타로와 협력해 시라나미소에서 유미코를 살해, 더욱이 류타로조차 살해된 것처럼 꾸며 놓고 훌륭히 후나토미가의 재산을 빼앗은 그가, 이번에는 류타로를 히가시구마노로 유인해 죽이고, 자신은 오사카로 도망친 거로 하고선 나고야에 모습을 나타낼 만큼 교활함을 지녔는데 이렇게 어이없이 살해되다니 너무나도 기괴한 일이 아닌가?

게다가 그 살해 방법조차 그가 류타로를 죽인 수단과 일치하고, 또한 구마노젠키계곡에서 발견된 류타로가 '이름도 없는 남자'라고 하여 지문까지 없애 버린 것과 똑같이, 그는 미타케산 기슭의 원시림 속에서 신원에 관한 모든 서류를 빼앗기고 마지막 노력으로 써서 보낸 유서와 같은 편지조차 그 목적을 잃고 그의 기대는 보기 좋게 깨져 버린 거다.

그리고 류타로가 나야 류노스케도 아니고, 후나토미 류타로도 아니듯이, 그도 이와세 다카오도, 이와호리 다카야도, 히로세 다카오도 아닌 거다. 두 사람 모두 실명, 정체가 밝혀지지 않은 채 마찬가지로 살해되어 버린 거다.

이런 일치, 이런 잔혹함 앞에 난바는 심한 추리의 혼미함을 느꼈다.

대체 어떤 자가 그리도 흉악한 이와세를 움직이게 하고, 또한 죽일 수 있었던 것일까? 유감스럽게도 지금까지의 조사로 그자는 전혀 그림자도 형체도 보이고 있지 않다. 그렇지만 이처럼 선명하게 흉악한 범인을 살해한 재능을 생각하면 류타로보다도, 또한 공범자보다도 이상의 재주와 지혜, 의지력의 남자라고 상상할 수 있지 않을까?

그의 진짜 목적, 그것은 역시 후나토미가의 재산이었음이 틀림없다. 그래서 그는 이와세가 교묘히 류타로에게서 모든 것을 빼앗아 버린 걸 알자, 이번에는 이와세의 목숨을 노리기 시작한 거다.

이와세가 게로 분서에 나타나고 와카미야 경위에게 구조와 보호를 의뢰한 것도 재빨리 그러한 위험을 알아차렸기 때문에 두려웠던 건지도 모른다.

그러나 난바는 갈피를 잡지 못했다. 만일 지금 이 사실로 제삼자를 상상한다고 하면, 그는 후나토미가와의 인연을 어떻게 생각해야 하는가? 또한 시라나미소의 참극으로 시작되는 이 착잡한 살인 사건도 모두가 그가 꾸민 연극에 지나지 않는다고 봐야 하는가? 그리고 또한, 류타로도 이와세도 모두 그 무대에서 조종당한 것으로 봐야 하는가? ……이러한 의혹이 격렬하게 난바를 당혹하게 했다. 그리고 그 의혹의 근원은 청산가리에도 있었다. 류타로가 청산가리로 살해되고, 이와세 역시 청산가리로 살해되었다. 그것은 분명히 동일 수법을 시사하기 때문이다.

이것을 날짜로 거슬러 올라가 생각하면, 12일 저녁에 류타로가 살해되고 그날 밤을 가아이의 숙소에서 보낸 이와세가, 다음 날 13일 전보를 오사카로 발신하자마자 바로 차를 타고 시모이치구치에 다다라서 요시노 철도에서 산구전철(參宮電鐵)로 갈아탔다. 그러고선 기차나 전철로 나고야까지 장거리를 달려 그날 밤을 역 앞 여관에서 묵고, 다음 날 14일 게로 온천에 투숙했다. 그리고 그다음 날 15일 저녁에 류타로가 살해된 것과 동일한 방법으로 살해된 거다.

불과 3일에 걸쳐 일어난 일들이다. 배경은 야마토알프스*에서 일본알프스**로 옮기고 있어도, 그러한 대자연을 배경으로 똑같은 청산가리로 인적 없는 곳에서 신원 불명인 채 살해한 것을 보면 틀림없는 동일인 수법의 범죄로 여겨진다.

생각할수록 이러한 사실이 난바의 뇌리를 혼돈스럽게 했다. 그가 두려워하는 것은 아직껏 모습과 행방을 드러내지 않고 있는 살인마의 존재였다.

나라자키 과장은 잠시 난바의 그러한 모습을 지켜보다 다시 명쾌한 음성으로 새롭고 경이로운 사실을 이어갔다.

"그럼 계속해서 이번에는 와카야마의 형사과에서 발견한 사실에 대한 보고를 말씀드리겠습니다. 어쩌면 이것은 난바 씨도 알고 계실지 모르겠습니다. 류타로에 관한 사항이니까요.

어제 난바 씨는 여러 가지로 설명하셨을 때에, 류타로는 히가시구마노 산속에서 이와세에 의해 살해되었다고 하셨습니다. 그리고 류타로는 청산가리를 삼켰고, 소지품은 모두 빼앗겼으며 지문조차 벗겨졌다고 하셨습니다. 그런데 오늘 와카야마에서 온 통지문에는 난바 씨가 말씀하신 이와세의 편지 이외에 한 가지 물증이 더 발견되었다고 합니다. 그렇습니다. 분명히 후나토미 류타로라 적은 종잇조각이 발견된 겁니다."

"아니, 뭐라고요?"

난바는 또다시 세차게 얻어맞은 듯이 몸을 벌떡 일으켰다.

* 나라현 요시노군 도쓰카와(十津川) 동쪽 산맥.
** 중부지방의 히다·기소·아카이시(赤石)의 세 산맥의 총칭.

"어, 어디서 발견되었습니까?"

"신발 바닥에서입니다."

"신발?"

난바는 어이없단 표정으로 사쿠라이를 바라봤다. 사쿠라이의 콧잔등에 있던 안경이 그 순간 전등 불빛에 비춰 반짝하고 빛이 났다.

"한 형사가 신발 바닥을 자세히 살피다가 바닥 가죽 위에 있는 모피 깔개를 벗기자 나왔더랍니다."

"크기는 어느 정도?"

"명함 크기…… 보통의 명함만 한, 이름이 인쇄되어 있었는지는 듣지 못해서 명함인지 아닌지는 말씀드리기 어렵습니다만……."

"뭐라고 적혀 있었습니까?"

과장은 침착한 태도로 보고서 페이지를 넘겼다.

"그럼 읽어 보겠습니다. 들어 보십시오. 이 종잇조각이 발견될 때는 저의 사후라고 생각합니다. 발견한 사람은 아마 저의 사인을 의심하겠지만, 그것은 어떤 방법으로 죽었든 꼭 타살이라 믿어 주십시오. 무서운 그 범인의 이름은 ×노부(×野武)라는 남자입니다……."

"잠깐만요, 지금 말한 범인의 이름을 다시 한번 말씀해 주십시오."

난바가 말했다.

"그것이 명료하지가 않습니다. 노부라는 글자밖에 알 수 없고 그 앞글자를 판독할 수가 없어서 결자(缺字)로 처리해서 보고해 온 겁니다. 노(野)라는 글자 앞에 무엇이 오느냐에 따라서 부(武)라는 글자도 달리 읽게 되지요. ×노다케시(野武)로 읽든지 아니면 세 글자로 ×노부라고 읽던지, 그렇지도 않으면 부(武)의 다음에 한 글자가 더 와서 네 글자의 이름이 되든지 말입니다."

"그렇다면 그 종잇조각은 어디에 있습니까?"

"오늘 구마노에서 와카야마로 가지고 왔을 겁니다. 요청해서 내일이라도 가져오도록 할까요?"

난바는 또다시 침묵했다. 오늘 받은 다도코로 경감의 편지에는 신발에 묻은 이끼의 의문에 관해서는 적혀 있었지만, 지금 과장이 말한 종잇조각에 관해서는 한마디도 언급하지 않았다. 그러니까 종잇조각이 발견된 것은 경감이 편지를 쓰고 난 이후의 일인 것이다. 그건 그렇고 지금의 문구로 보면, 류타로도 생명의 위협을 느꼈던 것으로 보인다. 그렇다면 그는 대체 어떠한 이유에서 그러한 공포를 느꼈던 것일까?

살해될지 모른다는 공포는 예삿일이 아니다. 그것을 명함 크기의 종잇조각에 써서 신발 바닥에 숨겼고, 만일 살해될 경우에 이것으로 범인을 경찰 손에 넘긴다는 것까지 고려한 점으로 두루 살펴보면 이와세가 신변의 불안을 경찰에 신고하고도 받아들여지지 않자 죽음을 각오한 편지를 보낸 처치와 방법이야말로 기발했는데, 그 불안한 마음은 동일한 것이라 말할 수 있다.

류타로도 살해될 방법에 의혹을 느끼고, 신원 불명으로 끝날 것을 우려해 자신의 이름을 적어서 남기고 더욱이 범인의 이름마저 적어 놓은 주도함은, 이와세가 여관의 도코노마 액자 뒤로 한 건의 서류를 남겨 놓은 방법에 결코 뒤지지 않는다고 말할 수 있다.

이처럼 두 사람이 똑같이 생명의 불안을 느끼고, 같은 방책으로 악인의 완전한 미봉책의 파탄을 기대한 것에서, 난바는 양자 모두 동일범에 의해 살해된 게 아닌가 하는 제삼의 살인마 존재를 상상했다.

"그리고 한마디만 더."

나라자키 과장이 말을 이었다.

"기묘한 문구가 마지막에 적혀 있었습니다. 그것은 《야고초》라고 하는……."

"《야고초》라고요?"

난바는 다시 놀라서 목소리를 높였다.

"네……."

"적혀 있었다는 건가요?"

"그렇습니다."

과장은 명확히 수긍하며 이상하다는 눈빛으로 두 사람 얼굴을 번갈아 쳐다봤다. 왜 이 간단한 문구가 그렇게도 두 사람을 놀라게 한 건지 의아해서였다. 조용히 경청하던 경감마저도 그 문구의 의미를 이해하고 의아스러운 눈으로 두 사람을 응시했을 정도였다.

"그것은 제가 설명해드리지요."

사쿠라이 변호사가 말한다. 맨 처음 유키코를 통해 신문에서 오려낸 기사를 보게 된 것에서 류타로의 본명이 나야 류노스케란 것을 알았고, 도쿄로 조회해 나야 류노스케란 자가 옥사한 사실을 알았다고 했다. 또한 '야고초'라는 글자는 최초 피해자인 후나토미 유미코가 전남편을 추모하기 위해 와카를 지었는데, 그 와카를 적어 놓은 미농지를 네 번으로 접어 철을 해 놓은 노트의 제목이며 신문 기사도 그 유고 시집에서 발견한 것이라 했다. 오늘 아침에도 그 노트가 유키코의 책상 위에 있어 다시 넘겨보았더니 뜻밖에도 여섯 페이지 정도가 찢겨 나가 있었다고, 오늘 아침의 수사 결과를 말하고 그 유고 시집이 전혀 관계가 없지 않다는 점을 강조했다.

이야기를 다 듣고 난 두 사람은 다시 한번 이 사건이 얼마나 복잡하게 얽혔으며 괴이한 공포로 가득 찼는지를 깨달았다. 그리고 어딘지 모르게 사건 전체가 망막하고, 어디까지가 진상이며 어디서부터가 범인의 위장인지, 그 전모 파악에 고심하는 거였다.

"그렇다면 이번 후나토미가의 사건도 어느 정도 관계가 있을 것 같습니다."

유게 경감이 약간 격분한 소리로 말했다.

"어쩌면요……."

난바는 아주 우울한 감정이 스며 나오는 소리로 대답했다.

"……그러나 저로서는 이제 단언할 수가 없습니다. 다만 저는 지금 여기서 말로 형용할 수 없을 만치 두려운 흉악한 인물을 생각하고 있습니다.……그 자는 아마도 인간이 아닐 겁니다. 설령 인간의 가면을 썼다 해도 마음은 귀신, 머리는 악마, 몸은 나찰(羅刹)이라고 할 수 있을 겁니다. 류타로는 생명의 위험을 느껴 십여 년이나 부지런히 일해서 안정시킨 생활을 헌신짝처럼 버리고 후나토미가의 재산을 편취할 생각을 하게 된 거겠지요. 그리고 또한 자기 소멸도 기도한 거겠지요. 저는 이제 비로소 류타로의 범행 원인을 알 것 같습니다. 다키자와에게 혐의를 옮기고 이와세라 하는 남자를 이용한 것도, 요점은 이 근원을 이루는 생명의 공포를 벗어나기 위해서 계획하고, 범행에 부수적으로 낳은 파생적 수단에 지나지 않는다는 것을 말이죠. 그래서 류타로를 죽인 것도 물론 그 자라면, 이와세를 죽인 것도 그 자일 겁니다. 어쩌면 유키코 씨를 죽인 것도 그놈일지 모릅니다. 탐욕에 질리지 않은 살인마라면 그 정도는 아무것도 아니었겠죠. 다만 유감인 것은, 그러한 많은 범죄의 흔적을 이다지도 명백히 알고 있으면서도 누구도 그 살인마의 모습을 보고 있지 않은 겁니다. 누구도 그 자를 탐사할 수 있는 증거의 흔적을 파악하고 있지 않은 겁니다. 아! 정말 오늘이야말로 저 자신의 무능함을 알았습니다. 세상에는 이렇게도 무서운 죄악의 화신이 있다는 것도 뼈저리게 느꼈습니다. 억울합니다. 그놈을 잡을 수 없는 것보다, 지금까지 그점을 깨닫지 못한 저의 불민함과 무력함이 억울한 겁니다."

모두가 조용히 배 속 깊이 솟구쳐 오르는 난바의 침통한 말을 듣고 있었다.

창밖은 완전히 저녁 어둠에 가려지고 상당한 시간의 경과를 말하고 있었다. 그렇지만 일동은 여전히 테이블을 둘러싼 채 잿빛 느낌이 드는 방안에 웅크리고 앉아 움직이려고도 하지 않았다. 그리고 다들 이상하게 긴장한 표정으로 서로의 얼굴을 가만히 마주할 뿐이었다.

제9장

비약하는 관찰

1

난바가 말하는 사건의 전모는 방대한 내용만큼이나 잔인하고 냉혹하며, 교활하면서 영리하기까지 한 살인마를 주인공으로 그린 한 편의 희곡이었다.

그는 이 희곡의 작가, 각색자, 연출자, 그리고 무대감독까지 같은 인물로 간주했다. 그리고 처음 사건의 발단부터 교묘한 무대효과와 화려한 배경에 이르기까지 설명하며 그 안에서 꿈과 같이 그려냈다. 작가가 의도한 현란한 무대를 훌륭히 연출했다.

서막은 말할 나위 없이, 시라나미소의 참극이다. 백사청송(白沙靑松) 기암 절경으로 이어진 온천지를 배경으로 고르고, 진홍의 피로 채색하며, 절벽의 기슭으로 밀어닥치는 무섭기까지 한 푸른빛을 띤 바다의 파도를 그곳에 배치한 무대의 구성은, 보는 사람에겐 황홀감을 주었다. 그리고 작가가 의도한 첫 번째 위장은 완전히 성공하고, 조종당한 배우들은 무대를 종횡으로 움직이며 돌고 마침내 서막의 주인공 다키자와 쓰네오를 체포한다. 관객도 당연한 귀결이라 간주하고 일제히 박수를 보냈다.

그런데 2막은 다소 의외였다. 너무나도 화려한 무대에 현혹되어 있던 관객은 제2막에 등장한 인물의 활약을 보고 점점 그 꿈이 깨져 갔다. 그리고 서막의 교묘한 트릭이 차례차례 밝혀지자 이번에는 찬사의 박수를 아끼지 않았다. 죽은 줄로 알았던 류타로가 다시 등장할 때는, 너무나 뜻밖이라 잠시 망연해했다.

무대가 돌고 배경이 장대한 야마토 알프스 연산으로 바뀌자, 관객은 이번에는 귀신의 울음소리가 구슬피 들리는 것 같은 처참함에 무서웠다. 그리고 제2막에 등장한 '살아 있는 류타로'가 다시 그 음산한 배경 속에서 지문이 벗겨진 채 살해된 것을 발견하고 피부에 소름이 돋았다.

이윽고 무대는 일변해 번화한 오사카로 옮겨져 사쿠라이 변호사를 주축으로 류타로의 과거 신원에 대한 조사가 이어지고, 여주인공 유키코가 어머니의 유품 〈야고초〉 노트를 들고 등장한다. 옛 전통 속에서 전설에 얽매여 어둡게 살아 온 그녀 어머니의 인생이 수수께끼 같은 과거의 비밀과 함께 펼쳐진다.

그러나 작자가 노린 이 희곡의 열쇠는 아직 철저하게 숨겨져 있다. 제4막까지는 이렇게 서서히 이와세라는 남자에 대한 혐의만을 교묘히 부각하고, 관객들은 그 악독한 범인이 체포될 막을 숨을 죽이며 기다리는 걸 확인하자, 돌연 무대가 바뀐다. 제5막은 일본알프스를 배경으로 주목 밀림을 배치한 장대한 무대다. 전(前) 막까지 유일한 범인으로 생각했던 이와세라는 남자가 류타로와 똑같이 청산으로 살해되자, 관객은 모두 그저 혼미와 당혹, 뜻밖이라는 느낌에 빠져들었다.

이리하여 무대는 점점 대단원의 막을 서두르고 있었다. 하지만 사건의 전개가 이렇게 되면, 관객에게는 지금까지 눈앞에 펼쳐진 각 무대의 장면이 망막하게 느껴질 뿐, 과연 작가가 노린 함정은 어디에 있는지, 또한 진범은 누구인지 알 수 없어 헤매기 시작했다.

그다음 다시 오사카로 무대가 돌아오고, 좁은 수로 앞에 지은 낡은 후나토미가가 나타난다. 그 집에서 단 한 사람의 여주인공 유키코가 살해되고, 다시 그 혐의자로 제1막에서와 마찬가지로 등장한 다키자와가 체포되는 것을 보고도, 관객들에게 다키자와는 단순한 어릿광대 역으로밖에 비쳐지지 않았다. 그것보다 오히려 이 무대에도 나와 있겠지, 눈에 보이지 않는 무서운 살인귀는 과연 어느 놈일까 하고 눈을 부릅뜨고 귀를 세우며 손뼉 치는 것도 잊고 숨을 죽이며 다음 막이 열리길 기다렸다.

하지만 그다음에 올 막은 난바도 알지 못했다. 또한 몇 막까지 이 연극이 이어질지, 대단원의 막은 어떻게 되는지, 예상도 할 수 없었다.

난바 자신도 이 무대에서는 훌륭한 작가에게 조종당하고 배우 한 사람으로 활약하고 있었던 거다. 그래서 다음 막에서도 당연히 등장해야 한다. 그런데 그는 그 무대의 배경도 모르지만, 대사도 몰랐다. 더군다나 등장인물의 멤버도 몰랐고 서서히 등장해야 할 두려운 진범의 이름도 모습도 몰랐다.

단지 그는 청중인 과장과 계장, 사쿠라이 변호사와 마찬가지로 무한한 공포와 억울함, 이제부터 어찌하면 좋을지 표현하기 어려운 초조함만이 강풍처럼 마음속을 어지럽혔고 한없는 혈기만 끓어올랐다.

다음 날 9일이 되자, 와카야마에서는 다도코로 경감이 출장을 다녀왔다. 그는 여러 가지 정보 외에 기노모토서가 발견한 두 개의 가방도 가지고 왔다.

그것은 류타로와 이와세가 기노모토정에서 구마노 가도로 도망쳤을 때 버리고 간 것이다. 그러나 가방 안에는 두 사람의 신원을 증명할 물건은 아무것도 없었다. 잡다하게 쑤셔 넣은 여행 도구와 의류, 양품 잡화가 있어서 두 사람 소지품인 것은 증명되었지만 그뿐이었다.

류타로의 신발 바닥에서 발견된 종잇조각은 역시 후나토미 류타로라 인쇄된 명함이었다. 필적은 류타로의 글씨체였고, 난바가 기대하던 범인의 이름은 보고한 대로 ×노부밖에는 알 길이 없었다. 노(野)의 앞 글자는 바닥 가죽을 뚫고 나온 못에 찢겨져 있었다.

난바는 다시 형사과 부장 형사들과 함께 나고야로 갔다. 다카야마선에 편승하여 게로 온천에도 갔다. 이와세의 종적을 자세히 더듬어 거기서 뭔가 새로운 사실을 찾으려고 하였다.

이렇게 며칠이 지나갔다. 산골 겨울은 빨리도 찾아왔고, 11월도 중순이 되자 알프스는 이미 겨울옷을 입기 시작했다. 자연은 일제히 겨울로 발걸음을 내딛고 있었다.

그렇지만 수사에는 조금도 새로운 서광이 비치지 않았다. 초조와 혼미 속에서 수사원들은 지쳐가고, 난바의 각고의 노력도 보람이 없이 분주하게 시간만 흘러갔다.

류타로가 전과자는 아닐까 하는 생각에 그의 사진을 전국 경찰에 배포하였다. 또 이와세 시체에 적당히 분장을 하여 생전의 얼굴과 흡사한 사진을 찍어 전국 각지에 배포했다. 그렇지만 모든 게 허사였다. 경시청에 보관한 몇만 장 되는 사진 속에서도 끝내 한 명의 유사한 인물을 찾을 수 없었다.

또한 난바는 이와세가 요시노철도로 도망친 이후의 상세한 행적을 수사한 결과, 그가 나고야시에서 더러워진 옷을 팔아치운 사실과, 게로에서 시체로 발견되었을 때 입고 있던 양복을 구입한 점포를 밝혀낼 수 있었다. 하지만 그것뿐, 그 이상의 진전은 끝내 없었다.

그리하여 사건은 완전한 미궁 속으로 빠져들었다. 간사이의 경찰 블록을 지배하는 오사카 경찰부도 이제 포기의 기로에 서 있었다. 후나토미 유키코와 식모 살해 사건의 범인으로 다카자와를 체포하긴 했지만 그의 자백을 얻지 못한다면, 유죄를 입증할 증거가 터무니없이 부족했다. 거기에 《야고초》의 일부가 찢긴 사실이 드러나고, 다키자와가 그것을 완강히 부정해 버리면 다시 제2의 범인을 생각해야 했다.

밤이 되면 후나토미가의 주변은 고양이 한 마리 다니지 않을 만큼 한적해서 다키자와를 목격했다는 사람이 없었다. 게다가 다키자와가 돌아간 뒤 또 다른 진범일지 모를 자가 유키코의 집을 방문했을 수도 있기에, 다키자와를 우선 석방하지 않으면 안 되었다. 유게 경감이 기울인 필사의 노력도 허사로 돌아가고, 경찰의 체면을 회복할 기회도 사라졌다.

어느새 11월 20일, 피로에 지친 난바는 교토 히가시산(東山)의 기요미즈(淸水) 근처에 마련한 조용한 거처로 돌아왔다. 그는 모처럼 오랜 여행의 피로를 풀면서 만개한 국화꽃과 지금이 한창인 기요미즈의 단풍을 바라보며 깊은 상념에 잠겼다.

그의 고민은 단 한 가지, 이 사건의 진상 파악이었다. 그래서 그는 성심껏 시라나미소 여관에서 사쿠라이 앞으로 그날그날의 상세한 수사 내용을 써서 보냈듯이, 다시 펜을 잡고 비망록의 페이지를 채워가기 시작했다. 그렇게 기록해 놓으면 언젠가는 다시 열려질 제6막, 또는 대단원의 막에 참고가 되리라 생각했다.

그로부터 3일이 지난 11월 23일, 난바를 찾아온 뜻밖의 인물이 있었다. 이 사람의 방문이 난바에게 마침내 제6막도 아닌, 대단원의 막이 시작됨을 알리는 효시기(拍子木)*였다. 새로운 빛줄기가 찾아온 것이다.

---

* 가부키(歌舞伎) 등에서 시작을 알리는 신호용으로 두드리는 나무 막대기.

2

11월 23일의 아침은 차가워진 공기에 짙은 안개가 끼고 일찍 잠을 깬 난바에게 꽁꽁 어는 듯한 추위가 온몸에 전해졌다. 마치 히가시구마노 산속에서 새벽을 맞이하고 류타로의 시체를 수사하기 위해 나섰을 때의 추위가 생각날 정도였다.

난바는 아직 젖빛 공기 속에 태양 빛이 몽롱하게 비치는 것을 보자, 서릿발을 사각사각 밟아 부수며 정원으로 내려와 분재와 정원수를 손질하기 시작했다.

숨을 내쉴 때마다 하얀 입김이 나왔다. 허리를 쭉 펴고 히가시 산을 바라보자, 짙은 송림에 둘러싸인 언덕은 아직 안개 속에 잠들어 있다.

정원 손질을 대충 마치자, 그는 방으로 들어와 책상 앞에 앉았다. 며칠 사이에 일과가 되어 버린 비망록을 정리하기 위해서다.

그때 식모가 명함 한 장을 손에 들고 들어왔다.

명함을 받아 본 난바의 얼굴에 갑자기 희열의 빛이 감돌았다. 그 명함에는 '아카가키 다키오'라고 분명하게 적혀 있었기에.

난바는 황급히 현관으로 달려 나갔다. 현관에서 그는 거의 1년 만에 보는 선배 아카가키 다키오의 반가운 모습을 확인할 수 있었다.

그런데 왠지 많이 변한 모습이었다. 작년 늦가을 시모노세키까지 배웅했던 때와는 너무나도 야위고 늙어 버린 모습이 아닌가.

쉰이란 나이가 아직 멀었는데, 지금 눈앞에서 보는 아카가키는 머리카락도 희고 볼도 야위었으며, 이마에는 자잘한 잔주름까지 생겨 아무리 보아도 예순을 넘긴 노인으로밖에 보이지 않았다.

안뜰 쪽 객실을 지나서야 비로소 아카가키는 반가운 미소를 짓고, 난바에게는 귀 익은 목소리로 오랜만이라는 인사를 표했다.

"역시 선배님이셨군요."

대충 인사를 끝낸 후 난바는 안심한 듯 말을 꺼냈다.

"……실은 너무 변해서 혹시 잘못 보았나 했습니다."

"그랬겠지."

아카가키는 고개를 끄덕이며 야윈 볼을 만졌다.

"……많이 말라서였겠지.…… 그렇지만 이나마 살아 있는 것만도 다행이네."

"그런데 자네도 상당히 야위었는걸. 대체 언제였더라, 우리가 헤어진 게……."

"작년 이맘때였습니다."

"그래, 맞아.…… 그랬을 거야. 내가 배를 탔을 때 단풍이 한창이었지."

말하면서 아카가키는 담배를 꺼내 피웠다. 그의 손가락은 니코틴에 배어서인지 황갈색이다.

"언제 돌아오셨습니까?"

"어제…… 어제 막 오사카에 도착했지. 그런데……."

갑자기 아카가키는 날카로운 눈빛을 띠며 말했다.

"이번 사건은 좀 큰 거네. 어쩌면 자네에게 도움을 부탁하지 않으면 안 될지 모르겠지만, 그때까지 잠시 내가 귀국한 건 비밀로 해 줬으면 싶네."

"……하면, 역시 지나(支那)*의?"

난바도 갑자기 목소리를 낮췄다.

"음, ……장개석(蔣介石)이 지배하는 남의사(藍衣社)** 일당 말일세. 몇 명이 밀명을 띠고 잠입한 모양이야."

"내지(內地)***로 말입니까?"

"그렇다네."

아카가키는 고개를 크게 끄덕이다가 금세 복잡한 표정으로 잠시 귀를 기울였다. 사각사각 옷이 스치는 소리가 났고 식모가 다과를 들고 나타났다.

아카가키 다키오라고 하면 기억이 좋은 독자는 아마 난바가 시라하마에서 이 명함을 자주 사용한 것을 기억하리라. 그리고 아카가키가 만주를 무대로 활동하고 있다는 것도 알 것이다.

난바의 눈앞에 있는 머리카락이 하얀 남자가 바로 그 아카가키인 것이다. 신체는 난바와 거의 다름없을 만큼 튼튼한 골격을 지녔지만, 지금은 난바보다 야위었다. 얼굴도 난바와 마찬가지로 별다른 특징 없이 평범하지만, 피부색이 이상하게 노랗다.

난바가 기억하는 아카가키 다키오는 혈색도 좋고 눈도 날카롭게 빛났다. 그리고 치열도 고르고 예쁘게 나 있었다. 그런데

* 중국을 뜻하는 옛말.
** 장개석의 독재 유지를 목적으로 한 국가주의적 조직. 만주사변 무렵에 결성.
*** 일본을 가리킴.

지금의 아카가키는 목소리만 변함이 없지 몸 전체가 오랜 피로와 궁핍, 인고의 생활을 말해주고 있었다. 깊이 팬 주름도 일조일석(一朝一夕)의 고생으로 생긴 게 아님을 한눈에 봐도 알 수 있었다.

식모가 나가자, 아카가키는 갑자기 무릎을 치며 난바에게 말했다.

"이제야 자네 얼굴이 야윈 이유를 알았네."

그리고 난바의 책상 위에 놓인 비망록을 손에 들자, 재빨리 그 페이지를 넘기기 시작했다.

아카가키는 민간 비밀 탐정이다. 난바가 수사 과장을 그만두고 민간으로 사립 탐정을 개업했을 때 그에게 새로운 여러 가지 일거리를 가져온 사람이 아카가키였고, 난바는 아카가키의 일을 반은 조수와 같은 위치에서 도왔다. 아카가키가 직접 다루는 사건은 거의 국가를 배경으로 한, 비밀을 필요로 하는 성질의 것이었기에, 난바는 내용도 충분히 알지 못한 채 각종 수사에 협조했다. 그런데 그러는 사이에 난바는 이 아카가키라고 하는 남자의 진가를 알게 되었다.

가끔 들어오는 민간 사건 의뢰는 아무리 복잡한 것이라도, 아카가키는 순식간에 해결해 주었다. 아무리 곤란하고 복잡한 사건도 그의 손에 걸리면 마치 간단히 묶인 끈처럼 손쉽게 풀렸다.

분석적인 두뇌 구성이 의문의 사건 해결에 적합한 건지, 아니면 관찰력과 추리력, 귀납적 능력이 탁월한 건지, 여하튼 그가 수립하는 추리는 신속하고, 결론은 정곡을 찌르는 것이어서 조금의 착오도 없다.

난바는 아카가키의 조수로 일하면서 그의 능력을 재차 경험했다. 불과 몇 분 본 것에 지나지 않는 사소한 사건에서 상상도 할 수 없는 범죄의 단서를 발견하거나, 의뢰받은 난해한 사건을 얼마 안 되는 자료를 본 것만으로도 그 자리에서 분명한 해답을 주었다. 실로 홈스의 충실한 기록자 왓슨 박사보다도 나은 놀라움을 난바는 자주 경험하였다.

난바는 아카가키 다키오를 매우 우상시하였다. 그러한 태도는 선배라기보다 오히려 은사를 대하는 감정에 가까웠다.

그 때문에 아카가키가 자신의 수사 비망록을 읽는 것을 보자, 그의 눈동자는 기쁨으로 떨렸다. 뭔가 갑자기 밝아지는 기분조차 들었다. 물론 자욱했던 아침 안개가 서서히 걷히고 햇빛이 객실까지 흘러들어온 탓이기도 했지만, 난바에게는 그 밝음이 마음 안쪽까지 깊이 채워지는 듯했다.

아카가키는 담배를 무심히 피우면서 묵묵히 비망록을 읽어 내려 갔다. 그것을 지켜보면서 난바는 군데군데 참견하며 간단히 설명했다.

최근에 이르러 수사가 진전 없이 길을 잃고 미궁을 헤매야 했던 상황을 설명하고 나자, 아카가키는 잠시 담배 피우는 것조차 잊어버리고 깊은 생각에 빠졌다.

그것도 잠시, 그의 눈동자가 반짝였다. 예전에 난바가 자주 보았던 그 눈동자였다. 난바는 갑자기 내리쬐는 태양에 현기증을 느낄 때처럼 어지러움을 느꼈다. 의욕으로 불타오르는 그 눈동자는 왕성한 두뇌 활동을 보여주는 듯했다.

"난바……, 자네는 실로 이 사건에 거의 모든 힘을 기울여 쏟았겠지. 알지. 자네가 그렇게 노력한 흔적을 말일세. 필시 보통 아니게 고심했을 거야. 특히 저 정도로 정교하게 설계한 시라나미소 참극의 진상을 파내기란…… 정말 자네가 아니고서는 하는 생각이 드는군. ……그러나 난바. 그것과 동시에 또한 자네는, 정말 중대한 착오를 범했다는 것을 인정하지 않으면 안 되네. 뭐 이걸로 공죄(功罪)를 서로 절반씩 상쇄하면 되겠지만, 그래서 지금까지 진범 검거를 못한 과반의 책임은 자네에게 있는 거고, 아니 그것보다도 만일 맨 처음에 자네가 이 중대한 착오를 알아차렸더라면…… 어쩌면 살릴 수 있었을지도 모를 두 사람의 생명, 그 점에 관해서만이라도 자네는 사건 의뢰인에게 깊게 사죄해야 하네."

아카가키의 말은 대단히 어조가 낮게, 빠진 앞니 때문인지 발음이 하나도 명료하지 않았다. 하지만 난바에게는 그의 그러한 말이 하나하나 귓불에다 벼락을 치듯이 울렸다.

"……중대한 착오라니요……?"

생각지도 못한 일이라 난바는 핏기가 완전히 가신 얼굴로 외쳤다.

"음…… 근본적 관찰의 오류라고 할까, 아니면 출발점의 실수라고나 할까……."

"어, 어디가 말입니까? 어떤 점이 실수인 겁니까?"

그러나 아카가키는 유연하고도 침착한 태도로 담배 연기를 내뿜으며 조용히 국화꽃이 흐드러지게 핀 정원을 바라봤다. 그 모습은 마치 몹시 흥분하는 난바를 진정시키기 위해 일부러 틈을 주려는 것처럼 보였다.

3

"어디가 중대한 착오인가……를 말하기 전에, 우선 왜 자네가 그러한 수사 방침을 취했는지, 그것부터 되짚어 보게나."

아카가키 비밀 탐정은 다시 조용한 어조로 말하였다. 그 태도는 마치 난바가 시라나미소 별실에서 스사 청년을 앞에 두고 하나하나 사건의 진상에 관해 자신의 견해를 설명했을 때와 유사했다. 단지 다른 점이라면 그때와 달리 이번에는 난바가 반대 입장이 되었다는 거였다.

"우선 첫 번째로 묻겠네만, 자넨 대체 어떠한 이유에서 류타로가 의심스럽다고 지목한 건가?"

"그것은 사쿠라이 군한테 사건의 상세한 내용을 들었을 때입니다."

난바도 이제 평소의 침착함을 되찾았다. 다만 굳이 다른 점을 찾자면 불타오르는 듯한 탐구욕을 드러낸 그의 두 눈에 깊은 우울감과 고민이 깃들였다는 거였다.

"이야기를 듣고 바로 수상히 여겼다는 건가?"

"네!"

"……그래 어떤 점이 수상했나?"

"어떤 점이라니요? 류타로의 시체가 발견되지 않았다는 사실이지요."

"그것뿐인가?"

"그리고 절벽에 혈흔이 남아 있고, 시체를 절벽 위에서 던졌으리라 추정……."

아카가키는 그 마음의 밑바닥까지 들여다보고 있는 듯한 눈으로 가만히 난바의 눈을 응시했다.

"음. 자네는 최근 탐정소설을 읽었나?"

"예!"

난바는 곤혹스러운 표정으로 아카가키의 불그레한 얼굴을 다시 쳐다봤다.

"레드·레드메인즈……읽었겠지?"

"……."

난바는 말없이 고개를 끄덕이면서 왜 묻느냐는 눈으로 아카가키를 다시 바라봤다.

"혈액형을 조사한 것도 그 때문이었군. 잘 알겠네……."

아카가키는 자연스레 고개를 저었다.

"왜 그러시죠?"

"왜 그렇다니, 그게 자네의 특징이자 결점이기 때문이야. ……자네는 정말 실제적이고 전형적인 경찰관일세. 그러니 흔한 시정 사건은 자네 같은 사람이 최적인 거고. 한마디로 말하자면 지문을 조사하거나 범죄 수법을 연구하거나, 또한 혈액형을 확인해 보거나……, 요컨대 그러한 수사 방법에는 탁월한 수완가이 겠지. 하지만 그게 다일세. 좋은 점이 있으면 또한 나쁜 점도 있 다는 것은……알겠는가? 이 말의 의미를……."

아카가키는 다시 맛있다는 듯 담배 연기를 내뿜었다. 그러고 선 여전히 수긍하지 못한 채 의아스러워하는 표정으로 있는 난 바를 보고서 다시 말을 이었다.

"그럼 한 가지 더 명확한 걸 말해 주지. 잘 생각하게. ……자넨 어떻게 류타로가 구마노 산속에서 살해된 것을 알았나?"

"물론 모든 정황이 그 사실을 가리키고 있었기에."

"음, 그랬겠지. 사실이라 가리키고 있었기에 이해했던 거로군. ……하지만 만일 아무 단서가 없었다면 어떻게 되는 건가?"

"없었다니요?"

"그러하네. 구마노 가도의 여관에 이름이 없고, 부락에서 목격 자조차 없었다고 하면……."

잠시 난바는 무너지려는 자신을 필사적으로 붙잡으려고 눈동 자를 한 곳에 고정시킨 채 뚫어져라 쳐다보았다. 이 말 속에 포 함된 의미를 날카롭게 읽어 내려고 한 것이다.

"그럼, 그 범행의 흔적 모두가?"

"이해했나?"

"하지만 너무……."

"너무 ……어째서냐고?"

"생각이 너무 엉뚱한 거 같습니다."

"어째서?"

"모든 게 준비된 범행의 흔적으로는 생각되지 않습니다."

난바의 얼굴에는 핏기가 완전히 사라졌다.

"그럼 모두라고는 말하지 않겠네. 예를 들면 다치바나야 여관에서 두 사람이 바뀐 것과 같이, 중요한 범죄 설계의 하나이니까."

"그럼 그 이와세라 하는 자의 죽음은?"

"훌륭한 연극이지."

또다시 난바는 망연자실했다. 아아, 아카가키는 지금까지 난바를 비롯한 경찰관 일동이 갖은 고생을 하여 잡아낸 증거가 모두 범인이 준비해 놓은 교묘한 위장이라 갈파하고, 더욱이 그 주목 원시림에서 죽은 이와세도 마찬가지로 부정하려 하고 있다.

"하지만 시체가 있었습니다."

"누구의?"

"이와세 시체입니다……."

아카가키는 조용히 난바의 창백한 얼굴을 바라봤다.

"그걸세. 훌륭한 연극이라는 게……."

"그럼, 누구입니까? 그 시체는……."

"이와세가 아니라고 하면 그 대역이 아닐까……."

"그럼 이와세는요?"

난바는 조급한 듯 말했다.

"살아 있네. 멋지게……."

아카가키는 변화가 없는 낮은 목소리로 침착하게 말했다.

"……."

난바는 소리 없이 가만히 아카가키가 내뿜는 담배 연기만을 주시했다. 그의 뇌리에 심한 혼돈이 일어났다. 아카가키의 탁월한 추리에 압도되었는지 평소의 신중했던 추리력이 완전히 힘을 잃어버린 듯했다.

"그럼, 자네가 어떤 역할을 했는지 말해 봅세."

아카가키가 다시 입을 열었다. 그가 입술을 벌릴 때마다 앞니가 빠진 사이로 혀가 마치 뱀의 혀처럼 밀고 나오는 듯해서 왠지 섬뜩한 느낌이 들었다. 그렇지만 아카가키는 조금도 개의치 않는 표정으로 태연하게 담배 연기를 내뿜으면서 말을 이었다.

"……진범이 자네에게 할당한 역할, 그것은 범인이 남기고 간 범행 흔적을 주워 올리고, 흔적에서 범인이 계획한 추리를 조합하는 명탐정 역할이지. 즉 그 첫 번째가 류타로의 범인설, 두 번째가 위장된 현장 발견, 세 번째가 범행 흔적의 조사, 네 번째가 류타로의 시체 발견, 다섯 번째가 이와세의 시체 발견…… 이 다섯 번째만이 게로 경찰이 한 역할이지만, 자네는 작가가 기대한 것 이상으로 훌륭한 역할을 해낸 것 같군."

이 말은 분명 난바에게 굴욕적이었다. 이 말의 의미를 깨닫고 난바의 얼굴이 순간적으로 붉으락푸르락해졌다.

"그런데 류타로를 범인으로 지목한 것을 왜 범인이 짠 계획이라는 겁니까?"

"그것도 설명해야 하는가?"

아카가키가 잠시 침묵했다가 다시 입을 뗐다.

"그런데, 자넨 언제 《레드메인즈》를 읽었지?"

"지난달 중순경입니다."

"그 책을 샀나?"

"아닙니다, 서점에서 받았습니다."

"뭐라고 하면서?"

"따로 아무런 이야기 없이 ……. 책만 보내왔습니다."

"그랬겠지. 근데 그건 번역본이었나?"

"네,《빨강 머리 레드메인 일가》라는 제목으로 되어 있었습니다."

"바로 읽었겠군?"

"네."

"어떻던가?"

"역시 소설이라 생각했습니다."

"어떤 점이?"

"맨 처음 사건을 발견했을 때, 범인을 식별할 수 있는 모발과 혈흔이 남아 있는데, 살아 있는 피해자를 범인으로 판단하지 못한 점입니다. 게다가 눈에 잘 띄는 빨강 머리 레드메인 일가의 남자를 아무리 수사해도 알아내지 못했는데, 반년이나 지나 같은 복장으로 떡 하니 나타난다니……."

"그걸세. 내가 자네의 수사 방법을 전형적인 경찰 관리식이라 말하는 것이…… 그래서 자네는 혈액형을 조사하고 현장을 탐색해 증거 자료를 모은 거겠지. ……나는 그 소설에 나오는 멍청한 경감과는 질이 다르다! 나는 절대로 남겨진 증거를 놓치거나 판단을 그르치거나 하지 않을 거다! ……그런 자부심을 품고 자넨 이 사건의 탐색에 착수한 걸세. 그래, 그랬겠지. 아니, 나는 그러한 방법이 틀렸다고 말하는 게 아닐세. 단지 자네를 그런 식으로 만든 현대의 경찰 조직, 현대의 범죄 수사학— 돋보기와 현미경과 지문과 화학반응, 그러한 것만 있으면 당장에 어떤 사건이라도 해결할 수 있다고 믿는, 현대 과학이 품고 있는 맹신적인 생각, 또는 물적 증거에만 중점을 두는, 한마디로 말해서 너무나도 유물적인 현재의 법률…… 그것들의 죄라고 하는 걸세. 즉 자네들은 너무나도 그것들에 의존하는 결점을 갖고 있어. 그 점을 나는 지적하는 거네. 이제 알겠나. 어떻게 자네가 이용당했는지를……."

난바는 갑자기 손을 뻗어 서가에서 책 한 권을 빼냈다.《빨강 머리 레드메인 일가》다. 그러면 이 책도 아카가키의 말대로 정말 용의주도한 범인이 보낸 거란 말인가. 그로서는 도저히 믿을 수 없다는 생각이 들었다.

"그렇다면 어떻게 제가 수사할 거라고 추측했을까요?"

"사쿠라이 변호사와 관계 때문이겠지. 다키자와가와 사쿠라이 변호사의 사이에는 어떤 관계가 있나?"

"지금의 호주, 다키자와 군의 형입니다. 그 부인과 사쿠라이 군과 인척 관계가 된답니다."

"그렇군. 그대로 충분히 고찰하면 모든 것에 맥락이 있는 거로군. 다키자와 군이 기소되면 당연히 사쿠라이 군이 맡을 거고, 자네가 의뢰받게 될 테니……."

난바는 다시 망연자실했다. 아아, 범인은 이렇게도 상세하고 치밀하게 모든 것을 꿰뚫어 보고 계획을 세웠다는 말인가? 우선 다키자와를 범인으로 체포하게 해 놓고, 그사이 다소 여유를 살펴고 자신에게 암시가 될 만한 책을 보낸 거다. 사쿠라이의 관여로 당연히 갖게 될 자신에게 선입견을 부여하고, 류타로의 범죄라고 폭로하게 한다. 아아, 이 얼마나 교묘하게 계획된 거란 말인가, ……살인마.

4

"그래서 무대도 일부러 절벽이 있는 시라하마 해안을 선택한 것일까요?"

"그랬겠지. 그렇지 않으면 시체 분실의 속임수가 불가능했을 테니…… 레드메인즈도 시체를 절벽에서 조류가 빠른 바다로 던진 거로 꾸미지 않았던가."

"그럼 구마노까지 유인한 것은?"

"류타로를 죽일 필요가 있었기 때문이지."

"그러면 역시 류타로가 명함에 써 놓은 놈이군요. 범인은……."

"그렇겠지."

"그럼 이와세와 같은 사람인 건가요?"

"맞네."

아카가키가 고개를 끄덕였다.

"그렇다고 하면, 왜 류타로는 그놈과 함께 범죄 계획을 세웠을까요?"

두려운 협박자와 함께 일을 한다. 그것은 너무나도 큰 모순이지 않은가!

그러나 아카가키는 여전히 침착한 태도로 대답했다.

"교묘한 가면을 쓰고 있었기 때문이지. 그래서 지금껏 자네는 진범의 이름을 알지 못한 거고."

"네! 그럼 선배님은 이미 진범의 이름을 알고 계신다는 겁니까?"

난바는 자신도 모르는 사이에 의욕을 내보였다. 화롯불을 쬐고 있던 그의 손이 부들부들 떨렸다.

"아, 귀납적 추리의 결과네. …… 그러나 아직 가설일세. 단지 난 모든 상황을 추리하여 한 명의 범인을 그려낸 건데, 그 방법은 판명된 사실 속에서 가능하다고 여겨지는 사항 일체를 집어내 하나하나 분석해 보면 되거든. 설령 그것이 어떤 불가능한 일로 보이는 복잡한 사건이어도 그 불가능한 점을 전부 배제해 보면 나중엔 반드시 하나는 가능한 경우가 발견되는 법이지. 물론 그것은 언뜻 보기엔 불가능하게 보일지도 모르네. 그러나 신의 손과 같은 범죄 이외에는 반드시 해결이 있는 법이니까 그 점을 생각하고 이번 사건을 바라보게나. 예를 들면 모르그가의 범인을 발견하는 기분으로……."

그러나 몇 분이 지나도 난바에게 새로운 사상(事象)은 떠오르지 않았다. 추리는 언제까지나 같은 곳을 빙빙 돌며 조금도 나아가지 않았다.

"그럼 힌트를 하나 더 주지!"

아카가키는 그렇게 말하면서 누런 손가락을 꺾으며 뚝뚝 소리를 냈다.

"이런 범죄에서 범인은 보통 가장 안전지대에 있는 놈이지. 즉 제삼자의 입장에서 방관하기로 하고, 자신이 그린 계획대로 움직이는 자네들을 바라보며 붉은 혀를 내밀고 있는 놈인 거다."

"후나토미가와 관계가 있겠지요?"

"물론…… 그것은 유키코가 살해된 것으로도 분명하지. 그러나 이 범인의 실수라고 하면, 이 예기치도 못한 딸을 죽인 거겠지. 나도 이 사건을 듣지 못했다면 어쩌면 아직 해결하지 못하고 헤매고 있었을지도 모르니까."

"그러면 그 사건도 역시 동일범의 소행이라는 겁니까?"

"자네가 그리 말했지 않은가?"

"하지만……."

다시 난바는 혼란스러웠다. 왜 후나토미가의 살인이 범인의 실수가 되는 것일까? 또한 어떻게 그 딸을 살해했다는 말만 듣고 범인의 이름을 알아낼 수 있을까? 그는 도무지 이해할 수 없었다.

"첫째로 가장 가능성이 있는 것부터 생각해 보게. 대체 후나토미가로 가장 의심받지 않고 출입할 수 있는 자는 누구와 누구인가."

"다키자와 쓰네오와 스사 히데하루입니다."

"양가의 내부 사정을 잘 알고 있는 자는?"

"역시 그 둘입니다."

"그러면 두 사람에 대한 혐의 정도는?"

"물론 다키자와 쪽이……."

그제야 비로소 난바는 아카가키가 말하고자 하는 바를 깨달았다. 그렇지만 이건 뜻밖의 결론이다.

"왜 다른 한 사람에겐 혐의를 두지 않나?"

"그, 그건……."

난바는 다시 말을 더듬거렸다. 큰 충격을 받았는지 두 눈은 커지고 입술도 바들바들 떨렸다.

"왜? 이 판단의 어디가 잘못인 거지?"

"하지만 스사 군은 제가 잘 압니다. 게다가 스사 군에겐 완벽한 알리바이가 있습니다."

"그래서 말했잖은가. 가장 안전지대에 있는 인물이라고……."

"그래도 그건 무리입니다. 유키코가 살해되던 날 밤에 스사 군은 도쿄에 가 있었습니다."

"어떻게 증명하지?"

"편지입니다. 도쿄 가마타(蒲田) 우체국에서 밤 8시에서 12시 사이에 처리한 겁니다."

난바는 사쿠라이 변호사 사무실에서 스사의 편지를 손에 들었을 때, 후나토미가의 사건을 듣게 된 일을 떠올리면서 말했다.

"유키코가 살해된 시각은?"

"그날 밤 10시에서 12시 사이입니다."

"그것 보게. 충분한 가능성을 생각해 볼 수 있지 않은가?"

난바는 어이없이 놀라며 잠시 가만히 아카가키의 얼굴을 응시했다.

스사는 그날 밤 8시 이후로는 도쿄에 있었다고 했는데, 같은 날 밤 10시 이후 12시 사이 오사카에서 살해된 유키코의 범인이 스사라는 것이다.

"그것은 불합리합니다. 같은 시각에 도쿄와 오사카, 서로 다른 장소에 같은 사람이 나타나다니요……."

그러나 아카가키 다키오는 같은 어조로 되풀이했다.

"그래, 그것일세. 내가 말하는 언뜻 보기에 불가능해 보이는 일의 해결이라는 것이……. 누가 봐도 도쿄와 오사카에 같은 사람이 같은 시각에 절대로 존재할 수는 없네. 그러나 그 사이에 어떤 시차를 발견할 수는 있겠지. 예를 들면 극단적인 방법을 취해 스사가 오후 8시 도쿄에서 출발했다고 하면, 유키코가 살해된 시간인 12시까지 충분히 오사카에 도착했을 가능성도 생각할 수 있으니까."

이 설명으로도 난바는 충분히 이해할 수가 없었다. 우선 도쿄에서 오후 8시에 출발했다 쳐도 12시까진 불과 네 시간밖에 남아 있지 않다. 그런데 어떻게 그날 밤중에 오사카에서 살인을 저지르고, 다시 그날 밤 도쿄로 돌아올 수 있단 말인가? 너무나도 상식을 벗어난 생각이다. 그것이 언뜻 보기에 불가능해 보이는 추리라 해도…….

"어떻게 네 시간 안에 오사카로 올 수 있을까요? 특급도 여덟 시간은 걸리는데……."

이 질문을 받자, 아카가키는 쓴웃음을 지었다. 그는 잠깐 오로지 현실의 흔적만 좇으며 조금도 새로운 사상과 비약적인 세상의 진보에 시선을 주려고도 하지 않는 난바를 가엾다는 시선으로 쳐다보았다. 그리고 조용히 주머니를 더듬어 작은 시간표를 꺼냈다.

"보게! 내가 다롄(大連)에서 출발한 시각은 어제 아침 6시 25분이었네. 그리고 오사카에 도착한 시각은 같은 날, 어제 오후 4시 반……, 어떤가. 이것이 어떻게 가능했는지?"

그제야 난바는 아카가키가 말하는 의미를 알아차렸다. 그는 교통기관인 비행기를 완전히 무시하고 있었다.

"그럼, 비행기로……."

"왜 생각을 못 했는가?"

난바는 힘없이 고개를 숙였다. 아아, 이 얼마나 기발한 착안인지. 만일 그것이 사실이라고 하면 훌륭한 알리바이일 것이다.

비행기로 도쿄에서 날아오면 불과 세 시간 안으로 올 수 있다. 기차라면 특급이어도 대략 오사카에서 나고야로 가는 정도의 시간이다.

그러나 난바는 다시 생각했다.

그렇다면 맨 처음 시라나미소의 참극부터 구마노 산속의 살인, 게다가 일본알프스의 미다케산 기슭에서 바꿔치기한 살인 사건은 누구의 짓인가? 그것도 만일 스사라고 한다면, 그동안 스사는 어디에 있었던 걸까?

그때 문득 그는 스사가 시라나미소에서 묻지도 않은 말에, 다키자와가 자신을 만나면 가만두지 않겠다는 소문을 들었고, 후나토미가 사람들의 권유도 있어 주오선 부근의 온천을 돌다니고 왔다고 한 말이 떠올랐다.

하지만 이것은 스사를 힐문(詰問)하면 금방 알게 되는 문제이다. 그렇지만 도저히 풀리지 않는 것은 스사를 대역한 남자의 신원과 그때까지 그 남자는 어디에 있었는가 하는 점이었다.

게로 경찰서에 도움을 요청한 사람이 스사였을까? 아니면 살해된 남자였을까? 그 사람이 만일 스사라면 죽인 남자와 살해당한 남자는 어디에서 뒤바뀐 걸까?

"그럼 게로에서 살해된 남자의 신원은 왜 모르는 겁니까?"

난바가 다시 물었다.

"그 점이 자네들 수사 방법의 결함인 걸세. 생각해 보게. 자네들은 선량한 국민 한 사람 한 사람을 조사한 게 아니지 않은가."

"그 말씀은……?"

"대체 피해자 신원 조사는 왜 했는가?" 아무리 전국적으로 조사한다 해도 범위는 보호원에 나와 있는 인물이나 행방불명자, 또는 전과자밖에는 나오지 않을 걸세. ……그렇게 해서는 끝끝내 알아내지 못하지."

"그러면 아직 아무도 그 실종을 알아차리지 않은 자로군요?"

"음, 그럴지도…… 고의로 아직 살아 있는 거로 된 자일 수도."

이것으로 수수께끼는 대충 명확해졌다. 그렇지만 난바는 그러한 아카가키의 결론이 지금까지 얻은 범행의 증거를 벗어나고, 상식적인 사법 경찰관들이 수긍할 수 없는 황당무계한 비약적 추리에 지나지 않는다는 생각에 불안했다. 특히 난바가 모든 능력을 다해 그려낸 이 사건의 진상이, 그렇게도 선량하고 호감형인 스사의 손에 의해 모두 조종된 일종의 광대극에 지나지 않는다는 결론에는 심한 굴욕감과 진위가 상반되는 회의를 느꼈다.

잠시 침묵이 이어지자, 아카가키는 문득 생각난 듯이 조끼를 더듬어 작은 시계를 꺼냈다.

"벌써 가시려는 겁니까?"

난바가 당황해서 묻자, 아카가키가 크게 고개를 끄덕였다.

"꽤 시간이 지났군. 하지만 좋네. 이것으로 자네가 이 난해한 사건을 해결해 준다면야."

빠진 이를 보이며 아카가키가 처음으로 웃었다.

그가 난바를 찾아 온 용건은 지극히 간단한 조사 때문이었다. 난바가 조사를 이내 맡아주는 것을 보면서, '어쩌면 이것은 내 노파심일지도 모르지만―이 말을 전제로, 스사라는 자를 만난 적은 없으나 아마 자네보다도 대단한 두뇌를 가진 놈인 게 틀림 없네. 그래서 내게 여유가 있다면 지금 말한 상세한 추리와 수사상 세세한 점을 가르쳐 줄 수 있겠지만, 유감스럽게도 시간이 허락되지 않는군. 그러니 자네는 일단 마음을 다잡고 덤비지 않으면 실패할 수도 있어. 어차피 스사의 범죄를 입증하기 위해선 각종 증거가 필요하겠지만, 우선 그 첫 번째가 그의 견고한 알리바이를 파괴하는 것이네. 그런데 아무리 해도 그놈 꼬리가 잡힐 것 같지 않다면, 개의치 말고 12월 1일자 아사히신문에 광고를 실게. 세 글자면 충분해. 미해결이라 써 놓으면 즉시 내가 다음에 취해야 할 방법을 지시해 줄 테니까…….'

아카가키는 난바에게 애정어린 충고의 말을 남겼다.

후일에 난바는 이 충고를 뼈저리게 느꼈다. 아카가키의 천재적인 계시와 추리로 진범이라 지목할 만한 인물의 이름은 알 수 있었다. 하지만 아카가키도 예상한 것처럼 흔들 수 없는 알리바이가 스사 히데하루를 절대 안전지대에서 옹호하고 있어 그는 다시 아카가키 다키오의 도움을 청하지 않으면 안 되었기 때문이다.

아카가키는 현관으로 나와 신발을 신고, 출입구까지 배웅 나온 난바에게 낮게 속삭이듯 물었다.

"저 식모는 언제 고용했나?"

"네? 아, 저 아이 말입니까? ……네댓새 전입니다. ……그런데 왜 그러십니까?"

그러나 아카가키는 웃으며 대답하지 않았다. 그리고선 지팡이를 한 손에 들고 터벅터벅 걸어갔는데 그 뒷모습은 완전히 노인이었다. 일 년가량 만주에서 지나(支那)에 걸친 모험이 저 정도까지 아카가키의 건강을 해쳤을까 하고 생각하니, 난바는 그가 애처로워 보였다. 그리고 식모의 태도에까지 마음을 두는 아카가키를 통해서 뭔가 심상치 않은 위험이 있음을 느꼈다.

제10장

확고한 알리바이

1

아카가키가 돌아간 뒤 난바는 잠시 깊은 생각에 빠졌다. 스사를 범인으로 보고 사건을 재검토하기 위해서였다. 난바 뇌리에는 우연히도 시라나미소 여관에서 처음 스사를 봤을 때의 인상이 떠올랐다.

난바가 여관 종업원 안내로 미후네산 절벽을 올라 겨우 전망대 부근 조사를 마치고 돌아왔을 때였다. 스사는 그때 처음 난바 앞에 나타난 스사는 다분히 명랑한 시대적 교양과 감각을 드러내고 만면에 미소를 띠고 있었다.

정말 밝은 느낌의 청년이었다. 이목구비가 반듯하고 세련되게 머리 손질을 한 근대적 미남이었다. 난바에겐 그것이 첫 인상이었는데, 사쿠라이 변호사의 간곡한 편지가 없었어도, 스사의 반듯한 얼굴에는 충분히 좋은 청년이라 느끼게 할 만큼의 소양과 태도가 엿보였다.

하지만 난바는 스사의 첫인상을 우선은 떨쳐버리고 그의 언동에서 조금이라도 의문이 들었던 부분을 하나하나 상기해 보았다.

그러자 먼저 난바의 뇌리에 떠오른 것은 친구 다키자와 쓰네오의 인격을 말하면서 열변을 토하며 강력하게 그의 무죄를 주장하던 모습, 너무 흥분한 나머지 홍조를 띤 그의 아름다운 얼굴이었다.

그런데 그와 동시에 스사가 다키자와의 무죄를 주장하는 증거로서, 다키자와 군은 절대로 허언 따위를 할 사람이 아니라고 하였다. 그러고선 그 말 바로 뒤에 류타로 씨는 혼약에 관한 전화를 다키자와 군에게 했을 리 없다고 부정하고……. 마치 창과 방패를 파는 상인 같은 모순을 늘어놓았던 것이 새삼 떠올랐다.

그 말을 지금에 와서 생각하니 스사가 시사하려 했던 바는, 류타로가 혼약에 관한 전화를 할 리는 없지만, 그것보다 다키자와는 절대로 허언을 할 사람이 아니기에 반드시 거기에 류타로의 어떤 계획이 있는 게 아닐까 하는 점을 강조하고 싶었던 것으로 생각되었다.

더군다나 난바는 그날 밤 스사의 제안으로 게이샤들을 불러 모아서 소문을 들으려 했던 일을 떠올렸다. 그리고 그날 밤에 들은 이야기들이 모두 류타로의 생존을 인정하게 한 단서가 되었음을 새삼 떠올렸다.

스사의 교묘한 화술과 적당히 섞인 해학에 일동은 공포를 잊고 오로지 스사가 리드하는 화제에 집중하고 각자가 본 것을 말했다. 난바는 지금 그 안에서도 스사의 신중한 계획 일단을 찾을 수가 있었다.

그런데 이상한 점이 있었다. 그것은 스사가 사쿠라이 변호사가 후나토미 일가에 관해 조사한 결과와 류타로의 신원에 관해 조사한 행적을 말할 때 보였던 이상한 증오와 공포의 표정이었다.

그때 마침 태풍이 맹위를 떨치고 시라나미소를 에워싸며 천지의 모든 것을 진동케 하였는데, 스사가 보인 공포의 표정은 태풍 때문이 아님은 분명했다. 게다가 스사는 눈물마저 글썽거렸다.

그러나 난바는 그 이유를 생각하기 전에, 며칠 전 유키코의 죽음을 알고 급히 도쿄에서 돌아온 스사가 창백한 얼굴로 사쿠라이 사무실에 나타났을 때, 그 처연했던 모습을 떠올렸다.

너무나도 생생한 기억이다. 그 가련한 표정에 사쿠라이조차 동정의 마음을 여실히 보이며 스사를 위로하지 않았던가.

이마도 뺨도 눈도 그 모두를 뒤덮었던 비애의 그림자, 짓눌린 애석함을 드러내던 그 눈동자 ―더욱이 긴 속눈썹 끝에서 떨어진 한 방울의 눈물― 그것들 모두 역시 스사의 교묘한 연극이었다고 봐야 한단 말인가?

난바는 스사의 갖가지 모습을 여러 각도에서 그려 보면서 의혹의 항아리 안으로 하나씩 채우면서 그 의혹들을 되짚어 보았다.

그렇지만 난바는 도저히 믿을 수가 없었다. 아무리 의심해야 할 점이 있다지만, 이 눈과 이 귀, 이 오감 모두가 인정한 스사의 그 첫인상을 이렇게도 무참히 깨뜨린다는 것은 난바의 지금까지의 사람에 대한 관찰과 인식에 대한 자부심을 뿌리부터 뒤집는 것으로 여겨졌기 때문이다.

난바는 마침내 결심했다. 일단 먼저 오사카로 가서 사쿠라이와 상황을 얘기하고, 유게 경감과도 만나 이 생각을 전달하고 함께 그 진위를 검토해 보기로 했다.

그날 오후 2시가 지나서 난바는 며칠 만에 양복 차림으로 사쿠라이 변호사의 법률사무실에 모습을 나타냈다.

사쿠라이는 최근에 다시 새로운 사건을 맡아 몹시 바빴지만 난바의 방문을 기쁘게 맞았다. 그리고 난바의 너무나 우울한 눈빛에 이상한 감정이 들었지만, 함께 무릎을 맞대고 그 후에 얻은 정보와 수사의 진전 상황을 이야기했다.

그러나 사쿠라이가 말하는 경찰 방면의 상황도, 또한 난바가 말하는 일본알프스 방면 탐사 결과도, 두 사람에겐 하등 새로울 게 없었다. 그러다가 화제가 점점 난바가 꺼낸 스사의 범인설로 옮겨가자, 사쿠라이 역시 경악하면서 한참 동안 소리 없이 난바의 얼굴을 가만히 바라보았다. 이윽고 난바가 농담하는 게 아니라는 것을 알았다. 그의 우울한 눈동자 속에서 불타는 눈빛도, 스사의 범인설에 기인한 것을 알자, 갑자기 그는 진지한 표정이 되어 목소리도 낮췄다.

"듣겠네! 들어야겠네. ……그 상세한 얘길. 대체 어떠한 점에서 자네가 그런 엉뚱한 생각을 해낸 건지 말일세."

난바는 이러한 사쿠라이의 태도에 약간 주저하는 빛을 보였다. 그렇지만 지금으로선 어쩔 수가 없었다. 그는 오늘 아침 뜻밖의 방문객이 찾아온 일부터 설명했다. 아카가키 다키오가 갑작스레 귀국하여 찾아왔고, 이 사건에 그의 독특한 천재적 추리와 관찰력을 발휘해 비약적인 결론을 순식간에 끌어내서 어안이 벙벙했다고 말했다. 그리고 시라나미소 이후 스사의 언동에 관해 생각하며 떠올린 것을 말하면서 사쿠라이의 의견을 구했다.

비밀탐정 아카가키 다키오의 이름은 형사 문제 내지는 국가적 문제와 관련한 일에 종사하는 기관의 사람들에게는 일종의 우상적 인물로도 보일 만큼 알려져 있다. 사건이 복잡하게 뒤얽혀지면 반드시 그들은 한결같이 아카가키의 이름을 떠올린다. 그리고 그의 명쾌한 판단을 기대했다.

커다란 사상 단체이든 전율할 만한 암색 테러의 비밀결사이든, 일단 검거 명령이 떨어지면 반드시 그들은 송두리째 동지들을 휩쓸어 가는 경찰망의 배후에 반드시 한번은 아카가키의 모습을 떠올린다. 동지들 간에 누구 한 사람 배신하지 않았을 터인데 모조리 검거된다. 그 확실함, 수사의 치밀함은 세포 조직의 정밀함을 자랑하는 그들에겐 위협이고, 거기서 신처럼 명민한 한 존재를 상상하지 않을 수 없었다.

그러나 그러한 아카가키의 위대한 손을 두려워하는 자들도, 그의 구조에 의해 일망타진으로 검거의 손을 뻗으려고 하는 사직당국 사람들도, 또한 직접 그의 지원을 얻어 난해한 사건을 해결한 사람도, 아직 그 누구도 아카가키 다키오의 진짜 모습은 알지 못한다. 그의 눈빛, 음성, 체격조차 모른다. 어떤 때는 노인으로, 어떤 때는 신사로, 어떤 때는 일개 룸펜으로, 온갖 모습으로 분장하고 나타나 아카가키 다키오의 명함을 남기고 사라지는 그의 불가사의한 변신, 자유자재의 면모와 자태를 기억할 뿐이다.

그래서 사쿠라이도 지금 난바에게 아카가키의 출현을 듣자 "호! 그 아카가키가……?" 하고 자신도 모르게 목소리를 높였다. 그러고선 곧바로 자기 생각을 이야기하였다.

"나로선 역시 수긍할 수가 없군 그래. 아무리 아카가키 씨가 그렇게 말했어도 우리는 완전히 인식된 물증만으로 판단해야 한다고 배웠으니까, 그러한 물증을 벗어난 결론에 수긍해야 한단 말인가. 하지만 이것도 생각하기 나름이야. 아카가키 씨의 추리력이 우리보다 뛰어나지, 예를 들면 우리는 필산이나 계산기 아니면 답을 얻을 수 없는 곱셈도 아카가키 씨의 명석한 두뇌로는 바로 답을 얻지. 우리는 그저 그 과정을 계산해 보지 않으면 어떻게 해도 그 답이 맞는지 알 수가 없는데 말야. 어쩌면 스사가 범인이라는 말이 맞을지도 모르지. 그래서 난 바로 부정은 하지 않겠네. 그렇지만 모든 것에 걸쳐 지금은 일단 엄밀한 검토가 필요하다고 생각하네."

난바가 품었던 생각과 똑같이 사쿠라이다운 신중론이었다.

그러는 사이 문득 사쿠라이는 수일 전 스사가 여러 번 경찰부로 소환된 일이 떠올랐다. 그리고 바로 왜일까 하고 난바에게 묻자, 난바도 의아스러운 눈빛을 지었다.

그런데 그 의문이 금방 풀렸다. 그들 두 사람이 재빨리 형사과로 유게 경감을 방문함으로써 명백해졌기 때문이다.

형사과 제1 조사실에서 난바와 사쿠라이는 유게 경감과 면회
했다. 그런데 경감은 왠지 매우 언짢은 표정이었다. 그렇지 않아
도 까칠한 경감이 언짢은 표정을 짓자 한층 더 사나워 보였다.
입술을 벌리며 굵고 탁한 소리로 말하는 모습이 당장에라도 달
려들어 물어 버릴 것 같았다.

난바가 찾아온 이유를 듣자, 조용히 고개를 끄덕이며 말했다.

"스사는 이번 사건 관계자로 소환한 것뿐입니다만, 실은 제게
다른 생각이 있었습니다. 사건 발생 당시 재삼재사 참고인으로
취조는 했습니다. 그렇지만 그것 이외에 더 취조할 필요를 느껴
서 소환한 겁니다. 그런데 그것도 지금은 헛일이란 걸 알았습니
다. 스사도 물론 곧바로 귀가를 허락받았습니다. 그리고 다시 원
래의 백지로 환원되어 사건은 다시 오리무중입니다. 알려 드리
게 아무것도 없습니다."

난바는 자신도 스사를 범인으로 생각하고 있는데, 어째서 헛
일이라 생각한 건지 우선 그 이유를 듣고 싶다고 말했다.

유게 경감은 이러한 난바의 말에 갑자기 흥미를 느낀 듯했다.

"오, 당신도 스사를 범인으로 생각하시는 겁니까? 아, 그렇군
요."

그는 한번 고개를 젓더니 이렇게 말했다.

"그러나 난바 씨, 저는 무슨 이유로 당신이 스사에게 혐의를
두게 되신 건지는 모르지만, 우선 제가 왜 스사를 다시 조사하게

됐는지, 또 어째서 그것이 헛수고란 걸 알았는지 말씀드리지요. 그런 다음 난바 씨가 추리하신 과정을 듣기로 하겠습니다."

유게 경감은 잠시 침묵했다가 어디서부터 말을 꺼내야 할지 망설이는 듯했다. 그는 굵은 손가락을 테이블 위에 놓고 여러 번을 폈다 쥐었다를 반복했다.

"……실은 저는 이번 후나토미가 살인 사건은 시라나미소 사건을 발단으로 하고, 게로 온천 사건을 종언으로 하는 이와세 아무개의 범죄와는 완전히 분리하여 맨 처음부터 재고해 보았습니다. 맨 처음의 연속적 살인에는 일관된 목적이 있고, 단서와 배경이 있습니다. 그것에 반해 유키코의 살인에는 전자와 같이 막대한 재산이 없고, 중첩한 산악의 배경이 없으며, 눈에 보이지 않는 악마를 두려워한 피해자들의 공포가 보이지 않는 겁니다. 그것보다는 오히려 생생한 분홍빛 치정의 흔적조차 발견할 수 있었습니다. 그래서 저는 완전한 별개로 생각해야 한다고 여겼습니다. 그리고 그런 생각을 하기 전에 이 사건을 재검토해 본 결과, 역시 이 범죄는 아는 사람이 저지른 범행이다, 즉 반드시 피해자와 범인과는 면식이 있던 게 틀림없다, 그리고 범행 동기는 절대로 재물이 목적이 아니라 치정 또는 원한에 기인하는 것으로 보아야 한다는 결론을 얻은 겁니다.

그 결과는 말씀드릴 필요도 없습니다. 당연히 스사와 다키자와 두 사람의 재조사입니다. 그뿐만 아니라, 특별히 저는 명백한 알리바이가 있는 스사에게 오히려 의문을 품고, 면밀한 그의 행적 조사가 필요함을 통감한 겁니다. 그런데 이런 저의 생각은 완전히 실패였습니다. 처음에 말씀드린 대로 전부 헛된 일이었습니다. 스사가 아무리 의심스러울 만한 살인 동기를 가지고 있어도, 또 정황 증거가 모두 그를 범인으로 지목하여 이 확고한 알리바이 앞에서는 한 개의 흙덩이보다도 무가치한 것이 되겠지요. 그만큼이나 그의 알리바이는 명확한 것입니다. 조사하기까진 그 정도일 줄은 생각하지 않았던 저도 이 사실을 알고선 스사에 대한 의혹이 완전히 해소되어 버렸습니다. 그리고 다시 다키자와 범인설에 재검토하기로 눈을 돌린 겁니다.

보시겠습니까? 이것이 스사의 알리바이에 관해 상세히 조사한 내용입니다."

두 사람은 유게 경감이 내민 서류를 이마를 맞대며 들여다보았다. 그 서류에는 아주 극명하게 일시와 함께 스사의 상세한 행동이 적혀 있고, 그 주석에는 그 사실들을 증언한 사람들 이름과 증언 내용이 상세히 적혀 있었다.

조사 기록을 대충 보고 난 난바는 수첩을 꺼내어 요점만 간단명료하게 옮겨 적기 시작했다.

1. 쇼와(昭和) ×년 11월 6일 오전 7시 반경, 동인(同人)의 하숙집, 한큐 연선(阪急沿線) 쓰카구치초(塚口町) 노베 유사쿠(野辺祐作) 집을 떠남. 도쿄에 볼일이 있어서 며칠 여행할 뜻을 남김.

2. 한큐 전철로 오사카 우메다(梅田)로 향하고, 동일 오전 8시 오사카역 발 특급 '사쿠라(桜)'에 승차, 도쿄로 출발함.

3. 동일 오후 4시 12분 요코하마역 도착, 곧바로 게이힌 전철(京

浜電車)로 가마타에 있는 친구 모토오리 구니토시(本居国俊)의 집으로 향함.

4. 동일 오후 8시경, 그 집 식모는 스사의 부탁으로 편지 두 통을 우체통에 넣고 옴. 사쿠라이 사무실과 후나토미 유키코 앞으로 보내는 것으로 다음 날 오후 4시경 배달됨.

5. 동일 오후 6시경부터 하나둘 모인 친구들과 마작을 시작하고, 밤을 보냄.

6. 다음 날 7일 오전 10시경 친구들은 마작을 끝내고 욕탕으로 갔고, 스사는 그 집에서 숙면함.

7. 동일 오후 4시경 스사는 전보가 와서 잠을 깼고, 다키자와가에서 유키코가 죽었다는 전보에 놀람, 곧바로 오후 7시 반 도쿄역 발 열차로 오사카로 돌아옴. 이상.

다 옮겨 적은 난바는 다시 유게 경감을 바라봤다. 그의 말대로 너무나도 명확한 알리바이였다.

난바도 다음 말을 이을 수가 없었다. 친구들과 마작으로 밤을 지새운 스사가 어떻게 그날 밤에 오사카에서 살인을 저지를 수 있겠는가. 너무나도 명백한 알리바이다.

"역시 그렇다면 후나토미 유키코를 살해한 사람은 절대로 스사가 아니라는 거군요."

난바는 겨우 냉정을 되찾고 천천히 생각하면서 입을 열었다.

"……그러나 시라나미소를 첫 무대로 하는 사건에 관해선 어떻습니까? 조사하신 건가요?"

"네, 물론⋯⋯."

경감이 바로 고개를 끄덕였다.

"상세히 조사했습니다. 그리고 결과는 마찬가지입니다. 얻은 것이라고 하면, 뜻밖에 저 자신도 사건이 암초에 걸리자 몹시 초조해서 쓸데없는 망상을 일으켰다는 감회뿐이었습니다."

경감은 말하면서 한 묶음의 서류를 꺼냈고, 난바는 그러한 자조적인 경감의 말속에 자신을 비아냥거리는 그의 속내를 분명히 헤아릴 수가 있었다.

초조하다? 음. 분명 초조할지도 모른다. 그리고 물에 빠지면 지푸라기라도 잡는다는 식 그대로 자신은 말도 안 되는 망상을 조사하려는 것인지도 모른다. 역시 스사가 범인이라는 것은 망상의 범주에 더해져야 할 난폭한 언설이었던 것일까? 만일 그렇다고 하면, 이 사실을 설명하려고 했던 아카가키는 일종의 정신병자로 보아야 한단 말인가?

갈피를 잡지 못한 난바는 다시 경감의 손에서 서류를 받고 한 장 한 장 세심히 넘겼다. 번거로움을 제거하기 위해 이것을 조항별로 발췌해 보면 다음과 같다.

1. 쇼와 ×년 10월 1일 오전 9시, 미나토정(湊町)역 출발, 간사이본선(関西本線)으로 요카이시(四日市)로 향함, 오전 11시 51분 도착, 곧바로 미에 철도(三重鉄道)로 유노산(湯の山) 온천으로, 동일 오후 1시경 스이잔소(翠山荘)에 투숙.

2. 10월 4일 오전 9시 44분 요카이치역 출발 나고야로 향해 10시

37분 도착, 나고야 시내를 구경, 오후 4시 26분 나고야역 출발, 주오선으로 미즈나미(瑞浪)로 향해 5시 58분 도착, 바로 버스를 타고 뱟코(白狐) 온천으로 향하여 도키(土岐) 여관에 투숙.

3. 10월 9일 오전 9시 42분 발, 미즈나미역에서 기소 협곡을 거슬러 올라가 나가노마쓰모토역(長野松本驛)으로 향함. 오후 1시 54분 마쓰모토에 도착과 동시에 전기철도를 타고 아사마(浅間) 온천 도착, 보가쿠로(望岳楼)에 투숙. 시간은 오후 2시 반경.

4. 10월 16일 오후 1시 3분, 마쓰모토역 발 열차로 급거 오사카로 돌아옴. 동일 비로소 전보를 받음.

5. 이상의 다른 숙소를 변경한 일 없음. 각 여관에서는 명백히 스사 히데하루의 숙박을 인정함. 투숙 중의 행동은 평범, 거의 부근 풍경의 관광과 온천욕으로 시간을 보낸 것 같음.

이상은 대강의 요점 적록이다. 실제 기록은 더 상세히 면밀하게 그의 행동이 기재되었음은 말할 나위도 없다.

난바는 그중에서 이상의 사항만을 수첩에 옮겨 적었다. 그리고 이번에는 스사가 각 여관에서 유키코 앞으로 보낸 엽서를 쳐다봤다. 모두 펜글씨로 적었고, 풍경 스탬프가 찍혀 있는데, 특히 난바는 아사마 온천에서 보낸 엽서에 시선이 멈췄다.

그 엽서의 날짜가 12일로 되어 있다. 그런데 스탬프는 14일이고 유키코 손에는 15일에 건네진 것 같다. 아사마로 옮겨오고 나서 처음 쓴 엽서로 보였다. ―그만 부근 경치에 반해 버려 늦어진 것은 미안하지만, 마쓰모토다이라(松本平)를 한눈에 내려다보고, 북일본 알프스의 연봉을 올려다보는 경관은, 도저히 글로 다하기 어렵다. 당신도 꼭 한번 이 온천에 와서 도시의 찌든 일상을 날려 버리면 어떨지?— 엽서는 이렇게 평온한 글로 맺었다.

"어떻게 생각하십니까?"

경감은 난바와 사쿠라이가 다 읽은 걸 보고 바로 도전적으로 물었다. 그런데 이상하게도 이 도전을 받고도 난바의 표정이 밝았다. 그리고 경감의 얼굴을 돌아보며 휴 하고 가볍게 한숨을 내쉬었다. 뭔가 마음의 응어리가 풀린 듯한 기분이었다.

이로써 스사가 범인이라는 말은 완전히 망언인 것을 알았는데, 그것이 아무 이유도 없이 난바에게는 갑자기 어깨의 짐이 내려진 듯한 기분이 들었다.

사쿠라이도 똑같이 생각한 듯 이제야 긴장의 빛을 풀었다. 그리고 안도의 한숨을 내쉬며 몸을 가볍게 흔들면서 난바에게 말했다.

"그럼 역시 아카가키 씨의 말이 틀린 건가?"

"음, 나도 너무 황당무계하다고는 생각했지만, 그래도 상대가 아카가키 탐정이잖은가. 그 사람 말을 듣고 있으면, 어떤 돌발적 추리라도 정말인 것 같이 생각되니 말일세……."

난바도 이렇게 되고 보니 이런 변명이라도 해야 했다.

"아카가키 씨라니요. 그 아카가키 다키오 씨입니까?"

이번에는 경감이 놀란 듯 물었다.

"그렇습니다. 비밀로 해야 하는 이야기인데, 이번에 내지로 돌아오셨습니다."

"아, 그것이었군요. 오늘도 경시청에서 비밀 전보가 특별 고등과(特高課)로 와 있던 것이……."

경감이 고개를 끄덕이면서 물었다.

"……그 아카가키 씨가 스사가 범인이라 지목하신 겁니까?"

"네, 그렇습니다. 그래서 저도 설마 하면서도 일단은 논의하는 것이 좋지 않을까 생각하여 물은 겁니다."

난바는 사쿠라이에게 말한 것과 마찬가지로 상세하게 아카가키가 한 말을 설명하는 거였다.

"과연, 비행기입니까? 그 사람다운 생각입니다."

이 말에 경감도 수긍했다. 그러나 난바는 재빨리 스사가 그날 밤 친구들과 마작으로 밤을 지새운 것 같은데, 그 알리바이가 만일 확실하다면 이 추리는 완전히 일고의 가치도 없다며 두 사람을 수긍하게 했다.

그런데 유게 경감이 이번에는 깊이 생각했다. 굵은 손가락으로 볼을 괴고, 가끔 독수리 같은 눈동자를 가만히 테이블 한 점에 멈추고 사색에 빠진 그 모습은 실로 먹잇감을 발견한 맹수의 대기하는 자세와도 닮았다.

유게 경감도 아카가키의 수사법에는 전혀 동의할 수 없지만, 그가 지금까지 보여준 많은 사건의 결과를 생각해 보면 스사가 범인일 거라는 비약적인 결론에 귀를 기울일 필요가 있었다.

"다시 한번, 서로 잘 생각해 볼까요. 아무리 완벽한 알리바이라고는 하나 어쩌면 더 엄밀히 자세하게 점검을 반복하면 의외로 아카가키 씨가 말한 것처럼 전부가 교묘한 허구일지도 모릅니다. 그렇지만 지금 저희에게는 아무리 해도 진실로밖에 보이지 않으니 이번에는 한번 검증하는 차원에서, 거꾸로 되짚어보고 어떻게 하면 이렇게도 선명하게 거짓 알리바이를 만들 수 있는지, 각각의 사안을 자세히 검토해 보는 것이 어떠한지요? 그런 다음에 다시 한번 더 의논합시다.

오늘이 23일 화요일이니까 29일에 다시 뵙겠습니다. 물론 그때까지 새로운 발견이나 판단하신 게 있으시면 언제라도 속히 전화를 주십시오. 물론 저도 그렇게 하겠고 또 다른 정보가 들어오면 바로 알려드리겠습니다. 증거품이 필요하시면 언제든 보여드릴 테니까요……."

경감은 이렇게 제안하였다. 그리하여 두 사람은 경감과 작별을 고하고 다시 사쿠라이 사무실로 돌아왔다.

두 사람은 사무실에서 스사의 쾌활한 모습을 마주하자, 왠지 격심한 심장의 두근거림을 느꼈다.

"죄송합니다. 곧 돌아오실 거라 하셔서 잠시 기다리는 동안 깜박 잠이 들어 버려서 오신 줄도 몰랐습니다. 이제 오시는 건가요?"

스사는 자고 있던 게 쑥스러웠는지 눈꺼풀을 비비면서 천진난만하게 웃었다.

"방금 돌아왔네."

사쿠라이가 말하며 스사의 밝은 얼굴을 쳐다봤다.

"변함없이 자네는 명랑해 보이는군."

난바도 그렇게 말하면서 스사 오른쪽에 앉아 찬찬히 그의 옆 얼굴을 바라봤다.

3

잠시 있다가 갑자기 생각난 듯이 난바가 두서없는 잡담을 끊고서 말을 꺼냈다.

"그런데 스사 군…… 나는 아직 한 번도 자네의 소년 시절에 관해서 들은 적이 없는데 자네는 어디 출생인가?"

"제 고향 말입니까? 변변찮은 걸 다 물어보십니다. 그다지 말씀드릴 것 없는 제 과거이지만 물으시니 말씀드리겠습니다. 돌아가신 불쌍한 어머님 혼의 공양을 위한 것이기도 하니 그렇게 아시고 들어주십시오."

갑자기 스사는 아름다운 미간에 어두운 빛을 띠더니 이내 자세한 이야기를 시작했다.

"……저는 정말 어디에서 태어났는지 모릅니다. 그런데 철이들 무렵에 기억나는 것이 큰 느티나무와 같은 거목이 있는 정원과 아름다운 비단잉어 몇 마리가 헤엄쳐 노는 푸른 연못이 있는 집입니다. 꽤 넓은 정원이었습니다. 나무들도 무성했고요. 지금생각하니 무사시노(武蔵野)의 원시림을 그대로 정원에 옮겨 놓은 것 같았으니까요.…… 그렇지만 저는 그중에서도 방금 말씀드린 느티나무와 같은 거목만을 기억하고 있습니다.

아마 이 저택에서는 제가 열 살까지밖에 살지 않았던 것 같습니다. 저는 곧 혼조(本所) 후카강(深川) 부근 빈민굴에서 살게 되었으니까요.

제 어머님은 제가 스물한 살이 되던 봄에 외롭고도 차갑게 돌아가셨습니다. 성함은 세키코(寂子)…… 정말 이름과 어울리는 생애이자 죽음이었습니다. 어머니에겐 그 마지막을 지켜줄 남편도 없었고, 외아들인 저마저도 곁에 있지 않았으니까요.

제 아버지는 저에게는 저주스러운 존재였습니다. 이런 어조로 아버지를 말하는 저를 이상하게 여기시겠지만, 전 지금까지도 아버지의 환영조차 격한 분노를 드러냅니다.

불효라 하시겠지요. 자식으로 해야 할 도리가 아니라 하시겠지요. 그렇지만 제 얘기를 들어주십시오.

제게는 아버지의 환영이 두 가지 있습니다. 그 하나는 방금 말씀드린 푸른 연못가로 저를 안아 데리고 간 상냥한 아버지의 모습입니다. 코 밑에 희미하게 수염이 있던 걸 기억하고 있습니다.

그리고 두 번째는 까까머리 얼굴의 증오스러운, 제 얼굴을 보면 때리고 발로 걷어차는 난폭한 무서운 남자의 얼굴입니다. 이 두 번째 남자를 아버지라 부르게 된 것은 저희가 후카가와 부근의 작고 더러운 집으로 옮기고 나서의 일이었습니다. 더욱이 이런 남자를 아버지라 불러야 한다는 것이 더욱 저를 다가갈 수 없게 했는지도 모릅니다.

그런데 저의 이런 아버지에 대한 증오는 정말 보기에도 참을 수 없는 어머니에 대한 폭력으로 더욱 심해졌습니다. 무참하다

할까요. 잔인하고 냉혹하다 할까요. 이 포악무도한 두 번째 아버지는 극도로 어머니를 학대하면서 생혈을 빨아먹는 흡혈귀와도 같았습니다.

저는 어머니의 얼굴을 지금도 생생히 떠올릴 수 있습니다. 젊은 시절의 어머니는 희고 갸름한 얼굴로 살집도 좋고 이마의 윤곽도 아름다운 여인이었습니다. 상냥한 목소리로 저를 항상 '아가야'라고 불러 주신 어머니의 모습이 지금도 제 뇌리에 되살아납니다. 그러나 이것은 저와 어머니의 행복했던 시절……저택에서 살았을 때의 추억입니다.

후카가와에서의 생활 이후, 어머니는 나날이 눈에 띄게 쇠약해져 갔습니다. 그 활기찼던 눈은 생기를 잃어갔고 목소리도 어느새 상냥함을 잃어버린 채 근심의 그늘만이 짙어지기 시작했습니다.

어두운 부엌 한구석에서 소맷자락으로 얼굴을 감싸며 울고 계신 어머니의 모습, 그토록 가엾고 쓸쓸한 추억이 또 있을까요…….

어머니는 자주 우셨습니다. 울고 울다 하룻밤을 뜬눈으로 새웠고 저를 안고 계셔서 제 잠옷이 잠자다 소변을 본 것처럼 젖었던 적도 있었습니다.

열세 살이 되어 저는 가까스로 심상소학교를 졸업했습니다. 그러나 제 가정 형편으론 도저히 상급 학교에 진학할 수가 없었습니다. 그런데도 어머니는 남의 집 고용살이를 하고 아버지와 다투시면서까지 저를 중학교에 보내 주셨습니다. 그리고 학비는 자기 몸이 부서지더라도 벌어서 해 줄 테니 열심히 공부하라고 하셨습니다.

그런 어머니의 마음…… 생각하니 눈물이 납니다. 그런 어머니가 계셨기에 저는 오늘도 이렇게 편안히 생활할 수 있는 겁니다. 그런 어머님이 지금 계시면 얼마나 기뻐해 주실까 생각하니……. 저는…… 저는……."

잠시 스사는 눈물로 목이 메인지 말을 끊었다.

다정다감이란 이 청년을 두고 하는 말인가? 난바는 곰곰이 그렇게 생각하였다. 그런데 그러한 빈민굴에서 자랐다고는 생각되지 않을 만큼의 교양과 품위 있는 자태가 역시 그의 본 태생이 상당한 가정이었기 때문일까? 다시 난바는 스사를 바라보면서 이어지는 그의 말에 귀를 기울였다.

"저는 중학교에 들어가자 곧 어머니를 도우면서 고학을 했습니다. 신문 배달부터 우유 배달, 필사에서 봉투 쓰기까지 닥치는 대로 했습니다. 그리고 간신히 중학교를 나오자, 이번에는 선생님의 소개로 어느 가정에 가정교사로 가게 되었습니다. 그것이 제 나이 열아홉 살 봄의 일입니다. 그리고 그 집이 지금도 저의 생가와도 같이 저를 환대해 주는 가마타의 모토오리가입니다.

이런 저와는 달리 어머니는 여전히 힘든 나날을 보내고 계셨는데, 다행인지 불행인지 그 포악했던 두 번째 아버지는 제가 중학교를 졸업할 무렵 홀연히 저희 시야에서 모습을 감추었기에 늙으신 어머니는 당분간 편히 지내실 수 있었던 거지요. 일주일에 한 번씩 오는 저를 몹시 기다리셨고 하루라도 빨리 대학을 졸업하게 될 그 날을 손꼽아 기다리고 계셨습니다.

그런데 제가 스물한 살이 되던 해 봄, 고등학교 졸업을 앞두고 어머니는 쓸쓸히 외롭게 돌아가셨습니다.

사인은 심장마비였습니다. 힘들었던 몇 년의 일들이 약하신 어머니의 몸을 완전히 갉아먹은 거겠지요. 마지막 임종조차 볼 수 없었던 저는 불행한 어머니의 시신을 발견하고, 정말 순간 앞이 캄캄해지는 것을 느꼈습니다. 그리고 태어난 이래 처음으로 마음에서 우러나오는 소리를 지르며 애절한 눈물을 흘렸습니다.

이렇게 어머니가 돌아가시고 3년, 마침내 스물넷의 봄, 저는 무사히 대학을 졸업할 수 있었습니다. 그로부터 4년, 스물여덟 살 지금의 제가 그 후의 모습입니다.

이제 아시겠지요. 제 성장 과정의 모든 걸…… 변변찮은 과거의 불행한 모습이…….”

스사는 쓸쓸하게 미소를 띠었다.

“……정말 가엾은 어머니시군, 그런데…… 지금의 자네 성인 스사는, 그 증오하는 아버지의 성인가?”

조용히 난바가 묻는다.

“아니요!. 스사는 어머니 본가의 이름입니다. 어머니는 저에게도 그 본가를 가르쳐 주지는 않았습니다. 그렇지만 무사시노의 어딘가에 있을 저택이라 상상하고 있습니다.”

“그럼 그 증오하는 아버지의 이름은?”

“입에 담는 것도 싫지만, 물으셨으니 말씀드리지요. 다카세 이와오(高瀬岩雄)라는 이름이 본명입니다. 지금 살아 있다면 쉰 가까이 됐겠죠. ……원래가 나쁜 쪽으로 처세가 능한 자, 지금은 어디에서 어떤 짓을 하고 있을지 모릅니다."

두 사람이 놀란 것은 다카세 이와오란 이름이었다. 난바는 이 이름을 듣고 다시 스사에게 그자의 인상을 물었다. 너무나도 이와세 다카오와 어조가 닮았기 때문이다.

그런데 스사가 말하는 다카세의 인상은 류타로와도 또한 이와세와도 전혀 달랐다. 까까머리의 둥근 얼굴에 눈빛이 날카로운 남자의 인상은 난바도 사쿠라이도 지금까지의 기억 속에서 그러한 인물을 찾아낼 수가 없었다.

"그럼 첫 아버지의 이름은 기억하고 있지 않은가?"

이번엔 사쿠라이가 물었다.

"네, 전혀 모릅니다. 어머니도 왜 그러셨는지 가르쳐 주시지 않았습니다. 그렇지만 자주 어머니는 말씀하셨습니다. 너는 이곳 사람들과는 전혀 태생이 다르니깐 결코 함께 놀아선 안 된다고요."

"마치 메이지(明治) 시대의 소설에서나 있을 법한 일이군……."

감회 깊게 난바가 말하자, 사쿠라이는 다시 질문을 던졌다.

"그런데 왜 자네 어머니는 그런 훌륭한 집을 나와 착한 자네 아버지를 버리고 후카가와 벽지의 초라한 삶을 시작한 걸까?"

"……저도 모릅니다. 그렇지만 어렴풋하게는 추측하고 있습니다. 아마 악당인 두 번째 아버지에게 협박을 받은 결과가 아닐까요."

"협박……?"

난바는 곧바로 되묻고 가만히 스사의 힘든 표정을 바라봤다.

뭔가 그의 마음 밑바닥에서 움트는 것이 있다. 뭔지 지금으로서는 알 수 없다. 그렇지만 이 말을 듣자, 갑자기 난바는 단단히 묶인 의혹의 끈을 풀 수 있을 만한 단서가 미약하게 보이는 듯했다.

제11장

풀리는 의문

1

그날 밤 난바는 거의 잠을 이루지 못한 채 생각에 잠겨 있었다. 자려고 해도 계속해서 여러 생각이 주마등처럼 뇌리를 스쳐 지나갔고 밤이 깊어지면 질수록 의식은 더욱더 또렷해졌다.

이러한 생각들이 다시 난바에게 모든 걸 확인하도록 결심하게 했다.

오늘 본 서류가 아무리 완비된 각지의 경찰서로부터 올라온 보고를 기초로 했다고는 하나, 그는 아무래도 자신의 눈으로 보고 귀로 들은 것이 아니면 믿을 수 없었다.

그래서 스사의 알리바이로 뱃코 온천에서 마쓰모토의 아사마 온천으로 여행, 또한 아사마 온천에서 숙박한 것을 조사해 보려고 생각했다.

범인이 스사든 누구이든지 간에 시라나미소 이후의 사건을 증언하기 위해서는 시간상으로 생각하고, 반드시 그 자는 10월

9일 오후 1시경에는 오사카 난카이 전철 난바역에 있어야한다. 그 이후는 시라하마, 유자키의 온천지를 나와서 유노미네 온천, 도로쿄(瀞峽), 신구, 기노모토를 거쳐 히가시구마노 가도를 답파(踏破)하고, 야마토 알프스의 험준한 길을 지나 요시노로 나와, 이어서 나고야에 나타나 게로 온천에 도달, 10월 14일 오후 6시에는 미다케산 기슭 부근에 모습을 보여야만 한다. 그래서 그 기간 중, 가령 한 번이라도 다른 곳에서 명백한 존재가 입증된다고 하면 제아무리 유력한 증거가 있어도 그 한 건만으로 쉽게 붕괴될 것은 물론이다.

스사는 9일은 오전 9시경에 미즈나미(瑞浪)의 여관을 나와 9시 42분 열차로 신슈(信州) 마쓰모토로 향했다.

이것이 설령 마쓰모토로 향한 것이 완전한 위장이라고 해도, 미즈나미에서 9시경 출발한다면 도저히 오후 1시경까지는 오사카역으로 돌아올 수 없는 건 불을 보듯 명백하다.

게다가 스사는 그 이후는 16일까지 연일 아사마 온천에 있었다고 하니 혐의를 두려고 해도 둘 방법이 없는 것이다.

그러나 난바는 여전히 거기서 허구의 흔적을 발견하고자 했다. 열차 시간표를 가까이 놓고 모든 방면에서 연구해 보았다. 그 결과는 유게 경감의 말대로 모두 허사였다. 그렇지만 아직 난바는 희망을 버리지 않았다. 그래서 지금 한 번 현지로 가서 직접 확인해 보려고 한 것이다.

날이 밝아 11월 24일, 오사카의 사쿠라이 변호사에게는 간단히 전화를 걸어 이전대로 전보로 연락을 의뢰한 다음 혼자 기소 산속으로 여행을 떠났다.

목적지는 우선 미노(美濃)의 미즈나미, 뱟코 온천이다. 아주 옛날 어떤 선사(禪師)가 이곳을 지나가다 흰 여우가 다친 다리를 번갈아 핥고 있는 것을 보고서 발견했다는 뱟코 온천은 기후현(岐阜県) 도키군(土岐郡)의 다케오리강(竹折川) 근처 한적한 산간에 있다. 온천이라 해도 한 번은 데우지 않으면 안 될 만큼 미지근하다.

미즈나미역에 내려 버스로 약 20분, 산길을 달리면 이 온천지가 나온다. 아담한 온천 마을이다.

도키 여관은 바로 눈에 들어왔다. 상당히 좋은 온천 여관이고, 자연의 계류를 끌어다 만든 정원이 다시없이 아름다웠다.

하룻밤을 그곳에서 묵은 난바는 대충 알고 싶은 것을 들었다. 즉 스사가 10월 4일 투숙하고 9일에 나간 것, 9일 아침 9시 전에 여관을 나와 버스를 타지 않고 걸어간 것, 짐은 여관 지배인이 먼저 역으로 보내 놓은 것 등을 확인할 수 있었다.

다음 날 아침은 스사가 타고 간, 같은 열차로 마쓰모토로 향하여 아사마 온천에 도착했다. 그리고 간신히 보가쿠로(望岳楼) 여관을 찾아내고서 시계를 쳐다보자 2시 반이 가까웠다.

여관은 잘 지어진 건물이었고, 이곳에서는 다테산(立山), 야리가다케(槍ヶ丘), 호타카산(穂高山) 등의 험준한 알프스 준봉이 한눈에 보였다. 그뿐만 아니라 그 바로 앞으로 망망한 마쓰모토다이라의 분지가 마치 장난감처럼 보이는 열차와 전철의 모습까지도 넣어서 웅대한 배경 앞에 전개되고 있다.

나가노(長野)현 히가시치쿠마(東筑摩)군 홍고(本郷)촌 ―센겐토게(浅間峠)의 산기슭에 있는 마쓰모토 근교의 행락지다.

그러나 그곳에서도 난바는 보고서와 마찬가지인 사실을 확인할 수밖에 없었다. 다만 보고서에는 기재되지 않았지만, 마쓰모토시가 가까워서였는지 스사는 투숙 중 밤늦은 11시가 되어서야 돌아온 일이 두세 번 있었다는 점만 겨우 주의를 끄는 데 그쳤다.

의혹이 있는 15일도, 그는 호타카산 기슭의 시라호네(白骨) 온천 쪽으로 다녀온다고 말하고 숙소를 나와 그날 밤 11시경에 돌아왔다.

아침에 나간 시간은 대충 10시경이었다고 한다. 자세한 점은 시간이 많이 흘러 여관 사람들 기억에서 거의 희미해졌기에 그 이상 정확한 사실은 알 수 없었다.

그렇지만 이들 증언을 명백히 가려내 기대 이상의 결과를 얻자, 난바는 재빨리 지도와 시간표를 꺼내 아침 10시경에 숙소를 나와서 과연 저녁 6시경까지 게로정에 갈 수 있을지 검토해 보았다.

그러자 나가노, 시오지리(塩尻), 나고야 간의 시노노이선(篠ノ井線)은 마쓰모토역발 상행 열차로 오전 10시 전후에는 10시 19분 발 나고야행이 한 편 있을 뿐이다. 만일 이것을 탄다고 하면 게로로 가는 최단 길은 다지미(多治見)에서 갈아타고 미노오타(美濃太田)로 와서 히에쓰선(飛越線)으로 갈아타는 방법밖에 없고, 그러면 오후 5시 17분이 돼야 게로정에 도착할 수 있다.

그 때문에 여기에 문제가 있었다. 그와 같이해서 아사마 온천에 있던 스사의 대역남이 아카가키의 설명처럼 살해된 건지도 모르고, 게로정으로 갔을지도 모른다. 그런데 그렇게 되면 아침 10시에 나와도 저녁 5시가 지나지 않으면 도착할 수 없는 게로정에서 두 사람이 교묘히 교체해도 원래 모습으로 돌아온 스사가 어떻게 그날 밤 중으로 아사마 온천까지 돌아올 수 있을까?

실제로 시간표를 살핀 난바는 곧 실망하고 모든 것을 내던졌다. 게로역 발 기후 방면행 열차는 오후 5시 18분을 지나면 7시 50분발밖에 없었다. 5시 17분에 도착하는 대역남과 교체하려면 적어도 몇 분은 필요하다. 더욱이 숲속으로 유인해 살해하고 증거품 모두를 빼앗을 시간을 생각하면 7시 50분발도 어쩌면 위태로울 수 있다. 그런데 이 열차로는 시간표를 살필 필요도 없이, 마쓰모토역으로는 심야 12시를 넘겨도 돌아올 수 없을 것 같다.

마쓰모토역으로 오후 10시경까지 돌아오기 위해서는 적어도 다지미역에서 5시 36분발 열차를 타지 않으면 안 되었다. 즉 다지미역에서 5시 반 전후이면 게로에서는 이미 두 시간 이상 전에 출발해야 하는 것은 물론이다. 그럼 어디에서 복장을 교환한 것일까, 또는 어떻게 대역남은 그런 숲속에서 살해됐는지 짐작이 가지 않는 거다.

그리하여 난바는 모든 것을 단념하고 26일 밤도 그 여관에서 묵고, 다음 날 27일 아침 다시 열차에 몸을 맡기고, 주오 본선을 타고 도쿄로 향했다.

황혼의 신주쿠(新宿)역에 모습을 드러낸 난바는 가벼운 실망과 기묘한 홀가분함을 느끼면서 오래간만에 북적거리는 신주쿠 거리를 걸었다. 변함없이 번화하다. 많은 노점상과 무리를 지은 사람들— 교토라면 시조(四条) 거리부터 신쿄고쿠(新京極)가 붐비고, 오사카라면 도톤보리에서 신사이바시(心斎橋) 거리의 혼잡함이라고 해야 할까. 그렇지만 난바는 그들 거리 이상으로 이 신흥가의 생기 넘치는 활기에 신기함마저 느끼며 군집 속을 돌아다녔다.

28일은 그동안 쾌청했던 날씨가 바뀌어 아침부터 찬비가 내리고 있었다. 진눈깨비와도 같은 찬비였다.

난바는 신주쿠 근처의 여관을 나와 쇼선을 타고 가마타로 향했다. 스사가 11월 6일 밤, 마작으로 밤을 새웠다고 하는 모토오리가의 방문을 위해서였다.

그러나 역시 결과는 헛수고였다. 그 집의 스사에 대한 신용은 절대적이었다. 딸이 있으면 시집보내고 싶을 만큼 마음에 드는 청년이라고 칭찬하였다. 그뿐만이 아니라 재차 이런 조사를 되풀이하는 경찰의 무능을 비난하고 스사의 불운에 동정했으며 "절대로 그날 밤 외출한 적이 없습니다" 하고 잘라 말했다.

모토오리가에는 중학 시절, 스사의 가르침을 받은 남자아이가 둘 있었다. 차남은 아직 대학에 다니고 있지만, 장남은 벌써 모 회사에서 근무하고 있었다. 오래간만에 스사가 찾아오자 친구 두 사람을 부르고 함께 탁자에 앉아 환담으로 시간을 보냈다.

고생한 수고가 소득 없이 끝났다. 그리하여 그는 스사에 대한 의심을 모두 해소하고 그날 밤 급행으로 오사카로 돌아왔다.

그리고 29일, 약속대로 장도의 여행으로 지친 몸을 이끌고 사쿠라이 변호사와 함께 형사과의 유게 경감을 찾아갔다.

2

아침 10시, 형사 과장실로 안내받은 두 사람은 다시 나라자키 과장의 하얀 얼굴과 상대했다. 유게 경감도 옆에서 예의 성가신 얼굴을, 오늘은 약간 명랑한 듯이 가볍게 미소 지어 보이며 앉아 있었다.

"어떻게 되셨습니까? 결과는……."

먼저 유게 경감이 입을 뗐다.

"역시 허사였습니다."

난바가 힘없이 말하자, 이번엔 나라자키 과장이 맑고 힘찬 목소리로 말을 꺼냈다.

"실은 난바 씨, 이 사건은 모두 오늘로써 중단하고자 합니다. 이런 말씀을 드려 놀라시겠지만, 수사 당국으로서는 충분히 손을 써 보았고, 와카야마 수사 본부로서도 언제까지 이 사건만을 손에 쥐고 있을 수 없습니다. 거기다가 난바 씨가 말씀하신 제삼의 살인마 존재를 단순한 공상의 산물에 지나지 않는다고 하는 논의도 최근 대두되어 왔습니다. 그 논거는, 진범은 역시 미다케 산 기슭에서 죽은 남자이고, 그는 일종의 정신병자였습니다. 그래서 신원 일체를 불명으로 하고 그런 편지를 썼고, 일부러 신변 보호를 요청하러 왔던 것이기에, 그것이야말로 완전한 허구에 지나지 않는다……라고 하는 겁니다. 게다가 교토대학 정신의학 방면의 법의학 권위자인 오키타(大北) 박사에게 자문하자, 가끔 그러한 강박관념에 지배당하는 정신병자도 있다고 합니다. 더할 나위 없는 공포, 또는 과도한 스트레스, 어쩌면 극도의 과로에서도 생길 수 있다는 겁니다. 그 주요한 특징은 일종의 피해망상이고, 끊임없이 신변 불안이 엄습해오며 발작이 일어나자마자 어떤 사람을 보아도 자신을 죽이지 않을까, 상처입지 않을까 하고 생각한답니다. 게다가 신변의 폭로를 극도로 두려워하는 경우 등은 그 점만으로 눈에 띄게 신경과민이 되고, 그 관념이 전이하여 충분히 그 남자가 편지를 쓸 수 있는 심정이 될 수 있다고 말합니다. ……거기에서 그 사인에 관한 점…… 청산가리 중독인데, 그것을 어떻게 먹게 됐을까 하는 점도 그가 류타로를 살해할 때 썼던 방법…… 즉, 특수 정제된 약이든지 다른 것과 함께 삼켰던지…… 그래서 자살일 거라고 결론이 난 겁니다.

이제 와서 이런 말씀을 드리는 것은 조금 본의가 아니겠습니다만, 시라나미소에서 시작된 연속적인 살인은 미다케산 기슭의 자살로 모두 종언되었다고 간주하게 된 것입니다."

난바는 이 선고를 듣고도 그다지 놀라지 않았다. 오히려 자신이 이제껏 주장한 제삼의 범인설이야말로 지나친 생각이고 일종의 망상이었을지도 모른다고 생각했기에.

과장은 난바가 조용히 수긍하는 것을 보자, 오히려 힘이 빠진 듯한 모습이었지만 다시 이야기를 계속했다.

"…… 그리고 후나토미가 사건의 범인 건입니다. 이것은 사쿠라이 씨에게는 죄송하지만, 역시 다키자와의 범죄로 단정해 기소하게 되었습니다. 여전히 자백은 하지 않습니다만, 범행의 행적이 명백하기에 일건 서류를 부쳐 오늘 검사국으로 모든 것을 보내기로 했으니 이 점도 양해 바랍니다. 그리고 지난번 유고 시집《야고초》의 찢겨나간 페이지 건도 유키코가 스사 군과의 혼담이 정해진 날 밤에 찢겨나간 게 아닐까 생각하고 있습니다. 그래서 이것으로 이 복잡한 사건은 모두 해결이 난 것이라서 와카야마도 어제 본부를 해소했다고 전해 왔고, 저희 쪽도 연말 바쁜 시기를 앞두고 있어 방금 말씀드렸듯 이 모든 것을 중단하기로 논의가 결정된 겁니다. 그래도 류타로의 신원과 이와세라 하는 자에 관해서는 충분한 조사를 다 해보려고 합니다."

"필시 난바 씨는 불만스러우시겠지요? 하지만 이것이 가장 타당한 해석이 아닐까요?."

경감도 말을 보탰다.

그렇지만 난바는 아주 짧게 "알겠습니다." 하고 고개만 끄덕일 뿐이었다. 그리고 사쿠라이를 재촉해 가볍게 지금까지의 후의에 감사를 표하고 물러 나왔다.

"어찌할 텐가?"

돌아오자마자 사쿠라이는 이렇게 난바에게 묻는다.

"오늘이 29일이군."

난바는 잠시 생각하다가 쓸쓸히 웃었다.

"방법이 없지. 우리가 패배한 거니. 그런데 지금 문득 생각이 났네. 완전히 지금까지 잊고 있었던 건데, 시라나미소에서 류타로 부부에게 별실을 내어 주고 숙소를 떠났던 그 부녀 말인데. 그들을 한 번 찾아가 볼까 하네. 별 수확은 얻지 못하겠지만, 그러고 나서 12월 1일 신문 광고로 다시 아카가키 다키오 씨의 도움을 얻어 볼 방법도 있으니까."

그러나 이 부녀와의 만남은 뜻밖에도 성과가 있었다. 즉 오코우치 데루아키와 그 딸 다에코는 우연하게도 유노미네 온천에서 이와세와 류타로가 동숙해서 두 사람을 아주 잘 기억하고 있었기 때문이었다. 특히 아픈 다에코가 허약한 체질 특유의 날카로운 관찰력과 뛰어난 기억력을 가지고 있었기에 난바의 질문에 기대 이상으로 대답을 해 주었다.

그리고 가장 중요한 점은 이와세의 인상이었다. 그녀는 이와세의 풍채를 간단한 말로 표현했다. 그것은 그가 욕탕에 들어가는 직후의 모습을 얼핏 보았는데, 피부가 하얗고 눈이 예쁜 서른 연배의 남자로 앞니가 금니였다고. 이는 이와세로 변장하기 전 얼굴을 말하는 것으로 생각되었기 때문이다.

그런데 그녀 아버지는 백금이었다고 주장했고, 그녀는 이에 지지 않았다. 그녀는 료쿠잔카쿠의 욕탕 앞에서 거울 속으로 방긋이 웃고 있던 그 남자의 얼굴을 인상적으로 기억하고 있었던 거다. 그녀가 본 그 사람 입가에는 분명히 금이 번쩍이고 있었다. 밤의 광선이었지만 잘못 보진 않았다고 강하게 주장했다.

이 발견은 어느 사실을 시사한다. 이와세의 수배 전단에는 백금이 명확히 기재되어 있다. 그것은 진짜 백금이었을까?

난바는 깊은 사색에 빠졌다. 그리고 시라나미소 여관에서 스사가 웃을 때 그 입가에 황금색이 번쩍였던 것을 떠올렸다.

다키자와에겐 금니가 없다. 물론 백금으로 된 이도 없다. 하지만 스사에게는 금니가 앞니의 틈을 메우고 있다. 지금 만일 그 금니의 특징을 숨기려고 하면 어떻게 하면 좋을지 생각해 보았다. 가장 좋은 방법은 그 위에 백금을 씌우는 거다.

이 발견에 몹시 기뻐한 난바는 진심으로 감사의 인사를 하고 롯코산(六甲山) 기슭 오코우치의 집을 뛰어나왔다. 그리고 기후 현 경찰부로 장거리 전화를 했다.

게로정의 북쪽 미다케산 기슭에서 죽은 남자의 치아에 백금으로 된 이가 있었는데, 그 진위를 확인하기 위해서였다.

회답은 바로 얻을 수 있었다. 시체에는 위 송곳니에만 한 개의 백금으로 된 이가 있었다. 이 회답은 결코 그 백금의 의치가 거짓이 아닌 것을 의미한다. 즉 맨 처음 시라하마에 나타난 금니가 있던 남자와는 다른 사람이라고도 말할 수 있는 거다.

이 새로운 사실을 가지고 다시 사쿠라이를 찾아가자, 그는 잠시 생각하다가 곧 "그 생각도 가능할 것 같네. 만일 원래가 백금을 했기에 그 위에 가볍게 가짜 금니를 씌운 거라면 어떡하지?" 하고 말하며 난바를 실망하게 하였다.

아아……, 이제 이렇게 되니 남은 건 단 하나, 12월 1일부 광고로 아카가키 다키오의 천재적인 두뇌의 활약을 기대하는 수밖에 달리 방법이 없었다.

3

12월 1일 오후 1시경, 난바는 한 통의 전보를 받았다.

곧 오게. 고시엔 호텔에서 기다리겠네.

— 사야마

사야마가 누구지? 그러자 곧 난바는 아카가키의 모습이 떠올랐다.

한신 국도(阪神国道)의 탄탄대로를 질주하다 무코강(武庫川)으로 나오면 푸른 송림으로 둘러싸인 고시엔(甲子園) 호텔이 보인다.

보이에게 명함을 건네자 이미 알고 있다는 듯이 난바를 즉시 2층 남쪽 볕이 가득 든 웅장한 방으로 안내했다. 창문을 통해 아름답게 깎아 놓은 잔디가 보였고 울창한 송림도 보였다.

"오! 드디어 찾아왔군. 어찌 되었는가? 그 후의 형세는?"

그 소리에 뒤를 돌아보자, 마흔대여섯으로 보이는 젊은 머리카락에 잘 기른 검은 수염의 신사가 금테 코안경을 쓰고 빙그레 웃으며 서 있다.

"아, 실례합니다. 저, 당신이 사야마(狹山) 씨입니까? 오늘 전보를 주신……."

"하하하, 그렇다네. 난바 군, 날세."

신사는 여유롭게 가죽 의자에 앉더니 엽궐련을 피웠다. 그 어조, 그 음성이야말로 기억이 나지만, 이 변신은 뭐란 말인가? 이 사람이 지난번 피로에 초췌했던 아카가키의 변장한 모습이란 말인가? 이제까지 여러 번 난바는 이런 교묘한 변장술은 봐 왔지만, 지금 눈앞의 사야마라고 하는 신사를 보니, 그것이 도저히 아카가키 다키오로는 보이지 않았다.

우선 그 인상이 두드러지게 달리 보인 것은 피부 결이었다. 지난번 영양실조 같은 상태는 그 어디에서도 찾아볼 수 없었고, 오히려 작년 말 만주로 건너갔을 때의 모습과 아주 흡사했다. 그리고 또 하나 큰 변화는 입술에서 섬뜩하게 보이던 빠진 이가 오늘은 아름다운 고운 이로 바뀐 점이었다. 앞니의 변화가 이다지도 용모에 변화를 주리라고는 생각하지 못했다. 난바에게는 왠지 거짓말 같은 기분이 들 정도였다.

그러나 마주하고 앉으니 난바에게는 아카가키의 본 얼굴이 되살아났다. 안경 속에 빛나는 눈동자의 색깔에서도 그리운 은사 아카가키의 모습을 또렷하게 발견할 수 있었다.

"어찌 되었는가? 문제는 어느 정도까지 진전했는지?"

아카가키는 그러한 난바의 생각에는 조금도 개의치 않고 속히 말을 꺼냈다.

"진척이고 뭐고 전혀 손에 잡히는 게 없습니다. 부끄러운 말씀입니다만, 지난번 이후로 일보도 나아가지 못했습니다."

난바는 이 사야마라 하는 아카가키 탐정에게 그 후의 모든 것을 이야기하기 시작했다.

아카가키는 그사이 다리를 꼬고 엽궐련을 피우면서 조용히 듣고 있었다. 이윽고 대충 다 듣고 나자 마음에 드는 코안경을 들어 올리더니 가만히 난바의 곤혹스러워하는 표정을 쳐다봤다.

"음, 역시 변함없는 자넨 교묘한 사기술에 현혹된 것 같군. 그렇지만 좋으이. 내가 한 번 그 확고한 알리바이라는 걸 깨 보지. 자, 보여 주겠네. 그 시간표란 걸 상세히 본 후 해결 방책을 생각해 볼 테니……."

아카가키는 난바가 예전 오사카 경찰부에서 만들어 온 스사의 행동표(行動表)를 손에 들자 가만히 응시하기 시작했다. 그리고 대충 다 읽고 나자, 보이를 불러 열차 시간표를 가져오게 했다. 그리고 선 채로 여행 가방을 뒤지더니 몇 장의 지도를 꺼내고 다시 생각에 빠졌다.

이렇게 몇 분…… 숨이 막힐 듯 바라보고 있는 난바 앞에 아카가키는 빙그레 웃으면서 우선 시간표를 내밀었다.

"자, 보게! 난바 군, 의문의 해결은 여기에 있네. 확고한 알리바이라 해도, 치밀한 관찰과 탁월한 추리 앞에는 간단한 퍼즐일 수밖에 없으니. 자네들이 지금까지 이 같은 사실에 생각이 미치지 않았던 것은, 정밀한 조사만 반복하고 치밀한 관찰이라는 것을 빼먹고 있었기 때문일세. 또한 이전에도 충고한 적이 있듯이, 자네들이 너무나도 정직한 상식을 지닌 사람들이라 그랬을지 모르지. 그러나 뭐 그건 제쳐두고, 맨 처음에 어떻게 스사가 범행일, ……즉 10월 9일에 오사카로 돌아올 수 있었나? 그 점부터 풀어 가세……."

아카가키는 나고야, 다지미, 미즈나미 등의 주오선의 시간표를 펼치고, 그 옆에 난바가 표시해 놓은 시간표를 놓았다.

"자 시작하세. 스사는 9일 아침, 미즈나미역에서 오전 9시 42분에 마쓰모토를 향해 출발한 거로 되어 있군."

"네!"

"그럼 여관에선 몇 시에 나갔나?"

"정확하진 않지만 9시경입니다."

"그곳에 승합차가 있었는가?"

"네! 그런데 그는 타지 않고 걸어서 역으로 간 것 같습니다."

아카가키는 말없이 미즈나미 부근의 지도를 펼쳤다. 그리고 밧코 온천에서 미즈나미로 향하는 길을 더듬어봤다. 넓은 도로가 역 앞으로 달리고 있다. 그러나 아카가키의 손가락은 서쪽 도로를 따라 다지미로 향해 있었다.

"이걸세. 여기에 스사가 숙소에서 곧장 버스를 타지 않고 걸어간 이유가 있어. 자, 보게. 시노노이선은 다지미에서 미노오오타로 가는 선과 갈라지네. 그리고 이 도로는 온천 앞을 지나고 미즈나미 앞을 거쳐 다지미 방면으로 나 있어. 그것을 알았으니 이번엔 시간표네."

아카가키는 주오선 시각표를 가리킨다. 그것은 지금 새삼 보지 않아도 여러 번 난바가 살펴봤기에 거의 기억하고 있었다.

미즈나미 발 나고야 방면행은 오전 8시 22분을 제외하면 10시 20분 발 열차밖에 없다. 그리고 그 열차는 나고야에 오전 11시 40분에 도착하기에 도저히 오후 1시까지 오사카로 돌아올 수는 없다.

그런데 아카가키의 손가락은 그 시각표와 다른 칸을 짚고 있었다. 다지미역발 나고야행 기동차(氣動車)의 칸을 가리켰다.

"그렇다면 오전 9시 15분 다지미발, 나고야에는 10시 28분에 도착한다."

"하지만 다지미에서 출발하는 게 아닙니까?"

난바가 무심코 말했다.

"그걸세. 트릭이란 게……. 이 시간표를 보고 누구나 알 수 있다면 진정 유효한 알리바이가 되지 않겠지. 언뜻 보고선 불가능으로 보이는 게, 그게 그의 재주야. 거리가 몇 리쯤 되나?"

아카가키는 다지미, 미즈나미 간의 거리를 가리켰다. 열차로 약 17, 8분 거리다.

"3리 정도 될 겁니다."

"자동차로 몇 분 걸릴까?"

"약 30분일 겁니다."

"아니, 20분일 거야. 그러나 30분이어도 좋네. 그럼 9시 15분에 타려면 여관에선 10분 정도 전에 나오면 되네."

난바는 그제야 고개를 끄덕였다. 맞다. 미즈나미역에는 열차가 없지만 다지미까지 가면 미노오오타에서 오는 열차가 있는 거다. 아, 왜 그걸 알아채지 못했던 걸까.

"하지만 이 열차도 나고야에는 오전 10시 28분이 되어야 도착하는데, 그럼 어떻게 오후 1시까지 오사카의 난바까지 돌아올 수 있었던 것일까요?"

갑자기 난바가 의문의 화살을 보내자, 아카가키는 마찬가지미소로 보답하면서 도쿄, 다롄 간 항공로 시간표를 가리켰다.

그 시간표를 보니 나고야 비행장 발 여객기는 오전 11시 정각에 출발하여 오후 0시 20분에는 오사카 기즈가와(本津川) 비행장에 도착할 수 있다. 0시 20분에 오사카 기즈가와에 도착하면 1시까지 난바역에 모습을 보이기에 충분한 여유가 있다.

정말이지 교묘하고 뛰어나게 교통망을 이용한 것이다.

난바는 무의식중에 깊은 한숨을 내쉬었다.

잠시 침묵 후 다시 난바는 물었다.

"그러면 같은 날 9일 오후 2시 반경, 아사마 온천의 보가쿠로 여관에 나타난 자는 어디에서 스사와 교체한 것일까요?"

"미리 짜 놓았겠지. 그래서 대역남은 미즈나미에서 오전 9시 42분에 발차하는 열차에 탑승하여 마쓰모토역에서 스사 명의의 수하물을 찾아 아사마로 향한 걸 거야."

"그럼 15일까지 보가쿠로 여관에 있던 남자는 스사가 아니었던 셈이군요."

다시 난바는 깊은 한숨을 내쉬었다.

"자, 이제 다음으로 가지."

아카가키는 이번엔 기소 방면 지도를 꺼내어 난바 앞에 펼친다.

"15일 아침, 대역남이 아사마의 숙소를 나온 시각은?"

"10시경입니다."

다시 아카가키의 손가락은 주오선의 시간표를 더듬는다.

이것은 난바도 재차 살펴본 것으로 경찰 당국하고도 마찬가지로 전혀 불가능한 것으로 포기했던 거다. 그런데 그것을 아카가키는 어째서 설명하는 걸까? 기대와 흥분으로 그만 숨이 가빠지는 걸 의식하면서 난바도 고개를 빼고 지도를 바라봤다.

잠시 후 조용히 고개를 든 아카가키는 난바의 눈앞에서 지도 위의 일부를 둥글게 그려 보였다.

"알겠나? 이 수수께끼를……."

"아니오!"

난바는 조금 고개를 저었다.

"생각해야 하는 것은 이 지세(地勢)일세. 자, 보게! 마쓰모토시는 일본알프스 연산의 북서면을 바라보고, 게로정은 그 남동면을 올려다보네. 즉 양자 간에는 이 알프스 준봉이 험난한 암석을 옆으로 누이고, 그 교통을 방해하고 있어. 그래서 마쓰모토에서 게로로 가기 위해서는 한 번 알프스 자락을 따라 남하하고, 기소계곡을 좌로 보며 미타케산 남쪽에서 서쪽으로 횡단, 그리고 다시 알프스의 자락으로 북상해야 하네. ……이 시간표에도 명백히 마쓰모토에서 시노노이선을 타고 다지미로 나와, 미노오타행으로 갈아 타야 하고. 히에쓰선으로 게로정으로 가는데, 약 7시간 걸리네. 즉 마쓰모토역에서 오전 10시 19분에 떠나도 게로에는 오후 5시 17분이 되어야만 도착하지.

그래서 두 사람의 교체는 절대로 게로정을 벗어날 수는 없네. 당연히 주목 밀림 속이 두 사람의 교체 장소일 테고, 그럼 어떻게 대역남은 스사와 교체했을까? 그 수수께끼를 난 이렇게 푸네……. 잘 보게."

다시 아카가키의 손가락은 지도 위를 마쓰모토역에서 시노노

이센을 따라 다지미 쪽으로 남하한다. 그리고 시오지리를 지나 주오선의 후쿠시마, 우에마쓰(上松) 스하라(須原)를 거쳐 사카시타(坂下)역에서 멈추었다.

사카시타역―나가노현과 기후현과의 경계, 기후현 에나군(惠那郡) 사카시타정이다.

손가락은 일단 거기서 주저하자, 이번에는 철도를 따라가는 것을 그만두고 기소강으로 흐르는 가와카미강(川上川) 계곡을 따르는 길을 더듬어 갔다. 현의 길답게 상당한 크기다.

그렇게 약 20리를 가자 약간 넓은 남북 가도가 나오고, 똑같이 기소 협곡으로 흐르는 쓰케치강(付知川)을 따라 오른쪽에 미타케산의 위용을 우러러보면서 사이노카미토게(塞ノ神峠) 고개를 넘고 부타이토게(舞台峠) 고개를 넘어 히다(飛驒) 가도로 나와서 간신히 게로정에 도달한다. 사카시타정에서 130리 정도의 도정이다.

"이 거리를 달린 것일까요?

숨을 삼키면서 난바가 말하자, 아카가키는 말없이 시간표가 끝나는 쪽을 넘기고 버스 칸을 살폈다. 사카시타정에서 게로정으로 버스가 다니고 있다. 그리고 소요 시간은 약 3시간이다.

마쓰모토에서 사카시타정까지는 기차로 약 3시간, 마쓰모토에서 10시 19분에 출발하면 사카시타역에는 오후 1시 7분이 된다. 그래서 거기서 버스를 타면 오후 4시경에는 게로정에 도착할 수 있다.

"어떤가. 오후 4시에는 게로에 도착할 수 있겠지."

아카가키는 안경 너머로 난바를 바라보다가, 생각난 듯이 엽궐련을 맛있게 피워댔다. 가짜 수염인지 코밑의 수염이 뿜어 나오는 보라색 연기에 살랑살랑 흔들렸다.

"그럼 3시에 게로정의 숙소를 나온 이와세는 그 대역남과 어디서 만난 걸까요?"

"물론 주목림이지."

"그러면 이와세가 주목림에서 대역남과 만나고, 그자를 죽인 시각은 적어도 오후 4시 반이나 5시경이 되겠네요?"

그러나 아카가키는 이 말에는 고개를 저었다.

"아니, 두 사람은 더 일찍 만났을 걸세. 그리하지 않으면 그날 밤 11시경까지는 아사마로 돌아올 수 없을 테니."

아카가키는 다시 시간표를 가리켰다. 난바도 그 시간표를 잘 기억하고 있었다. 오후 11시경에 스사는 아사마 온천 보가쿠로 여관으로 돌아왔다. 그리고 그러기 위해서는 사카시타역에서도 오후 7시 4분 열차를 타지 않으면 시간에 맞출 수 없는 거다.

그래서 7시까지 사카시타정으로 오기 위해선 버스로 3시간 걸리니까 게로정에서 오후 4시에는 출발해야 한다.

그러나 이 어긋남을 앞에 두고 아카가키는 전과 다름없이 침착했다. 그리고 사카시타정에서 게로정까지의 거리를 조사했다. 약 55킬로미터의 도정이다.

"이 길을 버스 말고 하이어(hire)*로 달리면 몇 시간 걸리겠나?"

---

* 돈을 지불하고 부르는 예약 택시의 일종.

| 미타케산 부근 교통 지도 |

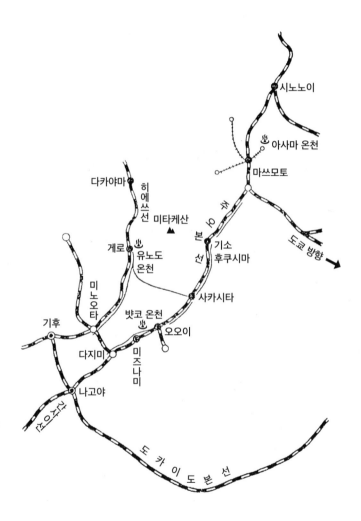

"글쎄요! 산길이라 잘 모르겠습니다만, 2시간 정도 걸리지 않을까요?"

"음, 그 정도 되겠군."

아카가키도 수긍했다.

"이제 이해했나? 두 사람이 주목림에서 만난 것은 3시 반경, 이와세는 3시에 숙소를 나와 미리 상의한 대로 사카시타정에서 하이어를 타고 달려 온 대역남과 남의 눈을 피해 주목림에서 만났네. 자신은 대역남의 복장으로 갈아입고, 그 자에겐 이와세가 입고 있던 옷을 입혔어. 그리고 뭔가로 싼 청산가리를 삼키게 해 죽인 뒤 모든 증거품을 빼앗고 원래 스사의 모습으로 돌아와 유유히 그곳을 떠났을 거야. 대역이 그곳을 갔을 때처럼 그 자신도 게로정에서 차 한 대를 빌려 그 차로 단숨에 사카시타정까지 가서 사카시타역 발 7시 4분 열차를 타고, 마쓰모토역에 10시 27분에 도착, 여관에 11시경 돌아와 태연스레 있었던 거지."

아카가키는 두 사람의 교체 상태를 상세히 설명했다. 이것으로 스사의 완벽한 알리바이를 깰 수 있으리라.

10월 1일부터 이미 각지의 온천을 여행하고 있었을 스사는 9일 범행 당일부터 확실한 교체에 의한 대역남을 이용하고, 자신은 시라나미소의 참극에서 구마노 산속의 살인행, 게다가 나고야의 연극, 게로 경찰에서 피에로 시늉을 멋지게 해치웠다. 마지막에 쓸모없어진 대역남을 불러내 한 번 더 이용하고 '흉악 범인은 자멸했다'고 하는 그 장면을 떠올리게 하듯이 복잡한 수단을 이용해 훌륭히 성공한 것이, 이로써 명백히 판명되었다.

물론 이것은 단지 가능성에 지나지 않는다. 그렇지만 전혀 불가능하다고 간주했다가 '그럴 수 있다' 고 하는 견지로까지 진전된 것만으로도 난바에겐 큰 수확이었다.

그것이 단순한 상상일지 아니면 훌륭한 두뇌에 의해 짜인 분명하게 만들어진 알리바이 일지는 금후의 실지 조사에서 간단히 정해질 문제다. 그러니까 다음은 그 사실을 확인하면 된다.

4

그러나 난바는 다시 의문이 일었다.

"한데 저는 아직 이해되지 않는 점이 있습니다. 그것은 아사마 온천의 풍경 스탬프가 찍혀 배달된 스사가 자필로 쓴 엽서입니다. 위필도 아닌 걸 어떻게 부쳤을까요?"

"그건 간단한 문제일세. 스사가 미리 그 엽서를 대역남에게 건넸으면 말일세. 우체통에 넣는 것까지 그 대역남이 담당하면 되니까."

아카가키는 지극히 쉬운 일이라는 듯이 말했다.

"그럼 왜 날짜대로 부치지 않았을까요? 날짜는 12일인데, 소인은 14일로 되어 있는 건……."

"음, 거기에도 의문은 있네. 그러나 그것도 이렇게 생각하면 되네. 맨 처음 계획엔 12일에 우체통에 넣으면 13일에 후나토미 가에 도착하니깐, 14일에 유키코한테 전보를 받고 황급히 돌아올 생각이었다고…….”

“그러면 이틀간 계획이 연장된 거네요.”

“그렇지.”

“그럼 그 연락은 어떻게 했을까요?”

“스사가 나고야에 도착했을 때 통지를 하는 거로 했겠지. 전화든 전보든 또는 편지로…….”

“역시 그렇게 해서 대역남에게 15일에 게로로 오라고 명령한 거군요.”

그제야 난바는 모든 걸 이해했지만, 그렇다고 해도 어떠한 수법으로 치밀하고도 교묘하게 모든 걸 계획했을까?

“그럼 마지막으로 후나토미가 사건 당시의 스사 알리바이를 설명해 주십시오.”

난바는 시간이 많이 지난 것도 잊고 모든 의문을 해소하려고 질문의 화살을 쏟아냈다.

“음, 근데 그것을 설명하기 전에 묻고 싶은 게 있는데, 스사가 묵었다는 그의 친구 집은 도쿄 어디에 있는가?”

아카가키는 도쿄의 시가 지도를 꺼냈다.

“가마타구 고지야정(糀谷町)입니다. 게이힌선 아나모리지선(穴守支線)의 오토리이(大鳥居)에서 하차하면 바로입니다.”

“뭐…… 가마타?”

그의 손가락이 다시 지도 위를 더듬었다. 그리고 오토리이 정거장 위에 손이 딱 멈추고선 찌를 듯한 눈동자로 난바를 가만히 쳐다봤다.

"자네는 이 집에 갔었나?"

"네……."

"그럼 하네다 비행장도 갔었겠군?"

"네."

"어땠는가?"

"분명히 그날 밤, 비행기 한 대가 오사카로 날았습니다."

"그럼 의문이 들었을 텐데?"

"그런데 그날 밤 비행기는 도쿄 A 신문사에서 띄운 겁니다. 뭔가 급한 용무가 있었는지 신문사의 비행사가 기자를 태우고 이륙했다고 했습니다……."

"누구에게서 들었나?"

"하네다 비행장 사무원에게요."

"그럼 신문사로는 문의했나?"

"아니요."

"어째서?"

"우선 스사 군이 그날 밤, 밤새 마작을 했다고 해서요……."

아카가키는 안도의 한숨을 내쉬었다.

"정말 스사라는 자는 자네의 냉정한 판단력을 잘도 흐리게 하는군. 아주 대단한 매력을 지닌 자야!"

난바는 수긍하면서도 왠지 얼굴이 붉어졌다. 스사에 대한 자기 생각, 그건 역시 아카가키의 말처럼 판단력의 정도를 넘어선 맹신의 부류에 속하는 것일까? 그렇게 생각하자 난바는 얼굴이 화끈 달아오르는 걸 의식했다.

"그래, 마작은 몇 시부터 시작한 건가?"

아카가키는 다시 냉정한 어조로 물었다.

"오후 6시경이었다고 합니다."

"끝난 시간은?"

"다음 날 아침 10시경—."

"몇 명이 했나?"

"모토오리가의 아들 둘과 스사, 거기다 친구 둘."

"그럼 모두 다섯이었군."

"네……."

"자넨 마작 룰을 알고 있나?"

"아니요."

"마작은 넷이서 하는 거 정도는 알고 있겠지?"

"네, 알고 있습니다."

"그럼 일장(一莊)*은?"

난바는 힘없이 고개를 저었다.

"모릅니다. 일장이란 게 뭐죠?

"승부를 내는 거지."

아카가키는 마치 제자에게 가르치듯 자세히 설명한다.

"마작에는 동서남북과 하나의 장풍(莊風)에 문풍(門風)이 4회 바뀌고 순서대로 선(先)이 돌아가다가 원래 선으로 돌아오면, 다시 다음 장풍과 네 번, 즉 합계 16회의 풍(風)의 변화로 한 승부

---

* 정식의 한 게임에 걸리는 시간.

가 난다. 그것을 일장이라 하고, 보통은 두 시간 정도가 걸리네."

간단히 마작 놀이를 설명하고서 잠시 있다가 말을 이어갔다.

"그러니까 게임을 하는 멤버가 다섯이면 누군가 한 사람은 반드시 쉬어야 한단 말이지. 그러면 그 한 사람은 한 게임을 하는 두 시간 정도는 편히 쉴 수 있고, 두 게임이면 네 시간…… 게다가 밤까지 새웠다니. 이해가 됐는가? 이 의미를……."

난바는 아플 만큼 머릿속으로 생각했다. 아련하면서도 아카가키가 암시하는 의미를 알 것 같았다. 그리고 모토오리가에서 아들들에게 물었을 때 그들은 한결같이 똑같은 말을 하지 않았던가.

"스사 씨는 장도의 기차 여행으로 피곤해 도중에 빠지고 잠자리에 들었는데, 우리는 모두 교대로 잤습니다. 스사 씨가 자고 있을 때는 네 사람 모두가 깨어 있었기에 절대로 집 밖으로 나간 일은 없습니다."

난바는 모토오리가 아들들이 했던 말을 떠올렸다.

"그러면 넷이 게임에 열중할 동안에 몰래 빠져나간 걸까요?"

"그건 몇 시부터 스사가 교대하고 잤는지를 확인하면 바로 아는 걸세."

잠시 생각하다 난바가 다시 묻는다.

"대강 도쿄에서 오사카까지 몇 시간 정도 걸리는지요? 비행기로……."

"약 두 시간 조금 더 되지. 정기 비행으로 나고야에 착륙하는 게 세 시간이 채 안 되니까."

"한데 야간이면요?"

"베테랑 비행사라면 같을 걸세."

"그럼 신문사의 비행기 운운한 건 거짓인 걸까요?"

"그건 자네가 알아봐야 할 일 아닌가? 자세히 조사해 보게!"

이것으로 충분했다. 지도에서도 분명히 모토오리가에서 하네다 비행장까지는 십여 분의 거리다. 그러니까 오사카의 기즈가와 비행장에서 고즈정의 후나토미가까지 자동차로 약 삼십 분이라 하면, 도쿄의 모토오리가에서 오사카의 후나토미가까지 왕복으로 다섯 시간 정도밖에 필요치 않다.

이 얼마나 교묘한 알리바이인가! 미즈나미역에서 불가능하게 보인 오사카로의 귀환 방법과 그 수단에 있어 궤를 하나로 하고 있다고는 하나, 도쿄에서 오사카로, 그리고 다시 도쿄로, 한밤중에 몇 시간 동안 왕복하고, 잔인한 살인을 감행하고서는 태연하게 마작에 열중한 친구들에게조차 그때까지 별실에서 자는 것으로 알게 했다니, 그 알리바이의 훌륭함과 대담함…… 아, 누가 지금까지 이와 같은 일을 생각할 수 있었을까?

그 냉정하고 예리함, 그 냉혹한 정신력은 오히려 인간으로서의 모든 걸 초월한, 분명 귀신이나 악마라고 해야 하지 않을까?

난바는 그토록 명랑하고 쾌활했던 청년의 배후에 드리운 무서운 그림자를 상상하니, 또다시 혼란스러웠다.

"대체 그 스사 히데하루라는 자의 과거는 어떠한가? 일단 조사는 해 봤겠지?"

아카가키는 갑자기 화제를 바꿨다.

"네, 대충은요…… 그런데 달리 어두운 그늘은 없었습니다. 다만 그의 어릴 적 행복해야 할 소년기가 모친의 부정(不貞)으로 몹시 불행했던 것이 어쩌면 약간 구김살을 만들었을지도 모릅니다만, 청년기는 지극히 행복했고 재학 중에 오랫동안 신세를 졌던 모토오리가에서도 그의 성격에 극력 찬사를 아끼지 않습니다. 정말 명랑한 청년입니다."

난바는 스사한테 처음 들은 과거를 자세히 이야기했고, 경찰 조사에서도 큰 차이가 없었다고 했다.

조용히 엽궐련을 피우며 듣고 있던 아카가키는 스사에 관한 얘길 다 듣고 나자, 갑자기 날카롭게 눈동자를 번쩍였다.

"그 얘긴 언제 들었나?"

"지난번 선배님이 저희 집에 오셨던 날입니다."

"11월 23일 말인가?"

"네!"

"어디서?"

"사쿠라이 군 사무실에서입니다."

"몇 시쯤이었나?"

"저희가 오사카 형사과에서 돌아왔을 때 스사가 이미 와 있었으니 오후 4시가 지나서였을 겁니다."

"그래, 그 용건은?"

"후나토미가의 유산 문제입니다. 전부 정리하면 아직 4만 엔 가까이 남았기에, 진범 수사 자금이라 하며 2천 엔 정도를 사쿠라이 군에게 건넸습니다.

"유산 정리는 사쿠라이 변호사가 한 게 아니었나?"

"맞습니다. 사쿠라이 군이 모두 했습니다."

"그런데 왜, 새삼스레?"

"아니, 별로 새삼스러운 일이 아닙니다."

웬지 난바는 당황해서 스스를 변호하듯 말을 가로막았다.

"……그 밖에도 여러 가지 용건이 있었는데, 그중에 지금의 유산 처분 문제가 나온 거라서……."

아카가키는 난바의 얼굴을 다시 강렬히 응시했다. 그리고선 갑자기 뭔가를 생각했는지, 넓은 방 안을 마치 곰처럼 양손을 허리 뒤로 잡고 빙글빙글 돌기 시작했다.

버려진 엽궐련이 스토브 위로 가느다란 연기를 피워 올리고 있다. 볕이 가득 비쳐 들고, 그 연기는 마치 아지랑이 같아 보였다.

방 안을 도는 발소리는 양탄자에 빨려 들어갔는지 슬리퍼의 마찰 소리도 들리지 않는다. 난바는 그저 어리둥절한 표정으로 망연자실하며 이 모습을 바라볼 뿐이었다.

5

그리고 몇 분…… 아카가키는 무슨 생각이 떠올랐는지 황급히 복도로 뛰어나갔고, 조금 있자 철해 놓은 신문을 움켜쥐고 돌아왔다.

아카가키가 손가락으로 가리키는 곳을 응시한 난바는 '기괴한 실종'이라 적힌 제목 기사를 발견했다. 날짜는 11월 23일, 오사카마이아사신문(大阪毎朝新聞)의 조간 사회면이다.

그 내용은 대략 이러했다.

효고현 무코군 세이도촌의 재산가, 후루타테 고키치(古館厚吉)의 차남 준지(淳二)—스물일곱, 도쿄 와세다대학 영문과에 적을 두고 있는데, 지난 20일 일이 있어 가족이 상경해 준지가 사는 아자부(麻布)의 하숙집을 찾았다. 그런데 준지는 10월 초순에 여행을 떠난 후 아직 돌아오지 않았으며, 하숙집에서 이달 10일경에 한 번 걱정하지 말라고, 지금 홋카이도 쪽을 여행 중이니 이달 하순엔 꼭 돌아갈 거라는 간단한 엽서가 왔을 뿐이라고 했다. 이상한 생각이 들어 학교와 아는 친구들에게 알아봤는데 아무도 그 행선지를 모른다. 그래서 어제 그런 내용을 구비해서 관할서에 수사 의뢰서를 제출했다. 준지는 대단히 온후하고 호탕한 성격으로 사상적 배경도 달리 없고, 친구들의 평도 좋았기에 그의 갑작스러운 실종은 일반적으로 기이한 느낌을 들게 했다. 또한 준지가 하숙집으로 보낸 엽서엔 홋카이도의 삿포로라고만 되어 있고, 우체국 소인이 없어서 과연 홋카이도에서 보낸 건지, 아니면 누군가가 그의 하숙집으로 던진 건지, 명료하지가 않다.

이 기사는 아무렇지 않게 읽으면 극히 사소한 시정의 일이다. 하지만 지금 난바에게는 좀처럼 평범하게 놓칠 만한 사실이 아니었다.

"이 기사를 몰랐나?"

아카가키가 묻는다.

"네, 전혀 몰랐습니다."

"어떻게 생각하나?"

"이 후루타테 준지라고 하는 청년이 스사의 대역남으로 주목
림에서 죽은 거란 말입니까?"

"그건 모르네. 조사하지 않으면……. 그런데 난 23일에 스사
가 갑자기 자네들을 찾아왔다고 해서 우선 의문을 품은 걸세."

"왜입니까?"

"왜라니, 그것까지 스사는 경찰의 엄중한 조사를 받았겠지?"

"……네."

"그리고 알리바이 탐구도 되었네. 과거의 생활부터 평소의 행
실도 조사받았다. 그런데 모든 게 그의 계획대로 순조로이 진행
되고, 그의 알리바이는 확고한 것이 되어서 이와세는 자살한 것
으로 간주하였다. 그래서 그는 모든 게 종료된 것으로 생각한 게
틀림없다. 그런데 그런 그가 무슨 필요로 일부러 자네들을 찾아
왔을까? 게다가 지금 들으니, 그는 방황했던 전반생(前半生)을
말하면서 자신이 저주하는 사람까지 말했다고 하는데…… 게다
가 그 이름이 다카세 이와오라고 말한 것을 듣고 나니, 그의 방
문 목적이 어디에 있었는지, 우선 의심스럽지 않은가?"

이렇게 말하면서 아카가키는 새 궐련을 입으로 가져갔다. 난
바는 그때, 문득 그날 스사에게서 그 이야길 들었을 때 뭔가 마
음속으로 생각했던 것이 떠올랐다.

"거기서 내게 문득 떠오른 것은, 23일 자네 집을 방문한 그날, 방 밖에 서서 듣고 있는 것 같았던 식모 말일세. …… 자네 말로는 새로 고용한 지 아직 며칠 안 됐다고 했는데 …… 알겠나, 내가 말하고자 하는 의미를 …… 맞네, 끊임없이 사람을 자네 신변에 붙여 놓고 몰래 자네 행동을 감시하게 한 거야. 그 정도 일은 그 녀석에겐 그리 어렵지 않지. 게다가 그런 일을 할 인간은 대도시 구석엔 우글우글할 정도로 있으니. 그러니까 그는 그 식모에게 보고를 받고, 자네가 급히 오사카로 간 걸 알았단 말이지. 물론 그 이유까진 식모가 몰랐을 거야. 하지만 방문객이 있었던 것과 그 손님과 뭔가 밀담을 나눈 것, 그리고 손님이 돌아간 뒤 자네가 급히 오사카로 간 것 등을 보고했겠지. 그러는 동안에 이번에는 자네가 사쿠라이 변호사와 함께 황망히 경찰부를 방문한 걸 알았네. ……이런 보고를 받은 스사가 거기서 무슨 생각을 했을 것 같나? 그렇지. 범죄 심리학은 그간의 소식을 미묘하게 전달하고 있네. 그 역시도 몹시 불안해진 거야. 그것도 이 기사가 없었다면 그 정도로까지 생각하지는 않았을 거야. 그가 봤을 때 쩔쩔매는 소란 정도로 여기고 침착하게 제삼자의 입장에서 수습했을지도 모르네. …… 그런데 이 기사를 보고선 제아무리 대담한 그였어도 깜짝 놀란 거지. 그리고 만일 이 기사가 불씨가 되어서 조사받는다면 확고부동한 알리바이도 어쩌면 무너질지 모른다는 위기감이 대담한 그에게 자네들 동정을 살피러 가게 했네. 나는 숙고한 끝에 이와 같은 결론을 얻었네, 그리고 뭐가 그를 그렇게 놀라게 했을까? 그가 당황한 원인은 뭘까? 나는 먼저 신문을 살펴봐야겠단 생각이 들었던 걸세."

일단 한숨을 쉬고 아카가키는 다시 엽궐련을 피워 물었다. 난바는 아무 소리 없이 아카가키의 추리에 귀를 기울인다. 그의 목소리는 오늘따라 명료하다. 지난번 난바 집에서는 이가 빠진 곳으로 소리가 새어선지 낮고 알아듣기 어려웠는데, 오늘은 약간 흥분한 뒤라서 차근차근 설명하는 말의 어조도 높고 명확히 들렸다.

"신문을 조사한 결과는 지금 자네가 본 대로네. 그런데 왜 신문을 볼 생각이 들었냐고? 그 추리 과정은 지극히 간단하네. 즉, 그에게는 특설 정보부가 있었다. 그리고 23일 전달된 보고에서 자네의 갑작스러운 행동은 이해했지만, 그 원인은 몰랐다. 방문객이었던 내가 원인이 된 건지, 아니면 다른 사상(事象)에 기인하는 것인지…… 그래서 스사는 재빨리 두 가지 방책을 세웠다. 즉 하나는 내 신원과 방문 목적의 탐사, 두 번째는 그러한 사태를 일으킬 수 있는 원인 탐구. …… 그런데 그는 곧 두 번째가 원인이란 걸 발견했다. 만일 그것이 원인이라면 자칫 자신의 신변은 위험해질지 모른다. 하지만 실제 문제로서 그것이 원인인지 아닌지는 모른다. 어쩌면 단순 기우에 지나지 않을지도 모른다. 그렇다고 하면 스사로서는 대체 어떻게 하면 좋을 것인가? 그래서 그는 대담하게도 자네들의 재활동 원천을 알아보기 위해서 사쿠라이 군 사무실을 찾은 거다. 그런데 이것만으로는 나도 이 결론을 낼 수 없다. 그렇지만 계속해서 스사가 저주해야 할 두 번째 아버지의 존재를 말하고, 더욱이 그 이름이 다카세 이와오라고 알린 것을 알고, 나는 스사가 그때에는 이미 자네들의 행동이 하등 두 번째 원인에 의한 것이 아니라고 확인한 것을 알아차렸다. 그럼 그 두 번째 원인이란 뭘까? 아마 누구나 금방 알 수 있을 테지만, 또한 그것은 아직 알려지지 않아서 곧 알 수 있음이 틀림없다. 결론은 모든 가설 속에서 가장 타당하다 여겨지는 것을 하나만 골라내면 된다. 그래서 나는 거기에서 신문을 떠올린 걸세."

다시 아카가키는 크게 보랏빛 연기를 푸 하고 내뿜는다. 그리고 계속해서 말을 이었다.

"…… 왜 스사가 다카세 이와오라 하는 이름을 말했을까, 그 이유를 자넨 생각해 봤나? 다카세 이와오라 하면 바로 이와세 다카오의 이름이 연상되지. 그런데 스사는 태연하게 자네들 앞에서 그 이름을 입에 담고, 게다가 그 남자야말로 가장 저주해야 할 어머니의 원수라고까지 입 밖으로 내뱉었네. 경찰 조사에선 결코 그러한 이름을 알아내지 못한 것은 그가 쉽게 방면되었기 때문으로 이해되네. 즉 그의 두 번째 아버지 이름은 절대로 다카세 이와오가 아니네. 그럼 왜, 그는 그 이름을 일부러 입에 담았을까? 그 이유를 …… 알겠는가?"

난바는 이 계시(啓示)를 받고, 그만 묵사발이 된 듯한 굴욕을 느꼈다. 아카가키가 설명하는 의미가 이제야 난바에게 이해가 되었던 거다. 이 무슨 굴욕이란 말인가! 스사가 이렇게나 자신들의 무능함을 조롱하고 있었다니……. 그는 작게 입술을 떨고 이를 갈았다.

제12장

괴뢰사의 고백

1

　"여하튼 이전에도 말한 적이 있듯이, 자네는 완전히 스사의 꼭
두각시였네. 스사에 대한 맹신…… 그것이 이번 사건에서 자네
를 비참하게 패배자의 구렁텅이로 떨어뜨렸어. 그가 어떠한 매
력을 지녔는지, 나는 모르네. 자네는 한편으로는 진범을 탐구하
고 있으면서 스사와 관계되는 일이 되면, 이상하리만큼 냉정한
판단력이 무디어지고, 모든 것을 왜곡해서 바라본 거다. 자네는
수사관으로 선입견이 얼마나 나쁜 결과를 초래하는지 충분할
만큼 알고 있을 터, 그런데도 자네는 스사에 관해서는 그 수많은
의문점을 모두 맹목적으로 무시하려고 했네. 거기에 자네의 실
패 원인이 잉태했던 거지."

　아카가키는 여전히 같은 어조로 사건의 성질을 분석하고, 난
바의 실패 흔적을 예리하게 들추어냈다. 난바는 이마에도 겨드
랑이 밑에도 식은땀이 흐르는 것을 의식하면서 귀를 기울였다.

"이 범죄에는 참으로 근세 범죄 사상 희귀할 만치 교묘한 구성과 뛰어난 사기술로 넘쳐 있다. 그 첫째가 바로 자네 앞으로 보낸 탐정소설이네. 당연히 자네가 등장할 것이라 예상하고 암시에 찬 소설을 자네에게 보내고, 제1단의 예비 행동을 꾀했네. 아주 경탄할 노릇이지. 또한 자네는 훌륭히 그 역할을 다했기에, 나는 괴뢰사인 그에게 일종의 경의마저 표하고 싶네. …… 일부러 자네를 비방하는 건 아니네. 하지만 자네는 사건의 대요를 들은 것만으로 다수의 현역 수사관들이 인정한 류타로의 죽음을 바로 위장으로 생각했어. 그것으로도 자네는 훌륭히 조종당했다고 말할 수 있네. 그 필포츠의 탐정소설을 읽었으니, 자넨 절벽에 떨어진 피와 보이지 않는 시체만으로 위장이라 생각했으니까.

그래서 자넨 의심을 해 봐야 했을 아주 간단히 사실에 조금도 추리력을 발휘하려 하지 않았네. 즉 구마노 산속에서 류타로의 시체를 발견했을 때, 그 시체가 왜 그렇게 좁고 위험한 길을 따라서 절대로 폭풍우나 큰 산사태에서도 유실되지 않을 만큼 안전한 동굴에 옮겨져 있었는지에 대한 사실 말일세.

어째서 범인은 시체의 신원을 모르게 하기 위해 지문을 벗기는 수고까지 하면서 시체를 보존하려 했을까? 보통의 범인이라면 아마 그런 동굴로 옮기지 않고 바닥도 안 보일 것 같은 계곡으로 시체를 던져 버렸을 거야. 그리하면 이 범죄는 영구히 발견되지 않을지도 모르네.

게다가 범인은 곳곳에 일부러 눈에 띄는 특징 있는 문자와 같은 이름 또는 유사한 이름을 남겼어. 그 이유에 대해서도 아무런 고찰을 하지 않았네. 필요도 없는 서류 가방을 사고, 그것을 택시에 두고 내려 경찰에 신고한 일, 정신병자로 가장해 일부러 경찰에 보호를 요청하러 갔던 일도 모두 똑같은 목적에 의해서 이루어진 것이라 말할 수 있음에도 자네는 그런 것들에 대해 신중하게 생각하지 않았네.

물론 모든 것은 앞에서도 내가 시사했듯이, 완전히 범인이 준비한 증거이지. 자네는 그 증거를 모으고 다니는 역할인 거지. 자네는 그 역할을 아주 훌륭히 해냈어. …… 정말 뛰어난 괴뢰사이지 않은가? 아니 물론, 조종당한 것은 자네 한 사람만이 아니야. 그렇지만 이 시나리오는 모두 자네를 목표로 하여 그려졌음을 자네는 깨닫지 않으면 안 되네.

그 증거로, 자네가 시라나미소 사건의 진상을 발견하기까지 중요한 증거는 두 가지 모두 스사의 진언으로 얻은 거였고, 류타로가 금전에 강한 집착을 보인다고 알려준 이도, 다키자와의 무죄를 강력히 주장한 이도 모두 스사였음을 자네는 기억할 거야."

난바는 한마디도 할 수가 없었다. 철저하게 그의 비참한 패배가 드러났기에.

난바는 시라하마 이후 스사의 모든 행적을 순차적으로 떠올렸다. 그중에는 첫 만남에서 선입견의 불리함을 말하고 그를 돌려보내려 했다가 뭔지 모를 그의 매력에 이끌려 조수로 쓰는 것을 암묵적으로 승낙한 그 자신의 모습도 있었다.

또한 사쿠라이 변호사에게 제2신을 다 적고 났을 때, 무서울만치 창백한 얼굴로 스사가 세 평짜리 방에서 나온 모습도 있었다. 제아무리 스사라 해도 범행한 날 밤의 잔혹함을 떠올리니 소름이 끼치고, 술까지 깨고 보니 무서움에 혼자 있을 수 없었던 걸까?

그리고 폭풍우 치던 날, 사쿠라이가 후나토미가의 비밀을 말할 때 스사는 이상하게 흥분하고 표정을 일그러뜨리더니 눈물조차 보였던 것이 떠올랐다.

왜였을까? 왜 후나토미 유미코의 비참한 운명이 그에게 눈물을 머금게 했을까?

이 의혹은 곧 스사가 말한 그의 어머니 모습을 연상시켰다. 아아, 그럼 스사는 거기에서 어머니와 똑같은 운명으로 힘들었을 가련한 모녀의 모습을 생각하고 자신도 모르게 눈물을 머금었단 말인가…….

아카가키는 다시 예리한 추리의 행적을 얘기했다.

"…… 자네는 왜 내가 스사가 범인이라고 하는 결론을 얻었을지 의심스럽게 생각하고 있네. 그런데 그것도 자네 자신이 내게 말한 것이네. 잘 생각해 보게나! 자네가 사건의 자세한 내용을 말할 때, 뭐라고 했는지. ―이 공범자는 분명히 류타로와는 아주 친하고 서로 마음을 터놓을 수 있는 놈이 틀림없습니다. 그런데 류타로의 신변 수사를 아무리 해도 그런 남자는 한 명도 없었습니다. 류타로의 딸도 그런 남자는 모른다고 말했습니다―라고. 자네는 이런 말도 했지.―이 음험한 공범자는 반드시 다키자와의 성격도, 풍채도, 특징도 충분히 연구했음이 틀림없습니다. 그렇지 않고서야 어떻게 교묘히 다키자와로 변장할 수 있었

겠습니까. 어떻게 다키자와를 두 번이나 궁지에 빠뜨릴 수 있었
겠습니까……. 어떤가? 이것은 모두 자네가 한 말이네. 이 정도
로 명백히 단 한 사람의 인물을 지목하고 있음에도 자넨 그 남자
에 대해선 완전히 눈을 감고 있었어."

'아, 왜? 왜 나는 이 정도로까지 스사의 언동에 소경이 되어
있었던 걸까? 그의 매력이 나의 판단력을 흐리게 했다는 말인
가? 아니면 그의 사기술이 탁월할 정도로 교묘했다는 것인가?'

그 순간 난바는 문득 류타로가 몰래 신발 바닥에 숨겨 놓은
종잇조각을 떠올렸다.

그 종잇조각은 류타로 죽음의 원인을 말하고 있다. 만일 그것
이 사실이라면 그 종잇조각에 있던 ×노부……라고 하는 이름
은 스사 히데하루여야 한다.

이 의문을 꺼내자, 아카가키는 일순간 말없이 난바의 의심에
찬 눈동자를 돌아봤다.

"맞네. 동일인이지. 그것이야말로 이 지극히 복잡한 사건에 숨
겨진 큰 동기라고 할 수 있지. 이것은 단지 단순한 내 추측이네
만, 난 류타로의 과거 신원이 스사의 두 번째 아버지이고, 그 어
머니의 저주스러운 원수라고 생각하네. 어쩌면 그 이름이 나야
류노스케라고 말했는지도 모르지. 그런 그가 혼조 후카가와의
생활을 버린 후에 후나토미가로 들어온 거라고 하면, 완전히 부
절(符節)*을 맞춘 듯이 일치하지 않는가? 그가 어떠한 수단으로

* 돌이나 대나무·옥 따위로 만들어 신표로 삼았던 물건.

스사 어머니를 유혹하고, 또한 후나토미가의 미망인과 정을 통했을지는 상상할 수 없지만, 거기에서도 스사가 말하는 바의 저주스러운 악연이 잉태되었다고 말할 수 있네."

"그럼 왜 스사는 유키코를 살해한 건가요?"

그거야말로 마지막의 큰 의문이다.

두 사람은 약혼한 사이가 아니었던가? 결혼할 날짜까지 잡은 상태였다. 그런 두 사람이 왜 죽음으로 다투지 않으면 안 되었을까?

"거기에 유고록《야고초》의 비밀이 있는 것이 아닐까?"

아카가키는 막연히 암시적인 말을 내뱉고 잠시 난바의 태도를 지켜봤다.

《야고초》…… 아, 류타로조차 최후의 종잇조각에 써 놓은《야고초》, 유미코가 전남편에 대한 절절한 추모의 정을 써 놓은 그 와카집, 거기에 유키코 살해의 진상이 숨겨져 있다고?

왜 유고록을 찢어 버려야 했을까? 유키코도 어머니처럼 죽은 어머니를 추모하는 와카를 적었다고 스사가 말했다. 그렇다면 무엇 때문에 그는 찢어 버려야만 했을까?

그러나 이 해결은 아카가키 다키오의 설명을 기다릴 필요도 없었다.

어느새 태양이 물러나고 웅장한 방안에도 어두운 그림자가 들어서기 시작했다. 창을 등지고 앉은 난바의 얼굴에도 검은 기미가 생겨나고, 난로 위에 있는 시계가 약하게 다섯 번, 운치 있는 종소리를 냈다. 그때 복도에서 인기척이 나더니 문을 똑똑 두

드리는 소리가 났다.

"들어오게!"

문을 열고 들어 온 보이는 한 통의 봉서를 아카가키에게 건넸다.

"5시가 되면 전해 달라 말씀하셔서……."

보이는 말했다.

수취인은 사야마 준스케(狹山順介) 님으로 되어 있었다. 뒤를 돌려보니 기노 다케야스(紀野武康)라고 서명되었다.

"기노? 기노 다케야스?"

아카가키는 두세 번 입안에서 그 이름을 중얼거린다. 그리고 봉투를 뜯고 두툼한 편지를 꺼내자, 편지의 첫머리에 쓴 난바 기이치로 님이라는 글자가 먼저 눈에 들어왔다.

"아, 자네, ……자네에게 온 편지일세."

아카가키는 편지를 난바에게 건넸다. 난바는 의아스러운 표정으로 편지를 받고서 가만히 그 문면(文面)에 시선을 쏟았다.

2

누굴까? 누가 이런 편지를 사야마 씨 앞으로 보내온 것일까? 하면서 몇 줄 읽은 난바는 그만 아! 하고 안색을 바꾸었다.

"아! 고백서입니다. 스사의……스사한테서 온 편지입니다. 이것은……."

"그렇겠지. 이것으로 모든 걸 알게 되겠군. 자, 읽어 보게나."

아카가키는 조용히 말했다.

난바 씨. 언젠가는 이런 날이 오리라고 생각한 시간이 이처럼 빨리 오리라고는 꿈에도 생각지 못했습니다.

그런데 오늘 아침 신문에 당신이 내신 '사건 미해결의 의뢰─난바'의 광고를 보고 전 깜짝 놀랐습니다.

당신이 구조를 바라고 계십니다. 오사카뿐 아니라, 전국에 명수사 과장으로 명성을 날리셨던 난바 기이치로 씨가 비명을 지르며 도움을 의뢰하신다고 하면 그 의뢰받을 사람은 누굴까? 그것은 저에게는 큰 충격이었습니다.

이는 일본의 홈스라고도 불리는 아카가키 다키오 씨의 등장을 의미하기 때문입니다.

그리고 얼마 후 제가 진작부터 심어 놓은 스파이가 저에게 새로운 소식 하나를 전해 주었습니다.

난바 씨 급히 고시엔 호텔로 가다……라고요.

제가 심어 놓은 스파이망, 당신은 아직 그것을 모르실 겁니다. 오늘 당신은 댁으로 돌아가셔도 식모의 모습은 두 번 다시 발견하실 수 없을 겁니다. 마찬가지로 당신의 이웃집 사람이 오늘 이사가 버린 일도, 사쿠라이 씨의 사무실 서생이 휴가를 얻은 일도 아시게 되실 겁니다.

모든 게 저의 소행입니다. 저는 이러한 정보원을 두고 당신과 사쿠라이 씨의 동정 일체를 세세히 살피고 있었습니다.

무슨 이유로 그랬냐고 당신은 물으시겠지요. 그러나 지금 당장은 그 이유를 말씀드리지 않겠습니다. 말씀드리지 않아도 아마 당신은 벌써 추측하고 계실 겁니다.

그건 그렇고, 오늘은 고시엔 호텔로 간다는 보고를 받았습니다. 왜 당신이 고시엔 호텔로 가시는지, 그 이유를 저는 분명히 압니다. 며칠 전 당신은 아카가키 씨의 방문을 받으셨습니다. 그리고 그 후, 급히 사쿠라이 씨와 상의하고 나서 다음 날 여행을 떠나셨습니다. 어디로의 여행! 여행의 목적! 그것은 말할 나위도 없이 당신이 저의 알리바이를 깨기 위해 현장을 검증하러 가신 겁니다.

모든 것은 아카가키 씨가 지시한 것, 전 당신이 하네다 비행장까지 가셨다는 얘길 듣고 깜짝 놀랐습니다. 아아, 역시 두려운 명탐정 아카가키 씨!…….

자, 생각해 보세요. 당신이 한 달 가까운 날짜를 소비하고도 알아내지 못한 진상을 아카가키 씨는 겨우 단 하루 만에 훌륭하게 풀고, 당신에게 그러한 수사 방침마저 가르친 게 아닙니까?

그래서 오늘 아침부터 도움을 청하는 광고를 보고, 오후에는 당신이 급히 고시엔 호텔로 가시는 걸 알고서 전 어찌할 바를 몰랐습니다.

고시엔 호텔! 아, 그곳에 아카가키 씨가 다른 사람으로 변장하고 묵고 계심이 틀림없다. 그렇다면 오늘이야말로 난바 씨가 모든 진상을 아는 날이구나……. 전 이것을 먼저 생각했습니다.

그리고 당신의 충실한 식모에게 전보의 발신인이 사야마라고 하는 사람인 것을 전해 듣고 호텔에 사야마 준스케라고 하는 사람이 묵고 있는 것을 알았습니다.

이렇게 되니 이제 미련 없이 깨끗하게 몸을 피해야 한다는 생각으로 저는 이 글을 쓰기 시작했습니다. 그 진의는 얼마나 제가 이 범죄에 심혈을 기울였는지, 그 모든 것을 꼭 당신이 알아주시길 바라기 때문입니다.

무릇 남아가 한 번 뜻을 세워 한 가지 일을 완수하려면 충분한 준비와 연구가 필요한 것은 말할 나위도 없습니다.

그래서 저는 일단 이 계획을 세우자마자 조속히 모든 연구, 준비를 위해서 거의 제 생활과 시간을 소비했습니다.

무슨 준비, 무슨 연구냐고 당신은 말씀하시겠지요. 그러나 그것은 이 편지를 마지막까지 읽어 주신다면 얼마나 제가 주도면밀하게 계획하고 치밀하게 준비했는지 알아주실 것으로 생각합니다. 그 첫 번째 증거로, 제가 연구한 결과 당연히 당신의 등장을 예상했습니다. 그래서 당신의 수사 방법, 추리 귀납의 방식 등, 아주 충분할 만큼 당신의 빛나는 과거 업적부터 조사했습니다. 그리하여 저는 단연코 당신을 상대로 해서 틀림없이 이길 수 있다는 자신을 얻었습니다. 이 자신이 지나쳤는지 아닌지는 지금의 당신이 가장 잘 아시리라 생각합니다.

언젠가 당신은 저에게 아무리 교묘한 범죄일지라도 반드시 일정한 단서가 있다면서 여러 가지 범죄를 예로 들어 설명해 주셨습니다. 그때 제가 제 생각을 자유로이 말할 수 있었으면, 네 맞습니다. ……수사 방법도 각각 개인적인 특징이 있으니까요…… 하고 한마디 대답하고 싶었습니다.

그건 그렇고, 이 편지를 쓰면서 전 승리의 환희에 취해 있습니다. 지난 23일에도 뵈었습니다만, 그때까지도 당신은 저를 의심하지 못했습니다. 제가 자극에 찬 과거 이야기를 알리고, 일부러 이와세 다카오와 비슷한 다카세 이와오의 이름을 말했을 때도, 당신은 한마디도 제가 이상하다고 말씀하지 않았습니다. 그날 저는 과감히 개가를 올리고 승리의 환희에 차서 돌아왔습니다. 그리고 그 후 당신이 미즈나미와 마쓰모토 아사마 온천, 그뿐만 아니라 도쿄 가마타의 모토오리가까지 알아보러 가셨어도 태연하게 조소만 띄우고 있었습니다. 제아무리 명수사관일지라도 그때의 당신은 평소의 난바 씨가 아니었습니다. 제가 몰래 관찰해 보니, 난바 씨는 저에 대해 반신반의하다가도 제 무죄를 입증할 증거가 나오면 기뻐하는 듯한 모습조차 보이셨습니다.

어떠십니까? 난바 씨, 지금 와서 생각하니 너무나 많은 부분에서 얼마나 많은 의혹을 스스로 지우면서 헛수고로 조사를 계속했는지 아시겠지요?

미즈나미에서 마쓰모토까지 가면서 기차는 큰 평행사변형의 세 변을 달리고 있다, 만일 나머지 한 변에 갈 수 있는 길이 있다면…… 이런 생각도 안 하시고, 도쿄 가마타에서는 하네다 비행장까지 조회하러 갔으면서도, 신문사로는 조회조차 하지 않았던 점 등을 치밀하게 심어 놓은 감시인에게 보고를 받을 때 저도 모르게 기뻐서 큰소리를 지르며 웃었습니다.

이것만으로도 아셨겠지요? 얼마나 당신이 선입견을 배제하면서도 오히려 그것에 지배되기 쉬운 성격인 것을……. 피어오르는 과

거의 업적에 대한 자부심이 얼마나 냉정한 당신의 판단력을 흐리게 했는지를…….

당신은 갑자기 배달된 《빨강머리 레드메인 일가》라고 하는 탐정소설을 읽으셨겠지요. 그리고 그 소설의 발단이 너무나도 이번 사건과 유사하다는 것을 알아차리셨을 겁니다. 그러나 그것이 설마 범인의 주도한 예비 행위였다고는 한 번도 생각하신 적은 없었겠지요.

거기서도 당신의 강한 자부심의 발로가 보입니다. 이전의 어느 날, 그 유사성을 말하면서 저에게 그 소설의 불합리함을 지적하셨을 때, 너무 우스워서 당장이라도 웃음이 나올 정도였습니다.

그러나 당신의 결점을 지적하면 불쾌하실 테니 이제부턴 저의 범행 계획을 처음부터 말씀드리기로 하겠습니다.

이 계획을 처음 세웠던 건, 올봄 아직 벚꽃도 만개하지 않은 3월 말이었습니다. 그러고 나서 약 6개월간, 준비와 조사로 평온한 날 없이 차츰 착수를 결의한 10월 1일까진 마치 꿈 같이 분주하게, 환상을 품기에는 너무나도 답답한 시간이 흘렀습니다. 깊은 밤, 남모르게 일어나 세부 계획까지 재검토를 수도 없이 하면서, 앞으로 일어나게 될 복수의 쾌감에 취해 있었습니다.

상세한 내용은 제 일지에 따로 기록해 두겠으니, 그것으로 우선, 제가 무엇을 생각하고, 어떻게 계획하여 범행 준비를 했는지 추측해 주셨으면 합니다.

3월 24일 : 처음으로 다키자와의 연인을 만나다. 갸름한 얼굴에 고전적인 기품이 있는 여성, 그러나 너무나 어두운 표정에서 참혹한 가정을 상상하다.

3월 26일 : 다키자와와 요정에서 술을 마심. 술이 취해 다키자와가 격분해 연인의 불행과 후나토미가의 암운을 흥분하며 말하다. 그때 비로소 류타로의 이상한 출현을 알게 되다.

3월 27일 : 종일 어머니의 유언을 펼치고 추억을 더듬다. 아, 저 주받아야 할 자! 류노스케여. 환영 속에 후나토미 류타로의 모습이 겹쳐 보이다. 아아! 만일 그렇다면 나는 어찌해야 하나?

3월 28일 : 다키자와를 불러내 후나토미가를 방문. 그의 연인 유키코 방에 들어가다. 어두운 방에 음산한 유령, 안에 가득 차고 두꺼운 벽으로 새어 드는 연한 빛 속에 앉아 있는 어두운 그녀의 얼굴, 돌아 나오려 할 때 류타로와 만나다. 넓은 이마, 다부져 보이는 턱, 삐뚤빼뚤한 치열…… 어느 순간 내 눈이 그의 오른쪽 귀밑에 머물렀다. 그리고 마침내 확인할 수 있었다. 아아! 어찌 이 검정 사마귀를 잊을 수 있으랴. 어머니의 유언, 영혼 깊이 스며들어 내 뇌리 속에 있다. 십여 년이 흘러 나를 알아보지 못하는 것 같다. 하지만 내 마음은 끓어올라 참을 수가 없다. 분노가 얼굴에 나타날까 봐 황망히 돌아서다. 이 날, 복수의 깃발을 처음으로 어머니 묘 앞에 내걸다. 아아, 어머니의 혼이시여! 나오셔서 제 마음의 용맹을 지켜주소서!

3월 30일 : 계획을 세우느라 종일 시간 가는 걸 잊다. 아아, 어찌하면 가장 확실하게 그자를 매장할 수 있을까? 우선 그가 어떻게 후나토미가에 들어왔는지를 찾으려 했지만 아무도 말하지 않는다. 다키자와도 모른다. 그래서 어쩔 수 없이 첫 번째 협박장을 보낼 것을 결의하다. 서명을 기노 다케시(紀野武)로 정하다. 아버지의 이름을 모독할 생각은 없었지만, 그렇다고 내 이름은 쓸 수 없어서 다케시(武)의 한 글자만 적기로 하다.

4월 5일 : 첫 번째 범행 장소를 찾으려고 여행을 나서다. 범행 장소는 적당히 지방 여행객이 몰리는 곳으로 선정해야 할 것으로 고려해서 이날은 시라하마 온천으로 향하다.

4월 7일 : 산쇼신사 전망대에 서서 멀리 수백 미터 눈 아래의 세찬 파도를 바라보다. 아찔하다. 여기에서 던져 버리면 어떠한 시체도 발견되지 않을 거라 생각하니 잠시 기분이 오싹해짐.

4월 10일 : 드디어 기노모토에 다다르다. 그동안 유노미네를 거쳐서 신구까지 간 것도 범행 장소로 적당하지 않았기 때문이다. 그래서 히가시도바(東鳥羽), 이세 야마다시로 가서 밤배를 타고 구마노 해안으로 나오다. 파도가 높게 일렁임. 술에서 깨어나면 괴로웠다. 그럴 때마다 류타로의 얼굴을 떠올리고 어머니의 아픈 고뇌를 생각하다.

4월 12일 : 이세 야마다시를 거쳐 나고야로 오다. 주오 본선으로 기소 계곡에 가려고 시간표를 구해 궁리하다가 좋은 수단이 생겼다.

4월 15일 : 사카시타정을 거쳐 게로정으로 나오다. 게로 온천은 번화한 곳이다. 이 가도는 여행객이 붐비고 히에쓰선 개통을 앞

두고 더 발전할 가능성이 있음. 좋은 계획이 생기다.

5월 4일 : 경찰망 연구를 시작하다. 과학 수사의 수준을 확인하다. 각지 경찰 수뇌부의 업적을 조사, 어느 정도까지 정밀한지를 연구하고자 함.

5월 14일 : 아카가키 다키오 씨의 외유를 알다. 친구 아무개, 오사카 경찰부에 있다. 내게 알려주길, 현재 수사관들 두려워할 것 없음, 겨우 유게 경감만이 난바 전 수사 과장의 계보를 이을까 하는……, 두 사람의 연구도 계획하다.

7월 20일 : 험준한 준봉 등산, 도중에 후루타테 준지와 알게 됨. 나와 닮았다. 기개가 좋다. 친해지면 이용할 수 있음을 생각하다.

8월 10일 : 도톤보리에서 혼자 걷는 유키코와 만나다. 좋은 기회다. 함께 차를 마시며 이야기를 나누다.

8월 12일 : 유키코한테 편지가 오다. 그 심정, 급속히 기울어짐을 알다. 내 마음도 미미하게 움직이는 걸 느끼다.

8월 14일 : 밤, 고즈신사 경내에서 만나다. 밤에 경내에서 바라보는 서쪽은 신사이바시의 빛으로 환하고, 처음 유키코와 키스. 차가움.

8월 20일 : 다키자와 난치(南地)에 있는 유곽 가게쓰(花月)에서 술 한잔하다. 그는 취해서 최근 유키코와의 상황을 얘기하다. 오오, 불쌍한 피에로여.

8월 28일 : 후나토미가에 초대를 받아서 가다. 류타로와 함께 맥주를 마시다. 내가 가지고 간 맥주다. 간절히 기도하다! 어머니여! 승낙하소서.

8월 30일 : 후나토미가에 가서 직접 결혼을 제의하다. 모친 유미코가 약간 반대의 기색을 보인 반면, 류타로는 지참금 2만 엔을 가지고 오겠다는 말에 바로 결혼을 허락했다. 오, 침을 뱉어야 할 샤일록*이여. 지금 당장은 기쁘겠지, 공허한 희열은 무서운 무덤 속 장송곡임을 알라.

9월 10일 : 정식으로 다키자와의 후나토미가 출입을 막다. 내가 그렇게까지 하지 말라고 말해도 류타로는 듣지 않았다. 결국 내 뜻대로 된 셈이다. 다키자와여. 용서해라. 오랜 우정을 이렇게 깰 본의는 아니었지만, 이젠 어쩔 수가 없다.

9월 15일 : 거듭된 협박장에 약간 불안을 느꼈던지 마침내 류타로가 술에 취해서 내 말에 넘어가고⋯⋯ 협박장을 말하다. 내가 놀라는 기색을 보이고 당장 신고할 것을 권하다. 그러나 그는 난색을 보이다.

9월 18일 : 나는 류타로에게 과거의 행적을 묻다. 모든 명의가 유미코로 되어 있음을 알리고, 데릴사위는 당신의 승낙을 받을 아무런 권리가 없다고 사정없이 매도하자, 그는 당황해서 재산의 모든 건 자기 뜻대로 된다, 단 명의는 자신으로 되어 있지 않지만 굳이 필요치 않다고 했다. 나는 수긍치 못하고 그대로 돌아오다.

9월 20일 : 류타로가 찾아오다. 그와 함께 나가 기타신치(北新地)의 후쿠라이테이(福來亭)에 가서 술을 마시다. 그때 흘리는 말처럼 경찰관인 내 친구에게 들었다면서 나야 류노스케라는 남자가

---

* 셰익스피어의 〈베니스의 상인〉에 나오는 고리대금업자.

오사카에 숨어 있는 것을 알아내고 수사 중이라고 하자, 류타로의 안색이 변함. 잠시 후 범행의 시효가 지났냐고 떠보듯 묻자, 그런 거 모른다고 함. 경찰이 발견하는 즉시 체포할 거라 협박하자, 류타로의 얼굴빛이 창백해짐. 그날은 그대로 헤어지다.

9월 24일 : 류타로 다시 찾아오고, 번민이 얼굴에 드러남. 도망치려고 해도 재산에 미련이 남고, 탈취하면 유미코가 즉시 고소할 테니 바로 체포될 게 뻔하다, 협박장이 빈번히 오는 것으로 보아 자신을 밀고할지도 모른다. 어찌해야 하냐고 묻다. 나는 생각해보겠다고 약속하고 돌려보내다.

9월 26일 : 류타로를 몰래 미노오(箕面) 공원 간푸가쿠(観楓閣)로 불러내다. 상당히 취해 있음. 이제는 고육책을 단행해야 할 것 같다. 만일 단행을 주저하면 모든 관계가 깨지고 당신이 고소당할 수 있다는 점을 전제하고, 유미코를 살해하고 자신도 살해당한 것처럼 꾸미고 도망쳐야 할 좋은 계책을 주다. 잠시 말이 없다. ……이윽고 가는 목소리로 '알겠네!' 하고 말하더니 아주 무섭게 내 얼굴을 바라봄, "아주 두려운 자군. 내가 저지른 악보다도 더 무섭군!" 하고 탄식하다. 이 소악(小惡)! 네 놈이 만일 내 마음을 조금이나마 알면 기절해 죽을 거다! 난 가가대소(呵呵大笑)하다.

10월 1일 : 드디어 온천 여행을 나섬. 유키코 그 외의 배웅을 받고, 다키자와를 피하기 위한 구실을 대고, 오전 9시 미나토마치역을 출발. 그날은 우선 유노야마 온천에서 하루를 묵다.

10월 3일 : 후루타테 준지에게 편지를 보내어 대역 건을 의뢰하다. 동시에 각 여관에서 유키코 앞으로 보낼 서신 및 상세한 행동지침을 적어 동봉하고, 착수금으로 500엔을 지급하다.

10월 4일 : 유노야마를 떠나 나고야로 가서 비행장까지의 시간을 계산하다. 시내 유람 후 주오선을 타고 미즈나미역으로 향함. 밧코 온천 도키 여관에 투숙하다.

10월 6일 : 후루타테 준지에게 회답 있음.—대역 승낙! 이 정도의 돈으로는 부족하다. 좀 더 보내라! 그러지 않으면 네 약혼자에게 모든 걸 전하겠으니—. 의외로 그도 위험성이 많다. 다시 생각할 여지가 있음.

일지는 일단 거기서 끝나 있다. 이것으로 어떻게 스사가 계획하고, 어떻게 범행을 저질렀는지를 이해했다.

난바는 잠시 읽는 걸 멈추고서 테이블 옆으로 의자를 가까이하고 탁상 등의 스위치를 켰다. 엷은 빛이 방안에 흐르자, 난바는 다시 스사의 편지를 읽기 시작했다.

4

이것으로 대강은 이해하셨겠지요. 왜 제가 범죄를 계획하고, 어떻게 준비했는지를…….

하지만 아직 이 일지의 단편적 기록만으로는 충분히 이해하지 못하신 부분이 있으실 겁니다.

즉 그 첫째는 후나토미 류타로와 나야 류노스케의 관계입니다.

다시 말씀드리지 않아도 충분히 아실지 모르겠습니다만, 두 사람은 동일 인물입니다. 류타로의 과거 신원은 이전에 한번 당신도 추측하셨듯이 치한(癡漢) 나야 류노스케인 겁니다. "거짓말 하지 마! 류노스케는 도쿄에서 죽었을 텐데……" 어쩌면 이렇게 말씀하실지 모릅니다. 그러나 그것이야말로 경찰의 큰 실수였습니다. 그런 일이 있을 걸 예상하던 류노스케는 교묘히도 아사쿠사에서 먹고 노는 룸펜을 회유하여 자기 대신 교도소에 들여보낸 겁니다. 그 짧은 형기를 류노스케로서 대신 복역해 주면 생활을 보장해 준다는 감언에 넘어간 거겠지요. 그래서 경시청에 보관된 류노스케의 지문은 불운하게도 옥중에서 병사한 룸펜의 것입니다. 이 비밀은 저의 돌아가신 어머님만이 알고 있었습니다. 류노스케가 모습을 감춘 후, 남겨 둔 편지에 의해서 저는 그 상세한 내막을 알았던 겁니다.

그리고 이 사실이 얼마만큼 협박적 효과를 가지고 있었는지는 일지에서도 이해하셨듯이, 제가 단순히 친구인 경관한테 들었는데……, 하고 넌지시 말했을 뿐인데 그는 거의 숨이 끊어질 듯 경악한 것으로도 명백합니다. 그래서 저는 주저 없이 이 사실을 협박으로 사용한 것입니다.

그런데 협박장이라고 하니, 필시 당신은 그 서명에 의문을 품으셨을 겁니다. 그리고 이 봉투 뒷면에 있는 이름에도…….

이쯤해서 저는, 제 친아버지의 모습을 말씀드려야 할 때가 왔다고 생각합니다. 그리고 기노 다케야스의 이름으로 돌아와 잠시나마 그리운 아버지의 모습을 말해 보겠습니다.

일전에 당신의 질문에 응해 저는 제 과거를 말씀드린 적이 있습니다. 그때 첫 번째 아버지의 이름은, 유감스럽지만 모른다고 말씀드린 것으로 기억합니다. 하지만 실은 제 아버지는 불가사의한 실종으로 아직껏 행방을 모르는 박물학자 기노 다케토미(紀野武富) 박사입니다.

오래된 이야기입니다만, 그 당시 센세이션을 불러일으킨 학자라고 하니까 아마 당신도 알고 계시겠지요.

맞습니다. 아버지는 성실한 학자이셨습니다. 무사시노(武蔵野) 아사가야(阿佐ヶ谷)의 한적한 잡목림 속에 저택을 마련하고, 아버지는 아름다운 아내와 사랑스러운 아들과 함께 평화롭고 행복한 나날을 보내며 살았던 겁니다.

제가 지금도 꿈에서 보는 아버지의 모습, 그 모습은 아버지가 저술한 명서 『근세박물사론(近世博物史論)』의 속표지에 있는 초상화 그대로입니다.

그런데 그런 아버지가 왜 이해할 수 없는 실종을 당하게 됐을까요? 그 원인을 말하기 전에, 왜 어머니가 그런 아버지를 버리면서까지 무서운 악마의 화신, 류노스케와 동거해야만 했는지 그 이유를 말해야겠지요. 더 나아가서는 이 일이 제가 계획한 범죄의 큰 축을 이루는 배경 설명이기도 하니까요…….

저는 그 상세한 내용을 어머니가 돌아가신 후 유서를 통해 알게 되었습니다. 아아! 어머니는 얼마나 인고의 후반생을 보내셨을까요? 모든 사실을 알자, 저는 새삼스레 고우신 얼굴을 고통과 인내로 창백히 일그러뜨리며 무서운 류노스케의 폭력에 고통받던 어머니의 모습이 기억났습니다.

난바 씨. 당신은 이런 사실을 알고 계십니까? 백화점 같은 곳에서 수많은 손님들로 혼잡할 때 우발적 충동으로 물건을 훔치는 여자를 ⋯⋯그때 그 매장에 고용된 감시원 같은 얼굴로 은밀하게 늑대처럼 지켜보는 남자가 있다는 것을⋯⋯.

그 남자는 물건을 훔쳐 황급히 달아나는 여자를 발견하자, 히죽 불쾌한 미소를 머금고 몰래 뒤를 쫓았습니다. 여자가 간신히 현장을 벗어나 후 하고 안도의 숨을 내쉴 때를 가늠하고 나서 그 남자가 "잠시만요!" 하고서 말을 걸며 다가옵니다. 지극히 정중한 태도로 여자를 불러 세웁니다. 게다가 남자는 그 매장 사람도 아닌데 여자의 약점을 잡고서 교묘히 협박하고 돈뿐 아니라 여자의 몸까지 요구하며 무섭게 나오는 겁니다.

얼마나 많은 여자가 매장에서 물건을 훔치는지, 또 재산과 지위가 있는 여자라도 생리적인 이유와 그 밖의 이유로 이런 죄를 쉽게 저지르는지, 당신도 잘 알고 계실 겁니다.

그런데 그러한 여자를 노리고 조아(爪牙)를 가는 남자의 존재야말로 더욱이 증오해야 하지 않을까요!

이제 모든 내막을 아셨을 겁니다. 그렇습니다. 제 어머니는 우발적 충동으로 아주 하찮은 물건을 긴자(銀座)의 모 백화점에서 훔쳤습니다. 아주 하찮다 해도 죄는 죄입니다. 그러나 그보다도 나쁜 것은 그 현장을, 사악한 늑대에게 보이고 말았던 겁니다.

그 이후의 일은 상세히 말씀드리지 않겠습니다. 모든 건 상상에 맡기겠습니다. 어머니가 아버지를 버리고 집을 나온 것도, 아버지가 집도 명예도 버리고 실종된 것도, 오로지 이 남자 때문이었습니다. 이 남자는 어머니를 협박하면서 다른 쪽에서 아버지를 공갈친 것으로 생각해 주시면 됩니다.

어머니는 설마 아버지마저 저택을 버리실 거라고는 상상하지 못했답니다. 어머니는 오로지 자신만 희생하여 늑대의 먹잇감이 되면 집안의 명예를 더럽혀지지 않고, 아버지도 언젠가는 용서해 주실 날이 있을 거로 생각하신 모양입니다.

그러나 그것은 학자 기질의 결벽한 아버지에겐 도저히 용서할 수 없는 일이었습니다. 아버지는 그 사실을 알자, 어머니가 집을 나가자마자 아들도 저택도 모두 버리고 행방불명이 되셨습니다.

자, 이것으로 제가 얼마나 이 저주스러운 존재에 대해서 복수의 칼날을 품었는지, 또 왜 이렇게도 집요한 원한을 품게 되었는지, 그 이유를 수긍하셨겠지요?

그럼 다음으로 왜 제가 유키코에게 접근했는지, 그리고 왜 유키코를 죽일 생각이었는지를 말씀드리지요.

일지를 보셔서 아시듯이 유키코는 처음에 그저 친구 다키자와 쓰네오의 애인으로 만났습니다. 그런데 그녀의 아버지 류타로가 저로서는 잊으려 해도 잊을 수 없는 나야 류노스케의 후신(後身)이란 걸 알고 나서는 나는 단호히 태도를 바꾸었습니다. 즉 어머니의 혼 앞에서 복수의 맹세를 세운 저에게는 다키자와 군도, 유키코도 단지 한낱 꼭두각시로밖에 보이지 않았습니다.

왜 꼭두각시인지는 말씀드릴 필요도 없겠지요. 목적을 위해서는 다소의 희생도 어쩔 수 없다, 무섭게도 저는 그렇게 생각했기 때문입니다.

그래서 드디어 저는 제1단의 공작으로 다키자와와 유키코와의 이간책을 꾀했고, 저 자신이 직접 후나토미가에 접근하려고 했습니다.

유키코를 손안에 넣는 것도 범죄 계획 중에서는 중요한 포인트인 겁니다. 그래서 주저 없이 저는 그녀의 마음을 사로잡으려 했고, 아주 쉽게 성공할 수 있었습니다.

유키코에게 접근하는 목적은 류타로에게 접근하기 위해서도 꼭 필요했던 일입니다. 그래서 제1단계의 공작이 완성되면, 제2단계로 저는 류타로의 마음에 들어 그의 절대적인 신용을 얻는 것인데 그러자면 공작이 필요했습니다.

여기에 대한 과정은 상술할 필요가 없겠지요. 그래서 건너뛰어 왜 유키코를 죽여야 했는지를 말씀드리겠습니다.

범죄학자 롬브로소(Cesare Lombroso)[*]가 어떻게 범죄자의 심리를 해부했는지 상세하게 알지 못합니다만, 죄를 범한 자가 그 후 얼마나 신경과민이 되는지 저는 이번에야 비로소 깨달았습니다.

저는 완전범죄에 자신이 있었습니다. 그래서 제가 상대할 대상인 당신과 경찰관들에 대해서 미리 연구했고, 마음의 준비를 충분할 만큼 했습니다. 그렇기에 어떠한 상황에서도 태연히 연기하고, 계획한 대로 수단을 강구할 수도 있었습니다. 그러한 제가 한 가지 큰 실수를 하고 말았습니다.

---

* 1836~1909 이탈리아의 정신병학자. 범죄인류학을 창시.

그 실수를 발견한 것도 모든 행동이 완료되고 난 후였기에, 저는 더욱더 당황했습니다.

그게 무엇이냐고요? 이제 와서 말씀드리는 것도 부끄럽습니다만, 죽인 유키코에 대한 거짓 없는 제 마음의 움직임입니다. 그렇습니다. 이것도 일종의 사랑! 사랑이라는 말로 표현할 수 있는 감정일까요?

평소 아픈 그늘이 짙은 여자였습니다. 볼은 하얗다 못해 창백했고 슬플 때나 기쁠 때 입가에 옅은 웃음을 지을 뿐 항상 우울한 안색이었습니다. 긴 속눈썹 안으로 항상 눈물을 머금은 듯 눈동자가 촉촉했는데, 언제부턴가 쓸쓸해 보이더니 빛을 잃었습니다.

유키코, 그녀에 대한 진지한 연심의 존재를 아사마 온천에서 급히 오사카로 돌아올 때 처음 알았습니다.

사람 마음이 왜 이리도 미묘한지……. 사랑하는 여자의 어머니를 죽이고—의붓아버지라고는 하지만—역시 그 아버지를 죽이고 더욱이 재산도 빼앗았다고 하는 자각입니다. 그녀가 유미코를 닮고, 유고 시집에 어머니를 그리는 와카를 적어 놓은 것을 보니 말로 다 할 수 없는 동요가 제 마음에서 일어났습니다.

아아! 나는 이러한 마음의 동요를 예감했던 걸까요?

두 사람이 2층 그녀의 방에서 얼굴을 마주했을 때 제 마음은 이상하게 요동쳤고, 그녀의 윤이 나는 촉촉한 검은 눈동자가 마치 지옥의 불처럼 일어나는 노여움으로 제 마음을 태웠습니다. 두려운 순간이었습니다. 그녀가 들릴까 말까 할 정도의 목소리로, 왜 좀 더 일찍 아사마의 숙소를 통지해 주시지 않았느냐고 원망했을 때, 저 자신도 어리석을 만치 당황하고 갈팡질팡하였습니다.

이럴 리가 없는데…… 아무리 자신의 마음에 대고 말해 봐야 소용없습니다. 잠시라도 그녀 앞에 앉아 있으면 그녀의 시선에 지고 당장이라도 범행의 일체를 후회하고 싶어지는 겁니다.

유키코여! 너도 역시 나와 마찬가지로 저주해야 할 류타로의 존재로 불행한 환경에 떨어진 여자인 거다. 게다가 가련한 어머니마저 무참히 살해당했으니 얼마나 불운한 여인인가!

이런 자비심은 안 되는 겁니다. 그럼 왜 그런 마음이 솟아났을까? 그건 말할 것도 없이 사랑입니다. 그 사랑을 저는 더욱더 그녀 곁을 떠나 당신 옆에서 조수로 일하고 있을 때 절실히 깨달았습니다.

첫날 밤, 몹시 취했다고 하며 심야에 당신의 방을 찾은 저를 기억하시는지요? 또한 사쿠라이 씨가 말하는 류타로의 과거와 후나토미가의 암운, 그것을 듣고 눈물을 흘린 저를 당신은 잘 기억하시겠지요.

모든 것은 유키코에 대한 사모가 그 사건과 함께 연상되고, 어느 때는 말할 수 없이 두렵고, 어느 때는 다시 없이 화가 나는…… 가련하게도 제 마음을 갖가지로 움직였던 겁니다.

그런데 그러는 사이, 드디어 그녀의 존재가 용서되지 않는 날이 찾아왔습니다. 제가 당신 곁을 떠나 오사카로 돌아온 후, 그녀의 방에서 혼자 유고 시집을 펼쳤을 때 발견한 겁니다.

아아, 여자의 육감은 예리한 것일까! 그녀가 어떠한 점으로 추측한 건지는 모릅니다만, 그 유고 시집 《야고초》의 말미에…… 이상한 것은 요즘 히데하루 씨다. 무슨 까닭인지 내 눈을 피하려 하고, 돌아가신 어머니를 추억하는 넋두리, 내가 말할 때마다 도망치려고 하는 게 이상하다. 그런데 더욱 이상한 건 여행 이야기다…… 아, 이 불길한 마음의 조짐! 두렵다…….

그 밖에도 있었습니다. 하지만 이것만으로도 충분합니다. 그녀의 마음에는 일찍부터 의심이 일기 시작했던 겁니다.

이것은 큰 위험 신호였습니다. 제 신경은 한층 과민해졌습니다.

이번에는 제 혼을 뿌리부터 뒤흔드는 사실을 그녀의 입을 통해 듣게 되었습니다.

그 내용은 제 입으로 말하기 힘듭니다. 그러나 왜 유키코를 죽이지 않으면 안 되었는지를 아시기 위해서는 어쩔 수 없겠지요. 그것은 그녀가 이미 처녀가 아니었던 겁니다. 게다가 그 상대가 저 백마(白魔)…… 류타로인 걸 알고서는.

저는 이 치욕을 말없이 참아야 했을까요? ─그녀를 통해서 저 자신이 그의 더러운 체취를 맡았다고 생각하면─ 아, 제 머리는 저주의 분노로 당장이라도 미칠 것 같았습니다.

이제 아셨겠지요. 왜 제가 그녀의 생존을 허락할 수 없었는지를…….

그럼 다음으로 넘어가죠. 제 대역을 해준 후루타테 준지에 관해 간단히 말씀드리겠습니다.

저와 그의 교제는 일지에서도 써 놓았듯이 산에서 맺은 사소한 인연이었습니다. 그런데 그와 저는 무언가 일맥상통하는 게 있었습니다. 아마 용모의 흡사함이 한층 가까이 끌어당겼을지도 모릅니다. 정말 한눈에도 쌍둥이로 보일 정도였습니다.

그런데 그를 대역으로 선택하고 나서 문득 저는 위험을 느꼈습니다. 일지에서 보셨듯이 그가 이 대역의 사실을 나중에 반드시 누군가에게 발설할지도 모른다고 하는 위기감이 솟았기 때문이었습니다.

그 일이 위험한 것은 물론입니다. 그래서 저는 이 호한(好漢)의 이름을 저의 살인 수첩 안에 명백히 기재한 것이었습니다.

이것으로 범행 동기의 대부분을 다 적었습니다.

제 수기의 목적도 과반은 달성되었습니다. 그래서 이제부터는 상세한 범행 방법을 대충 말씀드리기로 하겠습니다.

그러나 그 내용을 기술하는 데 번잡함을 막기 위해, 앞의 일지와 마찬가지로 제가 언젠가는 이런 날도 올지 모른다고 생각하고 틈틈이 써 둔 기록을 봐 주셨으면 합니다.

그리고 다시 몇 장의 노트 단편(斷片)이 철해져 있었다.

난바는 깊은 한숨을 내쉬면서 아카가키에게로 눈을 돌렸다. 아카가키는 엽궐련을 피우다 말고 가만히 눈을 감은 채 팔짱을 끼고 있다. 코안경 위로 옅은 광선이 기미를 만들고, 윤기가 흐르는 검은 머리카락은 빛나고 있다. 얼굴은 숨을 쉬고 있는지 아닌지 모를 만큼 조각상처럼 움직임이 없다.

난바는 다시 읽기 시작했다.

5

계획은 점점 무르익었다. 모든 준비를 완료하고, 10월 1일 유노야마 온천에서 첫날밤을 보냈을 때 다시 이 계획의 세부적인 사항을 검토했다. 만사 빈틈은 없다. 뒷일은 시일의 경과를 기다리면 된다.

10월 9일. 예정된 날이다. 류타로는 아마도 계획한 대로 이와세 다카오의 이름으로 후나토미가의 전 재산을 가로채 빼앗았을 것이다.

그 재산이 곧 탈취될 것을 그는 아직 모른다.

뱟코 온천의 도키 여관에서 8시 반에 출발, 여관의 시계는 약 20분을 지나고 있다. 그러나 여관 사람은 눈치채지 못한 모양이다.

도보로 산책할 겸 외출한다고 말해두고 나온다. 수하물은 이미 마쓰모토역으로 보냈을 것이다. 200미터 정도 걷자 미리 약속한 택시가 대기하고 있다. 곧장 다지미역으로 달린다. 소요 시간 약 40분. 간신히 나고야행 기차에 승차, 나고야역으로—.

비행기 출발 시간에 겨우 닿았다. 식은땀이 흠뻑 났다. 순조로운 진전 앞에는 사소한 착오가 있어선 안 된다. 그래서 오사카에 도착할 때까지 마음을 놓지 못했다. 비행기는 처음이다. 불안과 두려움에 시달렸다.

오후 1시 전, 몰래 난바역에서 류타로와 만나다. 모든 게 순조로움. 1시 10분 류타로 부부 출발 후, 황급히 다키자와 쓰네오 도착,

예상한 대로 서둘러 다음 출발열차인 급행에 올라타다.

다키자와가 급행에 올라탄 것을 지켜보고 서둘러 한와 덴노지역으로 ─

다키자와로 변장할 분장 용구, 수면제를 넣은 과자 상자는 류타로에게 건네받아서 역 화장실에서 변장을 마치고, 입었던 복장은 덴노지역에 맡겼다. 1시 30분에 출발. 예정대로 착착 진행되다.

오후 5시 다키자와에서 류타로로 변장, 오 상당한 나의 분장 솜씨 훌륭하군!

오후 6시, 유자키 온천 다치바나야에 투숙, 일단 식사를 한다.

왠지 불안한 기분…… 지금쯤 다키자와는 류타로와 쟁론을 시작했을 텐데, 그곳에서 바로 죽여 버렸을까? 아니, 그래도 다키자와를 죽이는 것까지는 결심이 서지 않겠지. ……그러나 만약이라 생각하니 몹시 불안하다.

오후 7시경, 시라하마 온천 이즈미야 여관에 투숙, 이와세로 변장, 기모노로 갈아입고 나와 다키자와의 상황을 살피고 시라나미소 별실로 가서 류타로와 상의하다.

9시경, 미다케산 기슭에서 다키자와와 만나다. 걸음이 비틀거릴 만치 술을 많이 마신 모양이다. 만취한 그를 소나무 숲속에서 돌로 뒤통수를 내리치고, 잠시 인기척 없는 곳에 방치하다. 적어도 몇 시간은 의식불명일 것이다. 그사이의 기억도 없을 거다. 이제 모든 것이 됐다. 다음은 유미코의 죽음만 남았다.

12시, …… 류타로와 상의한 대로 별실로 숨어들다. 이미 흉기는 휘둘러진 후이다. 그 피에 물든 모습을 보고선 온몸이 전율했다.

그 잔인함! 냉혹함!

반신에 피를 묻히고, 그 아내의 흘러나오는 피를 도데라에 묻히는 모습, 정말 귀신의 모습이다.

아아, 불쌍한 피해자의 영혼이여. 지금 잠시 말없이 영면하시라. 그 원한은 곧 풀게 될 것이다!

새벽 1시, 류타로는 유미코의 피를 흘리며 절벽을 오르다. 그 뒤 실수가 없는지를 살피며 돌아오려는데, 그때 정원에서 희미하게 사람 그림자가 움직이는 걸 보았다. 아하! 자신도 모르게 숨을 삼키다. 목격자가 있었던 거다.

황급히 달려와서 보니, 한 여자가 몸을 움츠리고 있다. 여종업원인 것 같다. 공포 때문인지, 미동도 없이 변소 옆에 꼿꼿이 서 있었다.

어쩌지. 죽일까……하고 생각하며 보고 있는 사이에 문득 최면술을 떠올렸다.

몇 분! 암시는 성공! 그 여종업원은 지극히 피암시성(被暗示性)이 강한 여자다. 그래서 이 목격을 상기하는 것이 얼마나 자신의 혼에 고통을 부여할지……이런 관념을 불어넣고, 연상하는 데 공포를 느끼도록 암시를 걸었다. 이걸로 됐다, 두 번 다시 이 종업원은 목격 사실을 말하지 않을 거다.

새벽 2시……몹시 지쳐서 이즈미야 여관으로 돌아오다.

10월 12일, 아, 이 얼마나 길었던 며칠이었나! 처음으로 범죄라고 하는 것의 전율과 쾌감을 요 며칠 사이 실컷 맛보았다.

그건 그렇고, 기노모토에서 히가시구마노 가도로 향하면서 길을 잃었던 밤길의 처참함! 지친 다리를 끌어당기면서도 뒤에서 뭔가 쫓아오는 듯한 기분이 들었고, 말없이 앞길을 서둘러 갔던 산길의 험난함! 그러나 그보다 더 두려웠던 건 이케하라의 여관을 나온 지 얼마 안 돼서 단단히 결행을 다지고서 처참한 기분이 드는 젠키 계곡의 좁은 길을 걸어 동굴까지 찾아갔을 때, 이 세상에 없을 공포였다……

눈앞이 아찔하고 다리는 떨려 당장이라도 이대로 저 협곡의 이름 모를 잡초 무성한 계곡 바닥으로 굴러떨어지는 게 아닐지……그런 생각을 여러 번 했다!

그러나 모든 건 계획대로 이행되었다. 류타로는 자신의 의지대로 움직이고 위험한 길을 불평도 없이 걸었다.

동굴에 도달하자, 나는 류타로의 다리를 묶어 놓고 깊은 잠에서 그를 불러 깨웠다.

그는 암시에 따랐고, 지금까지 모든 행동을 나의 의지에 맡기고 있었던 거다. 그러나 지금은 일각이라도 빨리 그의 영혼에 날카로운 채찍을 가하지 않으면 안 된다.

그런데 그때 갑자기 잠에서 깬 류타로의 표정이, 뭐라 형용해야 할까.

처음엔 장난이라 여긴 모양이다. 그런데 차츰 격렬한 의혹의 빛이 그의 얼굴에 드러났고, 그다음엔 무서운 공포가 전율하면서 그의 전신을 덮쳤다.

그것은 마치 에드거 앨런 포의 《뛰는 개구리》를 닮았다. 피에로는 이제 더 이상 피에로가 아니다. 저주와 원한에 이를 가는 복수의 귀신이 된 거다…….

내 어머니의 저주! 마땅히 갚아야 할 형벌의 채찍을 선고하자, 류타로는 엉덩이를 들어 앉은뱅이걸음으로 도망치려고 했다. 그러나 좀처럼 움직이지 못했다. 이미 그는 내가 준 두꺼운 엿으로 싼 청산가리를 먹은 것이 명백했기에.

난 복수의 완결에 소리 내어 웃었다. 그리고 웃음소리에 겁먹고 도망치려 하는 파렴치한을 바라보며 비웃었다.

웃음소리가 동굴에서 울렸고, 먼 곳에서 웃음소리가 메아리쳐 되돌아온다.

그 안에서 마침내 류타로는 허망하게 죽었다. 청산가리 때문이다. 엿이 녹아서 청산이 혈액에 작용한 거다.

그런데 깊은 산속에 시체와 같이 갇혀 있다는 사실이 왠지 공포심을 안겨주었다.

어둠이 깊어지자 다리가 휘청거렸다. 한 번은 발이 미끄러져 공포의 계곡으로 떨어졌다.

오! 두렵다……류타로의 죽음과 함께 두 번 다시 잊을 수도, 맛볼 수도 없는 두려움이었다.

10월 13일 나고야에서 후루타테에게 편지를 보냈다. 아침 일찍 가아이의 우체국에서 후루타테 앞으로 마지막 전보를 쳤다. 다른 한 통은 이와세의 이름으로 거짓 전보를 쳤기에, 경찰에선 아마 그것과 헷갈려 곤도 슌조(近藤俊藏)의 이름으로 친 후루타테 앞으로 보낸 전보는 눈치채지 못하겠지.

편지에는 게로 온천에서의 교체 수순을 적어 놓았다.

비밀을 보호하기 위해서도 또 수사를 중단시키기 위해서도 그를 죽이는 것은 일석이조의 묘안이다.

10월 15일 주목림의 조용한 공기 속에서 정말 거짓말처럼 후루타테 준지는 스물일곱의 생애를 마쳤다. 시정(市井)의 불량한 사내도 그 마지막을 이와 같은 적막한 곳에서 마치리라고는 꿈에도 생각지 못했을 것이다!

삼가 그 영혼의 안면(安眠)을 빈다.

"그랬군! 역시 스사는 최면술을 터득하고 있었던 거야!"

난바는 자신도 모르게 중얼거렸다. 그리고 시라나미소에서 매우 교묘한 암시를 여종업원 기누요에게 걸었던 모습을 상기했다.

"의문과 수수께끼가 거의 이것으로 풀렸군."

비로소 아카가키는 탄식하듯이 말했다.

"그렇습니다. 기누요라 하는 시라나미소 여종업원에게 스사가 암시를 주었으리라고는 상상도 못했습니다."

난바도 탄식했다.

그와 동시에 그는 가아이의 우체국에서 한 자신의 실수를 비로소 분명하게 알았다.

6

난바는 다시 편지로 눈을 돌렸다.

이것으로 시라나미소를 발단으로 하는 사건의 대강 설명은 마쳤습니다.

이제 다음 것은 유키코 살해의 자세한 내용뿐입니다. 그렇지만 말씀드리지 않아도 아시겠지요. 다만 유감스러웠던 것은 전혀 무고한 식모의 죽음입니다.

모친 위독……이라고 식모 앞으로 친 전보가 오히려 그녀의 외출을 막았기 때문에, 마침내 어쩔 수 없이 죽여야 했습니다. 식모에게는 어머니가 안 계셨습니다. 단순한 조사의 착오가 이렇게 한 사람의 목숨을 단축시켰다니, 정말 부끄럽기 한량없습니다.

그리고 도쿄 모토오리가의 알리바이 건은, 하네다 비행장까지 가 보셨으니 대강 상상은 하고 계시겠지요. 그러나 그것도 대략 말씀드리겠습니다.

저녁 6시경부터 시작된 마작은 8시가 가까워져 먼저 제가 피로하다는 구실을 대고 별실에서 자기로 했습니다. 마작도 도박입니다. 분명 밤을 새울 게 틀림없습니다. 그래서 저는 열차 피로를 이유로 한 멤버에게 자리를 양보한 겁니다.

9시 반이 되어서 한 명이 교대하자며 왔습니다. 그러나 그때 저는 몹시 졸린 눈을 뜨면서 두세 시간 더 자겠다고 했습니다.

대개 도박자의 심리란 지거나 이겨도 승부는 멈추고 싶어 하질 않지요. 그 친구는 기뻐하며 돌아갔습니다.

그리고 다음번으로 누군가 침실로 올 시간은 12시 정도가 될 겁니다. 그런데 만일 방에 없으면 변소에 갔겠지 정도로 생각하고, 신경 쓰지 않고 게임을 속행할 게 틀림없습니다.

그래서 저는 서둘러 모토오리가를 빠져나왔습니다. 하네다 비행장까지 약 10분, 미리 준비한 여객기를 타고 밤하늘을 날아 단숨에 오사카로……그리고 모든 걸 마치고 다시 모토오리가의 침실로 돌아오니 새벽 3시경이었습니다.

재빨리 졸린 얼굴을 하고 방으로 들어서자, 일동은 졸음도 잊은 채 열심히 마작 패를 돌리고 있었습니다.

제가 자고 나서 이장(二莊)째인 마지막 북풍전(北風戰)이었습니다. 모토오리가의 장남 야스토시 군에게 기막힌 운이 들어 연장(連莊)이 많았기 때문에 시간이 길어졌던 것입니다. 아무도 저의 부재를 눈치챈 자는 없습니다. 피곤한 거 같으니 내버려 두자. 하고 싶으면 일어나서 오겠지, 하고 깨우러 오지도 않았던 모양입니다. 그래서 저는 투덜거리면서 다음 판에 끼었습니다.

이것으로 이해되셨지요. 네 사람은 확실하게 제가 숙면한 것으로 믿었습니다. 너무나도 안전한 알리바이이지 않습니까?

당신이 비행장에서 들으신 신문사 건은 전혀 거짓입니다. 제가 그렇게 부탁해 놓은 겁니다. 접수 사무원에게 돈 봉투로…….

모든 설명은 이것으로 끝난 것 같습니다.

정신 차려 보니 의외로 시간이 빨리 지나갔습니다. 예정 시각이 임박하고 있습니다.

뭔가 아직 더 써야 할 것 같지만, 이만 마치고 싶습니다.

마지막으로 지금까지의 후의에 여러모로 깊이 감사드립니다. 훌륭하게 해결해 주신 아카가키 씨에게도 잘 전달해 주십시오. 또한 온후한 사쿠라이 씨에게도 이 편지를 보여 주시길 아울러 부탁드립니다.

이 편지는 아마 5시에 배달될 겁니다. 왜 5시여야 하는지……그것은 간단히 저 자신을 당신들의 시야에서 감추기 위해 꼭 필요한 시간이라고 생각해 주십시오.

그럼 영원히 안녕.

스사 히데하루

난바 기이치로 님

다 읽고 얼굴을 들자, 아카가키는 다시 눈을 감고 있었다.

"어찌 되었을까요? 스사는, 자결한 걸까요?"

난바는 당황하며 말했다. 그러나 아카가키는 조용히 고개를 젓는다.

"아니, 그 역시 일종의 범죄자 모습을 지녔네. 자살을 선택하기엔 그의 정신 상태가 너무나도 괴상하지. 오히려 지금쯤 도쿄나 오사카, 나고야, 그런 대도시 지하에 숨어서 류타로의 손에서 강탈한 오십만 엔 재산으로 잘 지내고 있을지도……."

"그럼, 어떻게 하면 체포할 수 있을까요?"

"음! 자네가 그를 체포하려 한다면 먼저 그에 대해 더 눈을 뜨게나."

"그 말씀은?"

이해하기 어려워서 날카롭게 아카가키를 응시하자, 그는 비로소 조용히 눈을 떴다.

"그건 그 고백서의 내용일세. 자네는 지금 그 내용을 전부 진실로 믿고 있겠지?"

"하지만……."

"아니, 잠자코 듣게! 그 이유를 설명해 보지. 자네는 스사의 범행 동기를 지금 읽은 고백서로 그의 어머니 저주에 대한 복수로 보고 있겠지. 그렇다면 그는 류타로만 죽이면 더 간단하고 적절한 방법이 있었을 텐데, 왜 그걸 선택하지 않고 죄 없는 유미코를 죽였을까? 그리고 류타로는 왜 그렇게 힘들게 죽였을까? 그렇지 않은가! 단지 복수 때문이었다면 일부러 구마노 벽지까지 데리고 가지 않아도 됐고, 또 죽인 후에 고의로 여러 단서를 남겨 둘 필요도 없고 그랬다면 자네들에게 추적당하지 않아도 되지 않았는가? 그 짓을 굳이 한 데는 분명 그의 진짜 목적이 있고, 별개의 범행 동기가 있는 걸세. 말하자면 일종의 과시욕과 재산에 대한 욕심이 그것일세.

유미코를 죽인 건 그가 후나토미가의 재산에 눈을 돌렸기 때문이네. 그리고 범죄를 일단 다키자와에게 전부 전가하고서 자네에게 도전을 시도한 것은 과시하고 싶은 마음에서였네. 자신의 대단한 능력에 그 자신이 도취한 거지.

사실 그의 범죄 능력은 천재적이야. 그러나 그 어떤 천재도 일종의 정신이상자인 것처럼 그도 롬브로소가 분류한 선천적 범죄형 안에 들 수 있네. 광적 요소를 다분히 지닌 거지. 그렇기에 이러한 고백서도 보내고 시간도 지정하고, 연극적인 효과에 스스로 취해 있는 거지.

유키코를 죽인 원인은 그의 고백대로이겠지. 이 살인은 냉정한 계획 살인이라기보다 오히려 다분히 열정이 포함된 범죄라고 할 수 있어..

여기에서 자네는 스사가 보여준 일종의 과시욕을 발견했을 것이네. 즉 일부러 스사는 자네와 사쿠라이 군 눈앞에서 보란 듯이 도전하고, 더 나아가 자네들을 자신의 알리바이 일부로 이용하려고 한 그 대담함 말일세.

그런데 그 과시가 오히려 자신에게 해가 된다는 걸 그는 몰랐네.

자넨 아직도 그의 훌륭한 환술(幻術)에 걸려 이 고백서를 그대로 받아들이려 하고, 스사 또한 그걸 예상했을 거야.

그 환술을 풀지 못하면 자넨 스사를 체포하지 못할 걸세. 한데 그는 한 가지 큰 실책을 범했네. 자신의 환술에 말려들지 않을 인물의 존재를 깜박 잊었다는 걸세.

즉 스사를 일개 괴뢰사라 한다면, 자넨 그에게 조종당한 꼭두각시네. 그는 꼭두각시만을 믿고서 연극을 한 거지. 그 옆에서 자신의 모든 계략을 지켜보는 사람이 있는 줄도 모르고…… 내가 말하고 싶은 건, 그가 지나친 과시욕에 취해 파멸을 서둘렀다는 점일세. 그 구경꾼은 물론 나, 날세. 아카가키 다키오."

여기까지 말하고 아카가키는 벨을 울렸다. 그러자 조금 전의 보이가 얼굴을 내밀었다.

"미안한데, 지배인을 불러 주겠나?"

보이가 나간 뒤 난바는 의아스러운 눈으로 망연히 아카가키의 얼굴을 바라봤다. 그의 행동이 이해되지 않았기에.

곧이어 들어온 지배인에게 아카가키는 난바의 명함을 보이고서 오늘 오후의 투숙객 이름과 나이를 알려달라고 부탁했다.

그리고 곧 알게 된 것이 곤도 슌조……의 이름이다.

난바는 자신도 모르게 탄식했다.

아아! 이 얼마나 겁 없고 대담한가! 스사는 이 고시엔 호텔에 들어와 있다니……. 게다가 그 이름도 가아이의 우체국에서 사용한 이름을 그대로 썼다.

"어떻게 할까?"

아카가키가 침착한 어조로 말했다.

난바는 떨리는 손으로 전화기를 잡았다.

"눈치챘을까요?"

난바는 불안한 시선으로 아카가키에게 물었다.

"괜찮네. 지금쯤 방에서 유쾌하게 휘파람이라도 불고 있을 테니까……."

아카가키는 태연히 말하고, 다시 새 엽궐련에 불을 붙였다.

스사 히데하루가 체포된 후, 난바는 스사가 고시엔 호텔에 와 있는 것을 아카가키가 어떻게 알아챘을까 궁금했다. 여기에 대해서 아카가키는 다음과 같이 답했다.

"요컨대 그의 심리를 해부한 결과와 고백서 내용의 불합리함 때문이네. 어느새 그는 자신의 훌륭한 연극에 취하여 자신이 범한 큰 실수를 알아차리지 못한 거지. 즉, 동기의 설명이 왜곡되어 있다는 것도 몰랐네. 그 고백서를 쓰려면 어느 정도의 시간이 필요한지도 고려하지 않았고. 그만큼의 장문을 쓰려면 아무리 짧아도 3시간은 충분히 걸리네. 그럼 오후 1시 넘어서 집을 나온 자네에 관한 걸 쓰려면, 그 편지는 1시가 꽤 지나…… 어쩌면 2시가 다 돼서 쓰기 시작했을 게 틀림없어. 편지를 쓰는 데 든 시간을 3시간으로 보면, 완성된 시각은 5시가 다 되어서일 거야.

그럼, 그 편지는 어디에서 썼겠는가…….

수신명을 사야마 준스케라 한 것을 보면 내 변명(變名)까지 알고 있어. 그리고 완성된 편지는 곧바로 보이에게 전했네. 그리되면 마지막에 나오게 되는 결론은, 그는 이 호텔에 있다는 것이 아니겠는가…… 물론 스사의 정도를 넘어선 과시욕이 이런 추리를 가능하게 해 주었다고 생각하네."

1936년 2월 춘추사(春秋社) 간행

　아오이 유는 1930년대에 활동한 추리작가로, 본명은 후지타 유조(藤田優三)이다. 작가로서 독립하는 일 없이 간사이배전(関西配電)의 전기 기사(技師)로서 샐러리맨 인생을 보냈다. 대표작은 『후나토미가의 참극(船富家の惨劇)』으로 1936년 춘추사(春秋社)의 신작 장편 탐정소설 현상 모집에 1등으로 입선하면서 주목을 모았다.

　1933년 교토(京都)에서 탐정소설 잡지 『프로필(ぷろふいる)』이 창간되고 간사이의 탐정소설 애호가들의 거점 잡지가 되자, 아오이 유도 이 잡지와 관계하게 된다. 1934년 8월에 후지타 유조 본명으로 『프로필』에 수필 「여럿이 쓴 군말(寝言の寄せ書き)」을 발표하고, 9월에는 아오이 유라는 필명으로 「프로필」에 「광조곡 살인 사건(狂燥曲殺人事件)」을 발표하며 문단에 데뷔하였다. 이어서 1935년 10월 맹장염으로 자택 요양 중 춘추사의 신작 장편 탐정소설 현상 모집을 알고, 『살인마(殺人魔)』를 집필하

기 시작한다. 1936년 1월 『살인마』를 탈고하기 직전 맹장염 악화로 긴급 입원하여 수술하는 변고를 겪지만, 병상에서 응모작을 완성한다. 같은 해 2월에 이 작품은 에도가와 란포의 격찬을 받으며 1등으로 입선하고, 3월에 『후나토미가의 참극』으로 개제(改題)되어 춘추사에서 출판되었다.

아오이 유는 철도기관사로 일했던 아일랜드의 탐정소설가 프리먼 윌스 크로프츠(Freeman Wills Crofts, 1879~1957)와 영국의 소설가 이든 필포츠(Eden Phillpotts, 1802~1960) 등 1920년대 구미 탐정소설계에서 리얼리즘 경향을 지닌 작가들의 영향을 받았다.

『후나토미가의 참극』은 이든 필포츠의 본격 미스터리 소설의 최고봉을 자랑하는 『빨강 머리 레드메인즈(The Red Redmaynes)』(1922)의 영향을 짙게 받은 작품이라 할 수 있다.

범인의 악마적인 성격과 냉철한 두뇌에 농락당하는 사립 탐정 난바 기이치로(南波喜市郎), 그런 난바 앞에 등장하는 비밀 탐정 아카가키 다키오(赤垣滝夫)의 역할은 이든 필포츠의 『빨강 머리 레드메인즈』에서 런던 경시청 민완 형사인 마크 브렌던과 베테랑 명탐정 피터 건즈의 등장과 매우 유사한 스토리 전개를 드러낸다.

특히 작품 내에서 주목할 만한 것이, 교활하고 매우 지능적인 범인이 난바가 사건을 맡을 것을 예상하고 『빨강 머리 레드메인즈』의 번역본을 난바 앞으로 보냈다는 점이다. 이러한 소설적 장치는 아오이 유가 『후나토미가의 참극』을 연재할 당시, 이미 독자에게 이든 필포츠 작품 『빨강 머리 레드메인즈』의 영향을 받았다는 점을 밝힌 바 있다. 다시 말해 이 작품은 번안소설로, 태생적으로『빨강 머리 레드메인즈』의 형식과 내용을 모방한 부분이 많다. 시간과 공간의 배경을 영국에서 일본으로 바꿨기에 소설을 읽다 보면 당시 일본의 사회상과 일본 경찰의 수사 기법 등을 엿볼 수 있다. 이든 필포츠의『빨강 머리 레드메인즈』를 일본의 문화와 정념으로 환골탈태한 만큼 당시 독자와 추리 작가들 사이에 큰 화제와 인기를 모았다고 한다.

『후나토미가의 참극』은 희한한 알리바이, 위장 살인, 2인 1역, 신분 세탁 등을 조합한 본격 미스터리 소설이다. 물론 허를 찌르는 반전과 정교한 트릭에 익숙한 21세기 추리소설 마니아들의 눈높이에서는 다소 밋밋할 수 있으나 1930년대라는 시대적 상황을 생각하면 이 정도의 사건 구성과 전개만으로도 작가의 역량을 충분히 가늠할 수 있다. 이미 같은 시기에 활동한 에도가와 란포도 인정한 작품이기도 하다.

사실 에도가와 란포의『녹색 옷의 귀신(綠衣の鬼)』(『강담 구락부(講談倶楽部)』1936년 1월~12월)도 이든 필포츠의『빨강 머리 레드메인즈』를 번안한 소설이다. 란포 역시 단순한 모방이 아니라, 그 자신의 개성을 가미하여 독자적인 세계를 표현했다.

일본에서 처음으로 철도 운행표를 제재로 한『후나토미가의 참극』의 무대는 난키슈(南紀州) 와카야마현(和歌山県)의 니시무로군(西牟婁郡) 시라하마초(白浜町)이다. 미후네산(御船山) 중턱에 있는 시라나미소 여관에서 후나토미 류타로의 아내 유미코가 살해된 채 발견된다. 같이 여관에 묵었던 남편 류타로도 살해된 것 같은데, 시체는 발견되지 않았다. 경찰은 후나토미가의 딸 유키코의 약혼자인 다키자와 쓰네오를 체포하고, 변호사의 의뢰를 받은 탐정 난바 기이치로는 시라하마로 가서 조사를 시작한다. 그러나 범인은 명석한 두뇌를 구사하여 사건의 진상에 다가서려 하는 난바를 조소하듯 교묘히 앞질러서 잔학한 범행을 이어간다.

수사는 진행되지만 난바와 수사진은 번번히 범인의 악마적 성격과 냉철한 두뇌에 농락당하고 좀처럼 사건의 진상에 다가서지 못한다. 완벽한 알리바이, 복잡하게 얽힌 인과관계 등으로 점점 난바가 불안해져 갈 때 선배인 비밀 탐정 아카가키 다키오가 등장한다. 그는 난바를 '전형적인 경찰관'으로 평가하며 지금까지 난바의 추리를 모두 뒤집어 버린다. 그리고 그만의 방식으로 사건의 복잡한 퍼즐을 푼다. 이 과정에서 독자들은 트릭과 두뇌파 명탐정의 활약 등을 통해 본격 탐정소설의 재미를 음미할 수 있을 것이다.

또한 아오이 유의 필력에도 주목된다. 야마토 알프스(大和アルプス)의 가파른 연산이 중첩하는 산속으로 범인의 행적을 따라 들어가며 그려지는 풍경 묘사 등은 불길한 예감을 들게 하면서 독자를 긴장시킨다.

당시의 추리작가 요코미조 세이시(橫溝正史)는 『후나토미가의 참극』을 읽고 자극을 받았다고 고백하기도 했다.

아오이 유에게 자극을 받은 추리작가는 요코미조만이 아니다. 전후에 철도 운행표를 이용한 추리소설을 쓴 아유카와 데쓰야(鮎川哲也)와 마쓰모토 세이초(松本淸張)도 이 작품에서 영향을 받았다고 한다.

일본의 추리소설에 관심이 있는 독자라면 한 번쯤은 읽어 보았을 마쓰모토 세이초의 장편 추리소설『점과 선(点と線)』(『광문사(光文社)』1958. 2.)의 시각표 트릭도『후나토미가의 참극』을 참고로 하였음은 널리 알려진 사실이다.

아유카와 데쓰야는 제2차 세계대전이 일어나기 전에 춘추사에서 아주 훌륭한 책이 나온 것으로 알고 있었지만, 실제로는 전쟁이 끝나고 나서야『후나토미가의 참극』을 읽었다고 하였다. 그는 이 책을 도서관에서 읽었는데 기대했던 대로 흥미진진한 사건 전개와 탁월한 풍경 묘사에 감복했다. 특히 두 편의 열차가 난키행 철도에서 서로 경합을 벌이며 달리는 부분에 이르자, 의자에서 벌떡 일어나고 싶을 만큼 흥분을 느꼈고 두근거리는 마음으로 철도 시각표의 숫자를 읽어갔다고 술회하였다.

쇼와 시대(昭和時代, 1926~1989)의 탐정소설 발전은 1920년에 창간된 잡지『신청년』을 기반으로 이루었고,『신청년』의 호조에 힘입어 1931년『탐정소설(探偵小說)』, 1933년『프로필』, 1935년『탐정문학(探偵文學)』,『월간 탐정(月刊探偵)』, 1936년『탐정춘추(探偵春秋)』,『슈피오(シュピオ)』등이 창간되면서 탐정 문단은 융성기에 들어선다. 1934년 유력한 신인 오구리 무시타로(小栗虫太郞), 기기 다카타로(木々高太郞) 등이 나타나 강한 개성을 표현했다. 이러한 신예 작가의 등장과 뛰어난 작품의 발표는 기성 작가들에게 큰 자극을 주었다.

탐정 전문지의 잇따른 발간은 해외의 명작 소개, 단행본의 범람으로 외면적 활황을 띠었지만, 무엇보다도 그 원동력이 되었던 것은 유력한 신인 작가의 출현이었다.

그 가운데 교토에서 창간된 탐정 전문 잡지『프로필』은 신인 발굴에 힘썼고, 신예 작가로 구키 시로(九鬼紫郎), 니시오 다다시(西尾正), 아오이 유 등을 세상에 알렸다.

아오이 유는『후나토미가의 참극』발표 이후, 장편으로 1936년 8월부터『프로필』에 장편 추리소설「세토나이카이의 참극(瀬戸内海の惨劇)」을 연재하였다(연재는 다음 해 2월까지 이어졌다). 8월『신평론(新評論)』에「최후의 심판(最後の審判)」, 9월『탐정문학』에「구더기(蛆虫)」를 발표하며 왕성한 창작활동을 이어갔다. 그리고 1937년 1월과 4월『프로필』에 각각 수필「이 작품에 관해(この作に就き)」,「엽서 회답(ハガキ回答)」, 1월『탐정춘추』에「제가의 감상(諸家の感想)」을 발표하고, 7월과 8월에『탐정춘추』에「안개 비바람 몰아치는 산(霧しぶく山)」을 발표한 후 창작활동을 중단한다.

전후에 탐정소설 잡지가 다시 간행되자, 아오이 유는 1947년 7월『신탐정소설(新探偵小説)』에 단편 대표작인「흑조 살인 사건(黒潮殺人事件)」을 발표하며 다시 창작을 이어갔다. 같은 해 9월『신선 탐정소설 12인집(新選探偵小説十二人集)』에「제3자의 살인(第三者の殺人)」이 수록되고, 10월『검은 고양이(黒猫)』에「세 번째 관(三つめの棺)」을, 12월『보석(宝石)』에「범죄자의 심리(犯罪者の心理)」를 발표한다. 1948년 5월에는『범죄잡지(犯罪雑誌)』에 실화를 바탕으로 쓴 「상자 안 벌거벗은 여자(箱詰裸女)」와 6월 『신탐정소설』에 「감정의 움직임(感情の動き)」을 발표했다. 하지만 이 작품을 끝으로 그는 다시 본업에 충실하고자 창작 발표를 중단하였다.

1961년 아오이 유는 에도가와 란포, 요코미조 세이시와의 대담에서 두 사람에게 신작 집필을 권유받았다. 하지만 현대적인 사회파 추리소설이 전성기였던 당시, 자작의 경향인 본격파 탐정소설이 받아들여질까 하는 걱정스러운 심정을 토로했다고 한다.

아오이 유의 작품 발표 시기는 1934년에서 1937년의 4년간, 제2차대전 후의 1947에서 1948년의 2년간으로 실제 그의 활동 기간은 짧았다. 그에게 창작 활동은 여기(餘技)였던 탓에 그가 세상에 남긴 작품은 그리 많지 않다.

1961년의 잡지 「별책보석」의 좌담회에서 에도가와 란포는 아오이 유의 장편을 높이 평가했지만, 단편은 부정적으로 평가했다. 이것이 일본의 미스터리 애호가들 사이에 아오이 유 평가의 기준이 되었다고 한다. 하지만 『후나토미가의 참극』의 높은 평가로 그의 작품이 복간되어 온 것은 미스터리 팬에게는 행운이라 할 수 있겠다.

일본 추리소설의 대작가들과는 달리 아오이 유는 아마추어 작가였기에 그의 작품이 한국에 소개되기는 『후나토미가의 참극』이 처음이다. 하지만 이 작품이 일본에서 현대 추리소설의 원형으로 평가받는 만큼 이번 기회에 한국 독자들이 리얼리티 중시의 본격 탐정소설을 음미할 수 있기를 바란다.

아오이 유(蒼井雄, 1909~1975)
본명 후지타 유조(藤田優三)

1909년   (0세) 1월 27일, 교토부(京都府) 우지시(宇治市)에서 태어났다.

1925년   (16세) 오사카 시립(大阪市立) 미야코지마 공업학교(都島工業学校) 전기과(電氣科)를 졸업하고, 동년(同年) 간사이(關西)의 대전력회사 우지가와전기(宇治川電気)에 기술자로 입사한다.

1934년   (25세) 8월에 후지타 유조 본명으로 탐정소설 전문지『프로필(ぷろふぃる)』에 수필「여럿이 쓴 군말(寝言の寄せ書き)」을 발표하고, 9월에는 아오이 유 필명으로『프로필』에「광조곡 살인 사건(狂燥曲殺人事件)」을 발표하며 문단에 데뷔한다.

1935년   (26세) 10월 맹장염으로 자택 요양 중 춘추사(春秋社)의 신작 장편 탐정소설 현상 모집을 알고,「살인마(殺人魔)」를 집필하기 시작한다.

1936년   (27세) 1월「살인마」를 탈고하기 직전 맹장염 악화로 긴급 입원하여 수술하는 변고를 겪지만, 병상에서 응모작을 완성한다. 이 작품은 2월에 에도가와 란포(江戸川乱歩)의 격찬을 받으며 1등으로 입선된다. 그리고 3월에「후나토미가의 참극(船富家の惨劇)」으로 개제(改題)되어 춘추사에서 출판된다. 이외 장편으로 8월부터 다음 해 2월까지「프로필」에「세토나이카이의 참극(瀬戸内海の惨劇)」을 연재하고, 8월「신평론(新評

論)」에 「최후의 심판(最後の審判)」, 9월 「탐정문학(探偵文学)」에 「구더기 (蛆虫)」를 발표하는 등 왕성한 창작활동을 이어간다.

1937년　(28세) 1월과 4월 『프로필』에 각각 수필 「이 작품에 관해(この作に就き)」, 「엽서 회답(ハガキ回答)」, 1월 『탐정춘추(探偵春秋)』에 「제가의 감상(諸家の感想)」을 발표, 7월과 8월 『탐정춘추』에 「안개 비바람 몰아치는 산(霧しぶく山)」을 발표한 후 창작활동을 중단한다.

1947년　(38세) 전후 탐정소설 잡지가 다시 간행되자, 7월 『신탐정소설(新探偵小説)』에 단편 대표작 「흑조 살인 사건(黒潮殺人事件)」을 발표하고 창작을 이어간다. 9월 『신선 탐정소설 12인집(新選探偵小説十二人集)』에 「제3자의 살인(第三者の殺人)」이 수록되고, 10월 『검은 고양이(黒猫)』에 「세번째 관(三つめの棺)」, 12월 『보석(宝石)』에 「범죄자의 심리(犯罪者の心理)」를 발표한다.

1948년　(39세) 5월 『범죄잡지(犯罪雑誌)』에 실화를 바탕으로 쓴 「상자 안 벌거벗은 여자(箱詰裸女)」, 6월 『신탐정소설』에 「감정의 움직임(感情の動き)」을 발표하고 나서 또다시 본업의 다망으로 창작 발표를 중단한다.

1956년　(47세) 『후나토미가의 참극』재간에 약간 가필함.

1961년　(52세) 에도가와 란포, 요코미조 세이시와의 대담에서 두 사람에게 신작 집필을 권유받았지만, 현대적인 사회파 추리소설이 전성기였던 당시, 자작의 경향이 강한 본격파 탐정소설이 독자들에게 받아들여질까 하는 우려를 토로한 것으로 알려졌다. 이후 신작은 발표되지 않음.

1964년　(55세) 간사이전력(關西電力)에서 정년까지 근무하고 그 이후 1971년까지 전기 관련 회사에서 근무한다.

1975년　(66세) 심장발작으로 사망. 사후에 장편 『회색 화분(灰色の花粉)』(1960년대 전기의 집필로 추정)이 1978년 잡지 『환영성(幻影城)』에 게재된다.

⊙ 옮긴이 **이현진**

고려대학교에서 일본 근현대문학으로 박사학위를 받고, 고려대학교 글로벌 일본연구원 연구교수로 재직 중이다. 주요 저서에『일본의 탐정소설』(공역, 문, 2011),『탐정취미-경성의 일본어 탐정소설』(편역, 문, 2012),『경성의 일본어 탐정 작품집』(공편, 학고방, 2014),『일본 추리소설 사전』(공저, 학고방, 2014),『일제강점기 조선의 일본어 아동문학』(편역, 역락, 2016) 등이 있다.

후나토미가의 참극

초판 1쇄 인쇄 2020년 7월 17일
초판 1쇄 발행 2020년 7월 24일

지은이 아오이 유
옮긴이 이현진
펴낸이 이상규
주 간 주승연
디자인 엄혜리
마케팅 임형오

펴낸곳 이상미디어
출판신고 제307-2008-40호(2008년 9월 29일)
주소 (우)02708 서울시 성북구 정릉로 165 고려중앙빌딩 4층
전화 02-913-8888, 02-909-8887
팩스 02-913-7711
이메일 lesangbooks@naver.com

ISBN 979-11-5893-099-8 04830
        979-11-5893-073-8 (세트)